GOBOOKS
& SITAK
GROUP©

Chiuko Miyashiro

presents

成為綠土

黃金王、拐杖與灰色狼

宮城千雨子

Illustration

user

contents

目次

登場人物介紹
足弱（雷風）
原本在深山裡過著野人生活的男人。
命
灰色狼族。專責隨侍足弱的內侍長，總是溫暖地守護著足弱。
王安
書生。在上京途中結識足弱，經常好心照顧他。

灰色狼
視保護皇族為己身存在意義的族群。
朝霧
灰色狼族。造林團的團長。原本是大將軍。
青嵐
灰色狼族。灰衣衛的統帥。
今世王（雷霰）
擁有異能，能夠替國土帶來綠意，也是雷氏王朝的末代君王。
綠園殿總管
灰色狼族的族長。

第一章　下山

足弱這天決定下山。

家裡的鹽還夠用，但他想要看看人、與人說說話，而且只要再多攢一點錢，他就能夠買書了。不過下山最主要還是為了瞧見，每次都會拜訪的那對農家夫婦小嬸子的柔軟渾圓胸脯。

他儘管不齒自己的思想污穢，仍然盡量把自己打理乾淨，背起竹籠裝著採集來的藥草下山。

他的小屋旁有栽種藥草，不過竹籠裡裝的是藥師託他入山採來的自生植物。

要說他把自身打理乾淨了，也頂多是前一天在溪邊洗洗頭髮與身子，換上破舊粗布衣衫之中比較不破的而已。自從他唯一的銅鏡在半年前破了之後，他就不曾剃鬍，所以如果藥草換得銀兩，他應該買的或許是一面鏡子而不是書。

足弱以樹枝為杖，緩步走下陡峻山地。這座山裡幾乎沒有人走出來的山路。

這裡是豐饒富庶國土西側邊境上一處遠離聚落、人煙罕至的深山裡。足弱從十多年前就獨自一人生活在此地。

打從把他撿回來扶養長大的「老頭子」死了之後，就只剩下他一個人。

＊

「這不是足老弟嗎！」

這樣稱呼足弱的人，是村裡的農戶老洪。

老洪多年前曾在山中遇險，幸得足弱救起才倖免於難，從此只要這個孑然一身的男人下山，他就會主動示好，並且替他向村民們解釋他不是可疑人士。也是直到老洪獲救時自報姓名，足弱才知曉這世上有「名字」這東西。

「老頭子、叫我、足弱……」

足弱平時沒有機會說話的嘴裡勉強組織出字句說完後，老洪告訴他「足弱」的意思不好，既不是暱稱也不是稱呼，當然更不是名字。從此之後只要足弱下山，老洪都喊他「足老弟」。

雷氏王朝的百姓平均身高為五尺四寸（約一百六十五公分），據說是鄰近國家之中最高；足弱有五尺七寸（約一百七十五公分），身形頎長。

而且人如其名，腿腳不良於行。

他的右腿變形；雖然沒有拐杖也能行走，但走太久，右腿就會抽筋疼痛，無法繼續下去。儘管足弱了解自己的身體狀況，仍然選擇獨居在山裡。

他的腳痛一年比一年嚴重，他卻只是逆來順受，沒當成一回事；畢竟在意也無計可施。

「咱們好久沒見了，你實在應該多多下山。今日不趕時間吧？咱們可以好好聊聊。」

「多謝……」

足弱因老洪的窩心話而感動。

身為丈夫的老洪是個好人，他的媳婦也是。老洪媳婦注意到兩個男人站在田埂上說話，便端著熱茶過來。

「靜惠嬸……謝謝。」

「別跟咱客氣，足老弟。啊，你帶了藥草過來吧，我去叫洪真師父過來。」

洪真是這個村子的農戶兼藥師。足弱經常替他帶來珍貴藥草，也會幫他找藥草，所以洪真交待過老洪夫妻倆，只要看到足弱下山就要通知他。

竹筒裡裝的只是普通的茶。茶葉原是名門望族才有資格飲用，但是在這個豐饒國家，連一般老百姓都可以取得。

足弱就地坐在田埂上，放眼所見是一整片的梯田。現在距離播種期還早，田裡到處都是挖開的褐色土壤與雜草。這附近一帶大約住著三十戶人家，是個遺世獨立的小村落。

他脫下破草帽，露出用麥稈紮在脖子後側的黑髮。他的瀏海已經長到了鼻尖；鬍鬚遮住他下半張臉，只看得見濃密的毛髮。

足弱撥開鬍鬚，把竹筒舉到嘴邊。

「這樣一看，咱才發現足老弟的年歲似乎不大。」

老洪單膝跪地，一邊把菸草填進菸管裡一邊說。

「咱們第一次遇見時，足老弟的模樣更清爽些，咱記得你當時看起來的確是比咱年輕。」

「是啊，足老弟今日的模樣雖然不同，不過平日下山都剃了鬍鬚，所以我也記得。」

脫下頭巾的靜惠也插嘴說。

靜惠是個頭嬌小、體型有些分量的三十多歲婦女。她臂膀圓潤，粗腰豐臀，胸脯一言以蔽之就是豐滿，那對奶子一晃就動，一笑也動。足弱太過在意那兩團軟肉，反而沒膽子偷看。

「鬍子，鏡子，破了。」

「啊，怎麼？原來如此。那麼你是打算今天賺到錢拿去買鏡子吧？」

足弱點頭。

他一大清早就離開深山的住處，抄捷徑走走停停，夜晚露宿在野地裡，直到第二天過午之後才走到村子。他用來果腹的是剛從田裡採收下來的蔬菜和穀物。現在是生氣蓬勃的季節，冬天剛走，春天才來。

「足老弟，你的年歲不到四十吧？」

已經四十好幾的老洪，再度回到年紀的話題。本來已經走遠的靜惠也回到他們身邊。

「我，不知。」

足弱老實回答。

老頭子說自己是在足弱年幼時撿到他，而他的記憶也是自己從很小就待在山裡。等他學會年與年紀的概念，已經是好幾年後的事。他知道自己不是小孩子，也不是老人，更算不上青少年。

「不知道的話，也就有可能是三十五歲以上，未滿四十歲。」

「或許。」

這對夫妻不曉得為什麼很在意年紀的事。

「足老弟，你要不要去京城瞧瞧？」

「京、城？」

長相老實的老洪看著足弱，甚至忘了抽菸管。

「去年朝廷敕諭天下，要求國內三十五歲到四十歲的男子上京，而且會給盤纏，不用自掏腰包。去程是給四兩銀，回程會給六兩銀。欸，咱忘了最重要的一點。最了不得的是，聽說所有上京的人都可以進宮面聖！」

他說這話的用意是想讓足弱心生嚮往，足弱卻沒有什麼反應，只是眨了眨掩蓋在過長瀏海底下的雙眼。

這個王朝的君主稱為今世王。

遠古以前，有一支擁有異能的民族來到這片土地上，為大地帶來莫大恩澤，也就是綠意，免除大地乾枯的綠意。土地上的居民尊稱他們的王為「今世王」，希望這一族能夠世世代代擔任自己的君王，統御這片如夢似幻般豐饒的大地。

但是，這支專出歷代君王的皇族，在十多年前歷經一場瘟疫之後，只剩下一支獨苗。這件事足弱也聽說過。那位碩果僅存的今世王據傳也是一年比一年虛弱。

（都已經是這種情況了，為什麼還要鼓勵百姓上京面聖呢？）

足弱的心裡閃過疑問，但他依舊沒有興起上京的念頭。

「看來足老弟不感興趣呢。」

「不過啊，靜惠，足老弟符合資格這事兒，咱們還是得跟村長提一提。」

靜惠笑得胸脯也跟著晃動。

「是啊，反正不是壞事。」

在足弱喝著熱茶時，事情已經有了結論。

「就這麼辦吧。」

說完，老洪留下靜惠，輕巧地起身沿著田埂跑遠。

「洪……洪大哥……！」

足弱連忙跟著站起，卻因右腿使不上力差點跌倒，他擺動雙手重新站穩，等他抬起頭看向四面八方，已經不見老洪的身影。

「足老弟，你對於面聖不好奇嗎？」

「啊……我、是……」

在靜惠的直視下，足弱不曉得該怎麼回答才好，只是低下頭搖了搖。

接著他聽從婦人的話重新坐下。

「隔壁村的阿添三十八歲，去年去了一趟京城，他說京城裡好多人，還拿帶回來當土儀的布跟我獻寶。我從來沒看過那麼鮮豔漂亮的刺繡。他還提到了陛下。我真羨慕他有機會覲見神人般的今世王陛下。聽說陛下十分俊美。足老弟，你若是也去了京城，回來可記得要把所見所聞告訴嫂子我啊。」

坐在足弱旁的靜惠似乎打算代替離開的丈夫繼續勸說。她東扯西聊，彷彿足弱上京已經成定局般，還委託足弱幫忙買些東西。

足弱則是因為眼前那對在粗布衫底下晃盪的胸脯，頭昏腦脹到差點厥過去。

村長把事情上報到了縣衙那兒，一切都順利安排著。

直到呈報到郡守那兒時，才發現足弱沒有入戶籍。

「你過去不曾隸屬任何地方，也沒有繳過稅。」

足弱不懂黑袍官爺說的話，只是傻楞楞站著。

（這個地方看起來好氣派啊。）

村長先前聽了老洪的話，把足弱叫到家裡，要他剃鬍，再仔仔細細瞧清楚他那張臉，判斷符合上頭要求的年紀後，便讓他在自己家裡住一晚，再用牛車載他來到縣衙。

從村子到縣城足足花了兩天時間。這還是足弱第一次來到縣城。他嚇傻了，腦子都使不來了。

村子裡的家家戶戶大多都是泥土砌或木頭搭的茅草屋頂房子，縣城卻有一條護城河與高聳的土牆環繞。兩層樓高的城樓能夠抵禦箭矢火攻，城樓上有褐色瓦片搭成的三角屋頂。

「所以你才想貪圖那些路銀嗎？真是窮酸的傢伙，令人倒盡胃口。」

比老洪年長幾歲的小個兒典史一臉嫌惡地在紙上走筆。

「朝廷連這種人都要找去京城，實在可悲。這個山賊模樣的男人怎麼可能會是尊貴的皇兄？」

「皇……兄？」

「嗯，怎麼？你會說話？那就別裝蒜！我懂了，你是怕說得愈多，露出的馬腳也愈多是嗎？」

典史自顧自說完，又說：

「拿去，你這個不繳稅的，帶著這份文書就可以上京去了。」

遞到他手裡的文書上寫著：『版籍西遼河南郡天寶縣天寶鄉天寶村深山裡 足 成丁一口 父母家人不明 推測年三十五歲以上未滿四十歲 黑髮 黑眼 身材瘦高』。

＊

是夜，他留宿在縣城的縣衙裡。住的房間雖小，卻比暫居的村長家乾淨許多。足弱擔心身上滿是補丁的髒衣服、沒有任何裝飾的舊木屐，以及只用一根麥稈紮起的蓬亂黑髮，適合躺在乾淨的睡榻嗎？縣衙下人送來的餐點是蒸小芋頭和野菇湯，跟他在村裡吃的沒兩樣，使得足弱鬆了一口氣。

不過他沒料到自己必須離家這麼多天。

（田地和藥草怎麼辦？）

這是他最擔心的問題。

那些田地就在他稱為家的山中小屋旁，是老頭子還活著時，他們兩人一起開墾出來的，每年都能夠有不錯的收成，因此儘管足弱住在深山裡，卻不曾餓肚子。山裡有許多山產。每次下山，他總是聽聞農戶夫婦提到這個國家的豐饒，他也頗為贊同。

（早知道會離開家很久，就應該把門鎖好。）

他不是擔心竊賊。

而是小屋的縫隙如果沒封好，枯葉等就會吹進屋裡，山老鼠也有可能跑進屋內。他擔心的是這些。

還有他栽種的藥草。對於右腿跛了的足弱來說，那種藥草具有止痛效果，自從他碰巧發現後就一直栽種至今，每當身體不適時就會煎來服用，那是他的重要資產。但他沒料到會冒出這趟遠行，因此也沒帶上老頭子取名為「御前草」的藥草。

那種藥草除了冬天之外，葉子總是青翠，無須費心照顧，但放著不管會不會枯萎呢？

足弱家裡雖然沒有什麼貴重物品，但畢竟是生活多年的地方，他能夠回去的地方，也就只有那間山裡小屋了。

第二天早上，足弱只領到蒸地瓜，就跟著一群準備上郡城辦事的人出發。

那些當官的或騎馬或乘牛車，跛腳的足弱只能拖著右腿跟著走，卻逐漸跟不上他們，最後只好在路邊坐下，眼睜睜見著他們一行人的背影愈來愈遠。

（休息一會兒再追上吧。）

他是這麼打算，便移動到樹蔭下，以衣袖擦去下顎的汗水。

足弱的隨身物品只有身上的粗布衣、木履、草帽、賣藥草賺來的幾文錢，以及插在腰上的小刀；小刀套著木頭刀鞘。足弱休息一會兒後，就進入林子裡找根稱手的樹枝，用小刀削去多餘的枝葉當拐杖。

足弱拄著那根拐杖，以最不造成右腿負擔的速度，追上那一行人。

＊

直到太陽下山，足弱還是沒能追上，他於是帶著從中午就沒進食的空蕩蕩肚子進入林子。

足弱很清楚哪些東西能吃、哪些不能，這正是他最擅長的。再說要在大自然裡找尋食物，他的運氣總是很好，空腹進入森林從不曾空手而歸。

這天足弱也依然受到豐饒大地的庇護，所以沒有餓死。

他找到果實如水果般甘甜、稱為「再生花」的野菜，也找到可生吃的「蒲伶草」，以及有成串小果實的「鐵線果」。

他把收集到的食物裝在草帽裡，在能看見路的樹林裡靠著樹幹餵飽自己。入夜後氣溫再度變冷，他也很想吃點熱騰騰的食物，卻沒資格挑三揀四。

次日早晨，足弱沒有遭遇盜賊襲擊平安醒來，他拿剩餘的晚膳當早膳吃完後，再度邁步前行。可是他走了一會兒，停下腳步。

（乾脆回家好了。）

他有義務非得去這一趟不可嗎？

固然敕令如此，但也沒有強制，更重要的是他擔心田地和小屋。照這情況發展下去，他恐怕會被迫上京，可這樣往返得耗去多少時日啊？

京城的所在地「鑭城」人才濟濟，網羅了全天下最雅緻的什物，以及期待獲得今世王任用的賢士。倘若他錯過這次，怕是再也沒有機會上京。

足弱也不是不想跟村裡婦人聊上京經歷，他也有幾分猶豫不決。

此時他突然想起盤纏的事。郡城會給他四兩銀。

（如果有四兩銀，我就可以買書了。而且京城一定有很多書。）

這對他來說很有吸引力。

足弱在老頭子的教導下能讀會寫，但小屋裡只有一本書，而且那本書已經被他翻爛到快要四分五裂，他甚至已經把書中內容全部記下，不需要再翻閱。

生活在沒機會與人接觸的深山裡，儘管他偶而才下山，還是必須有文字傍身——他經常這麼想。

（對，書，我想要書，想要頁數厚到看也看不完的書。另外也必須給那對照顧我的夫婦買點土儀……）

他的心裡對於接下來的冒險，湧上了一股前所未有的期待。

＊

通往郡城的路在眼前分成了三條，就在足弱猶豫著該選哪一條路時，恰好一名黑衣衙役騎馬回頭來找脫隊的他。

「你就是足嗎？」

「是的。」

對方看向拄著拐杖的足弱，說：

「你的腳不方便的話，可以要求搭牛車啊！我們已經向郡守通報人數，現在卻少了你一個，害得我們挨罵。」

長相精悍的衙役抱怨完不滿，就下馬來把足弱推上馬背，接著自己再度翻身上馬。

「你是第一次騎馬吧？」

「是、是的。」

「抓好鬃毛別亂動。」

衙役覺得足弱的拐杖很礙事，卻還是替他收在栗色馬的後方。

「你個子挺高的。我也算高，但你還比我高上一些，這樣我很難看清前方的路，你的腦袋伏低一點。」

「是……」

馬是足弱嚮往的動物；在這個時代，只有富裕人家、官員和士族能夠騎馬，但足弱並非是因為馬象徵金錢權勢而心生嚮往，只是因為他有次偶然見到馬溫柔的一面，才會受到吸引。

他以手指纏著長鬃毛，掌心輕撫馬脖子。感覺到馬毛偏硬且濕潤。

然而，上下振動的衝擊卻讓跨坐在馬背上的足弱右腿漸漸痛起來，從髖關節到整條右腿逐漸發麻。

「唔……！」

感受到痛意湧上來，足弱咬脣向前蜷縮身子。

「大、大人……」

「有事？騎馬說話會咬到舌頭。」

衙役縱馬狂奔，本想盡快彌補延宕的行程，卻在足弱幾聲叫喚後放慢速度。

「我，我可以，下，下馬，嗎？」

「你說什麼？你已經拖延半日以上了。郡守正在等著，晚到他可饒不了你。」

說完，他無視足弱的請求，再度催著馬兒奔馳。足弱只得用盡全力緊抓著馬。

就在足弱已經痛到麻痺、意識渙散之際，他們總算趕在太陽下山、城門關閉前進城，抵達郡城。

停下馬後，載著足弱的衙役先行下馬，趴在馬背上的足弱就險些滑落跌下馬身。

「哎，怎麼搞的！」

「怎麼回事？」

「這位『皇兄』情況不對。」

「你說什麼？」

男人一聲驚呼，引起原本要散值的守城守備，以及準備應卯的夜班守備注意，紛紛靠過來。

足弱就這樣被幾個人抬進了郡守府裡。

房裡已經有另外七名男子在，他們的服裝也是形形色色，有的看起來是富家子弟，不過沒人穿得比足弱更破舊。

「怎麼怎麼？晚到的這位是病癆子嗎？」

「他好像身子不利爽。」

「沒錯。」

「說得對，這種傢伙打一開始就該從皇兄名冊上剔除。」

「他們要找的皇兄怎麼可能是個藥罐子？」

在房裡男人們的笑聲中，足弱被送到鋪好的軟榻上。

「哇啊！這不是那位蓬頭垢面的仁兄嗎？」

「沒想到連這種傢伙也能獲得推舉上京。」

「你這種人都能去了，人家怎麼就沒資格了？陛下可是很大度的。」

「沒錯。」這聲回應再度引起房內一陣哄笑。

身穿郡城官吏統一黑袍的戴冠男人走進房裡，朝大笑的男人們擺擺手。

「你們幾個，不該這樣對待暫時要同行的同伴。喂，需要替你找大夫來嗎？」

最後一句是問躺著的足弱。

看到那位郡丞一邊捻著嘴上細長的鬍子一邊把臉湊近，足弱搖頭。他很希望手邊有「御前草」，卻也只能想想。

「休息，就好。」

「是嗎？我必須將各位完好無缺地送到京城去。還是你需要解熱或止痛的湯藥？」

「嗯，那，止痛的。」

郡丞朝守在門口的小廝點點頭。

「我會派人送止痛湯藥和粥過來。可惜你沒趕上晚膳，不然就能與郡守敘話，一嚐美食。」

上了年紀的郡丞大概是為了瞧瞧足弱的情況，拿著燭火在他枕邊坐下。

「你不覺得那位大人太慎重嗎？」

「就連那個蓬頭垢面的男人也這般照看。」

「足以證明陛下是真心想要找到人吧。」

在眾人的談話聲中，有個男人的嗓音格外清晰，足弱在半夢半醒間聽著。

「那位皇兄失蹤時，不就已經徹查過全國了？」

「那位雖說是庶子，也仍是尊貴的皇族成員，灰色狼怎麼可能不出手干涉？」

「也是。可是他們還不是沒找到人？這都已經找了多少年頭了？」

「三十三年。」

「你果然博學多聞。對，時隔三十三年再度說要找人……怎麼可能找到？」

「這是最後的希望了吧。」

聽到那個清晰的嗓音這麼說，原本意氣風發的六名男子頓時緘默。足弱感覺到氣氛變得消沉。

「這位公子，你醒了嗎？」

此時傳來昨晚下令照料足弱那位郡丞的聲音。

足弱睜開眼，以手臂支撐上半身坐起，就看到房內眾人全都盯著他。足弱嚇了一跳，開不了口與其他人道聲早，老郡丞已經靠過來說：

「足公子覺得身子狀況如何？」

「是，有勞您了。」

在村長家睡的是鋪在土炕上的乾淨蓆子，當時他就已經覺得夠奢侈了，沒想到在縣城是睡鋪在木頭地板上的軟榻。第一次睡木頭地板與軟榻，足弱很緊張。昨晚也是睡在寬敞的木頭地板房間和不輸給縣城的鬆軟睡榻上。許是這個緣故，又或是昨晚喝下的止痛湯藥發揮了作用，他的右腿已經不痛了。

就像其他男人說的，這些官員對待普通平民百姓的態度也未免太過慎重。

（為了找……皇兄——）

足弱根據自己聽到的零星對話內容，拼湊出整個情況。

「諸位都已經醒了吧。待會兒早膳就會送過來。待各位打理好，就準備出發前往京城鐦城。這裡是國境最西邊，距離京城約有一千一百里遠，搭馬車需耗時百日。等一下就會把四兩銀的盤纏交給諸位。」

「可以搭馬車嗎？」

「銀子！領銀子了！」

男人們全都歡欣鼓舞。

接著下人進入房裡，把棉被疊好堆放在房間角落，擺上矮屏風，送來膳食。

「是飯是飯！居然這麼大方給了白米飯！」

「因為諸位公子之中或許有人就是陛下的皇兄。請盡情享用。上頭已經允許公子們從京城外的地方搭乘馬車上京。」

「意思是要我們速速進京嗎？」

聽到這個在半夢半醒時聽過的嗓音，足弱看過去，就看到一名舉止優雅的男子在早膳前落坐。對方沒有蓄鬍，而且一大清早頭髮卻已經束妥並戴著冠，一絲不亂，模樣像是一介書生，身上的衣袍更是用上大量布料且潔淨無垢。

「對。朝廷與天下百姓全都企盼著能尋到皇兄。那麼，諸位請慢用。」

郡丞說完就離開房間，只留下人伺候。

＊

銀子是元寶形狀，正面印有雷氏王朝的官徽，還刻著象徵綠色大地的紋飾。

足弱把第一次看到的銀元寶擺在掌心裡仔細觀察。

「足公子，銀是昂貴的物品，最好盡快收妥。」

他一抬頭，就看到那位書生模樣的男人站在面前。

郡丞把屋裡的男人們集合在府內院子裡，一一發給盤纏。足弱聽從對方的話，把銀元寶收進懷裡。

「恕，在下，唐突，公子是書生？」

「是的。在下行走各地做學問，正好被發現年齡符合敕令卻未曾進京面聖，因此有了這次機會前往京城。」

「啊，感謝說明……」

書生也就是學生；未來很有發展性的優秀學生可以得到一筆錢自由學習。有些人從書生成為學者，也有人成為地方官或上京入朝為官。

「馬車已經準備妥當。我們上車吧。」

「好……」

足弱拄著沒有被騎馬載他來的衙役丟掉的拐杖，跟著書生走。

之前不管是在村長家或在縣城縣衙，足弱都是獨自一人用膳，所以直到今天早晨膳食送上來，眾人齊齊跪坐或盤腿坐下用膳，他才注意到這情況，而且不知所措——足弱無法彎腿坐下——這個動作對於腿腳的負擔比走路更大。足弱猶豫到最後，決定以伸直右腿的姿勢用膳。其中一位服侍的下人見狀，挑了挑眉，可倒也沒說什麼。

足弱一邊回想早膳的情況一邊上馬車。

那名書生就坐在足弱旁邊。一輛雙頭馬車可容納六人搭乘。馬車共有三輛，一旁還有護衛騎馬隨行。

「為什麼，需要，護衛？」

「因為盜賊曉得我們身上有銀兩。」

「啊……」

書生果然聰明，毫不遲疑就回答了足弱的問題。

「恕在下失禮，足公子的外貌如此，為什麼談吐用字卻十分禮貌周到？」

黑髮俐落束起的書生這麼說，他還自我介紹叫「王安」。

「談吐用字，有老頭子，和書本，學習。」

「老頭子？」

「是，他撿了我，養育我。」

「足公子是孤兒嗎？」

「是的。」

馬車朝目的地出發。儘管仍然會上下晃動，但至少沒有騎馬那麼痛苦。

在漫長的上京途中，沿途可以從馬車上欣賞到各式各樣的風景。

馬車一開始是走在人來人往自然形成的路上，隨著路愈走愈寬，最後路旁終於出現與人等高的大石像。

博學的王安告訴同車的夥伴說：「那個石像標誌代表這是朝廷修築的路，稱為官道。」

石像從上到下依序刻著太陽、天空、河川、綠色大地。

接下來季節進入春天，過了新年後，氣溫一天比一天溫暖。

積雪也已消融，放眼所見是綠意盎然的群山、縱橫交錯的田地、廣大的草原、飛鳥、放牧的牛羊群，以及水量豐沛的河川，一切都燦爛耀眼。

「好……豐饒。」

足弱讚嘆。

「在下聽說國庫存有足夠用十年的儲糧，而且各郡縣的糧倉也都裝得滿滿，糧食多到好像沒有上繳過糧稅一樣。沒錯，這個國家很富裕，這樣的國家，放眼整個南原也找不到一個。只有我們國家是如此。」

面對面坐在馬車裡的其他人也發出感動的嘆息聲。

「我聽說丘瀨國來朝貢了。」

看起來像是農戶的男子開口。

「是的，在下也聽說了去年鄰國之一的丘瀨國開始對我朝進貢。之前丘瀨國境內發生飢荒，陛下得知這件事，免費贈送丘瀨國糧食，感恩戴德的丘瀨國於是一改過去的蠻橫態度，對陛下俯首稱臣。」

「哦哦！」

說這話的王安，以及在場聆聽的眾人皆是一臉歡喜。

「今世王陛下果然很偉大。一想到不久之後就要面聖，我不禁覺得自己很渺小卑微。」

體格粗壯高大的男子咧開缺牙的嘴笑著說。

「王公子，你見過陛下嗎？」

坐在王安旁邊的男子探出頭來。

「不曾。在下只是一介書生，沒有資格瞻仰聖顏。這趟路，我跟諸位同樣也是第一次。」

「我記得陛下很樂意接見每位百姓，不在乎身分高低，是嗎？」

「沒錯，但陛下不可能你說想要見他，他就讓你見，他還得忙政務、維持國家豐衣足食，一般百姓怎可打擾？」

「啊，說得也是……」

遇到博學多聞的書生王安，同馬車的一般百姓們自然是什麼都想打聽、什麼都想問問。

王安也會很有耐性地仔細回答每個問題，不過足弱注意到他望著車外風景時，眼底偶而透著一絲黯然。

＊

在前往京城途中，他們一行人在客棧過夜，足弱因此第一次洗到熱水澡。

離開村子後，他頂多是用裝在木桶裡的熱水擦澡，不過這天，拜附近有溫泉之賜，客棧引進了溫泉水，蓋了很氣派的浴堂，以木板牆圍出的石地上有石頭打造的大浴池不斷冒著熱氣，浴池裡可容納十名成年男人。

足弱也跟著同行的眾人一起進入浴池。

他觀察其他人的沐浴方式並且跟著照做，接過其他人用完傳來的皂角，仔細清洗身體，卻怎樣都打不出泡沫，頭髮也糾結在一塊兒。

待所有人都離開浴池後，足弱把衣服洗了擰乾，拿在手裡。他原本就不熟悉這些事情，再加上他不曾過過團體生活，所以他的一切舉動都十分緩慢。

他把借來的布巾圍在腰上。

洗去汗水固然神清氣爽，但一離開熱水浴池，身上又噴出大量汗水，怎麼擦也擦不完。足弱百思不解自己的身體是怎麼回事。

（泡、泡個澡還真辛苦……）

不過逼出汗水之後，整個人就變得清爽無比。

他向客棧的人打聽到晾衣服的位置，便借了一套舊衣當作寢衣。

他走進眾人分配到的廂房，穿上那身借來的舊衣，就感覺到一股視線。足弱抬頭看去，正好與王安四目對上。見他露出不解的表情，王安連忙低頭致歉。

「足公子的身材很結實，是否有在做什麼鍛鍊？」

「沒，只是，因為，住在山裡。」

「原來是一般日常生活鍛鍊出這般勻稱的體魄。」

「我，勻稱，嗎？」

除了右腿之外，足弱不從注意過自己的身體其他地方，所以感到困惑。勻稱應該是稱讚吧？他的臉頰因此有些發燙。

「幾乎都是肌肉，沒有贅肉。在下一直失禮盯著瞧，實在對不住。」

「沒關係。」

足弱穿著寢衣，把濕淋淋的頭髮擦乾後全部往後束，此時他再度感受到一股視線。他看著王安，以眼神詢問「有事嗎？」王安旋即再次低頭鞠躬道歉。足弱不懂自己為什麼引起了那位書生的關注。

＊

這趟路走了五十多日，可說已經完成將近一半的行程。到了這個階段，搭乘馬車趕路的一行人開始陸陸續續在各地看到一些或多或少令人難受的景象。

「那到底是怎麼回事……」

三名農戶出身的皇兄可能人選，愕然凝視著長不出作物的田地。

他們還看到猶如生長在極地的枯槁樹木、崩塌山崖。最悲慘的是乾枯的河川。

「怎麼會……」

「為什麼會這樣……」

他們問的人是書生王安。

王安以足弱先前瞥見過的沉痛眼神掃視眾人，接著以幾乎被車輪滾動聲蓋過的微小音量說：

「就是因為這樣，即使希望渺茫，我們這種資格的人，才會被找進京城。」

車聲轆轆在藍天底下前進。

「目前在位的今世王，曾在登基詔書上宣佈——寡人乃本朝最後的君主。天下蒼生以及這片皇土，再過不到百年將不再有神靈護佑。我們沿途看到的那些破敗枯槁就是徵兆。陛下在位已經十二年，他以碩果僅存的皇族身分獨自活著。在下早聽說過皇族人無法一個人獨活，所以眼前這情況也可說是陛下提早暴露出自己已瀕臨極限……再這樣下去，國家的富庶豐饒或許維持不了百年。」

眾人的眼中隱隱帶著焦躁之色。

咚！體格粗壯高大的男子大腳重重一踏。

「難道……難道沒有法子嗎？」

「除非皇兄現身，延續陛下的壽命，解除他的孤寂。而我們這些百姓就可以利用這段皇兄爭取來的時間，趁著神還在的時候，盡快討論出如何守護失去神的土地。」

王安說到這裡面色蒼白，他把臉埋進雙手裡不再開口。

馬車裡氣氛凝重，畢竟這是所有百姓共同背負的悲愴命運。

（唉……）

足弱轉頭仰望天空。

＊

他們一行人在即將進入夏季時抵達京城。

京城的早晨是清爽好天氣，卻瀰漫著一股難以形容的沉重氣氛。城裡交雜著明快與陰鬱。

京城鑭城比雷氏王朝的任何地方都要熱鬧；今世王居住的皇城與官衙都座落在此處，城裡輿輦雜沓，冠帶混并，喧囂繁華可見一斑。

鑭城位在四通八達的平原上，附近有大小河川流經，景緻優美，同時也是交通要塞。環繞鑭城的是高大厚重的石牆，城門處有禁衛軍駐守，負責查看有無可疑人士。

第一次看到京城的一行人屏息驚嘆，從馬車上眺望著。

這裡不見任何田寮。

京城居民充滿活力，穿著漂亮服飾，說話語速很快，滔滔不絕。街上來來往往都是高門大戶府裡的馬車。

在鑭城，有根據職業類別與身分劃分居住區域。特別在商業方面，由於同業匯聚方便交換技藝，因此鑭城的手工藝發展也格外出色。

之前一路在馬車上為同伴們說明的王安，手指著一處說：

「那邊掛著旗幟的地方，就是朝廷設立的養病院。」

雷氏王朝的四方形旗幟一般是上半藍色下半綠色，分別代表天空與大地，中央的白色圓形象徵太陽。

「往皇城北側走，就會看到皇室設立的綠護院。養病院和綠護院存在的目的都是為了救濟百姓，也都可以免費看病，不過綠護院需要有人引介。運氣好的話，進了綠護院，還有機會給太醫看病。」

足弱轉頭看去，只見氣派的木造府邸裡有各種打扮的男女老幼。

「也只有雷氏王朝對庶民老百姓能夠如此宅心仁厚了。」

王安說這話的語氣中帶著自豪。

足弱凝視著雷氏王朝的旗幟，登時覺得很耀眼。

馬車駛向西遼河南郡的郡守在京城裡的郡守府。

這趟旅途沒有遇到盜匪，雖然碰到幾次下雨，倒也沒有嚴重到河川氾濫倒灌，可以說是一路平安。

從三輛馬車下來的一行人，跟著郡守府的管事前往房內安置。這一行共有十八人，他們再度同住一室。郡丞過來確認人數與文書。

「五日後進宮面聖。」

「這幾日，諸位可以在京城裡自由走動，不過每日要在戌時之前回來。不許逃跑，否則不但要把盤纏吐出來，還會施以笞刑，記住了。」

「面聖的前一日會教各位宮禮，做不好的人需要加強練習。」

「回程的六兩銀會在覲見結束後發下。」

「覲見完畢，諸位就可以搭上回程的馬車依序出發。晚來可就搭不上了。」

郡丞前往每個房間重複同樣的話。

午膳終於出現豪華的菜色。

可是菜色過於豪華，足弱反而傷腦筋了。

他打從出生以來，不曾吃過如此費心烹調的食物。他認識的頂多是山中小屋能夠做出來的那些，來到郡守在京城的府邸，端出來的膳食全都是他不認識的滋味。只吃過京城人眼裡的粗食長大的足弱，舉筷分別夾了一點點試試味道，只見他讓菜餚在舌尖上轉了轉，接著蹙眉撫胸，勉強把菜嚥下，最後放下筷子。

「不合胃口嗎？」

坐在旁邊的王安注意到他的反應，開口問。

在這段漫長旅途中，王安始終不嫌麻煩地照應不懂世事的足弱。

「嗯……太，高級……」

足弱吞吞吐吐說完，垂下羞愧的臉離席。

說實話，他很餓。

他離開眾人一同用膳的房間來到迴廊上。這裡的圍牆雖高，但院子很大，所以他不覺得窘迫。地上是白色夾雜黃色。人工湖泊裡裝著滿滿的水。

足弱望著水面，摸摸餓扁的肚子。

（去森林吧……）

只要進入森林，應該就有食物。

可是京城的森林在城外，必須離開城門出去。他手上有可以進出郡守府的令牌，但要出城門他還是感到不安。

（不然去大廚房討些尚未料理過的食材好了……）

可是仔細想想，都已經讓大廚房出菜了，卻又對他們出的菜有意見，這樣很失禮。足弱察覺這種行為不妥，因此最後還是沒去。

＊

足弱的晚膳和第二天的早膳也幾乎都沒吃。

來到京城後，足弱一直處於飢餓狀態。一方面是他散亂的頭髮與低著頭的姿勢掩飾了他的臉色，再說即使他沒用膳，那些殘肴餘羹也會進入下人們的肚子裡，因此府裡的主子對此情況毫不知情。

這天，來到京城的眾人決定在鑭城裡到處走走。有目標的人自行行動，沒什麼事要忙、對京城感到畏縮害怕的人就成群結隊外出。

足弱有想要的東西，所以他沒有跟著其他人，甩開餓到發昏的感覺，拿著拐杖出門。

京城的街道修整得很寬闊，可避免來自左右的馬車撞到步行的百姓導致受傷。一棟棟相鄰的兩層樓建築看得足弱驚嘆，而那股繁忙氣氛也令他害怕。

他來到一處市集。

原本打算就此走過的足弱，被路邊攤子上堆滿的鳳舞果吸引住目光。那是可以整顆連皮咬的香甜果實。足弱腳步蹣跚地走近攤子。

「客倌好。」

看到足弱頭戴草帽，一身襤褸，散著黑髮又拄拐杖，一副飢寒交迫的外地人模樣，身材臃腫的攤子小販眼裡隱約有著輕蔑，卻還是用力拍了拍手，說：

「如何？這是南郡現採的鳳舞果，香氣聞起來就是不一樣，現在正好吃。客倌要不要來點？」

「這，怎麼賣？」

「六顆一文錢。」

足弱立刻遞出賣藥草賺得的銅錢。

「多謝惠顧。客倌有布袋或竹籠嗎？」

來市集買東西的人，通常都會帶著布袋或竹籠裝貨。

「沒有，我，可以抱在懷裡……我能，在這邊吃嗎？」

小販把六顆鳳舞果交給足弱，臉上的笑容也倏然消失。他點點頭說：

「你在這邊會妨礙我做生意。稍微退開點，到那兒吃倒是無妨。」

「多謝。」

足弱單手捧著懷裡那堆鳳舞果，往攤子後側走去，蹲在大樹下，忙不迭把一顆鳳舞果塞進嘴裡。

他用牙齒一咬，咬破柔軟有彈性的果皮，就噴出甘甜的汁液。他連忙嚥下果汁，把頭向前伸，避免汁液順著下顎流下沾到衣服上。流出的汁液一滴滴落在地上。足弱忘我地吃著鳳舞果，轉眼間手上只剩下一大顆果核。

（啊啊……真好吃！）

瀏海沒有遮住的下半臉露出喜悅的神情，他繼續拿出第二顆鳳舞果。他把拐杖靠著樹幹，雙手捧著橢圓形的柔軟紅色果實，這次他輕輕把果實湊向唇邊像在接吻，品味香氣，以舌頭舔過果皮再緩緩咬下。鳳舞果的甜美也帶來感官上的滿足。

足弱感覺到有人走近，嚇了一跳抬頭一看，就看到剛剛那個攤子小販站在一旁。

「有、有事嗎？」

小販沒說話，只遞給他四顆鳳舞果。

「咦？」

「其他人看到你吃鳳舞果的模樣，就絡繹不絕也湊過來買，讓我今天生意特別好。這些是形狀不好看、賣不掉的鳳舞果，不過味道一樣好吃，給你吧。」

「啊，謝謝。」

「用不著謝我。」

小販晃著肚子走開。

足弱以袖子擦擦嘴，把自己買的那顆剩下的鳳舞果，以及小販送的四顆都揣在懷裡站起。餵飽了肚子，腦袋也清醒多了。足弱才一離開市集，就與在露天茶寮喝茶的王安對上視線。

「足公子。」

「王公子，真巧。」

「哈哈哈，在下有幸欣賞到了足公子吃鳳舞果的模樣。」

足弱感覺自己臉紅了。被國家未來棟樑的書生王安，瞧見自己那副餓死鬼投胎的模樣，實在很丟臉。

「不介意的話，就用我的布袋吧。」

足弱覺得不好意思，但還是接受王安的好意，把五顆鳳舞果用布裹著，放進布袋裡背起。

「足公子接下來打算去哪兒？」

「那、那個，我想……買書。」

「方便請教是什麼書嗎？」

說著，王安也離座起身，把茶資留在桌上。

「想要，字，很多的書。」

王安的個子比足弱矮，卻因為他抬頭挺胸，舉止大方坦蕩，所以兩人走在一起時很自然王安看起來像主子，而足弱像是隨從。

「什麼樣的內容都行嗎？這樣啊。我在京城上過學堂，知道一些書肆。我陪你走一趟吧？」

「謝、謝謝你。」

足弱帶著感激的目光看向王安，王安速速點了一下頭表示不用謝。

「帶你去我熟識的書肆。你的預算是多少？我琢磨琢磨。」

「只要，不超過盤纏的範圍……」

「四兩銀全用來買書？還是包括回程的六兩銀？」

路上的百姓閃避說話的兩人，從他們身旁快速走過。

「我要，買土儀給，村裡很照顧我的，夫婦。剩下的錢，全部買書。」

「是麼，好。」

足弱對於書的價格一無所知。

王安告訴足弱，京城的市集是每十日一次，每次都在不同的地點擺攤；今日是初八，稱為初八市集，所以即使明天來同樣地點，也沒有市集。

雷氏王朝的曆法是以十天，也就是一旬為單位。足弱雖然曉得這件事，但生活中沒有接觸過曆法，也不懂京城的一切。

他們邊走邊聊，來到一處乾淨明亮的兩層樓木造書肆。

進門後，王安和足弱置身於身穿華服的人與正在接待的人之間。有不少人打量著足弱的打扮。

其中一名男子主動開口：

「這不是王安公子嗎？久違了。」

「別來無恙，向老闆，你也是老樣子。」

「公子學成出仕了嗎？」

「在下也希望如此，不過眼下必須先遵照敕令進宮面聖。」

個性溫和的矮個子老闆看向跟著王安進來的足弱，目光帶著詢問。

「在下人在西郡時，聽聞朝廷要求三十五歲以上的男子上京，於是依著敕令前來，順便也回到了懷念的鐲城。」

「原來是這麼回事。王公子也符合要求的年紀嗎？不過，境內所有男子，包括公子你這種家世清白的人也受召前來，想必這次尋人的規模非同小可。」

「這位是在下這趟上京途中結識的友人——足公子。他想買點書，還望向老闆幫忙。」

「啊，是麼。足公子也請往裡面走——」

許是有熟人王安引介，因此儘管足弱衣衫襤褸，仍然被請到書肆後頭的包廂裡。

來到書架環繞的寬敞廂房，向老闆招呼他們坐在官帽椅上並叫人奉茶，自己也跟著坐下。

他們正在閒聊時，向老闆先前吩咐的夥計，從廂房後側取來書冊一一擺在桌上。

「我已經叫人找來咱們書肆各類別書籍中最厚、字最多的書。公子慢慢看。」

那些書一冊冊都散發著高雅的墨香。外表如野人般的足弱倘若是獨自前來，對方恐怕不會拿出這些。足弱把臉湊近書，目光貪婪地掃視那些文字。他身後的王安和向老闆則是一臉嚴肅在談事情。

＊

「外地的情況如何？」

「同樣有幾個地方值得擔憂。」

向老闆眨了眨因皺紋而下垂的眼皮，悄然嘆道：

「京城人多嘴雜，老是在談論——這個豐饒富庶的國家，是因今世王才得以存在。如今陛下的異能逐漸衰退，我們能怎麼慰藉？——種種話題。也有人說，召集這麼多人上京面聖，是宰相給今後將成為國家中流砥柱這一輩最後的禮物。

「這樣說或許也不算錯。讓百姓面聖並記住最後一位帝王的模樣，也很重要。」

「王公子，你認為……那位庶兄還活著嗎？」

王安放下手裡的茶碗，抬起頭說：

「我希望他還活著。」

「大家也都是這麼希望。尤其目前嬪妃們沒有任何懷上龍子的跡象……」

王安跟向老闆告辭後起身，來到聚精會神在桌上書冊中的足弱身邊。

在縣城時偶然同房的足弱，在旁人眼裡看來就是個野人。或許是因為他符合敕令徵召的年紀，所以看起來沒那麼年長，但也不年輕。他的身材高瘦，右腿有疾，說話結結巴巴卻不失禮儀，而且居然識字。這些特質在王安看來相當與眾不同。

王安本以為足弱或許年輕時是才子，因遭逢挫折才選擇歸隱山中，問過之後才發現不是，他就是一名孤兒，而那些學養都是出自養父的教導。

孤兒。

王安心中對此有些想法。

卻又推翻自己的推測，認為不可能。

足弱離開浴池時顯露出的裸體很結實，儘管不良於行的右腿扣了幾分，看來卻有一種美——當然，這或許只是王安期待願望成真，才產生的錯覺。

足弱撥開濕髮露出的那張臉，有著象牙白的肌膚和高挺的鼻樑，除此之外就沒有稱得上俊美的部分了，只剩平凡。

對，就是平凡。

只因為一時的在意，他就對這個看來完全不懂世事的男人多嘴給了幾句忠告，多管了他幾樁閒事。

「足公子，有找到中意的嗎？」

「有、有的。」

透過髮間可窺見他的耳朵因興奮而泛紅。他伸出指甲骯髒的手指，指著一本草本百科辭典。

「你喜歡這本啊。」

王安找向老闆打聽價格，一問才知那本書要十兩銀。

看看那本書的書封，是木板貼上布黏上金箔，內頁也用了最頂級的紙張，再加上抄書的是書法名家，所以這個價格算便宜了。

王安湊近向老闆，小聲說：

「一半由我來付。你告訴足公子這書五兩銀即可。」

向老闆有些訝異地睜大雙眼，旋即又點點頭。

老闆走向足弱告知價格，足弱當場就付了二兩銀，並說好剩下的三兩銀等面聖完拿到回程的六兩銀再給。

王安卻這麼說：

「剩下的三兩銀，我先代墊吧。等足公子拿到六兩銀再付給我三兩，這樣就不必讓向老闆等了。」

王安感覺到足弱正隔著長瀏海看著自己。

「王公子，這樣，可以嗎？」

「無妨，就這麼辦吧。」

「好。」

於是足弱付了二兩銀，王安再補上三兩銀。

書會由書肆夥計送到郡守府。待足弱走開一段距離後，王安又從懷中掏出五兩銀交給向老闆。向老闆給了足弱一張收據，也另外給王安一張收據。

「王公子如此親切對待的友人，究竟是什麼身分？」

「這我也不清楚，就是個會讓人放不下心的人吧。」

王安催促等在門口的足弱一起離開書肆。

到了自由活動的第三天，足弱出門去買村裡夫婦的土儀，仍然有王安作陪。他感到很慶幸。府邸的膳食還是一樣極盡奢華之能事，所以足弱繼續用市集買來的蔬菜水果果腹。其他人或買土儀或飲酒作樂，甚至有人上妓院，穿著打扮也脫胎換骨了。

衣著還是一樣土氣的足弱，因為有王安的幫忙，給老洪買了菸管，給洪大嫂買了髮飾。運氣好這兩樣只花了一兩銀。剩下的一兩銀子他為了買吃食換成了銅錢，應該足夠用到覲見日為止。足弱心想，還了買書欠下的三兩銀之後，回程也還有三兩銀，這麼大一筆錢，他反而不曉得該怎麼辦。

＊

覲見前一日——

這天一早眾人就開始學習入宮的禮儀、上殿的跪拜方式、說話方式等。

他們集合在府邸的院子裡練習，當中表現最差的幾個被留下，揮汗如雨地接受卒史指導。

「你……無法跪下嗎？」

「如果，只是，一下子，無妨……」

說著，足弱以雙膝跪在沙地上，接著緩緩往後坐到腳跟上，雙手再向前貼地，上半身往前趴——

「算了，你動作太慢！就因為你一個人，搞得整個隊伍都亂了。」

面聖過程是十人一列，叫到名字才允許直起上半身，抬頭看著今世王回話。

「沒辦法，你就待在隊伍最後，我會去問問能否允許你拜見時不用伏地。」

「草民扣謝大人。」

「談吐還算有禮。但是！」

汗水從年輕卒史的額頭流下。

「你那頭亂髮和衣服是怎麼回事！我說過集合時要做明天面聖的打扮不是？你打算以這副模樣上殿嗎？」

又熱又累讓卒史的煩躁達到最高點。他叫來屬下指示說：

「去跟府裡的管事交代一聲，把這傢伙的頭髮理了，怎麼樣都比邋遢的模樣好。還有，也順便去問問府裡有沒有淘汰的衣服。掃茅廁下人穿的衣服，都比這傢伙現在這身打扮正式。」

＊

無需練習宮禮的王安，直到掌燈時分才回府。他一進房就瞧見一名面生男子伸直右腿坐在窗邊。

「足公子？」

「王公子，你回來啦。」

「是……你的頭髮……」

足弱摸了摸變短的頭髮低下頭。他的腿上擺著一套摺好的衣服，頭髮變得跟狗啃的沒兩樣。府邸的下人們對於他那頭散亂長髮很是煩躁，又痛恨足弱增加他們不必要的工作，於是拿著剪子亂剪一通遷怒於他，等那位下人回過神來，連忙想打理出個髮型，頭髮卻已經短到可以看見頭皮了。

「唉……被，剪掉了。」

「是嗎……挺適合的。」

比起原本蓬亂邋遢的樣子好多了。

足弱有著高挺漂亮的鼻子，以及象牙白的肌膚。至於鬍鬚呢，除了特意留長並有好好打理的人之外，他跟這座府邸的其他人依規定每日都必須剃鬍兩次。

他的長相普通，眼周和嘴角多少都有些使他看起來比實際年齡略長的痕跡。

那雙黑眸經常低垂著，彷彿沉溺於思考中。

一陣嘈雜的腳步聲響起，是同房室友們回來了。這些人已經把外出喝酒當成例行活動；看樣子只消一晚就足以讓人爬不出京城絢爛的染缸。

「哎，王兄，你回來啦。在外頭沒遇上你真可惜，不然就可以一起喝一杯了。」

「沒想到諸位今晚還能平安歸來，實在萬幸。」

男人們沒聽出王安的嘲諷，落坐後放聲大笑。

「是啊、是啊，畢竟明天就要面聖了。」

「我為了這事兒，拋下田裡的工作，如果因為喝酒誤事被趕回去，沒法跟家裡說說陛下的長相，我可是會被罵死。」

「那就太可怕了。」

哄笑聲再度大起。

王安突然轉向足弱問：

「足公子，你討厭喝酒嗎？」

「不，只是，喝不慣。」

房內男人們幾乎都是同輩，卻獨獨只有足弱一人木訥生澀不夠世故。王安點點頭，提醒說不會喝就別勉強自己。

面聖完之後，王安也不打算返回西郡。他本就計畫回京城述職，正好搭上這趟順風車。他這趟回來準備四處走動，看有沒有機會順勢入朝為官。他今日出門就是為了這件事。他的老家在京城附近的化成，父親官拜大夫，也是小地主。

王安拿出腰間的扇子展開，朝自己的臉搧了搧。在他身後那群喝完酒回來的男人仍在大聲笑鬧，只有王安和足弱安靜待著。

王安替自己搧風，望著足弱看向窗外的乾淨清爽側臉，心想，面聖過後就再也見不到這個人了。

眾人一大清早就被叫醒做準備，卻遲至正午過後才出發進宮。

來自各郡縣符合資格條件的男子依序面聖，中間還穿插著陛下休息的時間，因此要順利完成覲見，相當費時。

足弱換上府邸下人借的衣服，總算變得人模人樣。他拄著拐杖往皇城走去。

一行人走過跨越護城河的橋，讓人搜身確認是否攜帶武器之後，穿過比地方縣城城門更壯觀的皇城正門，就看到殿前廣場。

繼續往前走，來到有門衛站崗的宮門，進門後又是一座雄偉的廣場。

列隊走來的西遼河南郡眾人全都驚訝張大了嘴。

「百官上朝時，殿內若容納不下所有人，就會站在這處晴天廣場上。」

王安在一旁說明，足弱只是點點頭。

他們一行人繼續前進，與他們逆向錯身而過的另一群人是已經覲見完畢，準備從宮門離開。那群男人臉上皆泛著紅潮，雙眼圓睜，努力壓低聲音交頭接耳說：

「太、太美了！」

「那頭美麗的秀髮——」

「當真是活神仙啊！」

雙方交會時，零零落落聽見這些對話。

不只是足弱，同行的每個人都因期待而渾身發燙。

＊

綠流城——

這裡是今世王接見大臣賓客與聽政的六階宮殿，面積不是普通的大，展現出天寶山脈南邊南原上泱泱大國的氣派。與上卿等人研議國家未來方向，下令頒布實施法令，也是在這裡進行。

卒史領著這群男人從左側宮門進宮。眾人一邊走一邊驚嘆挑高的屋樑、打磨得光可鑑人的石廊，以及金色與紅色的柱子。

殿內安靜無聲，卻充滿某種雀躍期待的熱度，同時又有些黯然神傷的情緒在逐漸加深。

足弱心想，原來初見京城鑭城時感受到的憂鬱氛圍，是從這裡散發出去的。

卒史停下腳步，比了一個手勢要眾人噤聲並整隊。

「待會兒就輪到你們了。諸位務必要照本官教的做，以免失禮。若做出可疑舉動招禁衛軍毆打，本官蓋不負責。」

說完，卒史走向足弱，握住他的拐杖。

「你既然能夠自行站立、走路，最好別拿著拐杖。這個待面聖完畢再還給你。」

「是。」

足弱乖乖放開拐杖。

「你還好嗎？」

足弱點頭回應王安的問題。

緊張使他充滿力氣。足弱心想，接下來不用長時間走路，沒有拐杖應該不要緊。

事實上足弱對於今世王沒什麼好印象。

在那本他看到已經滾瓜爛熟的書冊中提到，這個王朝的皇族擁有一般老百姓難以想像的禁忌嗜好。

多數百姓認為他們畢竟是皇族，普通的人倫道德不適合套用在他們身上，所以也對此睜一隻眼閉一隻眼。但不曉世事的足弱是接受養父老頭子的教育，再加上只看老頭子給的書，因此他不懂為何只有皇族人可以不守倫常。他甚至認為現任的今世王變成碩果僅存的君主，正是咎由自取。

然而，隨著他在上京沿途親眼所見國內各地逐漸衰敗，他不得不去想——這支稱為「藍血族」的皇族人即使再背離倫常，然而這片大地也是多虧有他們，才得以維持豐饒，這點毋庸置疑。

西遼河南郡的覲見隊伍在殿門前排成一列等待著。

殿內傳來唱名聲、男子的回應聲，接著是一整群人移動的聲音、朝他們走來的腳步聲。

「接下來是西、遼河南郡的十八位上殿。」

面聖隊伍分成兩列，一列十人，另外一列八人，足弱排在第二列的最後一個。

他們從金鑾殿左側入殿後往前走，一次一列，面對臺階最上方的今世王站好後跪下。

這個時候，已經站好定位的男人們仍然不可直視陛下容貌。

要等到卒史從右邊依序唱名，被喊到名字的男人回答「在」之後，才能抬頭。

「易左。」

「在！」

「許右。」

「在！」

「接著也叫許右。」

「在……！」

「朱恩。」

「呃、在。」

與卒史平穩的唱名聲不同，被喊到名字的男人回應聲或大或小或高八度，各有不同。

足弱始終不動聲色望著自己面前的垂簾。今世王似乎就在垂簾後面。

聲音在殿內陣陣迴盪。

「接著，下一列請往前。」

在足弱愣了一下才回神時，行列已經移動。足弱不靈活地跟上。

來到指定位置的人先行跪下，雙手與額頭貼地。

足弱儘管姿勢跟其他人不同，但也是跪在地上低頭不看今世王。卒史大概是已經事先打過招呼，所以足弱以這個姿勢面聖也沒有遭到斥責。

他暗自鬆了一口氣，卒史已經開始唱名。

眾人連連稱「在」回應。

「接下來，王安。」

「在。」

足弱聽到書生得體回應的嗓音，心想：

（輪到我了——）

就聽見王安輕聲驚嘆。同一列的其他人只要被喊到名字抬起頭，第一時間也都是這種反應。

對，連書生也是。

「足。」

「在……」

足弱小心翼翼抬起頭。

看到在七、八層臺階上面有個高臺擺著龍椅，今世王就坐在那張玉製龍椅上。

只見他身穿皇帝與皇族才能穿的明黃色龍袍，頭戴黃金和寶石打造的冠；猶如熔化金子般微捲的金髮披在肩上。

在左側斜陽的照射下，今世王耀眼燦爛到令人幾乎睜不開眼。

他臉上的肌膚賽雪，甚至可說是白到泛青，還有一雙不曾見過的幽深黯然藍眼睛，搭配能夠清楚傳達情緒的眉毛、高挺的鼻樑，以及重情的略厚雙唇。

這一切都在足弱的眼裡留下深刻鮮明的印象。

從來沒看過有人長成這樣。

街上也不曾看過有人身上帶著這些色彩。

對方身穿龍袍，泰然自若地坐著，朝足弱輕輕頷首。他對於前面那些被叫到名字就抬頭的平民也是如此。

那雙帶著一層水霧的藍眸一對上足弱的雙眼，突然眨了眨，轉過頭來凝視足弱。

足弱感覺自己的魂魄就快被勾走，半張著嘴回看年輕的今世王，右手不自覺一晃，差點就要伸出去。

正好此時——

「以上十八位。」

聽到卒史的宣佈，足弱才回過神來，發現自己此刻仍跪在地上。他看向旁邊，發現王安早已背對他往前走了三步。

足弱靠左腳的力量站起，伸直右腿正要站穩，下一秒卻膝蓋一軟險些跌倒。

「唔！」

或許是聽見足弱無聲的痛呼，王安回頭發現這情況，連忙回身去扶起站不穩的足弱。

足弱的胳膊被人抓住，重新站穩後看向王安，卻只看到書生錯愕的側臉。足弱順著他的視線看過去——

就看到今世王起身注視著臺階下方，張嘴欲言卻沒有出聲。

他的親信湊近開口問：「陛下，怎——」今世王也只是緩緩搖頭。

足弱最後在王安的攙扶下跟著隊伍離開大殿。

他們一行人循著原路回去，離開皇城宮門，走過護城河的橋，回到西遼河南郡的郡守在京城的府邸。

「王公子，多謝相助。」

「欸？啊，小事一樁，別在意。對了，足公子，你明天就要搭馬車返回遼河南嗎？」

回到郡守府的眾人都領到回程的六兩銀。足弱立刻就把欠王安的銀兩還清。

「想要的東西，都買到了，京城，也看到了。」

「是嗎……那麼我們該就此道別了。」

足弱朝他深深鞠躬。

多虧王安的幫忙，他才沒有在今世王面前跌個四腳朝天；也是因為有王安，他才能夠買到想要的書冊和土儀。

＊

「話說回來，陛下好年輕啊。」

馬車裡響起男人說話的嗓音。

返回西遼河南郡的馬車與來時不同，不再需要急急趕路，所以跟載貨走商的牛車一起，在隨車護衛的保護下上路。

「他十四歲時即位，我記得現在應該二十五歲左右吧。」

加上開口回應的男人以及足弱，他們三人搭上正午出發的馬車，第一批離開鑭城。

足弱早上已經跟決定留在京城的王安道別並再次道謝。站姿端正的王安靜靜注視足弱一會兒之後，彎起嘴角微笑鞠躬回禮，惋惜兩人結識的時光太短暫。

上京時沒帶任何行李的足弱，回程多了沉甸甸的書冊和土儀，以及買來果腹的水果；他還另外買了裝這些東西的布袋和竹籠。

他身上的衣服已經換回原本的破草帽、粗布衫，以及洗去泥巴的木屐，只有頭髮還是短的。他還向府邸的人借了鏡子剃鬍。

（對了，忘記買鏡子。）

人都已經搭上馬車出發，他才想起來。不過鏡子沒必要非得在京城買，接下來路過其他城鎮時再買就好，沒買到也無妨，反正他也沒機會再去覲見什麼身分高貴的人，少了鏡子日子還是過得下去。

足弱重新戴好草帽，把土儀抱在腿上，身子隨著馬車的行進搖晃。

「可是陛下找皇兄已經超過一年了吧？還是沒有找到人嗎？」

「我聽說找皇兄只是藉口，其實陛下是想利用這種方式讓百姓來往旅行，促進國家的經濟活絡。」

「哦！這麼聰明的理論是誰說的？那位書生嗎？」

「不是，是我去喝酒時聽到的。」

「京城人果然不同凡響，嘴巴和腦袋都特別厲害。」

足弱心不在焉地聽著男人們對話，腦海中回想起今世王的模樣。

原來他才二十五歲左右。

他長得看起來很耀眼，周身卻隱約瀰漫著一抹陰影。如今回想起來，整座皇城很壯觀，卻也莫名有種山雨欲來的氣氛——

（那位今世王是最後一位君主。）

是這個王朝碩果僅存的帝王。

是有能力使國土變成綠土的皇族人最後一位皇帝。

一旦那位駕崩，不會有人餓死的日子將從此不再……

（怪不得一講到這件事，每個人都一臉愁容。）

無論怎麼逃避現實，都不得不認清——已經沒有其他皇族血親了。

人稱藍血族的皇族只剩下一個人，也無法開枝散葉。

一般人類只要有一男一女，就能夠生出孩子，但皇族人做不到——那是皇族人只接受血親的天性使然——縱使天下百姓苦苦哀求，今世王也無能為力。

坐在搖晃的馬車中，草帽底下的雙眼望著風景，足弱感受到眼底的濕意——想到這片綠土即將荒蕪，想到老百姓即將為飢荒和政局混亂所苦——他吸吸鼻子，雙眼靠著放在屈起膝蓋上的手臂。

「快看，那是怎麼回事？」

「有人騎著快馬飛奔？啊，往這邊來了。」

「怎麼搞的？還弄得塵土飛揚，連馬車也來了……喂，那不是灰衣衛嗎？」

「不會吧！」

一時之間男人們慌亂的聲音與逐漸逼近的馬蹄聲，各種聲音響起。

「停車！快停車！」

「什麼情況？」

「我等奉旨前來，快停下那輛馬車！」

頓時馬嘶聲四起，足弱承受不住馬車的大幅搖晃，跌趴在座位上。

停下的不止馬車，連走商的載貨牛車等也是，所有人都被要求停車。緊接著接二連三的馬蹄聲響起，包圍住他們一行人。

「住在西遼河南郡天寶縣天寶鄉天寶村深山裡的足公子，是否在馬車上？我們不是壞人。足公子在否？」

簡潔俐落的嗓音響徹四周。

「喂……我記得足就是你吧？你做了什麼？」

之前同房的男人抓著馬車圍欄看了看車外狀況，又轉過頭來看向足弱。

（問我做了什麼，我什麼也沒做啊！）

足弱心裡是這麼想，但嘴上沒作聲。

「足公子。」

剛才的聲音愈走愈近，一腳跨上馬車，高大的身軀鑽了進來睥睨著車上三人。足弱掀高草帽帽檐抬頭仰望，與那個男人四目對上。

身穿灰色鎧甲與灰色披風的男人，當場單膝跪地。

「您就是足公子吧？」

足弱在對方迎面而來的注視下輕輕點頭。

「請公子移駕到另一輛馬車上返回京城。您的行李卑職隨後會負責送過去。請——」

對方說完朝他伸出手。足弱一臉困惑，手撐著坐墊直起上半身重新坐好。

「那個，草民，正，正要，返鄉……」

「足公子請恕罪，卑職是奉旨行事。」

足弱自然不會去握對方伸出來的手，對方於是主動抓住足弱的手將他拉起。足弱腳下一個踉蹌沒站穩，灰色鎧甲的灰衣衛就毫不費力地把他抱下馬車。

「卑職奉旨要帶公子返回京城皇城的主子身邊。」

足弱雙腳著地，拿掉遮住視線的草帽看著灰衣衛，就看到原本要搭著回鄉的馬車和其他人已經被灰衣衛團團圍住。

同車的男人全都嚇到腳軟看著足弱。原本走在馬車前頭的載貨牛車那群人也瞪大雙眼，難以置信地看著這情況。

「大人口中的……主子是誰？」

足弱的腦袋停止運轉，問了這個問題。

灰色鎧甲是灰衣衛的標誌，而灰衣衛直屬於天子。

「就是今世王陛下。那麼，足公子，請上那輛馬車。」

那輛四馬大馬車遠比來回郡城與京城的馬車還要奢華。馬車伕也穿著灰色制服。

灰衣衛把無法好好走路的足弱抱起帶到大馬車前，讓他坐進馬車裡。

馬車立刻就朝著京城奔去。

前後左右都有噠噠的馬蹄聲響起。

足弱雙手緊抓著草帽，蜷縮在豪華的座位上。除了垂著簾子的前方之外，車輿壁和車輿頂全都鑲著木板，座位也鋪上軟布，一坐下就會陷進去。

眼看著兩旁的景物不斷地往後方飛逝。

完全放下的車簾下襬掛著有些重量的墜子，只要風一吹動就會咔答咔答響。

（為、為什麼？是我的覲見姿勢不對？還是我那樣做是大不敬？）

足弱能想到的線索只有這些。想到這兒，他就覺得悲傷絕望。

可是如果他們是來逮捕犯人，這輛馬車又是怎麼回事？還有跟隨在四周的灰衣騎兵又是怎麼回事？從他們驚人的速度也可窺見他們的實力。

足弱的恐懼尚未排解，他已經看到今天才走過的京城城門。他們一行人沒走大路，改走側面城門進京，一路上幾乎沒有減速，直接通過皇城側門而不是正門。

一行人的馬蹄聲隆隆疾行而過，沿途揚起沙塵，引起百姓好奇關注，卻看不出馬車上載的是何許人，只能讚嘆灰衣衛的雄糾糾氣昂昂。

馬車一停下，之前把足弱抱上馬車的灰衣衛就走過來捲高車簾。

「足公子，這邊請。」

他低頭行禮，朝足弱伸出手。

足弱在座位上動了動身子，緊張到喘不過氣來。

「草、草民會受到，什麼樣的責罰？」

聽到這句話，原本低著頭的灰衣衛一陣錯愕。

「公子是說刑罰嗎？」

「那個，草民，對陛下不敬……不是嗎？」

灰衣衛抬起頭；他的長相精悍，膚色偏小麥色，從衣袍和鎧甲外都能看出底下是肌肉飽滿的精壯體魄。

「情況等入內再詳談。這件事不會要了足公子的性命。公子請。」

說著這些話的灰衣衛，黑眸中竟透著意想不到的溫柔。

足弱仍然緊抓著草帽，不動聲色地觀察四周。無論是還在馬背上的，或者是已經下馬的灰衣衛，都把馬車圍得密密實實，注視著足弱的一舉一動。

似乎沒有逃走的可能。

他們到底要做什麼？想知道答案就非得進去不可了。

足弱鬆開原本緊抓草帽的手，伸向那名灰衣衛。

對方強悍的手勁一拉，把足弱拉到馬車邊，再度將他抱下車，確定足弱已經站穩腳步、可以往前走了才放手。

樹枝拐杖遺留在原本搭的返鄉馬車上忘了拿。足弱有些不安，但仍舊堅定邁出步伐。

穿著藍綠相間宮服與褐色鎧甲的羽林軍，手持長槍低頭行禮，目送灰衣衛入殿。

灰色披風的灰衣衛們走在足弱的前後左右，護送他走進昏暗的建築內。

太陽緩緩西沉，燭火正一盞盞開始點亮。

「請往這邊，請往這邊。」

「就快到了。」

足弱跟著他們來到的地方不是正殿，而是一處偏殿。

殿內地板打磨到光可鑑人，中央擺著一張黑色燈掛椅，與燈掛椅面對面的是一張椅背靠牆的官帽椅。

殿內的遮雨窗關著，蠟燭已點燃，空氣中充滿油味。

足弱在想，自己應該站著嗎？再怎麼樣也頂多是坐在中間那張椅子吧。

「這邊請。」

「是——」

對方示意他坐在那張跟龍椅差不多貴重的官帽椅上。足弱搖頭，手中緊抓不放的草帽幾乎快要捏爛——那張椅子一看就知道不是他這個隱居深山的野人可以坐。足弱不自覺往後退。

「足公子，請上坐。」

「不，這怎麼行。」

對方愈是開口要他坐下，他愈是搖頭，同時一步步往後退，直到撞上在他身後的灰衣衛。

「啊！對、對不住。」

「不，是卑職的錯。」

那名灰衣衛當場單膝跪地低頭，嚇得足弱差點跳起來，他害怕得立刻遠離那名灰衣衛，避開站在門口的其他灰衣衛，遠離屋內的椅子，躲進靠窗的牆角。臉色蒼白的他舉起草帽遮到嘴邊當作盾牌。

這時有人走來，打破一室膠著的僵局。

「怎麼沒有請人坐下？」

一位大人從讓開一條路的灰衣衛中間走出來。他掃視屋內一眼後，責備在場的灰衣衛。那位長相精悍的灰衣衛立刻單膝跪地低下頭。

「卑職汗顏。」

身材頎長的大人與灰衣衛們同樣是一身灰衣，只不過他沒穿鎧甲沒佩武器，身上只有長度及地的寬鬆長袖外袍，腰上繫著同色的窄腰帶。

他的頭髮是摻著白髮的灰色，頭戴冠，繩結打在下顎底下，眼珠子是黑色，膚色是小麥色。

對方舉止莊重地緩步走近足弱，擔心嚇到他；滿是皺紋的臉上平日總是嚴肅，此刻卻帶著溫和的神情，卻也隱約透著不容輕忽的威嚴。

「我派灰衣衛去接人，反而讓公子受驚了，十分抱歉。因為派去郡守府接人的人回報說公子已經出發返鄉，我不得不派快馬攔阻。你且坐下，我們好好聊聊吧。」

足弱看了對方輕輕抬手示意的座位一眼，離開原本緊貼的牆壁，與眼前的大人物保持一段距離走近椅子。但是他沒有坐對方指的官帽椅，只把手擺在黑色椅子的椅背上。

「這邊，就好。」

灰髮大人頓了一下，便恭敬鞠躬說：

「那麼，請恕在下失禮了。」

說完，他把黑色椅子轉向，讓足弱坐下，並對灰衣衛使眼色，讓下人拿來另外一張相同的黑色椅子。

背對華麗的官帽椅，足弱總算願意坐下。他坐下後，下意識地揉了揉右腿。而那位大人就坐在他面前。

「抱歉，沒能先自我介紹，在下是綠園殿總管，名叫『灰色狼』。公子稱呼在下的職銜或名字都行。」

聽到大人的名號，足弱嚇得睜大雙眼。「灰色狼」也是這個王朝老百姓對天子親兵「灰衣衛」的暱稱。在建國神話中登場追隨皇族的「灰色狼」，也肩負禁衛軍的任務。他們的特徵就是整齊劃一的灰色鎧甲、灰色披風和灰色衣袍。

看到足弱一臉不解地沉默著，大人繼續說：

「我們希望足公子能夠再次面見陛下，才會以這種方式急著把公子請回來。」

「再、再次面見……請問，為什麼，呢？」

聽到對方出乎意料之外的要求，足弱看著面前的大人，接著他低頭看到自己身上的破衣裳和木履，突然覺得丟臉，頭皮發麻，難以置信自己竟然穿成這樣站在這裡。

「陛下在結束今日的接見後，表示想與昨日見過的足公子再見一面。這次要更近距離——」

足弱想起那雙令他驚嘆「居然有這種顏色」的黯然藍眼睛。

「恕，草民，失禮……那個……」

還有那不曾見過的白，白到泛青的白皙肌膚。

（要我靠近那個人，我不行。）

他甩甩一片空白的腦袋，翻找腦子裡的詞彙。

「請，容許，草民……拒，拒絕。」

他離開暫時留宿的郡守府時，原本以為自己再不會有機會上京來。他的心早已期待著回到山上，回到家鄉的河山。

「陛下已經從另外一處宮殿過來了。」

「那個，可是，我……」

足弱一手抓著草帽，另一手順著補丁摸了摸身上洗過多次的粗布衫。

接著他從椅子站起。

「這、這身裝扮，面聖，大不敬。草民，只是野人，沒資格，見陛下，請容許，草民，拒絕！」

他以大到連自己都嚇到的音量說完，就二話不說趁隙鑽過灰衣衛之間，拿手裡的草帽甩向他們，跑到迴廊上。

「足公子！」

慌亂的腳步聲立刻追了上來。足弱用盡全力擺動右腿，不，是無視右腿的殘疾，向前狂奔。

「足公子，別這樣！」

「請留步！」

「足公子！」

看到不是灰衣打扮的羽林軍從燈火通明的寬闊迴廊另一頭跑來，足弱突然跑下階梯，跑進鋪滿均勻小圓碎石的御花園。

「足公子！」

「足公子，請留步！」

可是他才走沒幾步，羽林軍已經出現在昏暗的白石御花園裡，大範圍包抄過來並逐漸逼近。

四面八方都有羽林軍。正在進退維谷之際，足弱聽到背後傳來陣陣騷動聲。羽林軍是負責皇城安危，他們身穿褐色鎧甲與象徵綠土的藍綠相間制服。這時候一身灰色裝束的灰衣衛出面阻止那群羽林軍。

「退下！通通退下！」

在火炬的照亮下，灰衣大人站在足弱奔下的階梯頂端，而他的身旁出現一位金燦燦的宮闈天人。

唰！

御花園裡的禁衛軍同時單膝跪地低頭，腦袋幾乎要碰到地面。

足弱回頭望去，就這樣傻楞楞站在原地。

只見那人脖子上的紅色瓔珞左右擺盪，身高比頎長的灰衣大人略高些。

今世王身輕如燕地跑下階梯，沒有停下腳步，就這樣一路來到衣衫襤褸的足弱面前。

足弱張口結舌看著今世王來到眼前。

火炬在無人指示下圍繞著兩人，讓他們能夠清楚看見彼此的身影。

兩個人的身高差不多。

火光照耀下的金髮在足弱眼裡看來，比夜空中的明月還要鮮明。

有人輕輕刮了刮他的鼻樑。當然只有可能是眼前這個人。

足弱顫了一下，往後退了一步。

他們兩人彷彿要將對方吞下肚般，深深凝視著彼此。

除了老頭子以外，足弱不曾與人這麼近距離地面對面，彷彿每次呼吸都會把氣息吐在眼前的白皙面容上。

足弱察覺到這一點，變得無法繼續正常呼吸，只好轉頭換氣。然而當他把視線轉開，就再也拿不出勇氣與對方面對面。

這時候，有一根手指冷不防抵著他的下顎，把他的臉轉回正面。

「雷風……」

今世王的嘴裡吐出足弱不懂的詞彙，清晰而低沉的嗓音迴盪在他耳裡，使他一陣酥麻。

足弱再度後退一步。

每當他低下頭想要移開視線，抵著下顎的手指就會把他的臉扳正。他的臉上清楚感受到對方的呼吸。

足弱抬手想要推開對方，但是一想起對方的尊貴，又連忙握拳忍下。他用力抖了抖肩膀往後退開，對方卻又搖曳著那頭別在耳後的及肩微捲金髮靠近。

為了避免干擾到一步步移動的兩人，低頭行禮的羽林軍紛紛讓路，同時有更多保護今世王的灰衣衛進入御花園。

足弱由於太過緊張，雙腳開始抽筋，接著右腿頓失力氣。他沒料到會這樣——

「哇啊！」

他張口驚呼，身子一晃失去了平衡。

＊

他發現自己被人緊緊擁在懷裡。

映入眼簾的是以金線在金黃色布料上繡出的花草，果實與花朵都綴有珍珠。紅色瓔珞帶著焚香薰染的香氣。

對方的氣息從耳邊滑過脖頸。

「啊……」

一陣癢意使足弱呻吟出聲，他不自覺伸手抵著對方的胸膛抬起頭。

雙腳在碎石子地上上踩出沙沙聲響。

今世王就近在眼前，以雙臂環抱著足弱；金髮貼上他的臉頰，彷彿蒙著一層水霧的雙眼聚精會神落在懷中人身上。

足弱動了動身子調整姿勢，稍微刻意使力想要掙脫懷抱。

對方放鬆了擁抱的力量，卻沒有放開足弱的肩膀和手臂。

足弱明白自己的舉動對陛下已經不敬到極點，但乾澀的脣裡卻吐不出道歉的話語。

他注視對方緊盯自己的雙眼，勉強鼓起勇氣說：

「陛下……」

聽到這聲叫喚的瞬間，年輕的今世王一陣輕顫，灰衣衛也因此同時改變警戒動作，整個御花園瞬間響起鎧甲摩擦、金屬碰撞的聲響。

足弱吞了吞口水，再度提起勇氣說：

「陛下，請，放開，草民。」

話還沒說完，今世王已經把臉頰貼上衣衫襤褸的足弱胸口，雙臂環上他的腰，雙膝跪在碎石子地上。

「陛下！」

原本在一旁看著情況的灰衣大人連忙跑下階梯，膝行到今世王身旁問：

「陛下，您龍體欠安嗎？」

「狼……」

「卑職在。」

足弱感覺到手臂環腰的力道又緊了些。

「朕要帶他去綠園殿。啊啊……光是聽到聲音就讓朕腿軟，這還是第一次……」

說完，對方突然把足弱像扛沙袋一樣扛上肩。

「哇啊！怎、什麼……？」

視線突然變高的足弱渾身緊繃，雙手支著今世王的後背挺起上半身。

他不懂情況為什麼會變成這樣。

綠園殿就在綠流城後方，擁有廣大的御花園，是皇族生活起居的地方。其面積大到足以輕鬆容納一整個小村落，風光明媚的河山美景也盡收在此處的皇室御花園裡。

住在這裡的人只有皇族、不分晝夜維護安全的灰衣衛，以及近身伺候主子的內侍與女官等人。而這位碩果僅存的皇族，在十四歲那年即位成為今世王之後，朝廷六卿就送上三名權貴世族的千金為妃。那三位妃嬪被安排在皇城別處。

綠園殿是皇族的住所也是御花園所在地，更是今世王出生長大的地方，如今他是這裡唯一的居民兼主人。

而足弱是這位主子親自帶進來的人。

足弱忌憚今世王的身分不敢妄動，只有小小聲說「放我下來」，不過當然沒有人理會他的請求。

他們穿過灰衣衛擔任門衛的殿門，走過橋樑，在迴廊上快步前進，眼前出現的朱紅色飛簷、紅色與金色柱子、白牆宮殿，一切都壯觀到讓足弱說不出話來。

這是夢嗎？他正在作夢嗎？

他們往宮殿深處走，通過雙開門來到一處房間，可看到欄杆外有湖泊。

來到這裡，足弱總算被放下。他雙腳著地，踩在不曾見過的精美刺繡地毯上，登時一陣錯愕，只想退開。

可即使今世王的雙手已經放開，視線仍然停留在足弱臉上。

足弱聽到房門關上的聲響，轉頭看去，就看到綠園殿總管跟著進來。總管一進來立刻腰一沉、膝一跪。

「陛下，您有什麼打算，還請告訴卑職一聲——不過既然您把人扛到這裡來……按照您表現出來的反應……」

「是了……從血脈關係來看，他就是朕的哥哥。令朕產生這種反應……不是哥哥還會有誰……即使他不是哥哥，朕也想要他留在身邊。」

今世王退開一步，細細看著足弱，語氣中摻雜嘆息。

那位灰衣大人聞言，滿是皺紋的小麥色臉上露出不容錯認的喜悅。

「依照卑職追隨皇族多年的經驗來看，陛下的反應，確實就是遇到同族人的反應。」

「是麼，就當是這樣吧。雷風——」

足弱聽不懂這兩人令人費解的對話內容，始終盯著地上，一聽到今世王這麼喊，他便抬起頭。

「我是雷霰，是你的親弟弟。」

足弱只是茫然無措地回望對方。

許是夜深的緣故，一陣風吹過，吹皺了倒映在水面的月。

第二章　綠園殿

「陛下連日來龍心大悅，三餐都吃光，醒著時也很有精神，經常露出笑容。聽政的休息時間會向我們打聽皇兄殿下的情況，而且每次返回後宮就會去殿下那兒瞧瞧。」

這裡是綠園殿內的一角，身穿灰衣的眾人以族長「灰色狼」為中心，圍著圓桌而坐。各衛所的指揮使齊聚於此，聽完負責今世王日常起居的內侍長報告，臉上的神情皆是鬆了一口氣。

「這情況只有『峰迴路轉』足以形容吧。山重水複疑無路，柳暗花明又一村。」

「陛下的秀髮似乎也比之前更加豐盈亮澤了。」

「行了，陛下的情況我曉得了。說說皇兄殿下的情況吧。」

被催著出來報告的，是負責照料新來皇族的老內侍長；在場眾人之中，只有這位老人家的臉色算不上好看。

「皇兄殿下從第一天就坐立不安，睡也睡不好，給他的衣服他不敢穿，害怕乳白色溫泉水所以也不敢入浴，膳食幾乎都不碰。至今才過了六天，殿下的臉頰已經略有凹陷。不用說也看得出來，再這樣下去，哪怕他有一半的皇族血統，早晚也會撐不住病倒的。」

光潔的圓桌桌面上倒映著眾人擔憂的臉。

「陛下也很擔心皇兄殿下的膳食。」

隨侍今世王的內侍長說。

「陛下也親自找來御廚，命令他想想辦法。」

足弱被強行帶進綠園殿後，在今世王的吩咐下，打一開始就餐餐都是山珍海味。

雖然目前尚未對外公佈，但宰相、六卿等人均得到消息，已尋得極有可能是今上庶兄的人選。足以證明他就是今世王同父異母兄長的鐵證，在現階段只有陛下非比尋常的關心。但是在灰衣裝扮的男男女女看來，這就已經是比什麼都還有力的證明了。

他們在問過足弱之後，得知他是被人撿到帶回山裡養大，過去不曾想過自己的身世，也不曾感覺自己擁有「異能」。

沒錯，皇族都具有特殊異能。

據說一開始就是因皇族的異能，才使得荒蕪的大地變成綠土。

每位皇族人或多或少都具有特殊能力，其中力量最強大、人格與頭腦最優秀的人，一個個都坐上了天子寶座。

即位之後的君主沒有自己的名字。皇族人出生時都會獲得名字，並且用那個名字互相稱呼，但是成為今世王之後，在公開場合就不再使用個人名字。這個人的身分只有一個，就是今世王。

皇族人接二連三成為君主，但是對外並沒有太祖、高祖的廟號區別。只要坐上天子寶座的人就是今世王。沒錯，雷氏王朝的正史認為，創朝的今世王就是永遠的王，不管綠流城的主子是誰，只要他在那當下是王，他就是時任的統治者，即為今世王。

而從遠古以來就追隨這支特殊皇族的「灰色狼」，本身也是特殊的一族。

他們的主子只有稱為藍血族的皇族人，他們的任務就是追隨並保護所有流著藍血族血統的族人。這是他們存在的目的也是使命。

不久之前，如此重要的皇族人曾經歷過三次橫禍，導致全族只剩下一支獨苗。

——寡人乃本朝最後的君主。

登基詔書的內容，不僅震撼了皇土全境的群臣、庶民百姓，也同樣震撼了一路守護皇族至今的灰色狼族。

「能夠幫助陛下找回活力，正是吾族這一路尋找皇兄殿下最大的成就。一如我們過去見證過的——唯有皇族能夠治癒皇族，每個皇族身邊都有同族血親陪伴。我等必須維護陛下的平穩安泰直到最後一刻。話說回來，時隔三十三年才找回的皇兄殿下雖說是庶子，卻是以深山野人的身分過活，完全不習慣宮裡的生活。他明明還活著，我們這麼多年來卻沒能夠將他救回，如此辦事不力實在必須慚愧。因此現在，我們必須理解雷風殿下的苦。」

聽完各衛所指揮使的報告，綠園殿總管，也就是灰色狼族的族長，繼承族長之名的「灰色狼」睜開原本閉著的雙眼。

「看過陛下的反應就明白，足公子毫無疑問正是陛下的兄長、原本行蹤不明的雷風殿下。我們不能夠再讓陛下失去皇兄。我也會吩咐御廚多費心。近身伺候皇兄殿下的人，只要有任何發現，無論是多小的瑣事，全都要向我報告。解散。」

眾狼族躬身行禮後，返回各自的地方。

＊

足弱被今世王帶進後宮當晚——

內侍領著他來到浴殿，他看到白色溫泉水立刻嚇得搖頭逃走。身穿灰衣、年紀興許較綠園殿總管小幾歲的老人追了過來，十分有耐性地勸說，足弱才終於換掉破舊衣衫，穿上白衣。接著那名老人領著他到今世王最先帶他去的房間隔壁的配房，告訴他要在這裡睡覺。

那間配房太寬敞，看起來沒有什麼家具，因此足弱在想，是不是要在這裡舉辦什麼活動？可是他等了又等，卻發現沒有其他人過來，這才終於接受這裡是真的可以睡覺。現在是夏天，晚上不太冷，而且宮殿內乾淨到嚇人，所以足弱走到寢房角落睡下。

結果剛才那位老人立刻又飛奔過來，指著房間中央架子床上的床榻說——不是睡地上，要睡在床上。而且他不是只把位置指給足弱看，而是把足弱叫起來帶到床前。

足弱一摸到那床錦被，連手臂都竄起雞皮疙瘩。

那是他初次感受到的觸感。跟上京沿途體驗過的睡榻完全不同。

「唔……」

他就快要喘不過氣，忍不住往後退，再度回到房間角落。

「皇兄殿下。」

老人彎腰說。

這是在喊誰？誰的皇兄？哪裡來的皇兄？

足弱奮力搖頭。

「我，我可以，在這裡，休息。」

老人沉著臉盯著足弱看了一會兒，終於願意點頭。他退開幾步之後跪下，雙手貼地，戴冠的腦袋恭恭敬敬伏低。

足弱以為自己身後有人，回頭看去，發現沒人，再轉過頭，就看到寢房裡只剩下自己一個……

他筋疲力盡地閉上眼睛，蜷縮身子，想要躲開這場混亂，趕走烙印在眼底那抹金髮身影。

等他睡醒，他發現自己正睡在又大又乾淨到難以置信的架子床上。

他以雙臂撐起上半身，置身在柔軟清爽的錦被裡茫然無措，突然有人把包圍床榻的床幔撩向床柱，昨晚的老人探頭進來恭敬行禮。

「殿下早。」

同樣的早晨連續持續了幾天，每天都是足弱原本睡在地上，醒來時卻變成在床上。最後他也終於反應過來，是有人在他睡著後把他抱上了床。

這位老人的耐性非比尋常。

可是足弱的頑強也不輸人。儘管他後來終於願意晚上小心翼翼地睡在床榻的棉被裡，卻依舊抗拒換上內侍每天早晨給他的衣服。

對方拿來的藍色深衣，足弱都忍不住要懷疑那是不是皇袍了。穿著白色寢衣的足弱，每天早上看到內侍給他的衣服，身體和內心都會自動排斥。

「這、這個就好……」

他緊揪寢衣的前襟說。

寢衣是長及腳踝的白色長衫，長襟在胸前交錯，末端有綁繩從左右分別綁住衣服的內層與外層。寢衣底下不穿褻衣。

他認為自己只需要現在穿的這一身衣服就足夠，他不解為什麼每次睡前、起床都要換衣服？足弱一整天都是穿著同一套衣服，而且可以穿好幾個禮拜，直到覺得髒了才洗，也是要到那個時候才會換衣服，因此足弱無法理解眼前的情況。

假設他願意讓步換上新衣服，眼前這套衣服也太過華麗了。足弱收下了衣服，卻只是放在床上，連套一下的意願都沒有，也不願意讓內侍近身。

他走離架子床約十步遠，這才來到窗邊。窗櫺的寬度相當於雙手展開那麼長。窗上有以薄樹皮編織成的對開窗板，以及遮雨窗的雙重構造。

足弱以為從架子床頂垂下的床幔是蚊帳。

（第一次看到這麼漂亮的蚊帳。）

這裡的一景一物全都是如此漂亮美好。

足弱無時無刻都很緊張，深怕跛腳的自己一個不小心跌倒或失誤，弄壞了那些東西。

這個只用來睡覺的房間，面積大小相當於一塊能夠有不少收成的田地；房裡有通往迴廊的門，以及通往內室的門。寢房、耳房、花廳這三處之間沒有房門相隔，只在兩側有珠簾隔開。

耳房據說是內侍們等待主子召喚的場所。與宮殿內其他大廂房相比，耳房算是小房間，但還是比足弱生活的山中小屋更大。

足弱會在房裡走動，卻沒有想去其他地方。

他每天都對來看他的今世王表示想要回山裡去。

「直到有證據證明你不是我的哥哥之前，你都必須待在這裡。」

今世王是這麼說，他也只好配合，卻也覺得這句話不合理。

＊

得知足弱幾乎不吃飯之後，今世王決定稍微推遲用膳時間，並要求食用足弱吃下的同樣食物。他原本是打算三餐都跟足弱一起用膳，好親眼確認，但遺憾的是他必須處理政務，時間上無法配合。

這是他現階段能夠為這個總有一天將失去所有皇族的國家所做的事。身為最後一位皇族，他必須實現與這個國家百姓們的約定。

這天早上，統治這片綠土的年輕君王面前端上的膳食是——

一口熱菜，一盤子林則果，還有同樣是水果的鳳舞果冰沙，以及水。

「只有這樣？」

在他跟前跪著的是皇宮御膳房御廚、副廚，以及在御膳房工作的人。

「是的。皇兄殿下表示喜歡蔬菜水果，所以今天的早膳卑職以蔬菜水果入菜，卻還是……是卑職無能，請陛下責罰。」

御廚回答，語氣中充滿慚愧。

「朕清楚你的能力，只是哥哥他成長的環境比較特別……許是不合他的口味吧……」

說完，今世王一一品嚐桌上的菜餚，不讓擔心的侍膳內侍和其他內侍開口進言就停嘴，起身前往綠流城。

今世王通常是在綠流城與大臣們共進午膳，或是在綠園殿獨自用膳，但無論是哪種情況，今世王的膳食都是由專責御廚準備。

這天，他在綠流城側殿裡擺好的膳食前入座後，錯愕睜大湛藍的雙眼。

美麗的白色盤子上放著一條連皮帶根的乾扁地瓜，以及兩顆林則果，還有水。

林則果是拳頭大小的紅色果實，酸酸甜甜滋味清爽。

今世王入座後仔細看著眼前的食物。

他叫來御廚，要他說說原本準備給足弱的午膳菜色。

包括色彩繽紛的前菜拼盤、魚翅羹、油炸三鮮馬鮫魚捲、鹽炒山菜馬鮫魚、醬燒鮮貝海蜇皮、牛肉炒時蔬、瑤柱炒飯……每一道聽起來都不平凡且煞費苦心，光是想像就能挑起他的食慾。

今世王捧起擺著地瓜的盤子，看向一旁。

「這是什麼情況？」

「殿下在午膳過後，在綠園殿散步途中，從土裡挖出那個，用水洗乾淨後生吃……」

「早膳吃得那麼少，午膳也只吃兩顆林則果，想必他肚子餓極了吧……」

今世王把盤子放回膳案上，垂著頭，眼頭發熱，他以手肘抵著桌子，手掌遮住雙眼。

「陛下！」

四周一陣嘩然。有人焦急出聲。

「快叫總管來！快傳太醫！」

「陛下，您龍體欠安嗎？是否需要躺下歇息？」

今世王搖了搖一頭金髮的腦袋。

「朕……是天子吧？」

在場所有人全數跪下回答。

「是，陛下是今世王。」

「朕是統治這片皇土的人吧？」

「是，陛下是這片皇土唯一的統治者。」

「朕應該是想要什麼，就有什麼吧？」

「是，全天下的財富均是陛下所有。」

今世王的兩隻手手肘抵在案上，抬手遮住整張臉。

「但朕的哥哥卻在挨餓。朕是天子，卻讓哥哥吃不飽……」

說完，今世王沒有用膳就離席。在場眾人說不出半句話，好一會兒動也不動。

＊

「陛下絕食了……以皇族人的強悍，他三天不吃不喝也不成問題，但……」

接獲通報的綠園殿總管緊鎖眉頭。

不只是足弱，連今世王也幾乎不吃飯了。

胖呼呼的中年御廚，臉色慘白到令人同情，腳也站不穩了。

灰色狼總管認為必須向陛下提出某個建議，於是去覲見今世王。

＊

足弱厭惡躲在房間裡，所以他在綠園殿裡四處走動。

他承受不了室內過分華麗的裝潢而來到室外，但室外的規模還是讓足弱嚇了一大跳。

他實在想不通這片大到足以容納一整個村莊的土地居然是私有地。這裡有無數絕美的園林、湖泊、河川、森林、起伏不定的盆地，還有山丘。但那座山丘不過是沙土堆成的假山，即使種樹，每次下雨還是會隨著土石流滑走，變成寸草不生的禿山。

他看到遠處有一座三角錐。

「那是皇陵。」

不管足弱走到哪裡，都會跟在他身邊的灰色狼族其中一人為他說明。

（那位金髮藍眼的君王，將來有一天也會長眠在那裡嗎……）

足弱瞇起眼睛看過去，接著毫無預警地就在地上坐下。

他一整個早上幾乎都在走路。綠園殿裡沒有陡峭的山路，所以他可以走上一段不短的距離，但不靠拐杖持續走著，他的右腿還是開始悶痛，所以他決定在這裡休息。

足弱總是突然就走、突然就坐下，也不管是在哪裡，老內侍已經習慣了，所以也不再大驚小怪，總是站在一定距離外等候吩咐。

足弱下意識摸著右大腿，在靠近樹林的地方望著偌大的湖泊。水草開了花，湖泊中央有兩隻水鳥在游動，湖泊和湖泊之間架著白色石塊搭成的拱橋。橋的另一頭是綠園殿的朱紅色飛簷與紅柱白牆，氣派非凡。

延伸到遠方的高牆上可看見幾扇朱色大門，每次足弱要求灰衣衛們把門打開、讓他過去，他們總是恭恭敬敬但態度堅定地搖頭拒絕。

足弱怎樣都無法走到高牆外去。明明外面的市集有食物。

原本輕撫大腿的手轉為按著肚子。

（好餓……）

足弱成長的環境，使他一直以來都無須擔心挨餓。

他家裡的調味料只有鹽巴，主食是現採的野菜和果實，不是精心烹調的桌菜。冬天就吃事先用鹽醃起來的醬菜、曬乾的菜乾和果乾、水煮或火烤雜糧搗粉做成的麵疙瘩。

然而或許因為這座綠園殿的森林是人造林，足弱進入森林裡，也無法跟往常一樣獲得大自然給予的糧食。不過他還是勉強挖到了乾扁的地瓜。

禿山是堆土造山弄出來的假山，對它有期待就太蠢了。湖泊裡有稱為錦鯉的魚；非常偶而才會吃河魚的足弱，腦海中閃過鯉魚的身影。

（抓魚烤來吃，不曉得會不會挨罵……）

對於自己在這座宮殿的身分一點也不明白的足弱，此刻因為肚子太餓，腦袋昏沉沉在擔心被罵，接著開始犯睏。始終攝取不到足夠營養的身體啟動了防衛機制，一不留神就睡著了。

幾名內侍和灰衣衛站在一段距離外守著，足弱就這樣坐在空無一人的遼闊美麗御花園角落打起了盹。

遞到他面前的是味噌湯。

捧著端盤的人是今世王。碗沿繪有金邊，筷子也是象牙和黃金打造。

足弱聞到了懷念的香氣。

他動動鼻子嗅了嗅，今世王立刻把湯推到他面前讓他喝。

此刻正好是中午。再加上他一直餓著肚子。

今世王蹲在無力癱坐地上、瘦了一些的足弱面前，把端盤遞向他，讓他拿起湯碗。

足弱無法抗拒那雙藍眼睛，把臉湊近冒著熱氣的湯碗，拿起筷子拌了拌那碗湯，心懷膽怯地試了味道。

——好懷念……

足弱訝異抬起頭，就看到今世王把端盤交給內侍，坐在矮背椅上看著足弱。

「多喝一點。」

在他的催促下，足弱小心翼翼喝下湯，內心很感動，湯裡的香菇、根莖類蔬菜，原來是這麼美味啊！

他大口灌下味噌湯，湯料也吃得一乾二淨。

他吐出一口氣放下湯碗，包圍著足弱和今世王的人牆外側，傳來哀號般的嗚咽聲。

足弱正感到不解，只見內侍收走喝光的湯碗，換上裝著小芋頭的盤子。

小芋頭仍然是自然的模樣，只是切成了圓片，雪白的切口暴露在陽光下。

足弱伸出一隻手拿起盤子，在與他對上視線的今世王努了努下巴催促下，拿筷子夾起最邊邊的小芋頭切片放進嘴裡。黏滑的口感和微甜味，簡單樸實，這就是足弱熟悉的滋味。等他回過神來，又把整盤小芋頭都吃光了。

看到這情形，今世王朗笑著；那笑聲讓人宛如升天般陶醉，彷彿今天是什麼值得慶祝的日子。

「哥哥，好吃嗎？」

「這個，很像，山裡的，小芋頭。」

「對吧？那是天寶縣產的小芋頭。還有味噌、香菇、其他蔬菜也都是。哥哥，怪我害你挨餓受苦，我再也不會讓這種事發生了。」

內侍收走盤子和筷子後，今世王起身牽起坐在地上的足弱的手，拉他站起來。

「房裡還準備了很多，你可以慢慢享用。我也陪你一起。」

＊

低頭看著滿臉淚水的御廚，綠園殿總管也鬆了一口氣。

這可說是京城人的自以為是鬧出來的一場喜劇，都怪他們以為膳食就必須是桌菜、是精心烹調的食物。

灰色狼總管之前向今世王建議，盡速派人調查從西遼河南郡來到京城的皇兄殿下以往的膳食習慣。得到陛下許可後，他挑選騎兵快馬加鞭，天還未亮就出發，同時也派人從足弱原本生活的深山附近村落或縣城，蒐集當地的食材與調味料。

這些都是眾人共同討論出來的辦法。

「嗚嗚……這種……這才不是本御廚煮的菜……」

雷氏王朝最厲害的廚師不甘心地抱怨著。

其中最稱得上精心烹調的食物，就只有味噌湯了；但是就連煮個味噌湯，御廚都必須經過一番天人交戰，阻止自己使用高湯或增加畫龍點睛食材提味。不管食材打哪兒來的，小芋頭只用鹽水煮熟，這實在有負他的御廚之名。

但，這就是足弱熟悉的味道。

足弱挨餓，就是今世王挨餓，所以御廚現在沒有立場說三道四；比起自己的項上人頭不保，更重要的是必須保住好不容易增加的皇族，解決他們兩人面臨的餓死危機。

灰色狼族之一的御廚——融雪相信，皇族們吃進嘴裡的食物能夠從內在滋養身體，因此他才選擇拿起菜刀成為廚師，此後花了幾十年，他的努力終於得到回報；他的執著勝過很多人、贏過很多事，招待他國君王的國宴餐點也受到激賞，他的能力優秀到許多人強烈希望延攬他來改善自己國家的飲食文化。

而這位融雪御廚，此刻正窩在綠園殿的御花園裡啜泣。

看到足弱吃飽後，今世王也恢復以往的飲食。

御膳房就設在綠園殿旁邊。這裡是整個後宮、整個皇城往來最便利的場所。原本籠罩陰沉氣氛的御膳房，在得知兩人都把膳食吃光後，御膳房內響起一陣敲打鍋碗瓢盆的歡聲雷動。

＊

足弱免除了差點餓死在國土最富庶的皇宮裡的窘境。

自從今世王給了味噌湯之後，膳案上的一天三餐就都是幾乎沒有調味的樸實原形蔬菜及成熟果實。每次還會加上一盤精心烹調的菜，是融雪御廚用來測試足弱的接受程度。

在足弱專用的偏殿，幾間大廂房之中稱為花廳的空間裡，足弱在角落的圓桌上找到了他看慣的物品。那些土氣卻熟悉的物品幾乎埋沒在精巧華美的家具之中，包括要給村子洪大哥夫婦的土儀、包著土儀的布巾、買來的書、身上剩餘的銀兩，還有一把小刀。

「啊，這些。」

說著，他小心翼翼避免碰到家具，走過去拿起那些東西。但他沒有找到他的衣服、木履和草帽。也沒有找到他拿樹枝做的拐杖。

見他四處張望，內侍立刻把拐杖交給他。那是一根塗上黑漆的平滑拐杖，只在半球體的握把上有藍花珍珠母鑲嵌裝飾。足弱收回原本伸出的手，說：

「我的，拐杖呢？」

「陛下希望您用這把。」

足弱怯怯地接下拐杖，抵在鋪有虎皮的地上，把身子稍微靠上去試試。

「高度如何？」

「是，剛剛好……」

「那就好。」

身穿灰衣，表情和善的老內侍問。

「請問，我的，衣服那些，呢？」

「暫時收起來了。」

「啊，那請給我，我要換，衣服。」

說完，內侍臉上的笑容一僵，當場單膝跪地問：

「殿下，您現在這身衣服不滿意嗎？」

足弱拒絕每天早晨送來的衣服，整天都穿著白色寢衣，今世王看到這情況，當著足弱的面責罵內侍，把足弱嚇得一臉蒼白——他不曾想過自己的行為會害其他人挨罵。於是他急忙對今世王表示，如果是更樸素的衣服，他願意穿上。

足弱所想的樸素，與皇宮人們所想的樸素是天差地別。足弱只知道衣服上的刺繡量的確減少了，布量也減少了，但在他看來這些內侍送來的衣服還是太過耀眼。

「這個，叫，樸素，嗎？」

「是的。陛下和卑職等也是含淚妥協，才勉強選了這個。」

看對方說話的表情太過沉痛，足弱才終於願意穿。穿上的感想是——好重。聽到對方問他，對這身衣服是否不滿，足弱不自覺低頭看向衣服。

衣服是以藍色為基調，有低調的黑色刺繡，鑲著黑珍珠，每次只要一活動就會閃耀光芒。腳上穿的是表布全是密密麻麻的刺繡、只有鞋底是木頭的鞋子。腰帶用的是只有君王和皇族才能使用的黃色。

不認為自己是皇族的足弱，已經懶得再掙扎了，只說：

「沒有，不滿。是，太過，華麗。」

「假如沒有不滿，就請穿著吧。這身打扮很適合您。」

「可是……」

足弱的不解是——

我穿成這樣要怎麼回山裡？

＊

今世王滿心期待等待著，就聽到拐杖著地的喀喀聲逐漸靠近。內侍打開膳堂的門，穿著藍袍的足弱從門後現身。

今世王很自然地揚起笑容。

他的兄長已經有好好吃飯，臉頰的凹陷也消失，今天還聽說他收下了自己送的拐杖。聽到這個消息，今世王提早結束政務，派人告訴哥哥要和他一起用晚膳。

他選了圓形的膳案，這樣才能夠與哥哥並肩用膳。

今世王面前是清蒸菜肉千層佐辣醬、海葡萄蕨藻拼盤、手工鹽漬鹿肉、辣炒馬瘤、鯊魚心、山椒風味串燒、頂級魚翅燉冬瓜等，絢爛華麗的山珍海味一字排開。足弱面前則是幾乎沒有調味的簡單膳食。御膳房的廚師們彷彿在說：「調味上不能發揮，至少擺盤要好看！」竭盡所能在這些蔬果上施展精巧技藝。

「是，是宮殿……！」

足弱看到用綠色野菜蒲名黍打造的綠園殿，驚訝睜大眼。

今世王膳案上的餐具全都是黃金打造，他也要求下人準備同樣的餐具給自己的兄長使用；兩人拿著同樣的筷子吃飯使他愉悅。足弱拿起小碗時嚇了一跳，驚呼說好重。

「嗯，因為是黃金。」

他說得雲淡風輕，足弱卻像碰到烙鐵似地，連忙把小碗放回桌上。

今世王要兄長喝酒。

「酒？……啊，酒。」

說完，足弱以舌頭輕輕沾了一下今世王親自倒滿的酒杯，試試味道。

「如何？」

足弱先是偏著腦袋，接著睜大雙眼，一雙黑眸看向今世王。

「啊！我的，啊，喉嚨，胸口好熱……！」

「別緊張，酒可以從身體裡暖和身子。再喝一點吧？」

勸酒卻遭拒絕的今世王心想，既然酒不行，換成糕點如何？於是他拍了拍手。

「這是巧克力，是很甜、對身體好的食物。」

足弱充滿防備地盯著精心擺在偌大黃金盤子上的焦褐色小巧糕點。今世王當著他的面，取了一片試吃。

「嗯，好吃。怎樣？要不要就試一口？」

敵不過今世王充滿期待的凝視，足弱點點頭，以食指沾上巧克力用舌頭舔了舔，接著露出「好像可以接受」的表情。或許是喝了酒之後膽子也大了，他拿起一大塊巧克力放進嘴裡。

看得出來他正鼓著臉頰，用舌頭在品嚐巧克力的滋味。

幾位侍膳內侍，以及負責房內安全的灰衣衛，跟今世王一樣露出微笑在一旁看著，沒想到口中的巧克力融化後，足弱突然彎下腰，雙手摀著嘴。

「哥哥？」

「好……好……濃……！」

「吐出來沒關係，把它吐出來！」

巧克力大概是黏在嘴裡了，只見他的嘴不停在蠕動，卻遲遲沒有把巧克力吐出來。足弱感到難以呼吸，雙眼泛著淚光，抬眼看向輕拍他背的今世王。

今世王的雙唇湊近足弱的唇，伸舌探入口中，嚐到了甜味。

「嗯唔……！」

聽到足弱從鼻腔逸出的聲音，今世王的巧舌進得更深，找到口中最大塊的巧克力後捲出，帶進自己的嘴裡。兩人的雙唇分開時，足弱的嘴邊沾著巧克力的焦褐色，喘息的唇瓣上因巧克力與唾液閃耀著光澤。

「哥哥，你還好嗎？」

足弱點頭，以手背抹了抹嘴，卻把巧克力抹得更開了。

大概是不知道要用布擦拭，他沒有注意到內侍遞來的雪白布巾。

「謝、謝。你，沾到了。」

說完，足弱伸出手，以手指抹了下今世王的嘴唇。

「這個，很甜，但，濃到，會痛……吧？」

說著，足弱看著沾上巧克力的手指，難為情地笑了笑。看到足弱的笑容，今世王已經無法壓抑。

足弱被今世王抱起，離開他和今世王用膳的房間。今世王的雙臂穿過足弱的膝蓋後側和腋下，將他攔腰撈起走在燭火通明的迴廊上。

「什麼？怎麼了？」

現在仍舊不曉得自己該如何稱呼對方的男人這麼問，卻沒有得到回答。

男人總是喊足弱「哥哥」或「雷風」。

但足弱一喊對方「陛下」，對方就會糾正說：「我的名字是雷霰。」

雷霰……這是今世王的名字。

沒人叫的、他的個人名字。

皇族人都死盡、只剩下他一人之後，再也沒有人叫過他這個名字。本來就沒有名字的自己，還是有名字卻沒人叫的他，哪一種比較寂寞？

經過他平常待的偏殿，他們來到一處天花板很高的大房間。房間這麼大，如果兩個人分別坐在房內兩個相對的角落上說話，一定聽不見。

擺在房間中央那張床，有比足弱睡的架子床更豪華的床幔與四根床柱。足弱就這樣被放到那張床上。

他聽見內侍與灰衣衛手忙腳亂跟過來的腳步聲。

「要做什麼……？」

足弱仰躺著，今世王覆在他身上，下腹部以下緊密相貼。他抬頭看著足弱，嘴角仍然留著足弱以手指替他抹去的巧克力。

「啊啊……我心悅於你……雷風、我的雷風……」

足弱不曉得是聽到今世王說心悅自己比較不舒服，還是今世王以那個據說是他本名的陌生名字喊他比較不舒服。

「我，我不是，雷風……陛下。」

逐漸被壓進床榻裡的足弱好不容易擠出這句話。

「我也不是陛下。雷霞，叫叫看，叫我雷霞。」

追上來的內侍們點亮了燭光就消失蹤影，寢房內瞬間燈火通明卻又不是太亮。覆在足弱身上的今世王那頭金色秀髮在燭光照射下少了燦亮。

「叫我……雷霞……」

聽到耳邊殷切懇求的聲音，足弱當場渾身一酥，勉強擠出聲音說：

「雷、霞……雷、雷霞……」

那雙藍眼睛乍然睜大。

「對！就是這樣。雷霞是我的名字。啊啊……」

說完，他或許是相當開心，把臉埋進足弱的頸窩，足弱聽到吸鼻子的聲音。

（早知道他會這麼高興，我就應該早點這樣喊他。）

足弱舉起手正想要拍拍今世王的背，今世王卻抬起臉靠近足弱，在他的臉頰上一下又一下地親吻。

「啊、什……」

足弱縮起脖子把臉轉開，嘴脣就被封住，接著就這樣被深深吻住。

「嗯！」

他尚未從錯愕中回神，在膳案上侵入他嘴裡那個東西再度進入他口中。

（已經、已經沒有巧克力了啊……！）

他很想這麼說，可是他的舌頭被纏住，無法說話。

「唔、唔……」

「呼……哥哥……」

今世王換氣後再度吻上足弱的脣。

「嗯唔……唔嗯嗯！」

足弱轉頭想要閃躲，今世王還是不斷地吻上來。接著放開他的嘴脣，改吻他的臉。足弱還在大口喘著氣，今世王彷彿又被他蠕動的舌給吸引，再度疊上他的嘴。

兩具修長身影在龍床上扭動，漸漸移往床中央，足弱感覺到一陣涼風吹過身上。

「啊、啊……」

今世王的嘴脣鬆開，牽出一道銀絲，足弱這才發現身上的藍袍被扯亂了。

「雷霞……你——」

「哥哥，可以吧。」

「什麼、什麼可——」

「我可以抱你吧。」

今世王脫掉外袍，剩下白色褻衣後，再度覆上足弱的身子。足弱以難以置信的眼神看向他。

（抱？抱是，那個、那種的？那種抱？）

在足弱的知識中，「抱」是夫妻之間才有的行為。

足弱長到開始發育的年紀時，在深山小溪裡沐浴，下半身泡在水流裡，因水流的和緩壓力而升起慾望，他知道自己的身體有異，於是連忙衝回小屋告訴老人。老人一如往常地拿藤條把他打了一頓後，教導他相關知識。

「雷霰，你，不知道，嗎？」

今世王壓著想要逃走的足弱，手掌在他幾乎可以看到頭皮的黑短髮之間游移，以他不曾聽過的性感嗓音回應：

「不知道什麼？」

「抱，是，夫妻，才能做的事。」

輕撫頭髮的手瞬間停住。

「那麼，我就和哥哥成親。」

足弱急忙推開今世王的胸膛。

「不對。夫妻，是一男一女。所以，這樣，不可以。」

床榻間傳來輕笑聲。

「哥哥，皇族可以。你或許不知道，對於我們皇族人來說，不管男女或男男或女女，不管性別或兄弟姊妹，這些都無所謂——只要心悅就好，只要想要就好，只要渴望就好。」

聽到這些話，足弱想起一件事。

對，統治這片綠土的雷氏王朝皇族，有個令人毛骨悚然的駭人習俗——就是家人親族之間罔顧人倫的亂倫婚姻關係。

皇族人只會愛上擁有相同血脈的人。

哪管對方是自己的妹妹也好、母親也好、嬸嬸也好、堂姊妹也好，甚至可能是自己的哥哥、父親、叔叔、堂兄弟。

皇族人追求的愛情無關男女。

擁有異能的皇族就是一群瘋子。

足弱狠狠揍了今世王一拳。

「別碰我！」

今世王按著左臉，茫然看著足弱，足弱憤然怒罵：

「太、太、太可怕了……！你、你把倫常當成了什麼！遵、遵守倫常，才算是個人。我，我要離開！離開這裡！回山裡去！」

「哥哥！」

看到足弱從龍床的另一側跳下床，今世王拚命伸出手。

「我，不是，你的哥哥！我，才不是，不是發瘋的，皇族！」

「你是你是你是！你就是我的哥哥！我知道你是我的血親，我、我對你是如此這般著迷。少了你的皇宮就跟沙漠沒兩樣，求求你別說要離開。」

足弱甩開被抓住的手，氣到渾身發抖。

——聽好了，足弱。遵循為人之道才稱得上是個人。打破倫常就是野獸。看看這個國家的皇族，那些傢伙不過是披著漂亮毛皮的野獸，即使他們為這片國土帶來豐饒，但他們身上的汙穢，終將也會弄髒這個國家。

老頭子那番陰沉的交待在腦中甦醒。

「我要走，再也不要，來京城，我要回山上去，我要和，之前一樣，生活。」

「哥哥！我也去，我也要和哥哥一塊兒去。」

足弱瞪著滿臉淚水的今世王。

「別過來！不要，讓我，再看到你！」

下一秒，眼前的人發出野獸般的咆哮。

足弱在黑暗中穿過宮殿裡一處又一處的房室。他頻頻回頭看，只要看到追來的身影就繼續往前跑，用盡全力奔逃。

內侍和灰衣衛的叫喚、無數的腳步聲，也都被開門的聲響蓋過。宮殿迴廊上的燭臺已點亮，所以即使在沒有點燈的房間裡，也看得出屋內有什麼物品。足弱躲開椅子，避開桌子，閃過花瓶，拚命向前跑。他的右腿抖得不像話，但他無視右腳的不靈活繼續急奔。

他把椅子踢向後方，阻擋後面的人追來，一逃進耳房，立刻抬手要打開另一側的門。

「唔！」

門打不開，他煞不住身子直接撞上去。

眼睛一轉，他伸手探向旁邊那道門，那道門也同樣紋風不動。接著他搖晃遮雨窗。

（為什麼？）

足弱試圖以肩膀撞開窗戶，卻直接反彈摔在地上。

門發出巨大的聲響後關上，跟著風一起捲入房間的男人，在背後迴廊上透進來的燭火照射下，只能夠看到背光的影子。

呼哈呼哈……呼哈呼哈……

分不出那是誰發出的喘息聲。

足弱身上冒出的汗水瞬間冰冷。

想要起身的他，發現自己的雙手與雙腳無法動彈。

「啊……啊……？」

分明沒有火，耳房的燭臺卻亮了。

穿著白色褻衣的宮殿主人俯視著足弱。

藍眼睛閃過陰沉光芒，凌亂的微捲金髮像王冠般裝飾他白皙的臉龐。

他沒說一句話就壓上足弱。

胸膛上方是呼呼的喘息聲。足弱感覺到自己身上的衣服被脫下，正在被剝光。

「住……手……」

乾澀的嘴唇發出聲音。

動不了的雙腿張開，男人擠入他的胯間。他聽見今世王脫下身上褻衣的布料摩擦聲。

「不、要……雷霰……」

呼……

對方大大地吐出一口氣。

＊

「不、啊————！」

灰色狼總管接到消息趕來綠園殿角落時，從迴廊上也聽到了那聲慘叫。

在場所有人渾身僵硬。

「這聲音是……」

不曉得是誰說了這麼一句。

又寬又長的迴廊上每個一段距離就掛著燭臺。就連那些燭光，也無法照亮綠園殿總管心中的悲傷絕望。

幾個灰衣衛齊力撞上去，也撞不開暴行正在發生的耳房門板。

（陛下施展了異能。）

皇族人只要施展異能，就不是凡人能敵。於是總管阻止他們繼續撞門，指示太醫待命，也命人去浴殿預做準備。他們所能做的，只有這些。

＊

被灼熱貫穿之後，足弱的身體只能配合今世王的擺動搖晃。

「啊、啊、啊……呃啊、不要、啊……」

血腥味瀰漫，他的臉、脖子、胸口被人頻頻舔吻、吸吮、啃咬。下身的感覺逐漸麻痺。

抽插的水聲迴盪，野獸般紊亂的喘息持續。

右腿與對方陽具進出的地方劇痛難耐，足弱好幾次失去意識。

「呼、唔、啊啊、啊啊……！」

對方迎面壓下來，把足弱的雙腿扛在肩上，連喘口氣的時間都不給，就粗魯擺動腰部顫抖了幾下，旋即再度進犯。那人的雙手擺在足弱臉側，像被附身似地反覆抽插。

「哥、哥……」

「不、啊、啊、啊……啊……噫……」

下身被插入後，足弱的手腳就恢復了自由，但為時已晚，他以雙手毆打拉扯抵抗身上的男人，然所有的反抗，全都被凌駕於一切的暴力給擊潰。

深處遭無止盡的強行入侵，被滾燙炙熱的液體毫不留情地吐進。全天下美人兒殷殷企盼卻求之不得、這片大地最尊貴的男人所給予的雨露，伴隨著鮮血，全數灌注進足弱的身體裡。

＊

緊閉的門板內傳來熱切又沉重的氣氛。

從偶爾洩出的聲音可知暴行仍在繼續。

一群人拿椅子坐在迴廊上等待結束，總管灰色狼也在其中。

晚膳時的愉快團圓氣氛，演變成今世王在寢房內向同族理所當然地求歡，卻面臨庶兄的激烈反彈。

一場追逐的結果就是激情的失控爆發。

（陛下應該……很怕吧……）

皇族人有多麼深愛血親、多麼需要血親，然今世王這十二年來卻沒有這樣的對象。孤獨的他，終於在這個夏天有了一線曙光。

枯竭飢餓的今世王，肯定不剩半點冷靜與包容，能夠接受足弱的拒絕。害怕失去的恐懼，驅使他憑藉瘋狂渴望眼前血親的本能在行動。

總管輕輕閉上雙眼。

（這樣一來就足以證明了。）

儘管是以這種方式，但今世王主動想要擁抱的對象，只有可能是皇族。目前他連一次都不曾碰過大臣獻上來的三位妃嬪。

（足公子肯定就是三歲時失蹤的先王庶子——雷風殿下了。）

皇族人鮮少有庶子；畢竟皇族只會愛上自己的血親，擁抱他族人或被他族人擁抱的情況十分罕見。

但是——也不是沒有鬼迷心竅的時候。遭自己的愛人冷漠以對，無處宣洩滿腔慾火時，他們就會利用眼前的人排解——這種情況也不是沒有。

先皇的情況又是不一樣，當時綠園殿的粗活不是灰色狼族人擔任，碰巧當時的今世王被院子裡灑掃丫鬟圓潤的腰線勾起了慾望，那一次出手，就懷上了雷風。

被人從身後侵犯的丫鬟還搞不清楚狀況，交合就已經結束；她因為太過害怕，便向管事告假返鄉，在灰色狼追來前回到了鄉下老家。

不到一年，她就在老家生下孩子。使者來過好幾次，希望接他們母子入宮，但丫鬟不肯答應，再說先皇也不是真心想要找回這個非他血親的女人，所以替孩子取了名字後，他只下令灰色狼保護他們生活無虞，後來的態度始終冷淡。

但是大約過了三年，先皇的態度又變了，他派使者送衣服去給滿三歲的兒子。

去接他們母子倆的馬車及隨車護衛的灰衣衛，在上京途中遇到山崩，馬車掉落崖下的河川。

當時河川正好因幾天前下的豪雨而暴漲氾濫成災，即使灰衣衛能力和體力出色，也只救出了今世王的妃嬪。

派人進京回報消息後，先皇派來更多灰衣衛到河邊找人，後來也進行過好幾次大規模搜索，還是沒能夠找到庶子雷風。

眾人無法找到遺體，不過皇族玉牒上已經註記死亡。

總管抬起頭停止回想。

冰冷的夜風吹上他的臉。

他離座起身，抬手推門，門沒有任何抵抗就打開了。

總管踏入房內一步，就聞到鐵鏽的味道。

他藉著燭臺搖曳的火光看了看房內的狀況，感到無比心痛。

「陛下……」

總管輕聲喊著，跪在地上緩步膝行靠近。

他看到今世王半裸的身影，以及掛在他腰際無力垂下著的骯髒雙腳。

「陛下……」

血腥味逐漸強烈。

總管把內侍拿來的外袍披在今世王的寬肩上，要內侍放輕動作，接著兩人合力扶著今世王的肩膀，抓著他的腰，小心翼翼將他攙扶到別處去。

原本靠著今世王的雙腿滑落。

他們用外袍把褻衣和肌膚上都沾滿鮮血與精液的今世王裹好，在庶兄的雙腿落地前輕輕接住，再將雙腳併攏放在地上。

足弱身上到處是吻痕、齒痕、用力掐出來的瘀青。鮮血順著他的大腿流下，在地上積出一灘血。釋放無數次的大量白濁也跟鮮血從同樣位置順著大腿往下流，此刻也不斷地滴在地上。

「皇兄殿下……」

叫他沒有反應。

太醫把臉湊近足弱的口鼻，檢查他的呼吸與脈膊，確定他還活著。

「先送去清洗吧。」

太醫點了點頭，總管就使了一個眼色。

隨侍庶兄的老內侍長拿來毯子裹住足弱，三人一起小心抬起他。從他身體滴落的液體在地上發出滴滴答答的聲響。

「送去浴殿。」

目送足弱被人抬走，總管看向今世王的臉，看到他被打被抓的臉頰和嘴邊也都在流血。

「陛下，您需要治療……」

總管才要靠近，今世王抬手一揮閃過他，接著就搖搖晃晃走向浴殿。

「陛下。」

「朕要去找哥哥……」

說完，他一步又一步跟在前往浴殿的內侍後面。

今世王隔著披在肩上、長及腳踝的外袍緊抱自己的身子，低著頭，不管走在身旁的總管說什麼，他都沒有回應。

等在皇室浴殿、身穿筒袖上衣和短袴的下人們接過足弱，確認過浴池的水溫後，幾個人合力把他放進乳白色溫泉水裡，洗刷下半身的髒污。雪白的溫泉水混著紅色與乾掉的黑血，變成可怕的藍色、混濁的灰色。

穿著及地長袍的總管、內侍、灰衣衛們在浴殿門口待命，來回看著足弱的情況，以及站在門邊不動的今世王。

「陛下……另一處的浴殿已經備妥了，請您……」

隨侍王的內侍開口，今世王卻恍若未聞，依然沉默著。

突然他外袍翻飛，潔白的腳丫子踩進熱氣蒸騰的浴殿。

「陛下？」

總管直起身子。原本正在用軟布替泡在溫泉裡的足弱清除身上髒污的下人們，嚇了一跳轉頭看去。

「啊……這……！」

「陛、陛下？」

灰色狼們這才察覺到，在浴池畔脫掉外袍的今世王，此刻仍處於不正常的狀態，他們卻無力制止。

今世王跳入髒兮兮的溫泉裡，把裸著身子的兄長抓回懷中，腰部擠入他的雙腿之間，猛力把此刻仍無法消退的炙熱堅硬埋入兄長的體內，旋即立刻晃動起足弱，在浴池裡激起水花。

他緊咬的牙間洩漏出低吟，最後變成近乎咆哮的高亢吶喊。

「陛下！」

「陛下……您快點清醒過來！」

浴殿內的燭臺搖曳著火光。

灰衣衛的鎧甲分明沒被碰到，卻也鏘鏘作響，今世王的咆哮聲甚至震裂了石獅雕像。

被激烈頂弄的足弱無力歪著脖子，依舊沒有恢復意識。他的下半身沉在溫泉水下，瘀青痕跡鮮明的胸膛被迫蜷曲，肩膀靠在浴池邊緣。無力下垂的手臂此刻也跟著今世王的擺動虛無甩動。

兩人腰下附近揚起的水花變得更加混濁。

短黑髮下的臉上已經蒼白到沒有血色。

臉色鐵青的總管對身旁其中一位內侍耳語幾句，讓他去跑腿，接著任由外袍被溫泉水浸濕，靠近今世王。

「陛下，今世王陛下，請到此為止。您這樣會害死殿下的。陛下，請適可而止。」

總管頻頻以言語勸慰，希望轉移他的注意力，並且朝今世王光裸的手臂伸出手。

「陛下，再這樣下去雷風殿下會死的。」

咆哮聲瞬間響徹浴殿，在場所有人全都趴在地上。

呼哈呼哈呼哈呼哈……

只聽見野獸的粗喘聲。

燭臺熄了一半，剩下的燭火劇烈搖晃。

灰色狼總管注意到那對藍眼睛裡尚存一絲理性，連忙跳起身一腳踏入浴池裡。

他粗暴地把足弱扯開。只見鮮血順著足弱的白皙大腿往下流。總管順勢把人交給身後的內侍，大手一揮，說：「快走！」幾名灰衣衛立刻圍著內侍，抬著足弱離開浴殿，離開今世王。

總管從浴池出來後當場跪下，在濕淋淋的地上叩首。

「陛下，請見諒。卑職已經通知妃嬪娘娘們做好侍寢的準備。請陛下先平息慾望後，再去探望殿下。卑職求您了。」

等了好一會兒，今世王才走出浴池，滴著溫泉水站在總管的腦袋前。

「卑職帶路。」

總管以叩首的姿態對沉默不語的今世王說完，就起身帶頭領路。

今世王帶著體內昂揚的衝動，走過一片漆黑的迴廊，摟上穿著單薄白色寢衣等在床幔放下的床榻上，因期待與不安而發抖的妃嬪。

另外兩位妃嬪與隨侍宮女也在偏殿等著。在第二天天亮之前，幾乎昏死過去的三名妃嬪，都如願得到了期盼已久的雨露。

＊

裸著身子趴著短暫睡了一會兒的今世王突然醒來，問總是隨侍在房裡的內侍說：

「哥哥他——」

龍床上乾淨整潔得彷彿黎明前那場凌亂彷彿不曾發生一般，柔軟的錦被包覆著今世王。

內侍安靜走近，說：

「殿下正在另一處接受太醫治療，人尚未清醒。」

「朕要了解他的身體狀況，傳太醫。」

「是。」

今世王從龍床上下來，內侍立刻捧來今天的服飾現身，一邊配合今世王走路的速度，一邊動作俐落地替他更衣。他穿上鞋來到迴廊上，跟著領路的內侍往前走。

今世王注意到璀璨的晨光，停下腳步瞇起雙眼望著天空。

（啊啊……這該怎麼形容呢……）

好幾年不曾嗅過如此清爽的空氣，宛如置身在天堂般純淨。

他注意到自己渾身上下，連指尖都充滿力量。若是現在，一個彈指就有可能摧毀整座山，或者是把泥沼變成清澈見底的水泉。

今世王臉上和身上昨晚挨揍的痕跡與割傷已經全數消失。

那張臉彷彿經過淬煉般白淨，金髮更是燦亮如晨光閃耀。

這天早晨原本該是歡愉喜悅到令人顫抖，今世王卻是單手掩面，再度邁步前行。

足弱的寢房安排在與今世王隔著一座湖的地方。那是綠園殿裡第二大的宮殿，也是帝王配偶使用的空間。但內侍領著今世王前往的不是那間皇配房，而是小一點的偏房，就在昨晚的浴殿附近。

門打開一條縫，今世王鑽進房裡。

房內門窗全都緊閉，保持一片黑暗，並燃著安眠香。足弱趴在薄紗床幔後頭，臉轉向左側睡在床榻上，額頭放著冰枕。

聽到衣物摩擦的聲響，是太醫走來。

「哥哥的情況如何？」

「啟稟陛下，撕裂傷處理完畢後，殿下的右腿開始嚴重痙攣，因此貼上了抑制發炎的藥布，並用繃帶將整條腿固定，也餵他喝下了止痛的湯藥。治療過後，殿下一直在沉睡。天剛亮時接獲來報，說他開始發燒，目前正在冷卻他的額頭幫忙降溫。微臣已經準備好止痛和退燒的藥丸，等他醒來就可以服用。」

「需要多久時間才能痊癒？」

「撕裂傷需要靜養二十日，微臣建議三十天之內都不能太勉強。只是，右腿的痙攣推測是腿變形所造成。既是如此，便無法推測痊癒時間。請恕臣無能。至於發熱，最久大約三日便可康復。」

「朕明白了……你退下吧。」

太醫離開後，今世王站在床外隔著薄紗端詳沉睡的足弱。

他從左側靠近床，撩開床幔入內，掀開足弱腳上的被子，露出裹在白色寢衣下的下肢。

今世王坐在床上，伸手從足弱右腿膝蓋往大腿方向逐一撫摸；即使是隔著布料，仍然能摸出衣服底下以繃帶紮得死緊。左腿之外的腰部以上也是讓繃帶捆得縱橫交錯。

今世王想起自己連指尖都充滿的力量。

「哥哥……我這就替你消除疼痛。」

說完，今世王依偎著足弱，在床上躺下。

＊

疼痛與高燒使足弱持續意識不清好一陣子。

他看到自己變成小時候的模樣，在山裡到處亂跑。

他也看到小屋，一位衣衫襤褸的老人表情嚴肅走出來。那人天生就是臭臉。

「足弱，你採回毛和靈葉了嗎？」

「這個！」

足弱突然被藤條狠抽手臂。

「錯！這個是長得很類似但有毒的骷髏葉。為什麼你不能教一次就記住呢？怎麼那麼笨！」

說完他又狠狠打了足弱兩下，就叫他再去找葉子。足弱淚眼汪汪覺得很奇怪，老頭子為什麼要那麼嚴厲地拿藤條教訓自己。

直到老頭子死了，剩下他自己一人之後，他才明白。

現在只要待在山裡，就沒有足弱不知道的東西；哪些可以吃、哪些不能吃，這些知識與危險，都因為多次挨揍而牢牢記在心裡。

（老頭子……）

那個只讓自己稱他老頭子的男人，有著蒼蒼的白髮與白鬍子，直到最後都抬頭挺胸，目光銳利，說話也明白清楚。足弱的身高雖然超過他，卻總是輸給他的氣勢。

足弱的眼皮顫了幾下後，睜開眼睛。

意識浮上腦海，試圖把某種悲傷的情緒掩埋。

「唉……」

嘴巴好乾。

他的腦袋一動，某個濕答答的東西就從額頭上滑落到臉上。他伸手接住，發現是一只水袋。

「唔……唔！」

他想要起身，滾燙的身子卻冷不防竄過一股如雲中閃電般的痛意。

床前有薄紗床幔遮掩，房裡一片昏暗。從門窗縫隙間透進刺眼的光亮，天似乎已經亮了。

下半身好重，幾乎動不了。

「殿下，您醒來了嗎？是否要替您送上茶水呢？」

「好……」

他的嗓音極度沙啞。對方或許是早已準備好，立刻就捧著端盤過來，送上一只握把杯子。足弱貪婪地喝著杯子裡的水。

「小盤子裡的藥丸也請一併服下，能夠幫助止痛和退燒。」

對方開口說話的同時，又遞來另一個端盤。足弱痛到冷汗直冒，只好聽話把氣味難聞的大顆藥丸配水吞下。

他把杯子放回端盤後，似乎是用盡了力氣，腦靠在枕頭上。

他想挪動身子，卻摸到另外一個人的手。足弱心裡很急，卻只能極為緩慢地支起上半身，翻開被子。

自己的腰上被某個人的猿臂環抱著。足弱一陣怔忡，將被子掀開更多，就看見金髮，聽見呻吟。

今世王似乎睡得正熟。

足弱渾身顫慄——他無法判斷自己是厭惡或恐懼。

他想要遠離對方，勉強靠手臂的力量挪動腰部，今世王的手卻因此把足弱的腰禁錮得更緊。

呼吸差點就要停了。

他很想破口大罵，把對方踢下床或是痛毆一頓扔出房間。

但是，寢衣下露出的右腿被繃帶牢牢固定住，身上的疼痛也在阻止他。

（這、這混蛋！）

難以置信這傢伙做了那種事之後，還膽敢厚著臉皮死賴不走。

（啊啊！啊啊！果真是野獸！皇族人的確是野獸，老頭子說得沒錯！）

而自己成了野獸獠牙下的獵物。

想到這裡，支起上半身的雙臂頓失力氣。

足弱想要把發生在自己身上的遭遇當作什麼也沒發生，可是昨夜的記憶太過鮮明，而他也無法忽略傷害的痛楚與恐懼。

足弱把臉轉向門。

＊

總管走進足弱睡覺的房間，聽到物品倒地的聲響。

他正要加快腳步，就看到門打開。

早晨的時間已經過了一半，今世王今日卻沒有上朝，整座皇城充滿清新的空氣，彷彿受到祝福。然綠園殿這個角落卻像在與這樣的美好天氣作對般，狂風暴雨肆虐。

從門後出現的是拄著拐杖，扶著內侍肩膀，臉色很差的足弱。他臉上帶著沒有打理的鬍渣，拖著伸直的右腿來到迴廊上。

「殿下，您還好嗎？」

總管上前詢問，足弱也只是瞥了他一眼，就倚著內侍走下迴廊，來到御花園裡。在他身後有三名負責保護的灰衣衛跟著。

灰色狼總管感覺到背後有人，轉頭看去，就立刻單膝跪地。

手扶著門的今世王目光追隨著哥哥的身影。

「狼，跟上去看看哥哥去了哪裡。如果是在綠園殿內就隨他去，不准讓他出宮。聽見了？」

「卑職遵命。」

今世王看了看刺眼的天空後低下頭，垂頭喪氣地離去。內侍和灰衣衛也無聲地跟在他身後。

足弱扶著內侍的肩膀往前走，中途好幾次差點站不住，他要去的地方是御花園深處的森林。一進入森林的樹蔭下，他就覺得身體不再沉重，也有力氣走路了。

他不停地不停地往森林深處走去。

接著倏然停下腳步，仰躺在地上。

另外一位內侍過來為穿著白色寢衣的他披上外袍，他也沒有反抗，只是蜷縮起身子，不發一語地閉上眼，把臉埋進外袍裡遮住冒汗的額頭。

森林裡枝葉茂盛，涼爽的樹蔭下甚至感覺有點冷。地上是濕潤的落葉和土壤。內侍和灰衣衛站在一段距離外，守著在樹木間地上捲起身子的足弱。

總管確認過足弱停留的位置後，派人去向今世王回報。

＊

足弱在床上擺脫了今世王的懷抱，不理會今世王對他說的任何話，以不穩的腳步在房內搖搖晃晃往前走，就見平常跟在他身邊的老內侍上前來，把肩膀借給他說：「請抓住我。」

為什麼這麼乾脆就接受對方的幫助，足弱自己也不懂。

「外面……去外面……」

他這樣說著，拖著動彈不得的右腿，用力握住拐杖，感覺身上每一寸都在痛。

在草木與土壤氣味的環繞下，足弱放鬆了緊繃的身軀。

他走到無法繼續往前的森林深處，蜷起身子。

右腿與身上其他部位的痛楚接二連三侵擾著足弱，使他逐漸失去意識，感覺身子發冷，頭好重。

他緊抱自己冒著冷汗的身體想要入睡，卻因為疼痛攪局而睡不著。

他在意識渙散下，不自覺地自言自語喊痛，說身子好重，好想哭，說原來自己無處可去，說完身子一動，反而更痛。

「好痛……」

溫熱的水落在墊在臉頰下的手臂上，他才知道自己哭了。

草木、乾淨的冷空氣，以及土壤的氣味，使他的心境宛如置身山裡，感覺有些安心。但即使他閉上雙眼，腦海中還是不停在旋轉，他覺得想吐。疼痛毫不間斷地刺激著他。

等到他的呼吸變淺之後，有個柔軟飽滿的東西輕觸他乾澀的嘴脣，把水注入他的口中。

足弱連睜眼的力氣都沒有，補充了水分。

一隻大手繞到他的後腦杓，手指擦去他眼角的淚水。

溫暖的體溫籠罩著他，隔著繃帶撫摸他的腰和右腿之後，足弱感覺到折磨著自己的痛楚緩和了。

沾著淚水的睫毛輕顫著，足弱嘆息了一聲。

擺脫焦躁不安的情緒安穩睡去。

足弱在發燒。他全身冒汗，張口喘著氣。額頭流下的汗水滑落到眼皮上。他吐出灼熱的氣息睜開眼睛，看到白色的物體。

「還是很痛？」

頭上傳來聲音，他抬眼看去，就看到那個自稱是同父異母弟弟的人在那兒。

「你……？」

足弱渾身赤裸著。

只有腰到右腿上裹著繃帶，身上連寢衣都沒有，趴在同樣赤身裸體躺著的今世王身上。

足弱想要退開，手腕卻被按住。

「還沒好……再等等，哥哥。」

與足弱同樣汗涔涔的今世王，口吐熱氣在他耳邊這麼說。

今世王的指尖劃過足弱汗濕的後背，足弱差點尖叫往後仰。

他渾身緊繃想閃躲，手臂卻支撐不住，最後腦袋逼不得已再度落到今世王的胸膛上。

自己原本應該是獨自蜷縮在森林裡睡覺，不曉得什麼時候變成與今世王兩人在圓錐形頂棚、環形白色床幔垂掛圍出的燭光空間裡獨處；睡榻上還鋪著錦被。

勃發的男性慾望抵著足弱的大腿。反觀足弱的那話兒卻因為極度恐懼而縮到極小。

距離那場侵犯還不到一天。

足弱勉強支起使不上力氣的身體想要離開睡榻，腰上卻被一隻白皙玉臂纏住，今世王的鼻子和嘴脣貼著他的胸口。

「哥哥，我正在幫你去除疼痛……」

聽到他含糊不清的聲音，足弱愣了一下。

這麼說來原本迴盪在腦子深處的身軀疼痛已經減緩。儘管右腿有繃帶固定，但膝蓋似乎能夠屈伸了。

「你……」

足弱忍不住低頭看向蹭在自己胸前那張臉。

今世王的金髮因汗水而黏在臉上，彷彿蒙上一層薄霧的藍眼睛直勾勾看著足弱；豐盈的雙脣鮮紅濕潤，猶如白雪覆蓋原野般白皙的肌膚因情慾折騰而泛紅。

足弱對於眼前看到的感到害怕。

要說與昨晚有什麼不同，他很難想像眼前這張臉，竟是昨夜那個貪婪啃蝕自己的野獸。

今世王伸出汗濕的手臂，輕撫足弱的背，接著抓住他的肩膀，臉貼上他的胸口，不停地把灼熱的氣息吐在他的肌膚上。

（啊啊……）

足弱死命壓抑著忍不住就要吐出的尖叫。汗水一道道從他身上滑落。

他感覺到身體深處彷彿有一把火在燒，喚醒了體內每個角落。

今世王情難自禁地沉醉在灼熱中。

足弱察覺到腰上與右腿突然變輕了，低頭看去，就看到右腿的白色繃帶鬆脫。束縛解除後，他可以隨心所欲彎曲膝蓋，足弱因擺脫束縛而鬆了一口氣。

繃帶全數脫落後，足弱與今世王一樣，全身上下再無任何遮掩。

＊

今世王跟著替足弱端來午膳的一行人，來到這座明顯與以往不同、變得綠意盎然森林裡，看見抱著自己蜷成一團的同父異母兄長，便立刻下令準備帳篷和睡榻。

今世王才一走近，就聽到足弱喊痛，他於是從背後抱緊足弱因為冷而發抖的身子。今早在房裡要幫足弱治療時遭到了拒絕，不過，今世王凝視自己力量滿溢到發疼的手，做出了決定。

他脫光自己，與兄長躺上一張睡榻。一觸碰到對方光裸的肌膚，他就竄過一陣愉悅的酥麻。

今世王用嘴餵足弱喝水，並緊緊抱住他。

足弱的身形瘦長，但全身上下有恰到好處的肌肉。從他的飲食生活也可看出他身上沒有多餘的脂肪。

今世王提醒自己別忘了目的，同時掃視足弱全身。他以手掌心輕輕滑過足弱的身體，一陣又一陣地傳送力量。

脖子、肩膀、胸口上那些他執意留下的、看起來很痛的齒痕與瘀青逐漸消失。

足弱汗流浹背，感覺自己彷彿就要從身體深處融化了，他於是睜開眼。這表示他的疼痛緩解，正在逐漸康復吧。

黑髮黑眸在全國各地隨處可見，卻唯獨足弱看起來最特別。

今世王聽到足弱灼熱吐氣，四目一對上，體內就壓抑不住亢奮。

他貼上足弱濕漉漉的肌膚，手環著足弱的背，同時解開固定的繃帶。右腿膝蓋順利彎曲，也沒有聽到足弱喊痛。

儘管前一夜才剛要了他一遍又一遍，今世王仍然需要用盡全力，才能夠壓抑住想要推倒足弱的衝動。他好不容易放開足弱的身體時，注意到兄長的身心，沒有半點想要再次承歡的反應。

這是當然啊，畢竟昨天才發生過那種事。

（好想摸摸他……）

不可以，還不行。

（我下次絕對不會傷害他……好想把手指放進去……）

還不行，還太早。

今世王的額頭貼著足弱的胸口；他已經不是在施展異能治療，而是在與自己的慾望搏鬥。

（好想品嚐哥哥的滋味……）

不是以那種殘忍的方式，而是完全不同的、能夠產生快感的、水乳交融的結合。

今世王咬牙。

「哥哥……我再也、再也不會、對你做出那麼過分的事……我絕對不會、傷害你、對你施暴。請原諒我……」

他的雙手放開足弱，握緊拳頭，緊到指甲都刺進掌心裡，離開足弱的身子。汗水從他的髮尾一滴滴地掉落。

「我愛你。」

說完，他重新替足弱蓋上被子，就赤身裸體走出床幔。足弱還在為他突如其來的舉動而回不了神。

夜空中繁星閃爍。

今世王穿上內侍披在他肩上的外袍，光腳踩在土上往前走。

「他應該不會痛了。但流了不少汗，派人送他去清理身子。」

他向待在暗處的綠園殿總管說。

「陛下，您也需要沐浴。卑職已經備妥浴殿和膳食。」

「在那之前，先去叫妃嬪們準備侍寢。」

如果不快點排解掉慾望，他或許又會折回去攻擊足弱。

「卑職立刻去！」

其中一位內侍銜令飛奔離去。

那身象牙白的肌膚沾著汗水，在燭臺火光映照下反光的模樣妖媚動人，待會兒侍寢的貌美妃嬪們，根本連他的一根腳趾頭都比不上——這點今世王再明白不過。

夜裡還是能夠欣賞御花園池畔盛開的白花。聽說那些花今年有些萎靡，只開了一半。

滿身大汗的今世王那張俊美無儔的面容，注視著潔白的花朵看了好一會兒。

第三章　寵愛

朝廷選在夏天某個好日子，昭告天下百姓今世王找到庶兄的消息。

從宣佈日起算的三天期間，京城與各郡的糧倉全面開放，酒也可以儘量喝，並且大赦天下。

集結在金鑾殿的文武百官三呼萬歲，雷風的名字也重新寫進玉牒裡。

人臣眼裡的擔憂不再，臉上充滿光輝，連聲恭賀今世王與同父異母的兄長。

京城與皇城憂愁的烏雲一掃而空，從遠方看來，宮殿瓦片彷彿大雨洗過般閃閃發亮。

（居然有這麼大的差別麼！）

不再是書生，改以朝廷官吏身分上朝的王安，瞇起雙眼仰望綠流城。

今世王十四歲即位，勤政愛民，執法公正公平，因此獲得群臣與百姓全心全意的敬愛，但或許因為孤獨，那張出色外貌儘管沒有隨著歲月老去，卻一年比一年黯淡，逐漸失去光彩，使京城與皇城都籠罩在愁雲慘霧之中。

隨之而來的就是境內各地綠土風雲變色的報告。

王安親自走訪那些慘況，做成詳實紀錄，並將成果上呈朝廷，因此獲得認同，得以入朝為官。

唯有在金鑾殿前排有一席之地者，才有資格看到今世王本人，但有關他最近的模樣，瞬間就傳遍了全皇城，京城裡也有許多人在談論。

在玉雕龍椅前坐下的今世王，簡直像換了一個人，那頭金髮比皇冠更耀眼，彷彿吸飽了陽光。原本黯然的藍眼睛變得明亮清澈，展現他的堅定意志與智慧；雪白有彈性的臉頰略帶紅潤。步履移動顯得神清氣爽，點頭接受恭賀的笑容很是愉悅。

形單影隻的皇族與獲得血親陪伴的皇族，差別有多大，一目了然。

＊

這個國家——雷氏王朝流傳著一個建國神話。

在今世王的祖先「藍血族」出現之前，大地是一片荒蕪，當然當時的國土也不到現在的十分之一，只有貧瘠的土地與光禿禿的山丘，沒有河流帶來滋養，連動物都要逃離，百姓只差一步就要死絕了。

這時出現一支擁有異能的民族。

他們行過的土地瞬間就會變成綠土——傳說中是這樣。

作物生根，土壤肥沃，森林重生，河流出現，動物回來，大地回春。見證那股力量的在地老百姓們，請求這支民族成為自己生活土地的主人。

這支藉著血統串連的藍血族，接受了百姓的再三請託，回應表示——既然你們這般希望，吾等就持續統治這片大地，直到血脈根絕那一天吧——而做出這個回應的人，就被奉為今世王。

與這片土地上黑髮黑眼黃皮膚的百姓不同，藍血族的人都是金髮藍眼，肌膚賽雪。

雷氏王朝的皇族們在過去都習慣近親成親。儘管隨著時代變遷，有些人認為這種行為違反倫常而反對，但皇族人不以為杵，臣民只好把皇族人的行為當成是特例，對此情況睜一隻眼閉一隻眼。

縱使有人強烈要求彈劾，認為皇族也不該近親亂倫，那樣於禮不合、是骯髒污穢的行徑，但多數都遭到朝廷與百姓無視。

皇族與庶民百姓的差異還不止如此。

這片豐饒國土的百姓平均壽命約是七十歲左右，但皇族的平均壽命卻是一百五十歲。

現任今世王接替猝死的先皇，在十四歲那年即位時，就已經宣佈自己是最後一位君主，但人臣百姓卻無視皇族沒有血親陪伴就活不下去的習性，抓著一絲希望，認定這個國家還能夠延續百年以上。

但是他們的希望，在看到今世王逐漸失去光彩時，就輕易瓦解了。

朝廷為此而驚慌，獻上妃嬪給今世王，跪求能留下繼承人。另一方面，從上到下這才開始手足無措，發現必須快點制定今世王駕崩之後的國家對策。

身旁沒有血親陪伴的今世王，還能活多久？究竟能否成功與皇族以外的女子圓房生子？若是能夠產下皇子，不消說政策上今後也仍會奉其為君王，鞏固國家，哪怕那位皇子只有一半的異能，或完全沒有異能都無妨。這可說是最能夠避免國家動亂，安定民心的做法。

問題是——

現任今世王是皇族中的皇族。

皇族的皇位不是由親生子女世襲繼承。擔任今世王的人，如果駕崩或決定禪讓，到時自然就是從血親之中推舉出力量最強大、最強悍英明又能幹的人繼任。大致上都是選二十歲的成年人；沒有一定是男性，有時也有女性。在這樣的制度下，現任今世王只是湊巧父親就是上一任的今世王，而母親是他的姊姊。

父女兩人生下的今世王，承襲了濃厚的皇族人血統，在血親的祝福中出生長大。他的性啟蒙很早，也經常與族人玩在一塊、在一起學習，卻沒料到會遇上建國以來僅發生過兩次、威脅到皇族存亡的橫禍。

從那之後，他就變成形單影隻的皇族，不管獻上多少美人、孌童給他，今世王也不感興趣。他的態度已經表明一切。

群臣百姓用來自我安慰的政治算計無效，必須回歸到個人，對象要能夠吸引今世王才行。對於不需要政治聯姻的皇族人來說，不是能夠挑起他們愛慾的對象他們也看不上眼。

否則再這樣下去，別說生出繼承人了，就連今世王也活不了多久了——眾人這麼認為。

＊

「儘管知道他們是瘋狂迷戀血親的皇族人，不過這效果也太好了。」

「就是說啊。」

「大家本以為找不到皇兄，沒想到卻有了這般成果……」

王安與同門師兄弟於律並肩而坐。於律早了王安幾年入朝為官，這次在王安上奏一事上，也幫了不少忙。

這裡是朝廷官員用午膳的地方。

在門戶敞開的寬敞膳堂內，充滿熱鬧的人氣與香噴噴的氣味。

「這話可不能大聲說，不過我聽說陛下與庶兄殿下行房時，綠園殿池畔的花都開了，百年才開一次的百花龍目炎也含苞待放。」

於律是皮膚黝黑、身材高大的馬臉男子。他在官拜天子祕書、負責對外發布今世王詔書的少府監底下任職。

「啊，是麼。不愧是陛下……手腳真快。」

「是啊，之前完全不碰底下獻上的妃嬪們，冷落了好幾年，甚至一度還有人說不如休了算了。果然碰到同族人就是不一樣吧。」

兩人一塊兒吃著蒸好的肉包。

「幸好宮裡的人奇蹟般地找到了庶兄殿下，讓陛下恢復生氣。我們必須快點趁著神人現在還活著，盡快完成這個國家統治體制的建制。王安，你也是為此才當官的吧，好好幹啊。」

「是，我會盡力而為。」

王安躬身行禮。

＊

夏天在無人察覺時悄悄靠近，一眨眼整片大地就迎來了夏季。

宮殿在規劃時計算過風的路徑，因此並不悶熱，開一門就會很涼快。

足弱在涼爽的森林中醒來。

在被今世王汗水淋漓侵犯過後的第二天，他不再感到疼痛，也恢復正常進食與活動。

他與帶給他疼痛的今世王相處時，習慣保持一定的距離。就算只是笑鬧間被抱住，他也會渾身僵硬地咬牙忍過，避免刺激到對方；如果只是輕吻，他會默默承受。

足弱對於御花園深處那座寸草不生的禿山很感興趣。

他的同父異母弟弟替每天要去那麼遠場所的哥哥，準備了單人馬車。

那輛馬車裝有遮陽用的頂棚，馬車伕坐在前側；車輿上鑲有金邊，還有高大虛構動物轉身追逐珍珠美玉意象的浮雕。

用來拉車的是一匹黑毛母馬。足弱的目光被那匹黑馬吸引住。

「好漂亮的馬。」

「牠叫阿爾，是馬的產地東佛郡送來的名馬。」

「這樣，的好馬，怎麼，只用來，替我拉車……」

「要替哥哥拉車，更必須挑選名馬。名馬的性情溫順又聰明，不但可以用來拉車，也可以騎乘。不過，既然可以搭馬車，你就別勉強自己騎馬。」

足弱摸了摸馬毛，轉頭看向今世王。

他穿著夏季的龍袍，在內侍舉著的華蓋底下微笑。

「我，也想，學，駕馬車……」

今世王二話不說，點頭答應。

「來人，除了駕車接送哥哥之外，也教他如何駕車。」

「是，遵旨。」

灰衣馬車伕立刻下跪叩首領命。

足弱明白自己之所以對那座禿山感興趣，是因為他在山裡長大。那座禿山是由植物無法著根的散沙堆成，一遇到下雨就會形成土石流沖走，地質十分脆弱，與真正的山完全不同。

足弱喜歡搭乘馬車去那座山上遊蕩，找尋能夠觸動自己內心的東西，問問自己究竟想做什麼。

足弱真正想做的是返回自己生長的深山去，但是他害怕那晚的情況再度發生——就是他甩開今世王骯髒的手，當著他的面說要回山裡，卻在逃走時遭到對方攻擊那一晚。

——如果我再次開口說要回家，他是否又會情緒激動呢？

足弱咬著手指凝視地面。地上映著他漆黑的影子。他戴著草帽代替冠。

其他人多次希望他戴冠，但他認為自己不是士族，也沒有頭髮可以扣冠。不管是皇兄殿下也好，皇族也好，這些稱呼在足弱聽來都與自己無關，他對於自身處境的理解是——我在自己沒料到的情況下，遭到人稱今世王的年輕男人囚禁。

那個有錢的男人擁有驚世相貌，個性狂暴，有時很幼稚，住在自己不曾想像的另外一個世界中，而且擁有無數僕役，以及足夠攻下城池的大量兵將。

這些是不曾憧憬欣羨皇族的足弱，對於雷霰的認識。

（可能的話，希望他早點放了我……）

他始終這麼企盼著。

他才想到——拿到盤纏就能夠買書當作山居生活的消遣——就遇上這種事。

這座朱紅色、金色、白色相間的夢幻宮殿，以及佔地廣大且地貌多樣的典雅御花園，蓋在足以容納整個村落的土地上。這裡的所有人全都只為服侍帝王和他的同父異母哥哥而存在。

足弱懷疑自己是否闖入了什麼奇異空間。

不過在這裡的生活，也有他喜歡的地方，就是能夠如願親近馬兒。

他在禿山附近散步完，從沉思中回神後，馬車伕開始教他如何駕駛馬車。首先從如何接觸馬學起，也練習如何騎馬。回到馬廄後，他也主動向馬車伕要求要照料馬匹。足弱替馬擦汗，準備草料，把墊料的稻草打掃乾淨。

足弱覺得自己這身——據說是簡單素雅——的藍色綢緞深衣很礙事，因此他時不時就脫下外袍工作；反正天氣熱，只穿中衣剛好。後來他覺得中衣和鞋子也很乾淨，擔心弄髒，所以最後只著白色褻衣並光著腳。

看到這情況，最驚慌失措的就是隨侍在一旁的其他人。他們連忙送上比馬車伕身上更高貴，但是比藍色深衣更方便活動的衣服。

「這件衣服也很乾淨漂亮，反正我穿了只會流更多汗。」

足弱這樣拒絕。負責指導馬術的馬車伕聞言臉色大變。此刻夏蟲鳴叫，烈日高掛，馬匹都躲在陰暗處乘涼。

「殿下，能否請您穿上外袍呢？您穿著褻衣做事，其他人就得脫光了。」

足弱原本坐在備妥的椅子上喝著內侍遞來的冰水，聽了這話差點把水噴出來。

「不會吧……」

他看向四周，希望有人告訴他這不是真的，可是不只是馬車伕，馬僮和雜役也全都跪下叩首，用黑髮頭頂對著足弱。

他以眼神詢問跟自己對上視線的內侍，只見對方點頭。

「拿剛才的衣服來。」

足弱看著手中的茶杯說。馬車伕以下的其他人都道謝後退下。

倘若有人問起他想要什麼，他最想要的，就是離開這種地方，回到不會有人向他跪拜的山裡去——

他望著倒映在杯中的自己這麼想。

＊

他與今世王在欄杆環繞的天臺上，有一句沒一句地聊著馬的話題一邊用晚膳。

四周以篝火照得通明，膳案上也擺著豪奢的燭臺。

這個味道如何呢？——在御廚很有耐性的努力之下，足弱只偏愛天然原味的味覺，正以極為緩慢的速度，逐漸習慣宮裡的膳食。儘管如此仍不能否認，擺在今世王面前的膳食與足弱面前的有天壤之別。

足弱徒手拿著冰涼爽脆的納喜果吃著。

今世王心情大好，提議改天一起外出遠遊，足弱就只是左耳進、右耳出，大半內容都沒聽進心裡。

「我們巡幸去哥哥的母妃長眠的墓地所在郡縣吧？」

足弱把吃到一半的納喜果放回盤子裡。

「雷霞……我——」

「怎麼了？」

他幾乎不曾想到過自己的爹娘。就算想到過，也沒有任何意義。

打從他出生之後，就只有老頭子陪在身邊。等到他了解生孩子是怎麼一回事時，儘管有想過自己應該也有爹娘，但自己是被人撿去養的孩子，也就是爹娘拋棄的孩子，所以他不曾想過要見爹娘。

「我的，父母……？」

「父親長眠在這座御花園的皇陵裡。過陣子我們一起去看看。也必須向父親和其他族人報告找到哥哥的事。」

父親，以及同父異母的兄弟姊妹們……

足弱感覺口乾舌燥，抓起沉甸甸的金杯，卻在舉杯之前，手肘放在桌面，抬手撫額。

「我、我、我……父母、母妃什麼的、我、沒……」

他因為情緒過於激動，無法好好組織出一句話來。

——把話好好說好！就算你是我教出來的，我也不准你咬字含糊、談吐失儀！

啪！耳裡彷彿聽見遠處傳來老頭子的說話聲與揮舞藤條的鞭打聲，足弱挺直背脊。來到京城後，原本藏在記憶深處的語言能力，也逼不得已被挖掘出來，他認為自己說話已經變得流利許多。

「雷霞，那位母妃，真的是我的母親嗎？雖然你稱我哥哥，其他人也這樣看我，但如果我不是你真正的哥哥，去掃墓不僅沒有意義，也很失禮。」

足弱把身子轉向今世王，雙手就被他包覆在手裡。那對藍眼睛動也不動凝視著足弱。

「你就是我的哥哥。」

「沒有證據可以證明……」

「有，就是我的感情，我會愛上的就只有哥哥了。」

「那種東西怎麼能夠當成證據？」

足弱扭曲著臉。星辰在頭頂上閃耀，與明月一起照亮這對天臺上的同父異母兄弟。

「皇族人真的……只會打從心底愛著自己的血親。」

雙手被握住的足弱搖頭。

「我是在山裡長大的野人！在山裡出生長大、在山裡死去！這樣子的我怎麼可能是皇族！別再跟我說笑了，快放我回去，我想回去山裡——我已經想要回去了。」

足弱的眼底湧上淚水，對今世王咆哮。

涼風吹動篝火，也吹動今世王的金髮。

今世王的仍然握著兄長的雙手沒有放開，稍微偏著頭。

「那麼，我退位。」

篝火發出啪滋啪滋的爆裂聲。侍膳內侍、其他內侍、灰衣衛都站在一段距離外待命，避免打擾他們。

足弱眨了眨眼。

「退位？」

「對，我退位，跟哥哥一起回到那座山裡生活。如果我不退位，群臣就會跟著一起去那座山。我總有一天都要結束這個王朝，雖然比眾人預期的時間提早了許多，但反正總有一天也是要那樣做。哥哥要教我在山裡生活的訣竅喔，我很快就能夠學會的。」

說完，今世王一臉無憂無慮的神情。

＊

是夜，宰相等六卿都接到今世王的手諭。

——朕考慮將於年內退位。

換上朝服、接下手諭的六卿們差點當場暈過去。

前一天他們才剛決定要趁著成功延長了今世王的壽命、盛世安定之時，尋求變更體制的方法，卻在三更半夜接到這個手諭。

值得慶幸的是，這並非正式的詔令文書。六卿們連忙叫醒下人備馬，速速趕往皇城面聖。號稱雷氏王朝地位最崇高的六卿，紛紛來到議事堂集議，每位大臣的臉都慘白得如喪考妣。

「這到底是——」

「為什麼又——」

「怎麼會變成這樣？」

「陛下的情況如何了？」

眾人同時開口，接著把視線投向坐在六卿上位的宰相。

六卿的席位有高低之分，最上位的是宰相，其次是副宰相；宰相辭官的話，後面的人就會接替往上遞補。

「宰相大人有聽到什麼風聲嗎？」

「陛下到底為什麼要這樣……」

下巴留著細白鬍子的小個子宰相咳了幾聲之後開口。他的眼睛像針一樣細，就算他抬起頭來也看不出他的眼睛是否睜著。

「我問過綠園殿總管，據說是陛下聽了庶兄殿下想要隱居山林的請求，因此希望退位恢復自由之身，與殿下一同生活。」

坐在黑漆珍珠母鑲嵌椅子上的大臣們一臉錯愕。

「哎呀，這……！」

「陛下要拋下我們嗎？」

「好不容易找到了殿下，這下子不就沒意義了嗎？」

「沒辦法勸阻嗎？」

「殿下也可以隱居在綠園殿吧？之前的皇族們不都住得好好的、沒有怨言嗎？」

善與、安夜、夏牧、華矢、陸方這五位大臣的哀嘆與激動，迴盪在夜晚皇城的議事堂內。

其中最年輕、相當於夏牧副手的安姜獨自沉默，一臉若有所思。

「灰色狼總管沒有阻止陛下嗎？」

「灰色狼族原本就是追隨皇族的，他們只要皇族人活著就好，所以立場與我們這些管理國家的人不同。如果陛下他們真的選擇隱居山林，灰色狼族當然也會跟隨前去。別說阻止了，他們甚至有可能幫忙蓋房子。」

說完，宰相再度咳了幾聲，以睇睇眼睥睨大臣們鐵青的臉。

「想要改變陛下的想法，為今之計只有直接說服庶兄殿下了。」

聽到宰相的話，大臣們紛紛點頭。

＊

第二天，在森林的帳篷裡用完早膳，就看到綠園殿總管那張皺紋深刻的小麥色臉。

「卑職向殿下請安。殿下，宰相等六卿大人表示，希望今日能來覲見您。您要接見嗎？」

足弱正吃著多摩果磨成粉烤過後淋上蜂蜜的吃食，沒聽懂這段話的意思。

「覲見？」

「是。」

坐在帳篷下的他，眼珠子轉了轉看向自己的左右，接著抬頭看著單膝跪地的總管。

「雷霰當真告訴宰相與大臣他要退位嗎？」

嗓音有些顫抖。

「是的。陛下昨夜下達手諭通知宰相和大臣們了。」

「也就是說，他們想要找我談的就是這件事？」

「是的。卑職也認為就是這件事。您也可以拒絕接見。」

足弱擰眉。

他不懂總管的意思——宰相和大臣們想要「覲見」自己——這情況很奇怪，為什麼高官顯要見一個野人，要說「覲見」呢？這樣違反了老頭子教導的用語規矩。

「那個，我不懂這是怎麼回事，我可以找雷、雷霰商量嗎？」

「好的，那麼就由卑職帶路。」

足弱拿著拐杖起身。

昨晚不曉得是怎麼一個話題走向，最後今世王竟然宣佈要退位。他身邊的人都很不知所措。

「我去一下外廷發布手諭。哥哥，晚膳你且慢用。」

今世王說完，就帶著內侍和灰衣衛離開天臺。

（所以他後來，真的就……去通知要退位……）

足弱跟在總管身後盡可能快速移動腳步，腦海中浮現今世王昨晚那張愉快的表情。

「陛下已經上朝了，我們要前往綠流城。」

「啊——好的。」

說完，他們已經回到綠園殿，走過迴廊，過橋，通過宮門禁衛軍，進入今世王濃縮打造、象徵京城「門面」的外廷宮殿。足弱被灰色鎧甲的灰衣衛重重包圍，從外面根本看不出來中間那個在走路的人是誰。

不同於為了皇族打造的綠園殿，綠流城有負責護衛名門望族的藍綠相間制服下人、禁衛軍、黑色朝服官吏等來往走動。他們一看到從宮殿後方現身走過迴廊的一行人，連忙躬身讓路。

進入今世王歇息用的偏殿，就看到今世王已經在玉椅上喝茶。

他一看到足弱，就露出比窗外陽光更耀眼的笑容起身相迎，抱緊正想去坐其他椅子的足弱，把他帶到自己身旁的位子坐下。

「早，哥哥。」

「早、早。我打擾到你了嗎？」

「無事。聽說宰相和大臣要求覲見你？」

「嗯。我一個人實在沒辦法面對那些朝廷的大人物。」

手環在足弱背後的今世王呵呵笑著。

「事情很簡單，我也陪你一起接見吧。」

說完，他就對總管點了下頭，要哥哥也用些茶。

足弱被今世王牽著手帶到金鑾殿接見大臣。

來這裡之前，足弱戴上了內侍們拿來的冠。他想，見宰相和大臣必須戴冠吧，於是順從地讓內侍把冠放在他頭上繫好冠纓。冠飾的設計概念是銀製小鳥飛舞在朱色玉珠子四周，一走動就會碰撞出聲響，十分耀眼。足弱不習慣下顎綁的繩結，覺得難受。

金鑾殿的高臺上有一把黃金打造的椅子，以及雕刻屏風與青銅花瓶。

拐杖敲擊地面的叩叩聲迴盪在殿內。

今世王在玉雕龍椅坐下後，足弱被領到今世王的椅子——那張椅子龍椅窄，上面閃閃發亮的裝飾精緻到驚人。足弱不情不願地坐下；他不敢坐得太深，只坐在椅子前緣。

這時候他才注意到頭戴冕冠的高官望族們全都在高臺下方跪地叩首。

「陛下允許各位大人抬頭回話。」

今世王的隨侍說完，六卿只稍微抬了下頭，再度伏地叩首後，才把臉抬高。

足弱知道這六個人的目光正凝視著自己，因此一臉緊繃。

「朕的皇兄表示，只要有朕列席，他就願意接見眾卿。說吧，你們找他是何用意？」

小個子士族邁步站出來。他冕冠上的冕旒是前六條、後六條，共計十二條，而唯一允許有十二旒的官位，就是宰相了。

「謝陛下及殿下願意接受微臣不合宜的請求。我等要求覲見殿下是因為昨夜的手諭。希望殿下能夠阻止陛下退位。」

簡潔的話語，以及很難想像那對瞇瞇眼所散發出的魄力，讓足弱感受到一股威壓。

他不曉得自己該如何回應才好，抓著椅子扶手，瞥了今世王一眼。

今世王整個人氣定神閒，一臉很習慣的神情坐在龍椅上看著足弱；他頭上的皇冠、身上的金色龍袍、帶扣和瓔珞等，在他大大方方的態度面前都顯得多餘。

（這傢伙真的是皇帝呢……）

足弱在令人耳朵痛的沉默中，吞了吞口水，開口說：

「我、在下，認為……陛下沒有必要退位。在下原本就打算獨自一人返回山裡，也認為陛下繼續待在這裡就好。」

宰相與眾大臣們臉上瞬間閃過喜悅。

「你們總有一天必須管理少了朕的國家。既然如此，這有什麼好吵的？只不過是提早了一點，不是嗎？」

「啟稟陛下，這不只是提早了一點而已，這會嚴重影響到全天下。臣等對著空下來的龍椅，只有茫然無措。」

「朕即位已經十二年，你們還是這副德性，這怎麼行？」

靠上椅背的今世王抽出插在腰帶上的扇子唰地甩開。

「臣等汗顏…… 但由此可知皇族的存在對我朝來說就是這般重要，還望陛下三思。微臣代表臣民，請陛下重新考慮退位一事。」

宰相說完，眾大臣也齊聲說：「請陛下重新考慮。」

金鑾殿裡只有扇子啪嚓啪嚓的聲響迴盪。

「朕，無論皇兄怎麼說，都決定要和皇兄在一起。皇兄若是要回山上，朕不能以帝王身分追隨，只好退位。」

過了一會兒，六卿聽到今世王這麼說，立刻端正姿勢轉向足弱磕頭。

「殿下，請可憐可憐天下蒼生，打消返回山林的打算吧。」

足弱瞬間失去血色，感到渾身發冷。

「百姓們祈求著今世王繼續統治下去，即使多一年也好。請殿下聽聽臣民的心願，留在京城生活。」

「請您考慮只是去山裡遊山玩水就好。倘若殿下無論如何都愛山，就在綠園殿裡增加幾座假山吧。」

「請殿下再考慮看看。」

眾人齊聲奏請，使得足弱渾身泛起雞皮疙瘩，僵在高臺椅子上動彈不得。

他的目光從跪拜的重臣身上轉向一旁，與今世王的視線對上。

「哥哥，雖然他們這麼說，但你就按照你的想法去做無妨。哥哥一直說想回山裡。我們這一族在這裡開國已經超過千年，也到了謝幕的時候。我會讓他們做好準備，好讓我們在今年之內能夠離開朝野。來，我們回後宮吧。」

今世王沒有理會錯愕屏息的六卿們卯足全力的勸說，自始至終態度平靜。他伸手握住足弱的手。

待在高臺角落的綠園殿總管也像是在與跪地叩首的高官們劃清界線，紋風不動地看著兩位皇族人。

即使被今世王握著手，足弱也沒有動作。他低頭不看任何人，只有冠飾喀答喀答獨響。

「你為什麼，要讓我做這麼困難的抉擇……我想回山裡，就只是這樣而已，只要你不要跟來，就什麼問題都沒有了不是嗎？就不會造成群臣和百姓的困擾了，不是嗎？」

「怎麼會什麼問題都沒有？我不想離開哥哥。離開你之後我獨自一人留在京裡要做什麼？統治國家？那種事情六卿們自己討論就好。公平審判？那刑部是為了什麼而存在？維持綠土？加速發展灌溉事業就行了，國內十年份的糧倉儲糧都是為此而準備。哥哥不必為了我的退位選擇而介懷，我早先也說過，如果哥哥要回山裡，我也要一起去。我已經不想再一個人了。」

最後那句話莫名沉重地迴盪在足弱心中。他的視線順著被握住的手往上看，仰望那雙藍眼睛。那雙藍眼之中帶著他想都沒想過的溫柔。

看到那樣的目光，足弱做出了決定。他回握今世王的手，看向跪在高臺下的重臣們。

「我決定打消……返回山裡的打算……陛下也會取消退位的決定……對吧？」

足弱看向一旁，今世王緩緩站起身。

「朕的退位決定，如皇兄所云。你們可別因為這次的退位計畫暫歇就安心，務必盡快籌劃出少了皇族的政治體制與統治方針，聽見了嗎？」

「遵旨！謝陛下與殿下。」

今世王宣達完畢，就把緊繃僵硬的足弱從椅子抱起，直接退下高臺。

足弱的雙臂環著今世王的脖子，低頭靠在他肩上任由對方抱著。

自己主動遠離想念的故鄉山林，使他感到虛脫，相信那對藍眼中的溫柔而做出留下的決定，也使他心跳加速，臉頰發燙。

「哥哥……」

足弱聽到叫喚，抬起頭，這才發現他們已經離開綠流城，來到通往綠園殿的橋上。跟在後面的內侍和灰衣衛站在數步遠之外。他看到內侍手上拿著他遺落在高臺椅子的拐杖，以及一離開高臺就解下的冠。

「哥哥……」

對方又喊了聲，足弱的臉一轉過去，脣就被吻住。

「唔——！」

對方收緊摟著他的雙臂，加快在迴廊上前進的速度。

臉頰、太陽穴、嘴角頻頻被對方啄吻。對方的脣來到他的脖子上時，足弱渾身一陣酥麻。

「哥哥，我好高興你願意為我留下……」

今世王的鼻子抵著足弱的脖子，悶聲說。

「我絕對不會再做出傷害你的事。哥哥，你閉上眼，把一切都交給我就好……」

想要掙扎反抗逃出懷抱、想要大哭一場的莫名衝動在體內流竄，足弱只是僵硬地緊閉雙眼。

＊

今世王把足弱放在寢房的龍床上，便由著內侍替他寬衣解帶，接著他也脫去兄長身上的藍色綢緞衣袍。

赤身裸體的今世王跨到足弱赤裸的身子上貼上他的肌膚。

他的下身緊貼上足弱的，在足弱臉上落下細吻，露出恍惚陶醉的神情。床幔放下後，全世界彷彿只剩他們兩人。

今世王也頻頻輕舔足弱的唇讓他放鬆。沒多久原本緊抿的雙唇鬆開，露出白牙。

在足弱張口換氣的空檔，今世王的巧舌趁機鑽入，吸吮其中的甘美唾液。

「嗯唔！」

足弱握拳的雙手緊靠著今世王的上臂。

「啊、啊……呼。」

今世王半途鬆口，方便足弱呼吸，耳裡只聽見兄長逸出的喘息聲，只看見他濕潤的小舌。

哥哥的舌頭果然甜。他不想吸吮其他人的舌頭，唯有雷風是特別的。

（哥哥……）

他的慾火已經無法按捺。在森林帳篷底下沒能夠進行的，他今天都要做。

原本堅持返鄉的足弱，徹底改變心意留下，這決定固然一方面也是受到大臣們的勸說影響，但今世王相信——這表示他接受了我。

他克制著因狂喜而即將爆發的下身，讓足弱逐漸融化在情慾裡。

說實話，足弱只要躺著閉上眼睛就好，只要願意陪在自己身邊就好，但今世王想要舒緩、開拓這副身子，讓他成為只屬於自己的所有物。

他愛撫對方緊繃的身軀使對方逐漸放鬆。為了緩和緊張情緒，室內燃著氣味溫和的薰香。

今世王把手伸出床幔，就有人在他的掌心裡放上一只小玻璃瓶，瓶中裝著只生長在南孔三郡鄉間、名叫安樂翠的珍貴紫花萃取成的芳香油。

這是皇室御用的物品，只為了皇族人的床笫之歡而存在，即使是達官顯要也買不到。十二年來沒有使用對象，剛一找到庶兒，今世王立刻就命人大量下訂。

他把芳香油倒在足弱象牙白的下腹上，以手掌抹開，再以自己的下腹部緊密貼上幫助潤滑。經過體溫的加熱，安樂翠散發出香氣。一旦聞到這股香氣，原本合起的雙腿也會想要張開。

「啊、啊……雷霰……」

看著眼皮微張仰望自己的足弱，今世王燦爛一笑，撥了撥他的黑短髮，輕撫他潮紅的臉頰。

「沒什麼好怕的……不用怕……」

他覆上仰躺在被褥上的光裸身子，以手與舌愛撫著那身漂亮的肌肉。

「啊啊、你……啊、啊……」

香氣隨著體溫上升而擴散，肌膚也漸漸染上薄紅。他感覺到在森林帳篷中恐懼到縮得極小的那話兒逐漸不再畏縮。

芳香油滋潤過的手指，以不驚擾的方式輕輕握住足弱的分身。

「呃——！呼、啊！」

他驚顫彈起腰，抓住今世王的手臂。

「別怕，哥哥。」

「雷霰！」

今世王的手一動，足弱的額頭便一下又一下壓在他的鎖骨上，灼熱的氣息噴在他的胸口，讓今世王體內竄過陣陣快感。

「咕、唔……！」

今世王咬牙勉強克制住衝動。

他彎起兄長的雙腿，朝左右掰開，腰身擠入緊貼著胯間，手臂繞到足弱背後緊緊摟著他。

他吮了吮足弱的脖子留下吻痕。

「哥、哥、沒有什麼好怕的，好嗎……別擔心，我絕不會傷害你……」

他在耳邊輕語，在足弱的唇上掠奪。

接著他放開足弱，拉來軟枕墊在足弱腰下，把他的左腿架到自己的肩上，繼續倒光第二瓶芳香油潤滑手指，最後將一根長指插入足弱兩腿之間又熱又窄的菊穴中，抹入芳香油擴張。足弱的右腳左右亂踢掙扎。

「那邊、住手、別碰……！」

「我不會傷你的，哥哥。」

他拿第三瓶芳香油貼在穴口上一倒，把大量油液送進穴內潤滑。手指一拔，就看到後穴收縮吞入那些芳香油。

他抓住足弱試圖退開的腰胯，拉近自己。足弱的腰上也讓芳香油弄得油膩濕滑，從脖子到胸前都因情慾而泛紅。

「那、種地方……我、呃、我……」

足弱抬起一條手臂擱在眼前，不停地粗喘。

「別擔心，哥哥，我不是在做需要害怕的事，我在疼愛你。」

陣陣抽搐的足弱眼角落下淚水。

「雷、雷霰……唔！雷霰、好、好奇怪、不要……唔！」

足弱雙膝難耐的相互磨蹭著，下腹部陣陣顫慄，他痛苦吐氣。

今世王於是更加溫柔地耳語，傳達自己的心意。

他再度掰開足弱併攏的雙腿，插入二根手指。

「噫、啊……！」

看到足弱的眼睛半睜著，今世王就朝他微笑，期間還不忘緩慢但堅定地讓手指繼續探入炙熱的深處擴張。

這是小時候與同族人嬉鬧時聞到的懷念芳香，那時候無論男女都在笑鬧間學會互相探索。手指碰觸穴內的觸感令今世王頭皮發麻。傷害的痕跡已不在，剩下芳香油潤滑後積蓄的熱度。

「唔……啊……啊、啊！」

「再一會兒就好，別擔心。」

今世王開口安撫足弱，面帶笑容落下一個個親吻。

兄長的性器即使愛撫了半天，仍舊死氣沉沉的，沒有太熱烈的反應。今世王看似不在意，但也不是那麼快就能夠從起初的打擊中振作。他想要滿足足弱的慾望，但這不能強迫，因此他只能採取溫和的手段，希望足弱相信他絕對不會再施暴。

他接著倒入第三瓶芳香油。

足弱的雙腿一顫，用力夾緊今世王在他雙腿之間的身軀，卻沒能夠持續太久，沾滿芳香油的油膩身子滑落在床榻上。

「啊、雷霰、啊、啊、雷霰、搞什麼、夠、夠了、放開我！」

今世王毫不吝惜地把第四瓶芳香油繼續灌入穴內。菊穴發出噗滋噗滋的聲響吞沒那些油液。今世王轉動插入穴中的手指攪拌那些油。芳香油因為體溫升高，香氣變得濃烈。

彷彿受到那股香氣引誘，今世王重新面向腿間，將按捺已久的慾根，抵上他花時間精力灌注大量芳香油和憐愛擴張的地方，用力順勢往前一推。

「雷──啊……咦？」

很順利就進入了一半。今世王抓在手裡的腰往上一拱，足弱慢了幾秒才大叫。

「啊啊啊啊？啊、這……什、住手……」

「呼……啊啊……」

「好、痛……好痛……」

「咕、唔……哥哥……！」

今世王眼前一白，幾乎是一插入就高潮。

「呼、哈、呼哈、呼、呼……！」

他緊摟足弱的腰，小幅度前後抽送。不出他所料，即使已經過高潮一次，他的陽物仍舊沒有疲軟。他調整呼吸，再度緩緩頂入深處。汗水流進眼睛，隨著他的腦袋晃動飛濺。

「雷霰、啊、唔、好深、好可怕、好可怕！」

聽到兄長這麼說，今世王很想親吻他，說些話讓他安心，卻因為姿勢很難辦到，於是今世王緩緩拔出進入一半的陰莖。

「噫啊、啊、啊啊啊？」

拔出帶來的強烈刺激使足弱放聲大叫。今世王將他的身子改為側躺，旋即抱住他，把拔出的堅挺再度緩慢頂入穴內，由著那處充分潤滑過的穴口發出滋滋聲響吞沒自己的分身。

「別擔心，哥哥，不用怕，有我在，我愛你。」

今世王王從身後緊緊抱住足弱，胸口緊貼在他背上，在他耳邊細語，頻頻親吻他汗涔涔的脖頸，同時頻頻愛撫著兄長沒有反應的陰莖。

「並不可怕，對吧？放鬆享受吧，不用擔心。」

「啊、啊、裡面、裡面、雷、雷霰……」

「是的，我是雷霰，我是最愛哥哥的雷霰。」

他緩慢頂弄，撞擊著濕滑的臀瓣和後穴，一下又一下地插入，感受著穴內的滋味。濕熱蠕動的裡頭將今世王裹緊。

「唔、唔、啊、雷、雷、啊、啊。」

足弱緊緊抓著同父異母弟弟繞到胸前的手臂，整個人陷入情潮中，汗水奔流的足弱搖頭，每次被頂入就會發出啜泣的呻吟。

「啊、哥、哥哥、呼——啊、啊、啊！」

歷經十二年的孤獨與空虛，終於找到血親的今世王，牢牢抱緊在懷中的人，將滿腔的愛意灌注到對方深處。

今世王與庶兄此次行房用掉了足足四瓶芳香油，而且就皇族的男歡女愛習慣來看，這次倒是很快就偃旗息鼓了——一切都是因為今世王把這次交歡的重點擺在能夠順利結束就好。

寢房裡隨侍在一旁，盡可能抹去自身存在的六名內侍及安靜守候的總管都鬆了一口氣。

今世王為了避免足弱感到恐懼而極力安撫的模樣，就連以往驍勇善戰的總管都忍不住淚濕眼眶。

聽起來皇兄殿下似乎沒有射精，不過回想他的第一次經驗那般慘烈，現在這樣也是無可厚非。想來陛下必定不會心灰意冷，應該不久之後就能克服這窘境。

不管怎麼說都值得高興——灰色狼總管心中無限感懷。

龍床上仍在庶兄體內的今世王，從床幔後探出頭，臉上滿是完事後尚未褪去的情慾。

「浴殿呢？」

「已經備妥。」

內侍掀開床幔，收攏在床柱上，看到足弱背對著他們全裸側躺的身影。

他躺在綢緞床榻右側動也不動，似乎已經睡去。

此刻肌膚通紅，滿身大汗，下身流淌著芳香油與今世王的精液。

與兄長同樣一身汗水與芳香油的今世王，拉過側躺的足弱，將他攔腰抱起。

「怎……」

「去沐浴。一切都交給我，哥哥，你應該累了，睡吧。」

說完，他在足弱臉頰落下一吻，抱起人就朝浴殿走去。

足弱在弟弟懷裡筋疲力竭歪著腦袋，靠著對方的肩膀閉上雙眼。

鄰近今世王寢房的浴殿在綠園殿中也是最特殊的空間，這兒的地上鋪滿白石磚，嵌著三座花形浴池。

浴殿裡充滿蒸騰的熱氣，霧茫茫一片。水蒸氣從天花板縫隙溢出，窗外可欣賞到美好景緻。池裡的熱水是乳白色的溫泉水，從綠園殿的御花園噴出，而後引入浴殿使用。

將足弱攔腰抱起的今世王，站著讓人在他身上澆淋一桶熱水後，走下其中一座浴池的階梯。浴池裡有可以坐下的地方。

浸泡著熱泉水，今世王讓足弱面對面跨坐在自己身上，讓他的上半身靠著自己，腦袋倚在肩上。接著他摸摸足弱的頭輕喚幾聲，乳白色熱水底下的手指就探入足弱那處，掏挖出灌入的芳香油與白濁。

足弱面紅耳赤抬起頭，扭動身子踢著雙腿掙扎。

「住……啊，住手……！」

他的聲音在浴殿響起。

今世王拍拍他的背把他摟緊，以帶蜜的甜美嗓音在他耳邊低語。

「好了，就快好了，乖。」

足弱激動粗喘。

今世王讓浴殿內侍幫忙洗去身上髒污後，離開浴池，把無法自行站起的足弱放在藤椅上，替他擦乾身子。看他穿好白色寢衣，今世王再度攔腰抱起這位身高與自己相差無幾的兄長。

「我可以自己走。」

「或許，但反正距離不遠，就讓我抱吧。」

今世王以撒嬌的語氣說服其實站不起來的足弱，回到寢房。此刻被褥已經全數換新，薰香也換過，房內淫靡的空氣為之一新。

他把兄長放躺在清爽床榻上，自己也在他身旁躺下。

「睡一下，醒來再用膳吧。」

足弱沒有回應。現在仍是太陽高掛的時辰，房內卻一片昏暗，半點聲響都沒有。

＊

「百花龍目炎的花苞綻放了。」

「嗯，當然。」

「御花園深處原本枯竭的水泉也噴出泉水了。」

「是麼。」

「御花園的三位灑掃下人稟報說不再腰痛了。」

「哦？這效果倒是第一次聽說。說起來監禁、治癒他人這種異能，在皇族人之中也算是罕見。施展出異能的陛下，興許是無意間造就了奇蹟吧。」

「寢房的飛簷脊獸，石獅子從一尊變成兩尊了。」

聽到這則回報，灰色狼族的族長也忍不住放聲大笑。圍著圓桌的眾人也溫和笑著。

「我一開始還很擔心，不曉得情況會如何發展……」

隨侍足弱的內侍長輕聲說。

「在血親圍繞下長大的陛下，以及打從出生就不曾接觸過血親且遠離世人生活的殿下，兩人之間的鴻溝如此深遠。儘管終於順利結合，但今後仍是大意不得。從退位一事亦可明白，陛下對於與殿下之間的關係，不會有絲毫的妥協。」

「看樣子成親之事也是指日可待。」

女官長說。

「成為皇配嗎……殿下實質上已經是了，不過是否成親，還是要看他們的意願。」

今世王與血親成婚時，其配偶無論性別，皆稱為皇配殿下，且配偶無須肩負什麼特殊職責，頂多是大型活動要坐在今世王旁邊，但不管是哪一位今世王，都不希望自己的伴侶暴露在外人面前。

與其他國家不同，雷氏王朝沒有三宮六院七十二妃也沒有政治聯姻，因此今世王的配偶終究是屬於今世王私事的範疇。

＊

好熱……他以為自己快要被燒死了。身體一陣陣打著顫，呼吸淺薄，好難受……而且真的好熱。

睡醒起來用完晚膳之後，今世王表示還有幾樁延宕的政務必須處理，於是去了綠流城。

「哥哥，你就在這裡繼續睡。我晚點兒會回來。」

說完，今世王的雙唇貼上足弱的臉頰。

（這個人為什麼老是隨便舔人臉頰……）

足弱鑽進夏被裡，讓飽經劇烈運動折騰的身體休息。他的手臂、雙腳、腰側等被用力抓過的地方都還有些痛，尤其是後腰完全直不起來也使不上力。

被強行擴張過的後穴裡，仍殘留著異物感；被不留餘地拉扯撐開的腸徑，也持續在痛著。

感覺到那股痛意的足弱，臉色一陣青一陣白。

儘管對方不斷在說著「別擔心」、「用不著害怕」、「我不會傷害你」，但遭到侵犯時的場景仍歷歷在目，因此在交合時，足弱也頻頻害怕發抖。

（我為什麼要那樣乖乖承受？）

他不懂自己暫時會留在京城的決定，怎麼會等於是願意與今世王共赴雲雨。

但是，不管怎麼說，這都是足弱的選擇。而且可以確定的是，他被帶上床之後，也沒有毆打並逃離對方。

他不惜壓抑恐懼到最後，差別只是從上次的粗暴血腥侵犯，變成不斷地抹滿芳香油擴張再擴張而已，結果他仍然被強行進入了。

堅挺炙熱，而且很痛。

對方也跟上次一樣把精液射在裡面。

又不是男人女人為了生孩子的交合，為什麼要射在裡面？

（呃，男人和男人，應該生不出孩子，對吧？）

足弱懂的學問不夠多，他想到這裡瞬間瞠目，緊抓被子。

（難道可以嗎……咦、咦？咦？）

他聽說生孩子必須是男女交媾才行，但……

足弱不自覺伸手探向下腹部。可悲的是他對於答案沒有把握。

他雖然沒有親眼見過，不過他聽說女人身上有生產用的孔洞，男人把精液注入那裡就能夠生孩子。自己在這方面的知識應該沒錯才是，因為他是從老頭子那兒聽來的。

可是……今世王兩次插入的都是足弱下身唯一的肉穴。

難道女人也沒有所謂的專用孔洞，跟男人構造一樣？畢竟同樣是人類，兩性的胸部大小固然不同，但他不認為構造上會有太大的差異。

足弱鐵青著臉，躺在枕頭上。

說起來，為了生孩子以外的交媾行為本來就毫無意義。既然如此，想要與自己進行那種行為的今世王，就是想要跟自己生孩子了。

（不行，我愈來愈糊塗了。）

足弱舉起雙手遮住臉。

＊

換上龍袍的今世王咀嚼著幸福。

哥哥太棒了；那副身軀充滿肌肉又不會過瘦，泛紅肌膚上佈滿汗水，以淫靡方式塗抹的芳香油因體溫升騰而散發出誘人香氣。

承受今世王進入時，他的短黑髮會陷進白色床榻裡，仰頭暴露出白皙喉嚨。

皇族人所沒有的象牙白肌膚令人流連忘返，喘息聲與蹙眉的神情也格外動人。

後穴又熱又窄，潤滑過後就能夠長驅直入。

足弱嘴上雖然喊痛，卻沒有看到哪處受傷。

那還不習慣歡愛的體內深處，只有今世王到達；在對方使盡渾身力氣緊縮的那處抽插著，他爽到腦子都要化了。

今世王在內侍和灰衣衛的圍繞下走在綠流城的迴廊上，食指停留在脣上。

腦海中響起足弱的呻吟。

「雷、雷霰、住、手……！」

被肏到最深處、被頂弄搖晃，在懷中扭動掙扎。

足弱露出擔憂、無法想像接下來將面對什麼的不安表情，以惶恐的視線看著今世王。

過去十二年來不曾有人喊過的今世王本名，終於有人在寢房裡喊出來——不是今世王遺忘多年、別人獻上的美人或孌童，而是他歡喜擁抱的對象。

（晚上也想做，不過應該會被拒絕吧。）

今世王的心情浮動，身體亢奮，早先很想立刻再要一次，但他不能逼迫對方。雷風是他的寶物，求歡時必須慎重再慎重。

今世王沉浸在幸福中忙著政務，全身皆因歡愉而充滿力量。

就連見慣皇族人的灰色狼族，也因為今世王這一晚變得更加俊美無儔，令人無法正眼瞧著而屏息。

＊

足弱拿著差點被風吹跑的草帽，搭乘雙人馬車前往御花園內的皇陵。

夏季連日的酷暑使人貪懶。每到這種時節，朝廷也是半停工的狀態，幾乎沒什麼人會在白天活動。

待在綠園殿的時間變多的今世王，來找還是一樣住在森林裡的足弱。足弱闔上在京城書肆購得的書冊，搭上馬車。在這對同父異母兄弟搭乘的馬車後頭，跟著騎馬的灰衣衛與徒步的內侍。

在規模相當於一座小山丘的三角錐正面，可看到一扇高門。一名禁衛軍站在該處，門已經打開。足弱跟著今世王下車，把草帽留在馬車上，拿著拐杖跟在今世王身後往前走。

身穿薄料淺藍色常服的今世王穿過大門，走進幽暗的廊道。

「哥哥，往這邊。」

行過短短的廊道後，三角錐的某處似乎有引入日照用的窗口，只見夏日陽光從頂上照進來。光滑的白石鋪滿整個空間。

正面有一塊燒黑的木板掛在牆上，兩側豎著燭臺。三角形的牆壁是褐色，這些就是這裡面僅有的裝潢。

「裡頭看起來什麼都沒有吧？因為皇族人採火葬，用不著多大的空間，而且大家都希望葬在同一處，所以遺骸骨灰全都安置在這裡。聽說過去也有人提議每位今世王都要有獨立的皇陵，但歷任今世王認為那樣太孤單，便拒絕了。我也不喜歡那樣。」

聽聞是火葬，足弱看了今世王一眼，眼中帶著驚訝。

隨著馬車步行而來的內侍佈置妥當，並點燃有一人高的蠟燭。

足弱現在才知道，在鑭城，能夠採取火葬的唯有皇族人，以及首位今世王駕崩時請求殉葬遭拒的灰色狼族。一般庶民百姓幾乎都是土葬。

內侍退下後，今世王在納骨堂裡的石板前跪下，低下在這片綠土上不對任何人低下的腦袋貼地。足弱也在他的斜後方跟著緩慢跪下叩首。

燭蕊發出火燒的聲響。皇陵內也可聽到遠方的夏蟲鳴叫聲。在刺眼的白日光照射下，兩人安靜拜著族人。

（我真的是你們的族人嗎？……那邊那位真的是我爹嗎？我是雷風嗎？你們最後一位族人說我是。我也明白雷霰很努力避免再次傷害我。我……他抱我是以為我是他的血親，或者是因為想抱而抱，我也不是很清楚。不過……你們最後的夥伴很受百姓景仰，在灰色狼的保護下也過得很好。看來我似乎得暫時陪著這個男人。）

他對著一群不認識的先人說完話，一抬頭，就看到今世王轉過頭來等著他。兩人的視線一對上，他就對足弱露出微笑。

接著他把頭轉回前方，面對素色地板開口說話。他的聲音虁聲虁氣迴盪在皇陵內。

「父親啊、母親啊、兄弟姊妹啊，我族的先祖啊，我們失去的雷風歸來了。我失去諸位的沉痛，皆因兄長而得到撫慰，每日都有了希望。我愛著兄長。請諸位庇佑我順利結束雷氏王朝。待我與兄長放下這片綠土離去之時到來，請來接我們。也請保佑接納我族的國家百姓今後幸福安康。」

今世王再次叩首，足弱也跟著照做。

今世王起身後，伸手扶起足弱，就這樣牽著他的手走出皇陵。

離開幽暗廊道突然來到光線刺眼的皇陵外，他瞇起眼睛。

「哥哥，等秋收結束後，我們去哥哥母妃的墳前掃墓吧。我也許久沒有離開京城，是時候安排巡幸了。」

足弱沒有說好也沒有說不要，只是回看著今世王的雙眼。

第四章 誤會

前一天下過雨，第二天足弱就前往檢查禿山的土石流狀況。

他摸了摸土壤，看出走山的位置，檢查勉強留在禿山表面沒被沖走的草根。

他從跪地的姿勢撐著拐杖站起，正打算跟總是在他身旁的內侍說話，突然想到一件事。

「你叫什麼名字？」

老內侍恭恭敬敬地跪下回答：

「卑職是『命』。」

足弱注視隨著自己在強烈日照下東奔西跑的那張小麥色臉。

「名字真好聽。」

「不敢。我們這一族的名字，都是皇族所賜。」

「其他還有哪些名字？」

說完，命就叫來其他內侍和灰衣衛。

「報上你們的名字。」

來人一個接著一個單膝跪地，自報名字。

「卑職是『溫』。」

「卑職是『星』。」

「卑職是『礦石』。」

「卑職是『道』。」

「卑職是『遙』。」

足弱忍不住讚嘆：

「大家的名字，都很好聽呢……」

自己被老頭子稱為「足弱」。感覺上與剛才聽到的那些名字，相差十萬八千里。

「足弱」這個名字是取自於他的身體缺陷，灰色狼們的名字卻不是那樣，反而有祝福的意思在。

「殿下的名字「雷風」，在藍血族古語中是指『林葉間灑落的陽光』。」

許是注意到足弱臉上一閃而過的哀傷，內侍長這麼說。

「那，雷霰呢？」

「陛下的名字是『幸福喜樂』的意思。」

——幸福與喜樂。

「原來如此……」

可以看得出他是在幸福與喜樂圍繞下誕生。

足弱把據說是屬於他的名字，以及今世王的名字收進心裡，看著命。

「我想在這座山上種樹。為了方便作業，我想先在山腳下蓋一間可以住人的小屋。」

內侍長行禮說：

「遵命。小屋只要五天就能完成。至於在山上造林這件事，只要樹種決定好，馬上就能找來樹苗。」

「不、不是那個意思。我不要其他人幫我做，我要自己動手。」

足弱連忙擺擺手。隨侍在一旁的兩位內侍全都抬頭。

「如果這邊的林木可以砍的話，給我伐木用的斧頭，我可以砍下使用。啊，不過還是曬乾的木頭比較好吧。還有小屋……要種在山上的樹木我可以自己培育樹苗……」

內侍長吞了吞口水。

「殿下實在無須親自動手……」

「為什麼？這是我想要的，就應該由我自己動手不是嗎？」

足弱想要做的事，最後還是決定等午膳時問過今世王再說。

＊

從綠流城回到綠園殿的今世王，坐在膳案前用膳，一邊聽著兄長的要求。

「用帳篷當小屋不行嗎？」

「冬天會冷……」

「啊，也是。小屋，你要自己蓋嗎？」

「嗯。」

今世王看著足弱堅定不容拒絕的嘴角。

足弱身穿綠底繡著黃色花瓣的夏服，帶扣也是淺黃色，很適合他修長的身形。

兩人行過房之後，今世王又求歡過好幾次，但足弱總是面紅耳赤把臉轉向一旁或當作沒聽到，拒絕今世王。

（我是否應該態度強勢些呢？）

今世王也不是不曾這樣想，但是一看到足弱短黑髮底下露出的白皙後頸都染紅，他就決定還是過一陣子再說。

「那麼，我會派人備妥木材，你就用那些蓋小屋。你需要不少工具吧。」

「雷霰，我要自己一個人蓋。」

大概是願意接受今世王替他準備木材和工具，他這樣出言提醒。

「好。別受傷了。」

「嗯……謝謝。」

足弱把原本拿在手裡把玩的山莓果實放進嘴裡。

＊

有了今世王的許可，小屋的建材木料很快就有人堆放到山腳下。切割、測量、刨削、敲打用的工具也都送來了。

足弱請內侍幫忙找來方便行動且流汗弄髒也無妨的短褐換上。或許是認為長袖外衣反而會讓足弱受傷吧，內侍拿來的衣服連足弱都覺得滿意。

——窄袖外衣、短袴，以及他一直想要的草鞋和草帽。

這個季節白天很熱，所以他選擇在清晨和傍晚太陽下山之前的時間施工。

在森林帳篷內醒來，洗臉更衣後，足弱搭著馬車上山去，在那兒邊吃早膳邊擬定今天的計畫，用完膳便著手進行作業。

內侍和灰衣衛隨侍在一旁，足弱看著紙上的設計圖，拿尺作記號。

內侍一邊問一邊送上冰涼的果汁，希望他休息一下。

「殿下，您學過建築嗎？」

「建築？老頭子教過我蓋小屋。」

「他教了您設計圖的畫法、尺和工具的使用方式、施工規劃全部嗎？」

「是的……不過我們沒有這麼高級的工具。」

足弱喝下一些甜果汁，這才發現自己口渴，便一口氣把果汁喝完。

老頭子是比任何人都要可怕的師父，足弱也是因此才學會如何挑選適合砍伐的樹木、如何砍倒樹木、如何搬運，挑選蓋小屋地點也不放過任何小細節；只要一個刻度量錯，就會被老頭子拿藤條鞭打。這些事情早在他比現在更年輕，體型比現在更瘦小時就學會了。

足弱沒有理會周遭其他人的擔心，朝著腦海中的完成圖一步步前進。

足弱開始沉溺在蓋小屋之後，就不再返回森林的帳篷，改為睡在工地旁的地上。內侍們於是把森林裡的帳篷收起，搬到工地附近重新架起，哀求足弱進入裡面休息。

每天忙到滿身大汗的足弱，在禿山附近的小溪洗漱，換上內侍遞來的寢衣。

就這樣過了幾天之後，內侍長為了讓過度投入的足弱遠離小屋，於是積極建議他用完晚膳後回到綠園殿的浴殿沐浴。

搭乘馬車前往的路上，足弱迎著晚風陶醉地閉上雙眼，恰到好處的疲勞蔓延全身，他覺得自己果然需要勞動筋骨。

馬車停下後，他仍然在座位上昏昏欲睡，等在綠園殿的年輕內侍執起他的手幫助他下馬車，領著他前往浴殿。蒸騰的熱氣打斷了他的睡意。足弱嘆了口氣，脫下衣袍。

進入浴殿後，內侍們上前來服侍沐浴。半夢半醒的足弱比平常更乖巧，隨他們擺弄。沐浴完渾身光滑乾淨又熱呼呼的足弱，想要冷卻天生體溫高又容易發燙泛紅的身子，於是在天臺上仰望著夜空坐了一會兒。

風鈴發出好聽的聲響。

他還在發呆，就看到連接天臺的迴廊那頭，走來一位身穿淺藍色華服的修長男子。

他的頭髮在剛點上的燭火照射下閃耀金白光芒，肌膚顯得很滑潤。步行的姿態大方俐落，有不輸給華麗刺繡的威儀。

那張白皙臉蛋還很年輕，雙脣豐潤。

「哥哥，你看起來像快要睡著了。」

自己的雙脣被輕柔緘封吸吮。

他眨了眨眼，看到一雙藍眼睛。

「你蓋小屋似乎蓋得很愉快。」

「對……很愉快……」

「那就好。」

說完，男人攔腰抱起足弱。

兩人的身高分明相去不遠，繞過足弱膝蓋後側和背部的手臂，卻能夠毫不費力地抱起他。

在足弱的過往記憶中也不曾有人這樣抱過他，而這個男人就像要彌補似地，總是用這種方式將他攔腰抱起。

「雷霞，不重嗎？」

「如果你比現在胖一倍，我或許就會覺得重了。」

足弱心想，如果是自己，即使能夠把這個男人攔腰抱起，也沒辦法抱著他走路，右腿肯定會支撐不住跌倒，把他摔在地上。

兩人進入殿內，走了一會兒來到寢室，鑽過放下的床幔，足弱被他放在龍床上。

還以為今世王離開床幔就不會回來了，卻聽到沙沙聲響，就看到脫得精光的今世王再度回到床幔內的床榻上。

快睡著的足弱身上的寢衣一下子就被脫去。

對方壓倒足弱，緊實的肌膚貼上他。

「嗯唔……」

足弱搖頭。

＊

看到穿著白色寢衣坐在天臺乘涼的足弱，今世王就下定決心要推倒他了。

即使眼見躺在床上的足弱搖頭，他也沒有停下愛撫的手，反而吻上剛沐浴完的象牙白肌膚。

「雷、霰！」

「我好愛你。」

今世王一邊耳邊輕語一邊打開足弱的身體。手掌覆上足弱疲勞的肌肉像在揉捏按摩，也仔細愛撫上次有過反應的敏感帶。

「啊……啊！」

「沒有什麼好怕的……」

雙臂在背後游移，他還抽出一隻手繞到身前愛撫足弱的下身。

儘管身體一顫一顫抖著，但他手裡的那話兒仍舊死氣沉沉，即使他以沾滿芳香油的手指發揮技巧套弄，也頂多使那物的中心挺了挺，又立刻軟下。

今世王對於今晚同樣無法取悅足弱的分身感到失望，但他還是挪動著沾滿芳香油的手指，抱住扭動的腰，熟練地把芳香油抹入後穴。

「不行、雷、雷霰。」

今世王以全身壓制足弱，同時將兩根手指探入密穴。順著大腿流下的琥珀色芳香油滴滴答答落在絲綢床榻上。

「上次這樣做的時候，不會痛對吧……你忘了嗎？」

「嗯……雷霰……」

「別擔心，你只會覺得很舒服。」

今世王凝視帶水氣的黑眸，像受到蠱惑般吻上他的唇。

足弱臉頰發燙，連脖子都泛紅且滿是汗水。今世王露出令人融化般的笑容，吮著足弱的脖子，重新調整姿勢，插入三根手指。

「嗯啊、啊、不要、哈啊……呼！」

今世王抓住扭動身軀想要逃離快感的足弱，雙唇湊近他的臉頰，毫不吝惜地把芳香油灌入穴內。香氣充滿整個床幔中。

「呼……皇兄。」

今世王花時間滿頭大汗地擴張著穴口，直到那處能夠吞下三根手指。不管穴裡穴外都被芳香油弄得濕滑黏膩。

他讓足弱趴下，只抬高他的腰。足弱伸手緊抓枕頭。

今世王以陰莖前端抵住穴口，重新抓好足弱濕滑的腰，用力一頂。

炙熱濕滑的軟肉迎接今世王的進入，就這樣蠕動著將那碩大牢牢包覆。

「啊啊啊啊！」

「呼、啊……好舒服，哥哥。」

「啊啊……啊、啊、求求你、不行……唔！」

「哥哥，你也放鬆享受吧。」

今世王想要讓足弱也感受一下快感，緩慢地將堅挺埋入他的體內。

看他前面隱忍多久，深入進犯狹窄濕潤腸徑的快感就愈是劇烈。肉穴緊縮，彷彿一步又一步誘惑著貫穿穴口的今世王進得更深，而他也樂得接受誘惑，往更深處探索。

＊

今世王的龐然巨物一進來，足弱就喘不過氣來，眼冒金星。

「嗯、嗯、啊啊、好痛、哈啊……！」

儘管後來不再有第一次粗暴捅入時的撕裂劇痛，但是插入後擴張過的腸壁被強勢撐開的感覺很痛，那種異物入侵與壓迫感也讓他難以承受。

「快、住手……唔！」

他已經要求對方別再繼續往內捅，對方卻仍然一下又一下進出著他被固定住的臀縫。

「噫……啊！啊！」

身體灼熱難耐，渾身泛起雞皮疙瘩，他伸直手臂想要撐起自己卻完全使不上力。他張著嘴任由唾液流淌在枕頭上，淚水也恣意橫流。不，這是汗水。

「雷、霰……唔、唔唔！」

就快要暈過去之際，他聽到今世王性感的粗喘，看樣子是今世王的昂藏全都進入足弱的體內了。

「雷霰……雷霰……」

擺動間，足弱像壞掉般喊著今世王的名字。

「哥哥、哥哥、哥哥哥哥！」

今世王也一股腦兒地反覆喊著哥哥，所以這樣的行為似乎用不著感到難為情。

「呼、啊……！」

腰被用力抓住，今世王開始小幅度快速擺腰，發出極度激動的聲音後，整個人趴倒在足弱身後，紊亂的氣息也噴在他的背上。

在兩人歡愛時，足弱的右腿雖然會痛，卻還有其他更強烈的感覺轉移了他的注意力，使他渾身顫慄，沒空去理會腳痛的小事。

他被人用背後抱的姿勢緊緊抱住，兩人側躺在床上，對方的手指觸碰他的乳尖，或拉或扭像是在惡作劇。足弱的注意力被今世王襲胸的舉動轉移，他晃動身子抗拒那股蠢蠢欲動，等他回過神來才發現還在後穴裡那物又再度動了起來。

「嗯、嗯、嗯！」

在芳香油的甜膩香氣中，兩人汗水淋漓地做著類似男女交歡的行為。

耳朵被含住的足弱張嘴喘氣。從背後抱著足弱進出的今世王也同樣氣息凌亂。

偶而裡頭的敏感處被戳到，那有意無意的頂弄，弄得足弱眼前火星四濺。

「啊啊啊！」

他發出近乎慘叫的大叫，身後的今世王呵呵竊喜。

「哥哥剛才把我絞得好緊。很舒服嗎？」

「剛才的、剛才的、別再來了……」

「好好好。」

今世王莞爾說完，把足弱垂在下身的陰莖握在手中。即使陰莖被套弄，足弱也只是覺得有點搔癢。

「我好愛你、好愛你，好愛你、愛你。」

「嗯、啊……」

在充滿甜美低語的今世王寢房裡，正在進行著原本應該由女人承歡的行為。綠園殿一角的三名妃嬪的工作，全都讓足弱一人攬下了。

今世王不斷地不斷地訴說著甜美表白。

足弱再度被翻身改為趴下、抬高後腰。他有些驚慌地說：

「啊、啊……雷霰、雷、雷霰、別、別射在裡面……！」

「射在裡面怎麼了嗎？」

原本正打算要盡情品嚐裡頭滋味後結束的今世王，冷不防被打斷，發出痛苦的聲音問。

「我要再射一次……嗯！」

今世王一邊說話一邊擺腰。

「既然這樣……啊、對、去、浴殿……快點！」

「會去、浴殿等一下會去，所以，再等一下……我現在——」

堅挺的巨大陽物插入深處，足弱連同緊摟的枕頭被這一撞，差點往前摔。

「不是、住手……！」

「我很快、就會結束、嗯、呼、唔！」

今世王話都還沒說完，已經加快擺腰速度。

「雷霰、不是、不行！」

今世王沒有餘力回話。他趴在足弱身上，專注地用力抽插。

「雷霰、我會、懷孕啦！」

「——？」

聽到足弱用盡全力喊出的話，今世王向前趴倒，緊繃到極限的陰莖也同時把大量的白濁射進足弱體內。

呼、呼、呼、呼……

兩人的喘息聲充滿床幔中。

「哥、哥……」

他伸直手臂撐起趴下的身軀，緩慢拔出插在兄長臀縫裡的分身後，抓住臉朝下趴著的兄長肩膀，把他翻過來，湊近看著他的臉。

足弱泛紅的臉上流下一道道汗水，正以責怪的眼神抬眼看著今世王。

「我、不是、要你、不、不要射在、裡面嗎？」

「對不住，哥哥，可是……」

「得、快點、弄出來、才行。」

足弱說完，緩緩弓起身子，伸手探向滿是芳香油與同父異母弟弟精液的腿間。他勉強抱住顫抖的左腿，閉上眼睛插入手指。

那個噗滋水聲幾乎要切斷今世王的理智。

足弱拚命把手指插進混合著琥珀色液體與白色液體的那處，想把那些液體從那處摳出來。足弱的舉動看得今世王心蕩神馳。

「呼……唔！」

足弱皺起眉頭，時而半瞇著眼，遲遲沒有進展的動作使他屏息的同時身軀也在顫抖。

「雷霰……弄不出來……」

「哥哥……」

聽到足弱彷彿在調情般喊了自己的名字，今世王困擾嘆息。

（他是在勾引我嗎……我當然會很樂意上鉤，但……）

眼前的情況似乎不是他所想的那樣。

還在想著該拿自己仍舊灼熱又逐漸變沉的下身怎麼辦，今世王抱住兄長弓起的背，抬手疊上對方探入後穴的手，把手指抽出來。

「哥哥，你冷靜點。你說……懷孕是怎麼回事？」

「我弄錯了嗎……？」

足弱像在說悄悄話般小聲。

「哥哥？」

在他懷裡的兄長垂下頭，欲言又止地開口：

「我……你對我做出對女人做的事，對男人這樣做是沒有意義的，所以，我以為……一定是，為了有孩子。」

今世王伸手抬起足弱低垂的下顎，看著他的黑眸說：

「哥哥，你想要我的孩子嗎？」

只見黑眸愕然圓睜。

「果真會有孩子嗎……？」

懷中的足弱因恐懼而哆嗦，身子在發抖，來回看了看今世王的臉和自己被灌滿精液的下體，臉上滿是焦急。

「為什麼會懷孕，你卻沒有先問過我同不同意？一般人都是在成親之後才生孩子吧？」

沒有理會兄長的責備，今世王用力抱緊懷中的人兒。足弱嫌棄他的擁抱，在懷中拚命掙扎。他們兩人坐在龍床上。

床幔外可聽見內侍們在輕聲走動。

「是我的錯，我們現在立刻成親。哥哥，請一輩子陪在我身邊。」

足弱的眼裡溢滿淚水，面容扭曲。

「我會負起責任，一定會讓你幸福。」

漲紅臉的足弱忍不住落下淚水，瞬間露出徬徨無措的神情。

接著他沮喪地垮下肩膀，用雙手遮著低垂的臉，壓抑著聲音哭了起來。

「啊啊——哥哥！」

今世王拉開足弱掩面哭泣的雙手，舔去他臉上的淚水，抓住足弱的腰際捧高，對準自己亢奮的挺立——

「哥哥——哥哥、你怎麼會這般惹人憐愛……！」

說著，就把足弱的腰往下一按。

灌滿芳香油與精液的穴口很輕易地就接納了他的入侵，噗滋噗滋地把那肉棒吞沒。

「唔啊啊啊啊！」

足弱仰頭慘叫。

「真的太惹人憐愛了！你、打算、殺了、我嗎？」

今世王咆哮著，挺腰頂弄，抽出深埋在對方體內的陰莖旋即又是一頂。

「啊、啊！……不要、啊！雷霰、你、啊、啊、啊！」

一下一下頂得大哭搖頭的足弱腰胯不停地上下晃動，今世王咬牙沉聲低吼。

＊

不曾與女人有過性關係的足弱，一番明顯是誤會的舉動，惹得今世王這晚理性全失。第二天，灰色狼們緊急召開集議。

「陛下決定成親並生下繼承人了。」

陛下的內侍長率先以平靜的口吻開口。

圍著圓桌的一群人發出呻吟。

「咳……這樣是強迫中獎吧？總管，這樣真的好嗎？」

殿下的內侍長命清了清喉嚨後開口。見總管沉默不語，他接著繼續說：

「行房時，殿下誤以為自己真的會懷孕，因此哭了出來。雖說無法斷定他是喜悅或恐懼，但讓他帶著這種誤會成親，並繼續行房的話……」

「恐怕等到真相揭曉時，殿下絕對不會原諒陛下……」

女官長接下命的話說完。

總管捧起茶杯潤潤喉。

「這對陛下來說也不是好事……他們兩人的情況如何？」

「陛下不惜推遲了上朝聽政的時間，也要陪著殿下睡到不得不離開的時刻。」

「殿下尚未醒來。」

根據下人的回報，今世王在抱在腿上的足弱體內射精之後，就把累癱的足弱抱進浴殿，跟上次一樣清理完畢，再將他抱回龍床上，摸著足弱的濕黑髮，訴說著愛語直到深夜。

總管抬手抹了抹臉。

「令人頭痛的是，情況已經演變成無論陛下做出多麼荒謬的事也不奇怪了。假使他們兩位真的能夠生出孩子，我們也就多了追隨的對象。」

在座眾人互看彼此，交頭接耳。

「就讓殿下繼續誤會下去吧。假如某天真的生出孩子，就不是說謊了。」

「可是我們又不能保證會生。」

「也不能保證不會生……」

半數人認為保持沉默不糾正，也不會有太大問題；另外一半人則認為欺瞞不妥。

「無論發生什麼事，讓殿下痛苦都非陛下的本意，我們不能任由殿下繼續誤會下去。」

總管看向圍著圓桌的眾人說。

窗外的綠葉反射日光看起來像白色。這幾天草木顯得更加茂盛，長勢欣欣向榮。

「在告知殿下男女常識之時，也應該稟明殿下與陛下之間並非不可能產子。至於未來的事情，應該由他們兩位討論過後再自行決定。」

「說出真相，陛下或許會失望。」

「我們並不是重視陛下勝過殿下，也不是更重視殿下而非陛下，他們兩位同樣重要。當然若是真能誕下皇子，再也沒有比這件事更值得高興了。」

兩次承接陛下雨露的妃嬪們，目前尚未有懷上的跡象，因此眾人更渴望皇子的出現。

「可是，如若皇子的誕生是傷害殿下的心所換來的，那就沒有意義了。吾等誓言守護的乃是皇族之幸福，非己身之幸福。」

說完，總管起身。

「由我去向皇兄殿下說明。」

殿內的眾人，無人出言阻止總管。

「啟稟殿下，男性皇族之間，在過去不曾有過誕下孩子的例子。」

聽到這句話，足弱整個人鬆了一口氣；也或許是終於安心了，原本就使不上力的身子似乎變得更加乏力。

窗外的夏蟲鳴叫聲高亢。池面反射的強烈日光十分刺眼。

「然而，陛下身懷的異能，也是過去的皇族中前所未見，幾乎到了足以引發奇蹟的程度。」

總管腦海中回想起剛才收到的報告——飛簷脊獸的兩隻石獅子之間多了一隻小獅子、欄杆的象鼻噴出金珠、御花園出現報吉鳥等。

「你的意思是——」

「今世王陛下如果真心渴望，即使是不可能發生的事情也有可能發生。」

足弱的臉色明顯大變。他抓緊手邊的夏被。

「那、那、意思是、我和雷霰，也不是不可能、生孩子、嗎？」

「卑職無法否定。」

足弱差點要暈倒在被子底下。

「一、一般人、只有男女結合、才會生孩子，沒錯吧？」

足弱抬起頭，一心只想知道這個問題的答案。

「是的，只限男女結合。」

聽到總管的回答，足弱似乎很滿意這個答案，點了兩、三次頭，又大大嘆息說：

「一般、一般來說男男結合生不出孩子，一般情況是這樣……」

他的雙手輕輕交握，凝視著被子的一處，像在安慰自己般喃喃說：

「我……我如果……懷上了……」

足弱大概是因為眼前的恐懼消失了，所以姑且放心了吧，他瞇起眼，把已經是過去式的想法攤開在面前，一邊思考一邊喃喃自語。

接著他像是想到了什麼，臉色逐漸發青。

他伸手掩口，或許是難以承受自己的想像吧，他吞吞吐吐開口問站在一旁的總管。

「那、那個……要、要生幾個……」

話還沒說完，他就露出懊悔的表情。

總管以視線安撫足弱，恭敬行禮說：

「殿下，請好好休息。」

「是……」

像是想要甩開腦子裡的念頭，足弱回答完，就在床榻躺下。

——要生幾個……嗎？

總管雖然轉移了足弱對這個問題的注意力，他卻能夠清楚預測答案。

（我實在難以啟齒，但陛下應該不會讓殿下的肚子閒著吧。）

看到陛下千萬寵愛的模樣也知道。殿下的臉色發青，想必也是想到了這點。

若對象是皇族女性，面對男方的求歡，也會根據自身的知識與判斷，討論過要不要有孩子、要不要懷上孩子，也會尋求同族血親的意見，最後再誕下不會太過勉強的孩子數量。

然遺憾的是，足弱缺乏男女知識，也沒有能夠商量的血親；他有一半的皇族血，但即使同樣為男性，與今世王之間的能力差異還是清楚可見。

就算他很想相信今世王的賢明判斷，但也知道他不會停止求歡。

離開足弱之後，總管走向綠流城，進入偏殿，朝今世王行禮後報告。

總管早已做好準備，以為今世王會為了他的自作主張而斥責他一頓，豈料今世王只是看向窗外，側臉看起來很平靜。

「在處理政務時，朕也在思考這件事。雖說哥哥昨晚的言行太可愛害我失去理智……哎，誤會解開了就好，讓哥哥放心也好。」

「不，卑職告訴皇兄殿下，陛下或許有能力讓他生孩子，殿下聽完後很震驚。」

「哥哥若真的想要孩子……」

說著，今世王偏首；他也並非完全理解自己的異能，所以他正在想像。

「恕卑職多事，還望陛下能夠與殿下談談。」

「知道了。你退下吧。」

灰色狼族長叩首完離開偏殿。

——皇族人都很聰明……

與其在這裡沒頭沒腦地擔憂，不如好好看著未來再做打算。

儘管他們一族流著瘋狂的血統，但一般人不可能維持一個王朝千年以上，唯有藍血族才能夠辦到。

（皇兄殿下，我相信陛下不會亂來，殿下要不要懷個孩子呢？——這話我實在說不出口……）

總管一路朝錯身而過的士族行禮，也朝對自己行禮的官員回禮，便走向那座皇族所在的宮殿。

＊

足弱排解不了疲憊，只得放棄每天例行的蓋小屋工作，躺在今世王的龍床上休息。

到了中午，他也沒有離開龍床，內侍們就自行把午膳送到床前。

足弱不甚起勁地嚼著野菜，小心避免菜屑掉在床榻上，就看到神清氣爽的今世王現身。他拉來一旁的椅子坐下。

「哥哥，在你在用膳時打擾，真是失禮了，你一邊吃一邊聽我說——你想不想要跟我有孩子嗎？」

「生孩子，太可怕……」

他最擔憂的是，不是為了生孩子都這麼頻繁行房了，如果真的要生，那要行房多少次啊？

（我受不了……）

再來是他對於「生孩子」這個超越他理解範圍的事情十分恐懼。

「如果是由我來生，就可以嗎？」

看到兄長翻白眼，弟弟微笑說：

「你別當我在開玩笑，我是認真的。我相信不管是我或是哥哥來生，總之只要我們之間想要有個孩子，也不是不可能。當然這情況過去不曾發生過，所以我也無法跟你保證會成事。不過，愛能夠超越一切。話說回來，只要哥哥你不想要，我們不管行房多少次，也不會有孩子的，你放心。」

足弱把咬到一半的野菜放回盤子裡，垂下臉點點頭。

「哥哥你……如果想要孩子，或者是想要跟女人行房，你可以去抱女人，我不介意。」

足弱抬起頭，以為自己聽錯。

「我這個人是無關男女，只要不是哥哥你，我都沒興趣，不過哥哥如果想要，即使找其他女人洩慾，我也不會生氣。如果你們生下孩子，我會讓孩子上玉牒並將他撫養成人。」

「雷霰……」

足弱不曾有過抱女人的念頭。

他對家鄉農婦有遐想，但要說是什麼原因，應該是對於那具豐滿肉體感到好奇；而且他早認為自己住在山裡，不會有人願意嫁他，所以老早就絕了娶親的打算。

女人、娘子、成親……自己如果當真是皇族人，就有錢能夠討媳婦……

足弱不自覺上半身探向前。

「那，我可以，跟女人，成親嗎？」

「啊，成親不行。綠園殿裡有一處專門安置妃嬪的宮殿，你可以從那兒撥個房間給對方。產下的孩子如果夠出色，只要你想要，孩子就可以直接接替我就任今世王。」

足弱錯愕地看著今世王。

「雷霰，你在說什麼？」

今世王眨了眨眼睛。

「有什麼不對嗎？」

對於血統純粹的皇族人雷霰來說，成親對象只能是同族血親，族人要與血親之外的女人成親，不會獲得認同。但是，兩人之間生的孩子可以被視為族人接納，又如果判斷孩子具有治理國家的天分，就有可能讓他成為今世王。

換言之，外族女子如果與足弱有了孩子，女方可以有妃嬪身分，而且孩子還有可能成為這個國家的九五之尊。

「那麼責任重大的事情……別叫我決定！」

為什麼情況會變成「全看哥哥的意願」呢？

自己過去做過的決定頂多是在山上這個位置蓋房子，或是這種菜的種子可以種植等等，今世王卻要他跟女人行房卻不與對方成親，外加生下的小孩有資格繼任為王。

「怎麼會有你這種人……」

足弱終於失望又悲傷地垂下腦袋，閉上淚濕的雙眼。

「哥、哥哥……？」

頭頂傳來不解的聲音。

器皿碰撞發出喀鏘聲，膳食被撤下，接著一條猿臂環上足弱的背膀。

「哥哥……」

足弱的下顎被一隻手抓著抬起，嘴唇被吻住。

「我只是在告訴你，一切……都有可能發生……我心悅你，愛慕你，我愛你，你只要相信這點就好。」

今世王的手繞到黑短髮的後腦杓上，一邊吻著足弱的唇一邊說完，就將炙熱的舌探入足弱的口腔。

晚膳是與暫時離開又飛快返回的今世王一同用膳。當晚，足弱被緩緩抱進那個懷抱，不用擔心懷孕，所以足弱也就接受了。第二天，足弱就搭乘馬車前往禿山。

他活動起還殘留倦意的身體，戴上草帽，再度開始在木板上作記號。

他不趕著把小屋蓋好，所以忙夠了，他就把雙腳泡在不知何時水量爆增的小溪裡乘涼，或是騎馬打發時間。

第五章　彈劾

過了幾十天，足弱開始拿鋸子鋸開做好記號的木板，卻引起周遭一陣嘩然。他把木板擺在作業臺上，腳踩著木板打算鋸開。這項工作不管是過去還是現在對牠來說都很吃力，就算用腳以外的重物替代壓住木板，木板還是會滑動。

「哇！」

足弱踩住木板，想要扯出切入木板的鋸子，右腳卻失去平衡跌倒。他快速一個翻身，躲過了被作業臺掉落的木板壓住的命運。

足弱在其他人的幫助下坐起身，順手用沾土的手抹去額頭的汗水，就看到眼前跪著三名穿灰衣的人。

「啟稟殿下，這位是修築宮殿的工匠，名叫『堅實』。殿下可以差遣他幫忙蓋小屋。」

「草民堅實，隨時聽候差遣，絕對不會妨礙殿下。」

堅實是高大健壯的男人，穿著衣服都能看出他的臂膀壯碩。

內侍長命與年輕內侍溫也跪地叩首。

「這是……雷霰的命令嗎？」

「不，這是卑職自作主張的判斷。」

內侍長抬頭回答。

「我要蓋的小屋，用不到修築宮殿的優秀工匠幫忙……」

足弱姿態隨意地坐在地上，脫下草帽，以衣袖擦去臉上汗水。在這種大熱天仍然穿著鎧甲的灰衣衛，則是站在一段距離之外。

「收拾木屑也沒關係，請讓草民幫忙。」

工匠以低沉的嗓音說。

「這間小屋，我想要靠自己的力量完成，我知道你們是好意，但命伯、溫、堅實，請恕我拒絕。」

被喊到名字，三人都露出複雜的表情，但仍然在原地跪了一會兒，等到足弱站起來才退下。

足弱以右腳踩著木板，再度鋸了起來。作業進行得很順利，可是木板踩久了，足弱覺得右腿逐漸發麻。他嘆了一口氣，右腳離開作業臺敲敲大腿，仰望著禿山深呼吸。

（今天就到此告一段落吧。）

儘管覺得對灰色狼族人過意不去，但不管有人幫忙能夠輕鬆多少，都無法取代自己動手的樂趣。他蓋小屋並不是想要輕鬆。

足弱收拾好作業臺和工具，拿掃帚掃好木屑，用遮雨布蓋住分切好的木板後，拖著右腿朝馬車走去。

馬車伕早已做好準備站在馬車旁，等足弱一靠近就鞠躬放下馬車木梯。足弱一移動，內侍和灰衣衛也跟著移動、圍繞著他。足弱當著眾人面前，抓著馬車邊緣，吃力地爬上短短三階的木梯。

馬車伕忍不住想要出手幫忙，足弱卻說：

「不要緊，我只是腿有點麻，你等我一會兒。」

「殿下，您慢慢來，小的等多久都沒關係。」

年齡與足弱相仿的馬車伕，狀似不知道已經伸出的雙手該怎麼辦，只好收回。

（好痛……）

足弱坐下的同時在心中喊痛。

隨侍足弱的其他人也鬆了一口氣。

「那麼，啟程了。」

這位馬車伕駕的馬車還算平穩，很少晃動。

返回宮殿，去浴殿沐浴後，足弱這才想起設在小屋預定地附近的帳篷。

他回到寢房，太醫已經在等著，替他的右腿貼上消炎藥布，還準備了止痛的湯藥。等到房內只剩下足弱與內侍長兩人時，足弱坐在椅子上抬頭仰望對方。

「馬車和太醫都是你替我安排的吧。」

命只是低著頭。

「對不住，我這麼任性……」

「殿下請按照自己的想法行動即可，卑職等會自己看著辦，以自己的方式服侍殿下。」

說完，內侍長再度鞠躬，就離開房間退下。

足弱第二天起減少了右腳踩著的木板數量，想要減少右腿的負擔。如果腿還是麻，他就會改拿刨刀打磨木板，或是在建地豎起樹枝拉線，進行其他作業。可是這些工作也多少會帶給腿腳負擔，等他再度回到鋸木板作業時，反而沒有力氣踩住木板，結果動手一鋸，整個人就順勢往後倒下。鋸子落在他身後的土地上，帽子飛走，足弱被倒下的木板和作業臺壓住。

「殿下！」

「殿下！」

灰衣衛飛奔上前，立刻把他從作業臺和木板下救出。

「殿下有沒有大礙？受傷了嗎？」

「沒事、我沒事。」

「快傳太醫！」

「別緊張，我沒事。」

足弱想要安撫慌亂的眾人卻於事無補。

那些人把他搬到樹蔭下，緊急用清水澆洗擦傷處，就看到太醫乘著馬車現身。正在接受太醫觸診時，又聽到馬蹄聲靠近，原來連綠園殿總管也來了。

總管穿著長袍從馬背跳下，在足弱和太醫身旁單膝跪地。

「殿下的情況如何？」

「擦傷、跌傷、小小的撕裂傷，再來是右腿或許發麻，不過沒有傷到筋骨。」

總管點了點頭，看向跪在地上那位隨侍皇兄的內侍長。

他們兩人走到遠離足弱的地方交頭接耳，就看到內侍長再度跪下。

而回到足弱身邊的只有總管。

「殿下，您沒事實在萬幸。」

「只是一點擦傷罷了，還勞煩總管走一趟。請回吧，我沒事。」

「遵命。另外向殿下稟告一聲，隨侍殿下的內侍將會換人。」

總管臨去前補充這句話，彷彿在說什麼不重要的瑣事般，說完他就鞠躬行禮轉身離開。

這時足弱猛然抓住總管的衣襬。注意到足弱的舉動，總管立刻跪地。

「殿下還有事要交待嗎？」

待在樹蔭下的足弱擦去再度冒出的汗水。

「你說換人，是暫時的嗎？」

「一直以來跟隨殿下的兩位不是。」

「為什麼？」

「卑職判斷他們兩位不適合服侍殿下。」

「他們做得很好。」

「那就好。卑職也會要求接下來接手服侍殿下的內侍要用心。」

足弱看向遠處，看到命和溫都朝他下跪磕頭。

「不用換人。」

足弱這麼說。總管微笑。

「殿下對於換人一事無須過度反應，換人是常有的。」

「他們兩位為什麼不適合服侍我？」

面對目光毫不退讓的足弱，總管恭敬行禮說：

「服侍、保護皇族就是我族的責任。無法確實執行任務的人，就不能擺在皇族身邊。這是規矩。」

「不過就是一點小擦傷……」

「今天是小擦傷，但如果有個差池，利刃或許就會落在您的脖子上，到時候就來不及了。」

足弱瞪著總管，咬牙切齒地說：

「我會照顧好我自己。這些年，我都是這樣走來。我受傷也只是我個人的責任。」

「殿下請按照自己的想法行動即可，卑職等會自己看著辦，以自己的方式服侍殿下。」

昨日在浴殿沐浴、治療完右腿，與內侍長談話時，他也講了同樣的話。

「不用換人！拜託你不要換人。如果他們兩位不是自願離開我身邊的話，按照原本的安排就好！」

足弱的聲音迴盪在禿山、小溪與稀疏樹林間。

「沒有灰色狼會自願離開自己跟隨的皇族。殿下若是不想換掉他們，有三個條件，一是今日接下來暫停工作，返回宮殿。二是直到太醫同意之前，不再重啟作業。最後是，若能重啟蓋小屋的工作，今後必須允許幫手協助——只要殿下應允這三個條件，卑職就不換人。」

足弱擰眉，看向跪在遠處的兩人，又看向木板散落地上的工地，最後點點頭。

幾天之後，足弱由工匠堅實幫忙壓著木板，拿鋸子鋸開木板。

鋸開後，趁著足弱搬開小屋要用的木板，堅實就把新木板放到作業臺上準備妥當，並且把礙事的木板邊邊角角都收拾好。

蓋小屋的工作效率明顯提升了，身體的負擔也減輕了。

（或許我不該太固執……）

他也有在反省這點，也知道灰色狼族長是做了最妥善的安排。只是，總管告知要換人那時，眼神十分平靜，看得出來要是足弱不肯答應條件，他就會毫不遲疑地換人。那眼神是認真的。

接下來足弱又鋸開了幾片木板後，決定稍做休息。

樹蔭下有人為他準備椅子和涼飲。

「卑職也準備了鳳舞果，殿下請用。」

「啊……我的最愛……」

足弱接過長相溫和的老內侍長遞來的盤子，也叫工匠一起吃。

＊

他們挖開小屋預定地的土壤，準備建造小屋的地基。

「殿下，小屋的地板不鋪上木板嗎？」

「對，我打算填土鋪稻草。」

看著足弱繪製的簡單設計圖，堅實一臉欲言又止的表情。夏蟲的鳴叫聲震耳欲聾。

「怎麼了？」

「恕草民直言，殿下是否願意稍稍變更計畫呢？」

於是足弱坐下，聽聽堅實提出來的看法。畢竟他是修築宮殿的工匠，擁有的知識與經驗，都不是只蓋過一次小屋的足弱能比得上。但對方或許是忌憚足弱之前說過全都要自己來吧，因此他的建議也只是微不足道的修正。

「啊……原來如此。地板抬高比較好，才不會悶住濕氣。」

「這樣會增加工作量，但完成的小屋就會很舒適。」

足弱靜靜沉思。

他還記得自己原本過著稻草床生活，來京城的途中才開始睡床榻和軟被。人的身體會屈服於安樂，但最重要的是，他對鋪地板這項工作很感興趣也很想體驗看看。

「那麼，就請你指導我。」

足弱鞠躬行禮，工匠健壯的身子立刻往後跳開，跪地磕頭。

足弱接受堅實的建議，修正了設計圖之後，繼續挖土。

進行打樁作業時，他有時幫忙扶著柱子，有時負責把柱子打入地裡，交替進行。

等到他汗水淋漓地完成重要工作後，抬頭一看，就看到一群優雅的人在眼前。

下人們高舉的華蓋底下，是穿著單薄夏衣的今世王坐在椅子上。

「哥哥，要不要休息一下？」

「雷霰，你幾時……」

今世王站起身，狀似大圓扇的華蓋也跟著移動。那張沒有半點汗水、清爽乾淨的臉上帶著微笑。

「看樣子小屋已經完成不少。」

「有堅實兄幫忙後，進度就變快了。」

「那很好。你還要繼續嗎？」

工匠跪在一旁行禮。今世王朝哥哥伸手，不在乎那雙手因為施工弄得很髒，抓住足弱的手就把他拉出洞外。

「日頭已經來到頭頂，上午就先這樣……謝謝。」

足弱拿起內侍送上的涼飲，看到從洞裡出來的工匠也有一杯，才大口灌下手中的飲料。

「我要去小溪洗掉汗水，你找我有事？」

「無事，只是來看看哥哥的臉。我們一起去泡水吧。」

「你又沒有流汗。」

足弱一邊往溪裡走去一邊說，今世王輕聲笑了笑。

脫下草鞋，也脫下短褐和褻衣，足弱踏入冰涼的溪水裡，感受著來自身後的視線，緩緩坐在淺淺溪底，把溪水潑上胸口和肩膀，洗洗臉之後，吸口氣潛下水裡。

他滴滴答答淌著水滴從溪裡起身，讓內侍幫忙擦乾身體，手臂穿過衣服衣袖，這才注意到：

「咦？怎麼是寢衣？」

他平日在午膳前以冷水清洗身子後，送上的都是新的短褐，或是樸素的皇族衣服。

穿上寢衣的足弱還在一臉不解，今世王的影子已經遮住他的臉，朝他伸出手。

「雷霰。」

今世王把裸著身的他連寢衣一起抱進懷裡，吻上他的唇。

環住腰的手沒有鬆開，就這樣順勢把他帶進稀疏森林間的帳篷裡。內侍們動作迅速地讓出一條路來。

足弱這才反應過來即將發生什麼情況，用力踏穩腳步不想被帶著走，腳卻滑過沙塵，左右扭動肩膀也還是掙不開鐵臂的禁錮。

「雷霞，不行！」

「就像哥哥沉迷於蓋小屋，我沉迷於哥哥。」

今世王的雙唇貼著足弱的耳上低語，足弱的腳一瞬間差點失去力氣。

就在他扭動身子掙扎時，兩人已經鑽過帳篷入口，進入昏暗的帳篷內。

早上醒來後被收拾得很整齊的睡榻上，被子已經被掀開，枕邊擺著好幾瓶小玻璃瓶。足弱明白那些瓶子是什麼，倏然漲紅了臉。

「雷霞！慢著……」

身上的寢衣被脫去，足弱被壓進睡榻裡。

＊

帳篷裡偶而會傳出較大的嘶喊聲。

裡頭很寬敞，手腳是不至於撞到，但是激烈的律動擾動空氣，就使得帳篷大力晃動。

出入口的縫隙間飄出高級芳香油的香氣，瀰漫四周。

「啊！啊！雷……啊！」

足弱的聲音響起後，接著是今世王低沉模糊的聲音。帳篷啪地一聲再次搖晃。

今世王的內侍長——窄臉吊睄眼小麥色皮膚的青年，以眼角注意著帳篷的情況，跟前幾天差點被換掉、長相溫和的皇兄內侍長在敘話。

「完事之後要怎麼辦？雙人馬車與宮殿的浴殿已經準備妥當。」

「也不能否定兩人就地以溪水沐浴的可能。先備妥兩人的衣物吧。」

「陛下也有可能命人送冷水或熱水到帳篷裡，浴桶準備了嗎？」

「我想有可能是在溪裡初步清洗之後，再回宮殿沐浴。」

「我也是這麼認為。」

現場因為兩位皇族會合的緣故，灰色狼的人數就變成了兩倍。

「啊啊……住手……別這樣……」

「哥哥……」

不一會兒帳篷又晃動起來。

哪管那頂帳篷裡的兩人是同父異母兄弟，而且同樣是男人，兩位內侍長滿腦子裡都只有接下來的流程，以及午膳要如何安排等事宜。

＊

感覺眼冒金星之後，足弱張嘴垂涎喘著氣。就算閉上嘴也馬上又要張開呻吟。

「嗯嗯、嗯唔、唔唔！」

趴在睡榻上的他後腰被抬高，手臂失去力氣的他，以手肘抵著睡榻，抓著身下的床單，承受來自身後的律動。

「呼、呼……呼、哥哥……」

兩人都呼吸困難、喘不過氣來。沾滿汗水與芳香油的軀體相互碰撞，原本平整無痕的絲被變得皺巴巴，留下許多順著足弱大腿流下的淫靡痕跡。

從今世王緊繃的嗓音，以及熱液灌注體內的灼燒感覺，他知道此刻正在發生什麼。

「唔啊……呼、唔……」

汗水流進眼裡迫使足弱閉眼。

足弱在山裡時，只要一發現自己出現腦袋沉重的焦慮感，就會去小屋外的溪流讓下半身泡泡水。

他排解慾望的方式也只是握著陰莖套弄，這樣腦袋就會恢復清明。如果意識不夠清醒，無法迅速完成老頭子的指示，就會挨上一頓藤條。儘管他都會好好發洩掉慾望，但也沒有很頻繁在自瀆。

「啊，哥哥……我心悅於你。」

從足弱體內抽出下身，今世王側躺抱著趴在床上的足弱。

若是沒有今世王那些情話，足弱甚至以為自己特地上京來是讓這個男人洩慾用的。

「哥哥，注意到了嗎？你今天終於洩得比平常快了些。」

原來如此，怪不得他今天糾纏不休、硬是要玩弄那處。

足弱不清楚男女性愛的頻率與深刻程度，當然也不會知道男男性愛的情況，所以不曉得自己與今世王的行房狀況算不算正常。只是，看到自己一個成年男人在完事後起不了身，就算拄著拐杖也無法好好走路，他覺得女子應該會更難受。

老頭子教導他要善待女性，他頗有同感。

足弱曾拒絕今世王每次雲雨過後把他攔腰抱起送去沐浴，但今世王說，完事後把對象清理乾淨是天經地義。

今世王告訴他，把人從床上抱起，送到浴殿清洗後，換上寢衣，再抱人回到乾淨被褥上，這些貼心舉動是男人理所當然要替女人做的。

（原來如此……）

他不知道自己未來有沒有機會與女人歡愛，不過足弱姑且記下，想著以後也許會派上用場。

（不過，完事之後動也動不了，對方幫忙做這些也合情合理吧……）

在性行為之中，被迫處於女性立場的自己，由男性立場的今世王攔腰抱起也是天經地義——所以即使自己沾滿汗水、芳香油與白濁的身軀被對方從亂成一團的床榻抱起，足弱也沒有抗拒，甚至自動把雙手環上今世王的脖子穩定姿勢。

「傍晚恐怕沒辦法繼續蓋小屋了……」

「用過午膳之後好好休息吧，別太勉強自己，明天再進行也可以。」

「嗯，也是……」

蓋小屋的事情不急，停工也無妨，他只是覺得如果沒有被今世王壓倒的話，進度應該可以完成不少。

「我們先去溪裡清洗，再回浴殿暖暖身子吧。」

今世王說完，抱起赤身裸體的足弱走出帳篷外，走進溪裡，順勢就在溪底坐下。足弱則是側坐在今世王腿上。

溪水的水位大約漫過足弱的腹部。

「哥哥，放輕鬆。」

快到正午時分的夏日天空有幾朵白雲。蟲鳴唧唧，日照強烈，白沙刺眼。

溪水流進葫蘆型的湖泊裡，湖泊裡漂著水草，蝴蝶繞著池邊花朵飛舞。

「唔！」

有手指從水底下探入體內，足弱忍不住縮起身子。

儘管那處在帳篷裡吞吐過自己同父異母弟弟的巨物，但許是冰涼溪水刺激，後穴還是以超乎想像的力量瞬間縮緊。

如果是泡在熱水裡，今世王早就趁著足弱虛脫無力時，將好幾根手指送入深處，快速清理完畢。但是在溪水裡似乎行不通。

今世王的唇落在足弱的眼角。

「哥哥，我進不去。」

足弱的雙腿互相磨蹭，不安地扭動身子。

「慢、慢著、先……」

足弱喘著，深深吐出一口氣之後，對方的指尖便鑽了進來。

（啊……）

坐在今世王腿上的足弱忍不住抬腳，揚起水花。

「噗！」

「哇啊！」

飛濺的水花從兩人的頭上淋下，他們看到彼此滿頭水的模樣，忍不住笑出來。

就在緊繃解除的瞬間，今世王的兩根手指從水底下推進足弱的後穴。

「啊啊！」

今世王單手按住足弱想要逃離手指的腰，把整根手指送入足弱體內，搔刮著稍早被徹底疼愛過的肉壁。足弱的鼻子壓在今世王的脖子上，逸出啜泣般的聲音。

「哥哥、哥哥，已經結束了，裡面都弄乾淨了。有勞你了。」

說完，足弱被對方以雙手抱緊，臉頰被親吻。

灼熱的舌頭被對方糾纏，嘴裡的唾液沒來得及吞下就從嘴角溢出，沿著下顎滴落。今世王注意到這點，巧舌滑過足弱的下顎，一手扶著足弱的後腦杓，貪婪地吻著他的喉嚨。

「啊……啊……」

足弱感覺到對方原本扶著背的手摸向自己的腰間在臀瓣上打轉，於是扭動身子抗拒。

今世王的雙唇紅潤，睜大藍眼睛眨了好幾下，似乎這才反應過來自己想做什麼。

之後足弱離開小溪，讓內侍們替他擦乾身子，就穿著寢衣坐上馬車。

＊

把足弱從浴殿抱回到他寢房的床上，今世王便笑著離去。

足弱在床上用完讓人送來的午膳，就陷入沉睡。

在夢裡，老頭子喚他「足弱」，拿藤條抽他，教他耕地、背書，教他正確說話，教他入山採果、採野菇、採集可食草類，教他水煮、拍打食材做菜。

每當右腿痛到一步也不能走，老頭子就會煎藥給足弱喝下。

小時候他也曾經被老頭子背在寬闊的背上。

「聽好了，足弱，這個世界有規矩，體現在世俗間就是禮。非禮、悖禮就是玷污生命，就是在傷害我們自己與這個世界。禮就是行正確的事，而避免人類社會出亂子的常道，就是倫常，倫常乖舛就是穢慝，不守禮就是背離為人之道。」

老頭子犀利的目光凝視天空，又看向足弱的黑眸，來回反覆。

——背離為人之道……

足弱在午後倦慵的氣氛中醒來。

他處於深山生活不曾想像的絢爛文化中心，有許多人服侍，穿著華服，不再需要忙碌覓食……聽著同父異母弟弟傾訴愛意生活著。

「我愛你，我心悅於你。」

弟弟留著一頭如陽光般璀璨的波浪金髮，燦亮的藍眼睛蘊含溫柔，對足弱言笑晏晏。

——弟弟。

這片綠土上唯一能夠穿上金黃色服飾的人。

一誕生就是老頭子視為穢慝的皇族，如今孑然一身，也就是末代皇帝。

足弱感覺口乾舌燥。

之前聽到今世王說要抱他，他反彈大罵對方骯髒，這些都是來自老頭子的教誨。然而……

（我沒能遵守他的教誨……）

面對那人朝自己直撲而來的愛意，面對他不願再孤單一人的孤獨心情，同樣在失去老頭子之後獨自生活的足弱心中很有共鳴。因此他選了背離倫常之路。

（我犯了錯，已經變髒了。）

聽著今世王訴說愛意，好幾次把身子給了他。足弱不禁湧上濃濃的罪惡感。

他抬起雙手，以手背遮住雙眼，閉上眼睛。

一片漆黑。

內侍注意到傍晚才下床的足弱臉色蒼白，於是喚來太醫。

「身上找不出什麼毛病，硬要說的話就是患上熱病吧。」

在場的內侍們點點頭，臉上表情寫著──嗯，只吃野菜和水果就是會這樣。接著傳令御廚準備補充精力的膳食，讓御廚再度陷入煩惱。

足弱苦笑著說自己沒事、不要緊。

他沒有去蓋小屋就吃起晚膳。膳案上擺著肉湯做的野菜湯、菜包涼拌肉和魚、油淋魚片等。

足弱望著那些菜色喝著水，咬著野菜。碗盤餐具全都金光閃閃，膳食的擺盤方式每次都很華麗耀眼。

足弱想要跟老頭子說說話。

想要問問他，自己變髒了，該怎麼辦才好。

只要他一說要回到山裡，今世王就會說要退位跟著一起去。

（我、或許就是、老頭子嫌髒的皇族人……那麼，不管我怎麼做，都無法恢復乾淨了吧？）

老頭子的臉浮現在色彩豐富的晚膳前面──恣意生長的白眉毛、白長鬍子、束起的白髮，以及那張嚴肅的臉。

（啊，不過他說過……罪人的孩子不是罪人……一切端看個人的言行而定。）

要看人自身的言行舉止，是選擇守禮，或是悖禮。

足弱每次反省自己的錯誤行為，就會感覺胸口刺痛。

他認為自己只有這條路可以選擇的同時，也是私心希望自己忤逆老頭子教誨的行為能夠獲得原諒。

「殿下，您身體不舒服嗎？」

內侍長來到椅子旁邊問。

足弱咬脣搖頭。

他突然很想問問這位溫和的老內侍，自己選擇的路是否正確。但是，對方穿著及地的灰色高雅外袍。他是灰色狼族的人，而灰色狼族發誓效忠皇族，所以不用問也知道對方會給出什麼樣的答案，不是嗎？

直到三十六歲之前都過著單純簡約生活的足弱，被自身相互矛盾的想法拉扯得四分五裂，因而吐出了吃下的食物。

足弱在膳案前嘔吐，引起四周眾人一片緊張。他整個人跪趴在地，有人拿布巾擦拭他的嘴，另外兩個人扶著他的兩條胳膊讓他坐到長榻上。接著他們再度喚來太醫。太醫根據足弱難看的臉色和嘔吐症狀，開了腸胃湯藥讓他服下後，眾人將他扶到床上。

沒過多久，迴廊上傳來腳步聲。今世王來到床前。

足弱不自覺抓住他的手臂。

「哥哥。」

雷霰——足弱無聲輕喚。

「哥哥，你的臉色好差。」

說這話的今世王臉色也很蒼白。

他問站在身後的太醫：

「沒有出現紅斑吧？」

「啟稟陛下，沒有。」

今世王鬆了一口氣，伸出雙手觸碰足弱的臉頰。

（假如我又開口說想回山裡去……雷霰就會跟來。他會退位跟著來。不管我想要去哪裡，只要有這傢伙在，我就是背叛了老頭子……）

足弱扭曲著臉看著今世王在燭光下的絕美俊容，接著揮開今世王白皙的手，翻身背對他。

「哥哥？」

「我要睡了，讓我一個人靜一靜。」

「好，你好好睡。」

今世王重新替足弱蓋好被子，就離開床邊。

足弱半夜裡下床，不顧內侍和太醫的阻止，朝禿山旁的帳篷走去。他走到右腿開始發麻，腳步搖搖晃晃時，內侍長立刻把拐杖遞給他。

抵達帳篷後，他鑽了進去，但兩人白天在裡面苟合的場景歷歷在目，於是他又離開了帳篷。

他在附近徘徊，走到天空露出魚肚白。這是一個鳥兒高飛，四周仍舊昏暗的平靜清晨。足弱臉色憔悴癱坐在地上。內侍遞上茶水；在那位內侍身後還可看到其他內侍和負責護衛的灰衣衛。

「不用服侍我。」

年輕內侍的嘴角勾起微笑，搖搖頭。

身為服侍老頭子長大的養子，必須走自己應該走的路——足弱這樣下定決心時，又想起這個國家的年輕君王帶著鮮明笑意的臉。

——哥哥。

過去曾經有人對自己露出那樣的笑容嗎？

——我已經不想再一個人了。

一個人是什麼樣的情況，沒有人比足弱更了解。

今世王與老頭子——只要一想到兩人之中的任何一個，都令足弱胸口一緊，十分難受。

——再這樣下去我就要發瘋了。

足弱摸了摸自己粗糙的臉，以雙手掩面。

「我已經不曉得自己該怎麼做了……」

說完，他在地上縮起身子，卻始終沒有睡意。

想到只要自己還待在這座綠園殿內，勢必會見到今世王，足弱就焦慮難安，他立刻又起身拄著拐杖，不理會右腿的疼痛，漫無目的往前走。

他看到禁衛軍守著的朱紅色宮門，就往那兒走去，手按在門上，要求禁衛軍把門打開。守門的禁衛軍和內侍都搖頭。對，自從他被帶進這座綠園殿之後，他已經試圖離開無數次。

「既然你們說我是皇族，就快給我把門打開！」

足弱握拳拍打宮門大喊。

「既然你們聲稱沒有禁錮我，就把門打開！」

「殿下。」

「殿下，您未經許可不得出宮──卑職現在就去取得陛下許可，殿下請稍待片刻。」

內侍正要跑開，卻被足弱制止。

「慢著！為什麼我的行動需要那傢伙允許？」

「殿下，這是為了您的安全著想，絕不是禁錮。」

內侍長手放在足弱肩膀上解釋，足弱卻無法接受。

「我是野人！不需要保護，也不需要服侍我的人！我之前也全都是靠自己。把我關在這種地方，我會變得不是自己。」

「殿下。」

「別叫那傢伙來……我不想見到他……不想見到他。」

足弱雙手握拳拍打完宮門，就這樣順勢滑坐在地上。有人在他穿著寢衣的背上披上外袍，他也沒發現，只是抱著頭喃喃自語說：

「老頭子，我錯了我錯了！」

＊

收到綠園殿總管稟報足弱醒來後的情況，今世王坐在床上，光著腳踩在地上，臉色鐵青。他瞥了一眼窗外，看到太陽已經完全升起。

「皇兄現在呢？」

「還在宮門前……伸手去碰他，他就會暴怒排斥。」

「我去接他——」

「陛下且慢。根據內侍來報，殿下似乎正在為某事所擾。他一直喚著『老頭子』，而且不停對著那位將殿下拾回去扶養長大的人道歉。」

「他不想見到朕的原因，想來就是因為那位老頭子了……」

離床站起的今世王穿著白色寢衣，在寢房裡不耐煩地來回走動。他坐在椅子上，視線停在地上某處，沉默不語。最後他抬頭看著單膝跪地的總管小麥色的臉。

「哥哥他——鮮少有鄉音的談吐，合乎儀節的舉止，識字能讀，也懂得蓋小屋的設計圖與規劃——這些你怎麼看？」

「卑職認為那位老頭子是學識涵養很高的人。」

「朕也這麼認為。這樣的人卻隱居在深山裡生活，你又怎麼看？」

「想必是對世俗絕望，或反過來是憤世嫉俗，或厭世等動機吧。」

「對。那位肯定是懷才不遇的人，而哥哥從三歲起就由那位老頭子拉拔長大，直到老頭子過世為止，大概有十年到二十年……」

一想到兄長在宮門前拒絕見自己的模樣，今世王就心如刀割。

這種疼痛是被拒絕的疼痛。

灰色狼總管一語不發地守在一旁，不打擾今世王沉思。

「朕侵犯哥哥那夜……他甩開我伸出去的手，說我可怕，問我把倫常當成了什麼，都是因為老頭子？」

「啟稟陛下，卑職也是這樣認為。」

今世王的藍眼睛迸射光芒，猶如在瞪著敵人般瞪著總管。白皙臉龐因為憤怒到極點幾乎發黑。

「哥哥是由反對皇族統治王朝的學者拉拔長大，他接受的教育認為朕等一族是骯髒的穢物，是這樣嗎！」

說著，他一拳打在椅子扶手上，起身喊：

「備馬！」

今世王騎著白馬拋下隨侍的灰衣衛，直奔到朱紅色宮門前。

在塵土喧囂中抵達宮門後，寢衣外僅披著淺藍色深衣的今世王把轡繩交給守門的灰衣衛，就跑向蜷縮在宮門前的足弱身邊。

「哥哥！」

內侍和灰衣衛們單膝跪地行禮，今世王緊抱住淺綠色深衣底下蹲坐地上的足弱。

不管任何人有任何意見，雷霰愛的都只有這位同父異母的兄長一人，甚至要他拋棄基於皇族義務而坐上的王位也不覺可惜，要他捨棄這座打從出生就守著的宮殿也無妨。

今世王抱住足弱看向他，只見他憔悴臉上長出鬍渣，雙眼閉得死緊。

「哥哥……你很痛苦吧。」

看著那張臉，他只能這麼說。

假如他方才與總管的推測沒錯，足弱上京後要返回家鄉山林的路上，遭到灰衣衛包圍攔下，被帶進這個國家的皇族才有資格住的綠園殿，接著他得知自己竟是先皇庶子，是他所受教育指稱骯髒污穢的皇族之一，他還被這支皇族的其中一人求歡。

更遑論是強行侵犯。

「唔……」

今世王瞬間不知道該如何開口。

雖說自己之前是不知情，但是對於尋到的同父異母兄長一見鍾情，想要把他放在自己身邊，卻在自己的滿腔愛戀遭對方狠狠拒絕時徹底失控，害得——別說是女人，恐怕跟任何人都不曾有過親密接觸——的足弱下場慘烈。而做出這一切的，不是別人，就是自己。

在足弱傷勢痊癒後也是，只要一有機會，他就想要觸碰兄長，想要親吻對方，想要把對方脫光，想要把對方變成自己的專屬品；足弱想回到山裡，他還以退位要脅——

他甚至聲稱自己沒有打算阻止兄長回鄉，純粹是受夠了自己孤單一個人，然足弱卻因此改變主意，決定留下。

他相信，兄長這是願意接納自己足以燎原的愛意了。

於是他歡天喜地抱了那個軀體，盡情疼愛那個僵硬緊繃的身子，想要把自己的一切都獻給對方。

「哥哥。」

殊不知，足弱是接受厭惡皇族的學者教養長大，被身為君王，又是同父異母弟弟，而且是男人的人，當成女人擁抱，他該是多麼痛苦。

「雷霰……我無法和你在一起……」

今世王怔忡，心臟宛如遭人刺入一刀般大受打擊。他喘不過氣，最終還是放鬆了手臂緊抱的力量。

「哥哥……」

我不要我不要我不要。

「雷霰……」

足弱捧著今世王的臉頰，仔細看了看那張臉，然後垂下頭。

「你叫他們把宮門打開。」

「哥……哥哥，我……」

雷氏王朝建國至今已上千年，期間有無數的學者賢才，皆對這支擁有異能的皇族統治下的王政提出過批判彈劾，可是臣民依舊支持王朝繼續存在，不是嗎？

「哥哥，沒有你我活不下去。」

「雷、霰……」

「只要你走出那道門，我就拔劍自刎。」

足弱無言地抬起頭，一旁的眾人紛紛驚慌開口：

「陛下！」

「陛下請三思。」

「我不想活了，我已經不想活下去了。」

兄長若是想要外出，他可以隨他的意思任由他進出宮門；但如果他走出那道門是為了離開自己，他無法坐視不管。要他眼睜睜看著兄長離去，他也無法活下去了。

「先皇在位時，有一位學者曾經以強烈的態度對王朝王政提出彈劾，那位學者名叫方倪，是工匠家的長男，因為腦袋聰明表現出色，就讓弟弟繼承家業，自己成為書生潛心做學問。方倪寫過一本書之後便從世人面前消失，那本書的書名是《王色春秋》。書中指出皇族不斷近親成婚是為淫亂行為，並痛陳此乃污穢之舉。」

也不曉得是什麼時候到來，綠園殿總管來到靠著朱色宮門的皇族面前說。

聽到他的話，原本低著頭流淚的足弱有了反應。

「王色……春秋……」

「殿下讀過嗎？」

足弱點頭。就是那本他讀到殘破的書。

「方倪或許就是養育殿下長大那位老人家的名字。他是在京裡彈劾王政不成，於是遁世隱居的學者。」

足弱想起老頭子嚴肅的臉、銳利的雙眼，以及從他那兒得到的唯一一本書。

「方、方倪……」

「也不曉得他對於殿下您是皇族一事是否知情，總之他是給撿來的稚兒灌輸了自己的觀念主張。」

足弱跪直專注聽著總管說話，他顫抖的身體被今世王緊緊抱住。

今世王只是不發一語地摟著足弱的肩膀，感受他的顫抖。

「殿下，方倪的想法是特例。皇族絕對不骯髒污穢。皇族是最古老的一族，代代相承延續血脈，沒有把異能留作私用，反而灌注於大地嘉惠於民，拯救無數百姓免於飢餓，是帶來奇蹟的了不起一族。」

「可是，皇族人不守倫常，就算是最古老的一族，近親結親、男女不分，就是背離了人道！」

足弱對著總管的小麥色臉，吼出劇烈迴盪在他腦海中、心中折磨著他的觀念。

「每個時代的倫常觀不同。古時候，兄長可以迎娶妹妹，姊弟結親的例子也很多。後來近親成親才被視為禁忌。可是沒有跟隨這個潮流就該被責難，真的合理嗎？更何況皇族人是少了血親就無法獨活的脆弱人種。恕卑職直言，殿下您能夠獨自生活超過三十年，應該是因為您只有一半的皇族血，否則血統純正的皇族，會因為異能的精神影響或特殊性質，只要離開血親就無法活下去。」

穿著灰袍的總管在兩位皇族前雙膝跪下，雙手貼地靠攏。

「聽聞歷任今世王全都才智過人，秉公處事，施行德政，使我朝百姓過著他國難以置信的幸福生活，過去曾有其他國家為了拯救國內弊病，擄走一名皇族人到該國擔任君王，希望利用他的異能與才智。等到我灰色狼族找到該名皇族的所在地，出兵前往營救，耗時四年攻下該國城池時，那名皇族人早已衰弱身亡。儘管他當時年紀尚輕，卻在得知自己無法回鑭城後，拒絕了所有治療。皇族人必須服膺偏頗狹隘——恕卑職失禮——偏頗狹隘的倫常嗎？禮教若真是宇宙規範，皇族人也是那個宇宙所創造，皇族人卻被設定為只能與自己的血親相愛。假如真要遵循禮教倫常，皇族人早已滅絕，王朝早已覆滅，大地亦是早已回歸荒蕪了吧。」

總管一字一句朗聲說到這裡後行禮。

足弱朝向天空嘶吼吶喊過後，倚著今世王，將淚濕的臉頰壓在他肩上。

一位純血皇族與一位半血皇族，在內侍的攙扶下搭上馬車返回宮殿。

不肯放開兄長的今世王，牽著足弱進浴殿沐浴完，讓足弱躺上床之後，自己也跟著在他身旁躺下。

外頭的天還亮著，但因為關了窗板，所以殿內一片昏暗，今世王以臉頰摩挲著足弱泡過熱水也剃了鬍子的臉頰，緊摟著他的身軀。

「雷霰……」

離開朱紅色宮門後不曾開口的足弱一喊名字，今世王就聽到了。

「怎麼了，哥哥？」

「雷霰……就算我……我不是你的兄長……你也想抱我嗎？」

「嗯。」

「那、那……好吧。」

今世王的上半身探過來，俯視足弱仰躺的表情，想知道他現在這句話是否真心。

足弱半睜著眼，黑眸凝視著今世王。

今世王伸出食指慢慢鑽進足弱口中，迫使他的舌頭與手指糾纏。

抬眼看著今世王，動著舌頭的足弱，從發紅的眼睛滾落一顆淚珠，今世王連忙抽出手指，改以雙手捧著足弱的臉，不停地啄吻他的唇。

「是、是我不好，很難受？」

足弱在今世王手中搖頭，淚水從他的眼角一道道滑落。

「雷霞……我不認為老頭子教我的那些是錯的。但是你……對於你，我……我、我雖然不認為、自己、是、皇、族，可是，既然、你說、活不下去……既然你說、心悅於我，我、我會……」

「你會為了我留在這裡？你願意讓我抱你？」

「抱、抱……」

「我想抱你，我想抱你啊，我愛慕著你，哥哥。」

足弱的臉頰泛起薄紅，輕輕點頭。

「我心悅於你，我愛慕著你，我愛你，哥哥。」

「嗯……」

今世王深深吻住足弱，糾纏他的舌頭互換口中津液，滑過他的口腔上顎，以舌尖挑起他的情慾。

「我……愛你，好愛你，哥哥，雷風，我的雷風……」

「嗯、唔、啊、啊！」

昨日白晝宣淫，接著幾乎一整夜都在四處遊走，飽受懊惱折磨的足弱，第一次在插入之前，在今世王的巧手套弄下，吐出了少許精水，接著就毫無預警，像失去意識般睡去。

今世王始終抱著他的身子，不曾闔眼。

第六章　出宮

數日後，待在兩人的情緒，以及周遭的不安氣氛逐漸恢復平靜，足弱獲得今世王的允許，得以出宮了。

「你可以在京城裡四處逛逛，或是搭馬車去遠一點的地方，或是從京城正面看看京城，好好放鬆心情。然後，請一定要回來。」

「嗯。」

「慢走。」

今世王握住足弱的雙手，在他的脣上落下一吻。

若是他帶著灰衣衛出門，自己的皇族身分就曝光了，所以足弱向總管表示不想帶灰衣衛，最後決定跟隨足弱的人全都改穿灰色以外的服裝。

「卑職會派一名內侍和一名灰衣衛隨行。其他人會與你們三人保持一段距離，在遠處保護你們，有事他們會立刻趕到。」

足弱不認為會有什麼事，但仍然乖乖點頭。

足弱拿到的衣服雖然不及平時穿的皇族常服華麗，但仍然有世家子弟的水準。

（應該給我更樸素的衣服吧！）

他微蹙眉瞪著內侍長，要求對方拿出蓋小屋時穿的短褐給自己。

於是由隨行的年輕內侍溫假扮成世家子弟。他的言行舉止溫和有禮，穿起名門望族服飾很適合。

灰衣衛礦石的個子比足弱略高一些，脖子和手臂都很粗壯，即使換掉灰色鎧甲和制服，基本上還是習武之人的樣子。他的腰上佩劍，看起來就像溫的隨扈。足弱則假裝是溫的小廝。

「殿下，您在外面要用什麼假名呢？」

「叫我足就行了。」

「遵命。」

「您想要去哪邊走走？」

他們三人討論過後，決定先搭馬車沿著京城外圍繞一圈，再下馬車在城內街道上走走，最後回宮。

準備的馬車外沒有任何裝飾，是配有兩匹馬的四人座馬車。

足弱拄著與短褐不搭的黑漆拐杖坐進馬車裡，在總管等人的目送下通過宮門，又穿過好幾道門，度過護城河。

「足公子。」

第一次聽到溫這樣稱呼自己，讓足弱想起了書生王安，臉上流露懷念的神情。

（王公子不曉得過得怎樣了？）

記得他說過要留在京裡入朝為官。

馬車走側道遠離護城河環繞的綠園殿。皇城附近都是士族府邸，再來多半是朝臣的家宅。那些華麗屋舍逐漸遠去後，他們來到京城的城門外仰望城牆。

京城钃城的外圍是墳地及遼闊的草原。附近有河川流過，也有孩子正在戲水。馬車走在與上京時不同的路，足弱從座位上盡量伸長了脖子，好奇地四處張望。

「那一帶是獵場。」

「京兵駐守在城外那附近。」

「那邊是以前皇族經常去遊憩的地方。」

陪同的兩人竭盡所能把自己知道的事情都告訴足弱。

「快到正午了。我們回京裡的市集吃點東西吧？」

說完，內侍對馬車伕耳語，馬車隨即調轉方向往城門前進。穿過城門進城後，就看到滿街都是來來往往的路人。

他們盡可能在最靠近市集的地方下馬車，足弱一手拿著拐杖，重新戴好草帽，把裝著剩餘盤纏的荷包塞進腰帶裡。他只是說想要一個能夠裝著銀兩帶著走的荷包，卻得到一個黑底鑲滿白珍珠的錦囊；他在想，這玩意兒肯定比自己裝進去的銀兩和銅板更值錢。比起掉錢，他更怕弄掉錦囊。

溫、足弱、礦石三人走成一列逛著。

市集不只有各種食材，也有賣衣服、刀劍、小玩意兒、書冊、二手物品、簡單的庶民小吃等，包羅萬象，應有盡有。

小販們紛紛朝扮成世家子弟的內侍行禮後，招手問問他有無興趣。四面八方也傳來氣勢驚人的吆喝聲。

「林是果！林是果！現採的又甜又好吃！」

「要不要試試醬燒蛇肉！」

「這件衣服要我賣你五文錢，你瞎了嗎？」

「那邊的小哥，要不要來一個！」

「小姑娘，試試這個髮飾吧，會讓妳更漂亮喔！」

跟之前見識過的一樣充滿活力。足弱在這裡也完全像個土包子，不停地東張西望。

「足公子，您有沒有想吃什麼？」

「嗯，是的，那我想吃那個……」

他指著蔬菜切大塊撒焙擂鹽在鐵板上大火快炒的「焙擂燒」。自從他在市集看過有人現場表演這道菜，他就一直很想吃吃看。

「我去買。」

聽到礦石開口說，足弱連忙搖頭，手按著腰帶裡的錦囊走近攤子。

「那個，請問三份多少錢？」

「客倌好！一文錢！」

足弱以眼神制止想要付錢的澑，從錦囊拿出一文錢，收好醒目的錦囊，再把錢遞給攤子內汗水淋漓的小販。

「多謝惠顧！」

對方用一大片葉子包著焙擂燒遞給足弱。礦石立刻接下，澑則從攤子的竹筒裡拿出三副樹枝做的木筷。

在市集後方有個地方堆著攤販的貨物、垃圾、給人坐的箱子等。足弱把拐杖靠在一旁，在樹蔭下把草帽擺在腳邊，接著站在他左右的兩人分別把焙擂燒和筷子遞給他。

「謝謝。我嚐嚐。」

「我們也試試。」

足弱是第一次吃焙擂燒，不確定自己能否接受，不過他根據聞到的氣味判斷應該沒問題。鹽可能灑得有點多，不過這種粗獷風的吃食本來就該這樣。

「熱騰騰的……」

看到足弱大口吃起焙擂燒，內侍們也跟著吃下；他們的小麥色臉上冒著汗珠，一邊吹涼一邊動嘴咀嚼。礦石最先吃完，在他掃視四周期間另外兩人也吃光了。接著他們三人再度走進市集的人潮裡。

接下來足弱看上的是水果，這次由溫付錢。這次外出要用的銀兩本來就由內侍帶著，足弱想要任何東西都由他們支付。這是原先的規劃。

吃完水果後，在露天茶攤暫時歇歇腳，足弱拿起首飾舖子裡一只不到半個手掌大的胸飾，有著作工精製的銀壺造型，只要一搖晃，就會出現青花或綠蛇。

看起來很滑稽，令人發噱。

「您中意這個嗎？」

「這個……我在考慮買回去給雷霰……」

「陛下一定會很高興。」

足弱於是打定主意要買，正要伸手拿出腰帶裡的錦囊，卻突然停止動作。

「可是那傢伙，一直有很多更華麗漂亮的東西吧，這種的……」

「陛下的確什麼都有，可是他沒有足公子送的禮物。」

說完，年輕內侍微笑。足弱決定買下，裝進珍珠錦囊裡避免弄丟。就在他轉身伸出拐杖準備繼續走的時候——

「抱歉！」

有人撞到他。溫趕忙抱住他失去平衡的身子。足弱重新戴正歪掉的草帽，就看到礦石扭著某個小矮子的胳膊。

「把你剛才放進懷裡的東西拿出來。」

「痛痛痛痛我的手要斷了！你說說我到底做了什麼啊！」

「你剛才扒走的錦囊是這位的東西，快還來。」

聞言，足弱伸手探向腰間，發現——不見了！他頓時說不出話。

（他、他是什麼時候……）

足弱驚訝於對方迅速的動作，以及扒竊的行徑。

「怎麼了怎麼了怎麼回事？」

「有扒手。」

「這扒手看起來是好手好腳的成年人欸？」

「我們國家如此富強，只要認真工作就不會餓死，也能養活幾個孩子，居然有人幹這種雞鳴狗盜之事。」

「對了，喂，誰快去報官！」

礦石從男人衣袖裡掏出綴滿白珍珠、一看就知道價值不匪的黑色錦囊，在場眾人紛紛感嘆。

這時候，來得莫名迅速的衙役領著官兵鑽過人牆到來，連忙抓住扒手，朝礦石行禮，又瞥了足弱和溫一眼後，再度慌慌張張離去。

足弱也被他們兩人推著，快步離開現場。

來到人煙稀少的巷底，礦石把錦囊還給足弱。

「謝謝。」

「這是卑職等人的錯，我們不該拿這個錦囊給您。這錦囊在宮裡是不醒目，但出了宮，有這樣一個，就足以蓋一棟宅子了。」

足弱停下把錦囊塞進腰帶的手，目瞪口呆地看著溫年輕的臉。

「那、那麼值錢嗎？」

「皇室的庫房裡都是這種東西。」

「啊，不過……這種東西給我用太奢侈了，回去我就會還給你們。」

「足公子，您與陛下同樣有繼承皇族遺產的資格，這種錦囊算不上什麼。」

聽到這句話，足弱呆立在原地。

「遺產、跟、我有什麼關係！那、那些都是雷霰的！」

溫沉默行禮後，就沒有繼續多說什麼。

足弱表示想買土儀回去給那些平時在宮裡照顧他的人，隨行的兩人因此很苦惱——不是只有服侍他的人，還包括今世王的隨侍、護衛的灰衣衛、浴殿內侍、太醫、御膳房，就連灑掃御花園的下人也要有——他這麼說。

「這人數相當可觀。」

才說完，就看到足弱垂著眉露出遺憾的表情，隨侍皇兄的溫立刻湧上一股「不想讓自己服侍的皇族難過」的使命感。

「那、那我們先找家舖子訂些糕點，再請他們送到宮裡吧。我想眼下是無法立刻就買到所有人的份。」

「太好了。那，現在只要決定去買哪一家的糕點就好，對吧？啊，不過那個錢……我現在手邊只有二兩銀，應該不夠對吧？」

「公子就當作您的錢袋在我這裡就好，我會負責付錢的，放心。」

儘管如此，足弱還是很猶豫。

（就當是跟雷霰借錢好了……）

溫身上的錢是皇室的，也就是今世王的錢。今世王又是自己的同父異母弟弟……所以這情況等於是向自己的親人借錢。

足弱也因此對於過往人生中以為不可能會有的親人，有了一些實際的感覺，心裡有些激動。

他點點頭後邁開步伐，隨行者也正要跟上。

「足公子，這不是足公子嗎？」

三人轉頭看去，就看到身穿黑色官袍的王安，儀表堂堂站在那兒。

＊

遲了些時候才走出官門，準備去用午膳的王安，一看到那個男人，只覺得不管是身高或是拄著拐杖走路的方式，都讓他聯想起那位一起上京的旅伴。

由於實在太過相似，他的目光不自覺停留久了點，就看到對方與世家子弟說話的側臉，有草帽遮掩看不清楚卻很熟悉。

「王公子！」

聽到對方這麼喊，轉過頭看去的足弱立刻笑容滿面走過去。

「久違了，王公子。我今天正好想起你。你最近過得好嗎？」

「是麼，謝謝你。你似乎過得不錯。如你所見，我目前在官署任職。我還以為足公子你返鄉了。」

「是的，原本是那樣……」

足弱臉上是不知道該如何解釋的表情，王安也就沒有繼續追問，只是點點頭。

他看到足弱頭上戴著的，不再是原本那頂黑髮會從破洞冒出來的破帽子，而是做工扎實的草帽，身上也穿著乾淨無垢的短袖上衣與短袴，以及全新的草鞋。

「你現在在做什麼？」

「我在蓋小屋。也考慮要造林。」

「那很好。」

王安心想，足弱大概是在做園藝工作吧。而連他自己也沒料到自己居然覺得鬆了一口氣——畢竟足弱怎麼看都是一副不曉世事的樣子，就算淪落街邊乞討，他也不會感到驚訝。但倘若如此，既然相識一場，他就不會見死不救，他會把足弱帶回自己的窄小官舍，提供他某些程度的幫助。不過現在看來足弱似乎在京裡找到了差事。

看到他跟著一位身材中等的世家子弟，以及一名看來武功高強的護衛，應該是被家境殷實的富裕人家僱用，也沒有受到虧待。

「足公子，那個拐杖……」

那是與他這身樸素打扮不相稱的精品。

「啊，這是別人給我的。雖然我覺得用樹枝就夠好了。」

光滑發亮的黑色拐杖表面的漆塗得均勻，握把部分還有珍珠母鑲嵌的青花裝飾，很顯然是名門望族賜下的物品。

「是麼，這個東西很不錯。在下也替你感到高興。」

或許，是他服侍的門閥士族很欣賞這個男人的純樸。

（看來對方很珍惜他，那就好。）

王安勾起嘴角微笑。

＊

王安接下來要去用午膳了，因此足弱與他就此道別。

臨別時，王安告訴足弱自己的官舍位置，歡迎他有空過來坐坐，還說足弱要去書肆或哪裡，他都樂意奉陪。王安說完就離開了。

（王公子果然是好人。）

足弱對於這偶然的重逢感到開心，帶著滿臉笑容回到等著他的兩人身邊，突然有人抱著他的腰湊近他。

「剛才那人是誰？」

清晰的嗓音比平時低沉許多。

足弱伸手把對方推開，上下打量來者。

那人的身高與自己不相上下，肩膀寬闊，以黑色斗笠遮住大半張臉，斗笠底下的頭髮用布巾包住，身上穿著商人服飾，背上背著貨物，腰上掛著一把樸素的劍，腳上穿著木履。

「你、在、這種地方……做什麼？」

「我正在微服私訪，拜訪哥哥。」

男人以食指推高斗笠露出眼睛。看到那張俊美的臉，以及令人印象深刻的藍眼睛，足弱深刻感受到這個人的獨一無二。

「雷霰！」

看到陪同的兩人沒有驚訝的反應，足弱這才明白除了自己之外的所有人都知道今世王今天會以這種方式來到皇城外。

「哥哥，剛才那個男人是誰？你們似乎很親近？」

「剛才、剛才那是……你從哪個時候就在偷看我？」

原本打算送雷霰禮物給他驚喜的足弱，把王安的事拋諸腦後問道，

「沒有很久，就在哥哥走向那個男人時。站在遠處也看得出你們感情很好。」

今世王說到這裡，再度伸手環上足弱的腰。看樣子對方沒看見他買了胸飾，於是足弱也就不再對今世王出現在此之事發脾氣。

他看向旁邊，看到今世王身邊有跟礦石一樣的武夫跟著保護。

眼見足弱遲遲沒有解釋那個男人的事，今世王心裡頗有微詞，他注意到足弱的視線，便開口介紹：

「哥哥，這位是我朝最強的勇士，他叫黎明。」

黎明是高大年輕的男子，體格健壯到足以完全遮住今世王，以身擋險，還有一對眼尾上勾的細長丹鳳眼，長相勇猛果敢，卻是一聽到稱讚就耳尖泛紅，歪著脖子害臊，那姿態有些可愛。

「久仰，雷霰就有勞你的保護了。」

足弱恭恭敬敬地脫帽鞠躬行禮，隨行的內侍和兩位武官連忙揮手阻止。

今世王短促一笑，順勢在斗笠的遮掩下，當街吻上足弱的脣。他抬手繞到足弱的後腦杓固定住他想要閃避的腦袋。雖說這裡是遠離大街的巷底，但男裝打扮的兩人舉止親密，隨行的三人只好立刻像銅牆鐵壁般遮住他們的身影不使人看見。

「話說回來，哥哥，你還沒有告訴我剛才那個男人是誰。」

今世王的脣滑過足弱的臉頰，貼上他的耳畔輕聲問。

足弱一五一十地交待說，王安是一道上京的旅伴，一路上都很照顧自己，現在在朝廷當官。說完後，由三人變成五人的一行人又回到大街上。

今世王的手環著足弱的腰。

黎明走在他們身後，避免其他人看到那隻手的舉動。也因為如此，足弱才沒有揮開那隻手。老實說他正因為人潮變多了，感到寸步難行。

走在這一行人最前面的是溫和礦石兩人，再來是足弱和今世王兩兩並肩，黎明殿後。

「哥哥，你有想要什麼嗎？」

「我正想著要買糕點。」

「什麼樣的糕點？」

「我也不知道什麼樣的比較好……」

「卑職聽說右邊巷子裡有許多糕點舖子和攤子。去那兒瞧瞧吧？」

溫轉過頭來說。足弱聽完點點頭，決定了接下來的去處。

今世王時不時會推高斗笠看看四周。斗笠揭高太久，就有幾名女子因為他玉樹臨風的外貌而驚為天人，轉頭看過來。

「陛下……」

黎明輕聲提醒，今世王立刻壓低斗笠。

金髮很容易處理，可以染色或用布巾包住，或戴上帽子遮擋，但是藍眼睛只能靠壓低帽子掩飾。

雷氏王朝的百姓主要是黑髮黑眼，膚色是黃色或小麥色，不過白皮膚在靠近北境的地區也並不罕見，而且當地人的髮色是褐色。但是幾乎沒有像皇族這般的金髮藍眼，唯有來此經商的遠地異國人之中偶而會有。如果在這個市集暴露出藍眼睛，百姓立刻就會察覺到他的真正身分。

足弱偶而會停下腳步湊近看看陳列在攤子或舖子裡的糕點，喃喃自語說：

「不曉得這是什麼味道……」

此時今世王就會拿起糕點說：「我買一個。」讓內侍去付錢，把糕點送到足弱嘴邊。見足弱咬下一小口後蹙眉，今世王也會在相同位置咬一口，說出簡短感想，接著就把剩餘的一大半糕點交給內侍；因為他如果想要丟掉，就會被足弱阻止。

商人抓起商品遞到小廝嘴邊，兩人試過味道後剩下的，交給付完錢的世家子弟——這一行人的詭異行徑，引來愈來愈多百姓矚目。

「陛下，足公子，我們暫時離開這裡吧，太引人側目了。」

「那，哥哥，我們去喝茶吧。」

一行人採納黎明的建議，來到另外一條巷子，找地方坐下。

這家茶攤與足弱稍早喫茶的露天茶攤差不多。頭戴斗笠的今世王在三人座的桌前落坐，黎明接手他背上的貨物。

溫恭恭敬敬把桌上的小茶杯遞給今世王。

儘管今世王微服私訪穿著商人的短袖簡單衣物，但是端起茶杯喝下的模樣所透露出的雍容華貴，卻是掩飾不了。

「請問……這位該不會是身分很高的大人……」

茶攤老闆誠惶誠恐地靠過來，問面前的礦石。

「大人是微服出訪，你無須介懷。」

大概是認為掩飾不了，礦石就這樣回答。

足弱坐在今世王旁邊，熱到脫下草帽，以衣袖擦去臉上汗水，拿手裡的草帽替自己搧風。茶水是熱的，反而讓他冒出更多汗。

送給綠園殿眾人的糕點——

如果全由自己試吃挑選，恐怕找不到好吃的東西。既然不是自己要吃的，不如就選京裡最有名的糕點，比較妥當吧？

他也把自己的這番想法告訴溫。

「足公子認為這樣妥當的話，卑職就挑名氣鼎盛的糕點。」

「我也覺得那樣比較好。」

「哥哥，難得你有這番心意，卻是聽信別人的味覺去挑選，這樣真的好嗎？我覺得哥哥想要親自找到喜歡的糕點這主意很好，其他人應該也想了解哥哥你喜愛的味道。」

原本在一旁不表態的今世王對足弱這麼說。

「大家都吃慣了山珍海味，對於我喜愛的口味……」

「只要哥哥覺得好，就算給他們吃秋蹄菜都行——你們也這麼覺得吧？」

秋蹄菜是水分很多的綠色野菜。

「是。」

「沒錯，卑職也這麼認為。」

隨行的其他人也都點頭同意，於是足弱決定再逛一下，找找滿意的糕點。

＊

這處糕點攤子遠離其他攤商獨立，以四根木棍支著一塊布當作屋頂，賣著賣相不好、看來黑溜溜的食物。

男人穿著洗得太頻繁而變薄的短褐，束起的頭髮有幾綹散落，一看就知道這人的生活貧苦。

「一個多少錢？」

拄著拐杖現身的是一位高個男子。他的右腿彎曲變形，但不是很嚴重。

「三文錢。」

男人回答完，便把放在棚子後方的木箱搬到前頭來。

「您請坐。」

只見頭戴草帽的客人臉上露出訝異神情，接著就微笑坐下。這名男子看來年輕不小了，卻有一雙跟自己年幼兒子一樣清澈的黑眸。

「多謝。」

道謝完，客人把三文錢交給男人。

「這個食物叫什麼？」

「就是普通的蜜豆沙。」

只不過這看似普通的蜜豆沙，卻是男人精挑細選紅豆，加上不斷鑽研才製成的。如果賣得掉，他就能夠給家裡的病妻與三個孩子買食物，然後就再也不做蜜豆沙了。

儘管自己的髮妻說這蜜豆沙是絕品美味，但做這個太燒錢了，他也不好再去向親戚借錢。

男人正在把錢收妥，就看到原本嗅了嗅蜜豆沙氣味後咬下一小口的客人，張大嘴把一整坨的蜜豆沙塞進嘴裡。

「這個……真好吃呢。」

正午過後，這天第一位上門的客人這樣說。男人心中湧上無與倫比的自豪，揚脣微笑。

「多謝稱讚。您要不要再來一份呢？」

「好的。我再付三文錢。」

客人以沾著豆沙的手指拿起第二份蜜豆沙放進嘴裡。

「哥哥，原來你在這裡，讓我找了半天。」

腿長個兒高的商人以低沉清晰的嗓音一邊說一邊走向那位客人。而那位打扮像某戶府邸小廝的客人，則是一邊動嘴咀嚼一邊抬眼望著弟弟。

「嗯，我本來，有打算，叫你——」

他好不容易吞下口中食物，才開口說話。他的嘴邊沾到了豆沙。商人打扮的弟弟以拇指擦去他嘴邊的豆沙，再舔一舔拇指。

「你喜歡這個味道？」

「嗯，很美味。雷霰，你要不要也試試？」

「既然哥哥這麼說。」

商人以不曾做過粗活兒的修長白皙手指，捏起一坨外型又黑又難看的蜜豆沙，張嘴咬下一口。

「味道單純卻很有深度，不是靠調味而是食材本身就很好，而且煮法也不同於一般方式。模樣雖然難看但滋味很好。」

似乎比兄長更挑嘴的弟弟品評了一番後，吃下手中剩餘的蜜豆沙。

兄弟倆吃著蜜豆沙時，一名貌似世家子弟的年輕男人與兩名隨扈模樣的武夫，站在攤子前。攤子老闆以為又有客人，抬頭看去，卻見那三人並沒有進來。

「多謝招待。這裡是六文錢。」

「謝謝惠顧。」

老闆收下另外兩份蜜豆沙的錢。

離開木箱起身的客人正要走開，又轉過身來。

「我想要送這個蜜豆沙給平常照顧我的人，老闆願意接單嗎？」

老闆心想，小廝的前輩和夥伴，算算大約五、六個人吧？一想到今天準備的量可以賣出不少，男人立刻點頭如搗蒜說：

「當然。您需要多少份呢？我替您包起來。」

「想請老闆幫忙送過來。」

「可以、可以。」

「那，溫兄，要送給所有人的話，需要訂幾份呢？」

老闆不懂客人為什麼是開口問他身後的年輕世家子弟。

「每人一份的話，大約要九千份。」

「每人應該發兩份吧？」

那位弟弟說。

「那就是一萬八千份左右。」

年輕士族行禮。

「老闆，我想你恐怕無法一次做出那麼多，所以你做好多少就送多少來。至於要送到何處，你再去問問那邊那位，我想他應該會先付些訂金給你。這事就拜託你了。」

客人說完，就和他的弟弟隨兩名武夫離去，留下的世家青年躬身靠近僵立在原地的男人，說：

「聽好了，蜜豆沙要送去的地方，是眼前那座皇城後側的綠園殿。那兒有供外人進出的角門，你持這塊令牌就可以出入。記住了？」

對方交給他的令牌上寫著「皇商」。

＊

總算決定好土儀之後，今世王表示差不多該回宮了。正因午後的酷熱與擁擠人潮而開始發呆的足弱點點頭，坐上停在側道的馬車，繞到不醒目的側門返回宮殿。

晚上，他與今世王用完晚膳後，今世王說要演奏弦樂器「瑟」給他聽，於是足弱跟著他回到他的寢房。

今世王坐在擺上瑟的琴案前，屈起一條腿，背對窗板打開的窗戶，以手指撥弦，彈奏出美妙的樂聲，迴盪在掛著一輪明月的夜空中。

第一次聽到音樂的足弱，對於樂聲敲打、滑過自己的肌膚，使他冒出雞皮疙瘩的反應很是驚訝。

今世王微垂著眼低著頭，伏在瑟上舞動雙手。

演奏完畢，留下餘音繞樑的今世王行完一禮，來到坐在羅漢椅上的足弱身邊坐下。

「哥哥，好聽嗎？」

「這就是音樂嗎？我第一次聽，不太懂，只覺得很了不起，我都聽到有點失神了。」

「我再演奏一曲吧？」

「嗯，不過改天再彈也沒關係。我還沒有消化完剛才的演奏。」

足弱這麼說，今世王莞爾一笑。

足弱接過遞來的茶喝了一口放回桌上，拿出回宮換上皇族服裝後，仍然夾在腰帶裡的錦囊，取出裡面的胸飾。

「雷霰，這個，給你。」

原本手搭在羅漢椅椅背上的今世王，一看到足弱遞給他的東西，立刻抬頭挺胸坐正。

「給我？」

「今日在市集看到，我想著要送你，所以用自己的錢買下的。啊？盤纏也是朝廷發的，所以這仍然算是你的錢吧……」

「不，那是哥哥的錢。而你，買了這個給我。」

今世王收下後，微笑看著從銀壺隨機冒出來搖晃的花與蛇。

「謝謝哥哥，我好高興。」

「別客氣，我只是想把這個送你而已。」

「我會好好保存。」

今世王拿著胸飾，緊緊抱住足弱，以雙唇疊上他的唇。

＊

今世王牽著足弱的手，把他帶進寢房，讓他坐在龍床上，讓內侍脫去自己的衣物。足弱的衣物則是由今世王親自脫下，並一件件交給內侍。

等脫到剩下一件褻衣，他抱著足弱輕輕躺上床，一手探入褻衣前襟撫摸胸膛，另一手摩挲著他的背，吸吮他的唇。

他一邊以舌頭舔去對方嘴角流下的唾液，一邊脫去白色褻衣，再吻上暴露出來的乳尖。並用力捧起胸肉，執拗地以舌輕舔。

「做、什麼？」

趁著足弱蹙眉扭動身子，今世王暫且放開他，把他掛在手肘的褻衣全部剝光，改為從身後抱緊他的姿勢，用雙手揉著他的胸。

「雷霰，為什麼，只一直玩弄，那邊？」

今世王沒有回答足弱的不解，繼續吸吮他的耳垂，輕吻他的頸側。

「唔嗯……」

或許是脖子很敏感，他縮了縮肩膀。不斷地用手指挑逗乳首，他的兄長就會一下又一下地震顫。

「痛……那、邊、感覺好痛。」

「這邊？這樣子弄……」

足弱再度顫了一下，背撞上今世王。

「好痛！我說很痛啊！雷霰，別弄了！」

哪知道今世王非但沒有停手，反而變本加厲，手指揪住乳尖一扯一扭。

前。

「啊！痛啊啊！住手！」

足弱左右晃動肩膀和腰胯，想要逃離那股疼痛帶來的刺激，把腰一彎，用蝦子姿勢閃躲。

「住手！很痛！啊！啊！」

今世王抓住足弱掙扎彈跳的手臂，將他的身子一翻轉為仰躺，滾燙的舌再度舔過他發紅的胸前。

「啊啊！」

今世王抱緊往上拱腰的足弱，更進一步吸吮他挺立的乳尖，並以舌頭推擠繞圈挑逗著。

「啊啊……雷、霰、為什麼……」

足弱以雙手抓住今世王的肩膀想要把他推開，卻幾乎使不上力氣。身子一陣陣打著哆嗦，下腹的陰莖也緩緩挺立，有氣無力地左搖右晃。

「哥哥，弄這裡也會很舒服的。」

因唾液而鮮紅的乳尖隨著呼吸上下起伏，今世王稍微放過足弱，從床幔外拿來玻璃瓶。瓶蓋已經打開，瓶身一斜，琥珀色的液體就流進掌心裡。今世王確定過油液夠溫熱之後，就以手掌握住哥哥下腹那物，輕柔包覆上下滑動，把芳香油均勻抹上。

「呼——唔！」

足弱輕輕彎起雙腿踩在床上，一手在胸上，另一手在眉間，放輕呼吸承受今世王的愛撫。他的臉頰泛紅，仰高佈滿吻痕的脖子，原本在胸前的手像是要阻止今世王又像是在催促般往下伸。

今世王手裡那物逐漸賁起。他感到很開心，把身子擠進足弱的兩腿之間，一手環背將他抱起坐在自己腿上。

足弱睜大黑眸低頭看向今世王。今世王看著他的雙眼，輕輕吮了口他胸前挺立的乳蕾。

「呼……」

足弱的右肩瑟縮了下，今世王也用力吮了吮另一側的乳尖。足弱坐在腿上縮起身子，不斷地拍打今世王的肩膀。

「不要、住手……！好痛好痛！」

今世王把足弱的腰拉向自己，讓自己的堅挺和哥哥那處貼在一起，用沾滿芳香油的手同時套弄。足弱搔抓今世王的背掙扎著。

今世王再度以舌頭輕舔啃咬吸吮乳頭。

足弱的身子往上一彈，發出性感喘聲。

「雷霰……！」

今世王粗魯蹂躪著手裡的陰莖，以手指撥弄後再度握住套弄。

「嗯、呼……啊啊！」

手裡那物的頂端不斷地冒出液體。今世王狠狠吸吮被磨蹭好次、變得刺痛敏感的乳尖，像是要咬下般，再以巧舌撫弄。

「唔啊啊啊！」

足弱往後一仰放聲大叫，接著順勢躺下。手中那已經噴出白濁的陰莖被手指繼續擼動著，試圖要讓那處吐出更多。

「啊啊、啊、啊……呼、哈、呼……嗯啊、啊！」

身軀哆嗦了幾下，足弱在自己的腹部噴出不少精液。大量精液從腹側滑落在床單上。

足弱的額頭滿佈汗珠，渾身因情慾而潮紅，雙腿放鬆張開，四肢仍時不時在顫抖，胸口上下起伏，氣喘吁吁地喘著。

今世王側身躺在足弱身旁，吻上他正在喘氣的嘴角。

足弱終於藉由他的手射精了——今世王忍不住在想，這象徵足弱不僅是把身體，也把心，甚至是命運等一切，全都交給了他。

（全部、全部都是——我的。）

望著因久違的解放而虛脫的足弱，今世王湊近他的耳邊，低語說：

「哥哥，接下來我要用另外一種方式讓你舒服。」

＊

今世王抱起足弱軟弱無力的身子，足弱的手臂順勢垂在床上。

盤腿而坐的今世王讓足弱趴下，從他的身後把他拉向自己。

（我只想……睡覺……）

今日外出興奮地到處走，再加上剛才的絕頂升天，對足弱來說如果能夠這樣睡去，就是最完美的狀態。

足弱背對著今世王跨在他腰上，臀部就在他的面前。

弟弟想要的是什麼，再清楚不過。

（如果我在這時候說我想睡覺、拒絕繼續的話，他會發脾氣吧……）

才這樣想著，沾滿芳香油的手指已經插進來。他的下腹顫了一下。

使不上力的手抓著床單，忍受入侵得毫不猶豫的手指觸感。

「哥哥的這裡，似乎已經記住我手指的形狀了，進去得很順暢。」

才不是，那是因為我很放鬆！

足弱很想出言反駁，卻被插入第二根手指，讓他說不出話來。

他扭動身子想要逃離那種觸感，長指卻在他的體內磨蹭擠壓擴張。他聞到濃郁的花香味。芳香油再次被倒入手指擴張的地方。

「嗯啊、啊啊……」

手指在穴口進進出出，沒入到指根處，指頭在肉壁上來回移動探索。

足弱往前移動想要逃開手指糾纏，紅腫的乳尖一接觸到被褥，一陣刺痛竄過肌膚，他就痛到尖叫。

「痛！」

「怎麼了，哥哥？」

「胸前好痛。」

「刺痛嗎？」

「對……」

「那我待會兒幫你舔一舔止痛。」

「不、不需要！你別再碰我那裡！」

背後傳來輕笑聲。

趴下的足弱交抱雙臂護住胸口，今世王又增加一根手指，一下又一下地擴張。注入後穴的芳香油也因為手指的移動而溢出穴外，從臀部順著大腿流下。

（唉呀啊……）

足弱用額頭抵著床單，閉上雙眼。

已經到了這個地步，今世王是不可能收手了。

（那個粗大的東西又要……）

那個巨物正要進來。

一想到那畫面，他就覺得背上一陣毛骨悚然。那麼窄的地方卻硬是要進來，直接插到可怕的深度，把裡面的皺摺扯平，讓足弱喘不過氣。

他感覺到今世王緩緩調整了姿勢。空氣在動。令人窒息的香氣飄散。

「哥哥，放鬆。」

「啊啊……」

他發出顫抖的呻吟。

他的腰部被抓住抬高，上半身被壓低膝跪在床上。今世王左右手的手指把他的臀肉掰開，頂端抵著穴口。

（哇……！）

足弱感受到那股熱度，連腳尖的寒毛都直豎。

今世王用力把巨大的頂端擠入，手指擴張過的穴口姑且可容納那物貫穿。

「嗯嗯！」

今世王猛力一推——

「啊！……不要……雷霰！」

足弱忍不住開口討饒。

「哥哥好厲害……漸漸把我吃進去了……唔！」

「啊、啊、啊、啊、啊！」

穴口彷彿被催眠般，無視腸壁的疼痛與壓迫感，不斷地邀請異物入內，同時背上也不斷地竄過一陣又一陣酥麻的感覺。

「呼、唔、唔、啊、啊……裡面！」

今世王每次擺腰就進得更深。

「哥哥的裡面也全都是我的。」

「啊啊……好、好大、好難受……」

「對、對不住……」

今世王道歉的嗓音中帶著困惑。

足弱淺淺吐氣，意識因為太過刺激而逐漸模糊。

＊

今世王一下又一下地挺腰，伸手繞到足弱身前，握住軟綿下垂的那話兒，再度套弄起來。

足弱悶聲大叫。

搖晃，逗弄手中的陰莖，肌膚與肌膚相互碰撞，下身前後抽送。

「啊、啊啊、啊、啊、啊、啊……！」

本來還在抱怨太大的足弱自動擺起了腰來，品嚐著脅進菊穴裡的昂藏，模樣看起來是終於能夠接受那粗大，不再覺得難受。在芳香油的潤滑之下動起來更順暢。

足弱的敏感處被頂到。

「噫啊啊！住手、別弄那邊！」

他的嘴上是這麼說，但在今世王手中的陰莖卻一口氣變得硬挺。

今世王重新以雙手抓好趴下的足弱腰際，故意集中頂弄那處敏感點。

「啊、不、住手、住手、啊啊、走開、走開！」

就在他整個人被壓在身下，爽到失神時，今世王從身後伸出一隻手揉他的胸，手指撥弄碾壓他的乳尖。今世王立刻感覺到肉壁一陣緊縮，就聽到足弱放聲慘叫：

「噫啊啊啊啊！」

他的雙手按住今世王抓乳頭的手，拱背射出白濁。今世王在吐精緊縮的後穴內來回抽送了幾次後，足弱終於哭出聲猛搖頭。

「雷霰啊啊啊夠了、夠了、啊啊啊啊啊……！」

今世王的手放開足弱的胸，拉近他的腰胯更加猛烈地狂抽猛送，往更深處突進，接著他眼前一陣白——

「啊、唔……哥哥！」

他捧起足弱癱軟的腰擺動幾下，一滴也不剩地全都灌注在裡面。他的身體累到快站不起來但心情很暢快。

今晚是一切都變得格外不同的一晚。

第七章　各自的想法

早晨醒來更衣時，足弱按著胸口蹲下。

「刺、刺痛，好痛、好痛、剛才碰到的地方。」

「殿下，如果還覺得刺痛，請用昨夜也塗過的這個膏藥。」

足弱讓人扶著站起，好不容易來到床邊坐下，對方就遞來裝在貝殼裡的藥膏。

「昨夜？」

「殿下當時已經睡著了吧。是陛下為您擦上的。」

聽來雷霰替他的胸口抹了藥。

足弱脫下衣服，低頭看向自己的胸前。

紅腫的乳頭隨著足弱的顫抖晃動。

足弱以手指沾取藥膏，小心翼翼抹在乳頭上，那股悶痛讓他皺起臉。

今世王昨夜堅持愛撫胸前這兩處，不肯放過。

足弱雖然和平時一樣身子倦懶，但今天的腰比平常更使不上力氣，或許是昨晚射了兩次的緣故。

足弱在兩處乳頭都抹上藥膏，淚眼汪汪地穿上衣服。

他想要重新開始近日都沒進度的小屋建造工程。今日原本打算更早起床，卻沒想到自己居然睡到快正午。天氣這麼熱，沒辦法在這個時間施工。

他以拐杖支撐癱軟站不住的雙腿，走出寢房。他想盡量避免乳頭碰到衣服，本來就已經不太能走路了，再加上姿勢很奇怪，結果腳下一個踉蹌，幸好內侍長接住他。

「殿下，您還是再多休息一會兒吧？」

「我已經躺夠了。」

「那麼，在那邊的長榻上坐一下。」

他就這樣讓內侍長扶著走到長榻上，倚著幾顆飽滿的迎枕坐著。

透過窗子能看到御花園的湖泊。即使天氣酷熱，像這樣吹著風，看著冰涼池水，也會覺得涼爽許多。如果是在山裡，應該會更涼爽吧。足弱讓人拿來草木辭典，在書案前坐下，開始悠閒地看書。

到了傍晚，體力恢復後，他讓人備馬車，搭車前往禿山。此時日照已經不再強烈，悶濕的空氣也被風吹散。或許只是錯覺，他覺得夏蟲的鳴叫聲也轉弱了。足弱一下馬車就看到工匠已經在等著，想來是已經有人通知。

「進度中斷了許久，實在抱歉。」

「殿下慢慢來就好。」

足弱點點頭，與對方討論接下來的工程。

堅實把事先挑好要當柱子的木材用繩子綁著豎直，再揮動鎚子把本來就組好的四方型框架敲進去。等到嵌進地板橫木時，太陽已經下山。足弱表示還想再多做一點，內侍們就在小屋四周點亮火炬。

「殿下，該用晚膳了。」

足弱回頭一看，發現下人們端著膳食等在一旁。

「啊……已經那麼晚了。」

他眨了眨眼，錯愕於自己的太過投入，接著與工匠四目相對。

「堅實師傅，要不要一起用膳？」

在落日後燃起的篝火照亮下，工匠的側臉很明顯變了臉色。他立刻下跪行禮。

「不敢。宿舍那兒已經備有草民的吃食，殿下不用顧慮草民。」

「這樣啊。」

足弱心裡覺得可惜，離開豎好柱子的小屋，在用膳前先去溪裡洗手洗臉，後來覺得太麻煩，乾脆脫去衣物，光著身子在篝火照耀下走進溪裡。他投入在工作時，也忘了早上還覺得乳頭刺痛。足弱捧起冰涼的溪水潑在胸前，覺得很舒暢，便不斷地捧起溪水澆淋胸口。

「殿下，您用完晚膳，要在帳篷過夜嗎？」

「對，我是那樣打算。」

他從溪裡起身，擦乾身子穿上寢衣。

在帳篷裡吃完晚膳的水果後，足弱開始翻閱身邊的人推薦的書冊。包括風花雪月的詩集、成語俗諺的由來、歷史等。看累了，他就鑽進事先備妥的睡榻裡安眠。

第二天早晨，他很早就開始蓋小屋的工程。

總之他先組好並固定住當作骨架的木材。

工匠今天一早也準時出現，一邊完成進度，一邊默默地自告奮勇去危險場所施工，不過當足弱堅持要自己動手時，他就會推足弱一把，讓他站上小屋的地基。

足弱與陪他一起蓋小屋的堅實相處久了，也開始聊起小屋和其他建築，因此逐漸對於堅實誠實認真的工作態度感到敬佩；尤其佩服他處理事情迅速確實又不曾出錯，規劃詳盡，而且目測也精準。他與自己的年齡相仿，卻已經是了不起的專業人才。

足弱自然也就願意點頭採納工匠建議的變更，不再排斥。

＊

等到小屋逐漸有小屋的模樣時，今世王找足弱一起去皇宮的御花園搭船遊湖。

在今世王與他的兄長住的宮殿房間看到的湖泊，就是御花園內最大的湖泊；從宮殿欄杆底下到湖泊對岸為止，正好差不多是京城大街街頭到街尾的距離。小船中央插著華蓋遮陽，船上有一名搖櫓的船夫，兩位皇族及一位內侍。

白晝的寧靜氣氛被夏蟲的鳴叫聲打破，今世王先上小船，接著伸手扶著他的兄長在對面座位坐下。

岸邊站著一整排灰衣內侍和灰衣衛。多數灰衣衛皆脫下鎧甲，甚至卸下佩劍，一身輕裝打扮。

（他們也覺得天氣太熱吧。）

足弱這麼想，或伸手撥水，或從下方仰望宮殿和平時起居的房間。今世王開口問：

「哥哥，你會泅水嗎？」

「我在山中的小溪裡游過。」

「是麼。」

足弱不解那句問話的含意，轉過頭看著今世王白皙的臉龐好一會兒之後，他才突然懂了那些輕裝打扮的灰衣衛，是要負責救起溺水的他。

「河川瀑布底下的深淵，你進去過嗎？」

今世王穿著很襯眼睛顏色的藍袍，倚著座椅扶手凝視足弱。或許是椅子過矮，他的長腿伸到了足弱的大腿處。足弱也把右腿伸到今世王的腰側。

「沒有，我都是待在腳能夠踩到溪底的地方抓魚，或是手撐在溪底，把臉沉入溪水裡，讓身體順著溪水漂流而已。」

「哥哥，你那樣算不上是泅水。」

「亂講。我全身都泡在水裡也前進了啊！」

「你的雙手撐在溪底吧？」

「我有划水前進。」

今世王朝搖櫓的船夫使眼色，讓他把小船駛向岸邊。

「哥哥，我不是在質疑你，但你能否讓我瞧瞧你的泅水技術？你如果會泅水，我也就放心了。」

下人們把小船拉近岸邊固定住，足弱才上岸，今世王就要求他現在立刻在剛才搭船遊歷過的湖泊裡泅水。

足弱在今世王與灰色狼們的注視下，脫下綠色深衣和鞋子，只穿著一件白色褻衣，伸展了幾下身體，就走進湖裡。他把身體沉下常換水而非常乾淨清澈的湖水中，臉也沒入水下，伸直身子漂浮在水面上。

「狼……」

「卑職明白。」

今世王與總管看到足弱揮舞手腳的姿勢像在掙扎，還有每次換氣就要站起……

「我、我這不是會游嗎？」

足弱一邊讓內侍擦乾身子，一邊上岸走向今世王等人，笑得一臉洋洋得意。

「哥哥，我們所謂的泅水，是像這樣。」

今世王說完，其中一位輕裝灰衣衛就站出來脫去衣服，露出小麥色胸肌，下腹纏著一塊布走進湖裡，雙手在頭頂合十，縱身一躍潛進水下，伸直背肌在水裡前進，雙手雙腳優雅擺動順勢換氣，一眨眼就游到了對岸，接著再度以漂亮的破水之姿游回來。

看完那個人的表現，笑容從足弱的臉上消失。

「哥哥，秋收之後的巡幸，需要搭船渡河，可能也需要乘船遊湖。儘管我認為我和灰色狼必定會待在你身邊，但我希望需要擔心的事情愈少愈好，所以請你務必要學會泅水。」

「你就會嗎？」

聞言，今世王揚笑，脫下衣袍，展現出不輸給方才灰衣衛的泳技，足弱見了只有驚嘆。

那天下午，足弱開始練習泅水。

師父就是那位示範泅水的灰衣衛，他叫「鹿砦」，還跟著兩名灰衣衛當助手。泅水練習避開蓋小屋的早晨與傍晚，安排在正午過後最熱的時段進行。練習地點就選在大小中等、水不深的小湖泊。

「附近有灰衣衛或內侍在的話，卑職等人必然會上前救人，所以殿下只要學會仰躺漂浮即可。」

「各位都會泅水嗎？」

「內侍沒有灰衣衛那麼擅長武藝方面，但泅水是所有人都必須會的。」

「必須？」

「很多皇族人不會泅水。」

足弱換上沒有任何刺繡與裝飾的衣袍，先從落水救援開始練習。

假裝不小心從岸上落水、小船翻覆落水、遭人丟進水裡。

吸水變重衣袖纏住手腳，他感到呼吸困難。等到他好不容易仰躺漂浮在水面，就聽到有人跳進水裡的聲響，有人從身後抓住他的衣領，有手臂環上他的脖子抓住他的肩膀，拉他上岸。

第二天是學習穿著衣服的狀態落水卻無人救援時，要如何自救。他必須視狀態判斷該脫掉衣服或穿著衣服。

第三天，他終於脫掉衣服，從零開始學泅水。

到了泅水練習的第四天，足弱渾身滴著水，手腳並用爬上岸，就看到眼前出現一件繪有一隻鳥站在藍色水岸的衣袍。

「哥哥，你泅水愈來愈好了。」

泰然自若站在左右內侍高舉的華蓋下的人，就是今世王。

足弱的身上纏著一塊兜襠布，坐在岸邊喘氣。

「我、沒想到、泅水、這麼、耗費體力。」

「我看到你泅水的樣子，似乎很愉快。」

「因為我有好師父。」

「那就好。」

足弱稱為師父的鹿呰與兩名助手單膝跪地行禮。

趁著足弱喝下內侍送來的水，今世王聆聽指導足弱泅水的灰衣衛報告今日的進度。

「那，哥哥，你待會兒就可以跟我一塊兒泅水了。」

說完，今世王與足弱同樣只纏兜襠布，牽起足弱的手走進湖裡。

「水裡真舒服。天氣熱的日子很適合玩水。」

今世王把水淋到白淨肌膚上，彷彿已經很習慣似地，低頭潛入水裡划動手腳。

足弱與今世王並肩游到對岸。在水裡，他不會想到右腿的殘疾。

兩人從彼此的胯間穿過，比賽潛水。聽說今世王以前也經常和兄弟們玩這種遊戲。足弱對於這一切都覺得很新鮮。

「接下來要做什麼？」

他的黑髮紮成小馬尾，髮尾滴著水。他擦去眼睛四周的水，就在水下被今世王抱住。今世王的熱舌滑進他的嘴裡。

「嗯……」

彷彿受到那股熱度吸引，足弱也以自己的舌纏上對方的，並探入今世王的口腔。他的脖子後側被對方伸手抓住。

「嗯、呼……」

「呼……嗯。」

四脣一分離，他的身軀就被捧高，對方一邊吮著他的脖子一邊往岸邊移動。足弱被放倒在斜緩潮濕的沙灘上，鎖骨和胸前頻頻被對方以脣挑逗，尤其是乳尖遭人猛力吸吮，足弱脖子一縮。

「雷霰……不要一直弄那裡。」

「我有……一直弄嗎？」

「你有。」

已經開口抗議了，乳頭仍舊一邊被對方的拇趾擠壓拉扯，頂端被舌頭舔弄。

「我都叫你不要再弄那邊……唔、啊啊啊好痛！」

足弱的雙腿在水裡拚命亂踢，不過水面上看起來只揚起淺淺漣漪。

今世王的身軀擠入足弱的雙腿之間，兜襠布順著水流翻起，足弱的胯間被炙熱的昂藏頂著。足弱正沉溺在胸前刺痛帶來的快感而渾然忘我，雙腿就被拉得更開，膝蓋都露出水面了，模樣就像一隻仰躺的青蛙，潔白的下肢暴露在太陽下。

「雷霰！」

他把一隻手擺上弟弟的肩膀時，火熱的頂端就用力頂住他的穴口。足弱表情緊繃，很怕對方就這樣直接插進來。

「不、不行……進不來的。」

「哥哥，相信我，可以的。」

今世王的腰沒有繼續向前挺進，而是把灼熱的液體注入足弱體內。他把足弱的左腿抬上肩膀，臀部抬高到水面上，手指再藉著灌注的白濁插入腸徑潤滑擴張。

「已經變很軟了。」

「啊、這裡、啊、雷霰、不能在這種地方……！」

「這裡是御花園深處，只有我們在，不會有別人。」

強烈的日光曬進他的眼睛，足弱感覺到濕淋淋背部下的沙子。此時熟練的長指探入狹窄的穴口。

背後湧上類似一股毛骨悚然的酥麻感，足弱倒抽一口氣，接著就猛然射精，胸膛因著在體內作亂的長指而仰起，渾身難耐扭動著。

或許是擔心沒有芳香油潤滑，今世王的擴張太過小心翼翼。

「呼哈！呼、呼哈呼哈……」

後穴吃入今世王三根手指時，足弱冒出的汗水已經取代湖水，弄得滿身大汗，胸口也在大幅起伏喘氣。

等到今世王緩緩把肉莖送入時，足弱已經渾身虛脫無力，雙腿能張多開就有多開。

「啊啊……哥哥……！」

他在足弱的胸前呻吟，把兄長的腰拉向自己，自己的下身也緩慢往前推送。

「啊啊……啊啊啊……！」

隨著後穴被粗長貫穿，足弱甩著半乾的黑髮，叫聲漸次拔高。

「哥哥，我要……進到更深的地方……」

「啊啊啊啊啊！」

今世王抽出原本在體內的陰莖，旋即又一口氣猛然插入。

「不啊啊啊！」

他反覆這樣的抽插，直直搗入深處。足弱在沙地上痙攣顫抖，雙腿挾著今世王，指甲抓上他的手臂。

「哥哥，你好棒啊嗯！」

「啊、啊啊啊啊！」

＊

在太陽還高掛在天上時，與兄長在廣大的御花園湖邊交歡的代價就是，今世王白皙的寬背曬傷了。

皇族人皮膚白，本來一曬傷就會又紅又痛，所以他們不喜曬太陽。今世王的背部經過冷敷後，已經由太醫抹上消炎藥膏。

至於與他一同泅水的足弱，則因為是被壓在底下那方，所以只有臉頰和胸口曬紅，不會疼痛，不過太醫還是以同樣方式處置。

重點是，足弱因為練習泅水，以及與今世王一番雲雨，結果筋疲力盡，被送到浴殿時早已不省人事。即使太醫上藥、內侍更衣，他也沒有反應。傍晚當然也沒去蓋小屋，晚膳更是沒有吃，都在寢房裡沉睡。

以上是綠園殿總管接獲的報告。

他從皇族人起居作息的宮殿迴廊抬眼望去。

篝火照亮下燈火通明的六層樓高綠流城，在夜空陪襯下顯得莊嚴華麗，也是京城百姓的驕傲。也因此，領地的灰色狼族子弟們，才會不斷地上書渴望服侍皇族。

灰色狼一族有皇族賜予的領地。族人在領地上出生，上京來領取名字之後，就回到領地接受教育。灰色狼一族不像皇族會近親成婚，而是將領地上的百姓們教育成親皇派，種種訓練只為了服侍皇族。

他們這一族最大的目標就是侍奉皇族，守在皇族身邊。

雖然這種情況很少發生，不過今世王若是需要站上戰場，領地能夠派出五千灰衣衛；他們不僅是雷氏王朝最強的精兵，更是大陸南部稱為「南原」這塊土地上的諸國之中，最所向無敵的軍隊。

自從十二年前皇族全部死光，只剩下雷霰一人以來，需要侍奉的皇族只剩下一位，因此總管很煩惱人力該如何調配。

有的人負責晨起更衣，有的人負責剪指甲，有的人負責穿鞋，有的人負責梳頭，有的人負責剃鬍，大概是這樣。

今世王從出生時就是皇族，習慣了有人服侍，但時隔三十三年才找回的雷風殿下，成長過程向來一切自理，所以一開始無法理解為什麼需要有人服侍；每次內侍替他做什麼都會嚇到他，必須一一向他解釋那些禮儀。去到任何地方都有一堆人跟著，也讓他很不自在。

綠園殿總管的房間，就位在後宮通往綠流城的長廊起點，也是敵軍從外廷攻進後宮時，負責格擋的第一關。在皇族以外不得居住的後宮裡，這裡是唯一一處允許外人——而且只有「灰色狼族長」——可以居住的地方。

回到房內，案上的盤子裡擺著用葉片包著的吃食；這玩意兒最近正陸陸續續送到在綠園殿做事的人們手裡。

坐在椅子上，以雙手的手指掐著葉子打開一看，裡頭包著兩坨樣子難看的黑色蜜豆沙。

他以濕布擦過手，拿起蜜豆沙送進嘴裡，仔細咀嚼品嚐紅豆的滋味。

（原來這就是殿下喜歡的糕點味道麼……）

總管繼續咀嚼，眨了好幾次眼睛，昔日服侍皇族的回憶倏然湧現心頭。

小小的孩子，一手拿著珠子走過來對他說：「給你。」做母親的也願意讓灰色狼族長抱抱還在襁褓中的嬰兒；跟著皇族搭馬車遠遊的一路上，都像在與朋友談天般敘話；皇族的頑皮小鬼們結黨跑進御膳房裡催點心——想起這些如今已經不在的皇族們過往的場面，滿是皺紋的小麥色臉龐潸然淚下。

皮膚白皙、金髮藍眼的皇族們，擁有輪廓深刻的美麗外貌與穩重出色的頭腦，程度不一的異能也具有穩定局勢的作用，能夠避免戰禍，而且總是以親善的態度與鄰國交流。

儘管皇族人性啟蒙早，性愛技巧也是南原一等一，卻只對血親展現。年過二十成年後，也只會與其中一位血親一生一世一雙人。幾歲要定親都可以討論，只要相愛，沒有什麼不可以。

今世王摟著兄長的腰，撒嬌、愛撫、談情說愛、求歡的行為，都是皇族的日常。

＊

蜜豆沙每日都被送到後宮，沒有一天落下。

還沒吃到的人總是引領企盼著，聽過其他人的感想後，更是焦慮難安，只要一發現送來的數量不包括自己，他們就會非常失望。

「吃到了？你？」

「嗯，吃到了。」

「為什麼？我呢？我的蜜豆沙呢？」

「你是六之五組吧，還早呢。」

兩名年輕內侍把足弱那些洗好的衣服摺好，收進衣物間裡，順便偷閒聊天。話題就是那傳說中的蜜豆沙。

據說那是首次出宮的雷風殿下訂給後宮眾人的甜品。

在他出宮那日的兩天後，一對頭髮束得整齊、努力把自己打扮乾淨的夫婦，把六十份蜜豆沙送到後宮角門。聽說他們拿令牌給守門京衛看的時候，手都在發抖。

上頭事先把後宮的宮人們分了組，抽籤決定順序，依序發送蜜豆沙。因此即使在同一個單位工作，也會因為分屬不同組別，所以有的人還沒吃到。

年輕內侍吟聲不甘心地咬脣。他不願意聽其他人吃過的感想，以免破壞享用的心情。已經吃過的圓拍拍他的肩膀表示「不好意思嘍」。

「殿下人真好。」

「居然連我們都有土儀……」

「他今天傍晚沒去蓋小屋吧？」

「因為就快完工了，他好像跟總管去庫房討論小屋裡的擺設。」

「隨侍陛下的見晴說，陛下晚一點也會過去加入討論。」

「這樣啊。看他們感情很好，真的太好了。」

聽到腳步聲靠近。

來者是內侍前輩。

「陛下與殿下前往寢房了。」

「明白。」

「卑職立刻去準備。」

他們從一整疊的白淨寢衣中拿出一件，裝進長方形扁盒，也把其他可能會用到的物品一併帶齊。

接著兩人關上衣物間的門，在迴廊上無聲跑遠。

＊

已經到了能夠感覺到秋意的季節。

鄉下的農家現在正忙著秋收。

秋收結束後就是「新嘗祭」。各郡除了稅糧之外，還要另外獻上採收的作物給太陽的化身今世王。

整個皇城都在傳，說這場祭典結束後，今世王就會出巡前往南郡。

朝廷官員是每十天休沐一次。

十在雷氏王朝是很神聖的數字。成就這片綠土的皇族人首次出現在百姓面前時，只有十個人，而且每個人的名字均與太陽有關。

十人代表太陽，太陽就是十。十象徵著圓滿、完成，所以成就圓滿之前的九被視為吉日。

在朝為官的王安在休沐這天也是一大早就醒來，讀書、寫信、整理書冊、練弓活動筋骨，這樣度過上午。

休沐日他穿著素色長袖的上下兩件式衣袴，也改戴小頂的冠。

他雇了一位僕人負責準備膳食、打掃、幫忙更衣洗漱等。對於今年剛當官的王安來說，他很難再多雇一個人。

不過僕人對於這位儀態端正的主子倒是鞠躬盡瘁，因此這間小小的二進院子官舍總是整潔舒適。

「爺，一位自稱足的男子來訪。」

用完午膳，再度回到書案前端坐看書練字的王安，聽到僕人的通報，便轉頭差他領人進來。

門一開，那位不久前才在市集重逢的男人現身。

王安看著他把草帽和黑色拐杖擺在門口的小几上。門一關，足弱緩慢屈膝準備坐下。

「足兄，不用這般拘束，隨意伸直腿坐吧。」

對方身上是與市集那天一樣的服裝，不同之處只在於今天脖子上多了一條淺紫色的領巾。

「多謝。」

王安家裡沒有椅子，足弱就接受他的好意，撤開腿在地上草蓆坐下。

「我沒想到你今日會過來。」

「沒有先投拜帖就貿然跑來，實在失禮。我原本想著你如果不在，就要直接離開。」

「無妨。雖說是休沐，不過我也沒什麼要事要忙。」

王安很高興足弱說話變得比以前流暢許多；他本來以為足弱說話仍是禮貌但結巴的老樣子，想來在京裡做事，已經習慣與人對話吧。以他現在的說話方式，到哪戶人家家裡工作也不會丟臉了。

儘管他的右腿瘸了，但個子高挺，相貌端正，想必會是倍受重用的下人。

「爺，足爺帶了這個來。」

說完，僕人就捧著端盤過來。端盤裡是一碟黑色塊狀物和一壺茶。

「這是——保師父夫婦做的蜜豆沙吧？」

據傳那個原本快要收掉的糕點攤子，一夜之間成了皇商，綠園殿訂了大量蜜豆沙且好評不斷，因此轉眼間成了糕點名店，現在在京裡更是一品難求。

「足兄真有一手，這個現在很難買。」

「我請別人讓給我的。」

「那個人真好心。」

「王兄你試試。」

「那麼我們一起吃吧。」

有人說出現在保師父面前訂購蜜豆沙的人，是五名變裝過的灰色狼，有人說是皇家御廚，也有人說就是今世王本人，各種臆測紛紜。王安也只是聽說，並不清楚詳情。

他把蜜豆沙放進嘴裡。

「這個味道……比想像中單純，舌頭上也不會有不好的餘味。」

說了要一起吃，足弱卻沒有動手，王安便以眼神示意他吃，他卻搖頭。

「其實我已經吃過好幾次了，就把我那份給楊老哥吧。」

「欸，他已經向你自我介紹過了？……既然是你的心意，那就這樣吧。」

王安叫來待在耳房的僕人，說明了情況後，讓他撤下裝著蜜豆沙的小碟。已屆不惑的老楊目光燦亮，朝足弱與王安跪地叩首後，留下茶具退下。

喝下熱茶後，坐在對面的足弱喊熱，便拿下圈在脖子上的領巾，擦去額頭汗水。

「風有時不是很涼爽，但也有吹起來會冷的時候，不過外頭的陽光還是很烈……」

背窗而坐的王安轉頭望了外面一眼又把臉轉回來，接著有些錯愕地眨了眨眼。

足弱拿掉領巾的脖子上，從正面看也能看到不少紅斑。

（蚊子……咬的嗎？從事園藝工作，有時就會被蚊子叮咬對吧？）

聽說入秋時的蚊子特別凶殘。

「你的小屋蓋得如何了？」

「屋頂終於蓋好，已經有小屋的模樣。屋內也整頓了一番，變得比我想像中還要氣派。我現在正在構思要在禿山上種植哪些草木。」

「你住的府邸院子裡有山嗎？」

「對，用沙土堆成的假山，所以植物很難扎根。」

足弱時不時也會露出微笑，很放鬆在說話。

「要種什麼植物，全讓足兄拿主意嗎？看來那戶人家相當信任你。」

「他們真的都隨我的喜好去做。我要蓋小屋需要人手幫忙，他們就派了人給我。派來的人比我更懂建築，由他來當我的幫手，實在是浪費人才。」

「是麼……」

王安聽到這裡滿心不解。他是鄰近京城的郡城小領主之子，上面還有兄長，所以不會繼承家業，但是對於府院園藝大致上還是有一定的了解。

同意讓今年才僱用的足弱蓋小屋，也讓他選種植的植物，這些也就算了，但是派一個比足弱更優秀的人才幫忙蓋小屋，這樣做的意義何在？為什麼不一開始就讓那位幫手去蓋就好？足弱才是該被派去打下手的人吧？

交著雙腿的足弱扭動肩膀，露出後頸。

黑髮已經及耳的他，後腦杓髮際處露出了與剛才一樣的紅斑。王安這時才察覺自己誤會了。

（看來足兄也早早適應了京城生活，昨日去了青樓吧。）

王安之前也去過兩三次，所以他很快又發覺自己想錯了。

（花娘不至於會留下那麼誇張的吻痕吧？尤其他在高門大戶府邸工作，弄出那樣淫亂的痕跡，難保不被斥責，所以應該會更小心才是。）

怪不得要用領巾遮掩，但足弱在他面前卻又很乾脆地把領巾拿掉，而且也不在乎被看到，王安怎麼想都覺得奇怪。

「足兄，那條領巾的顏色真漂亮。」

「沒錯，我也嚇到了。」

「別人送的嗎？」

「可能是今天早上有點冷，我說要出門，他就交代我要把這個圍在脖子上。不過正午過後就變熱了。」

「是啊。」

王安回應足弱，同時再次觀察他手中的領巾。

那條領巾剪裁工整，有收邊，布料薄透到能夠看到手，無論正面背面都有精良的刺繡——這是達官顯要的物品。

「會擔心足兄的身體，嫂子真溫柔。」

足弱露出滿是吻痕的脖子，搖頭說：

「給我領巾的人是男的。」

王安極力克制著表情的變化。鄉下來的足弱變得如此乾淨清爽，拿著不搭調的黑漆拐杖，還有達官顯要的領巾——

「足兄，你是如何遇上那戶人家的？」

足弱偏著頭回想：

「嗯……就在我跟你道別後、準備返鄉時，被對方攔下的。對方說，我們是來接你的，我們的主子想見你……我就這樣被帶進府裡，第一次跟對方說話。」

恐怕是在逛京城那時候就被盯上了吧。

（就在我陪在他身邊的時候……）

大概是某高門大戶府裡的主子或子嗣看上了足弱。在覲見完今世王、準備返鄉時，把他帶回府邸聲稱要僱用他，硬是把他留下，接著——

王安回想起足弱被隊伍獨自拋下、衙役騎馬把他帶回與眾人會合，他右腿痛，就這樣被抬到郡守府房裡時的情況。

——未經打理的蓬亂黑髮、骯髒破爛的粗布衫、露出腳趾的磨破木屐。

他一定是對一切都一無所知。

一同上京途中，曾有過那麼一次機會在客棧浴堂沐浴，看到他未著寸縷的身子——身材修長，一身結實漂亮但不會過壯的肌肉。

肯定是在那之後沒多久，他就被盯上他的男人狎玩了。

在這個文化發展成熟的國家，也經常看到好男風的男人，這樣的傢伙京城裡尤其多。士族等僱用男子當下人，更方便一逞獸慾，隨意採擷。

更何況是不曉世事的足弱，他只要遭到圈禁、強迫，必然就會不知所措。況且人在府邸裡，無論怎麼抵抗，只要幾個強悍的家僕壓著，想要怎麼侵犯玩弄都可以。

王安神色黯然，握著茶杯的手微微顫抖。

至少足弱還能夠像這樣坐在自己面前，能夠外出與朋友碰面，時不時也會露出微笑。拐杖和領巾，還有那個蜜豆沙，就這些看起來，他眼下是倍受寵愛的。在脖子上留下那麼多吻痕，想必那位世家男子是把足弱放在身邊，不分晝夜疼寵著。

「足兄……倘若你今後需要援助，哪怕我力有未逮，也樂意出手相救。」

突如其來這句話，聽得足弱滿臉不解。

等到寵愛不再時，對方如果願意給他一筆錢放他走倒還好，就怕有可能要他淨身出戶。王安心想，如果是這樣，到時候自己可以借他銀兩返鄉，或助他在其他地方生活。

「王兄？」

「你來找我時若是我不在，我也會先交待老楊，讓你可以進來等。」

足弱雖然不明白王安的用意，但或許是察覺他的好意，於是點點頭，坐正行禮道謝。王安也回禮。

足弱從老楊手上接過拐杖和草帽，把領巾重新圍上脖子，就告辭離開王安的窄小官舍。

王安目送對方離開後關上門，過了一會兒又走出門外，來到牆角窺看。

他看到在路的那頭，有兩個人跟著剛才來訪的足弱離開。

（果然不出我所料——）

那兩人是王安站在市集與足弱敘話時，守在一段距離外的世家子弟和護院。

當時王安也很高興足弱能夠遇上好主子，而那位年輕士族與護院，無論走到哪兒，視線都沒有離開足弱，方便一有狀況立刻上前。

事到如今王安才明白，派那兩人陪同，與其說是陪著足弱逛市集，不如說是為了監視他。

雖然不清楚圈養足弱的士族，究竟是陪同逛市集那位年輕士族的兄弟、父親或叔伯，但總之就是有資格命令他的人。

——眼睛絕對不能離開。

——絕對不能讓人逃走。

甚至派武藝高強的護院跟著。

（我想他這趟出門也有人跟著。）

看上足弱的男人相當上心——王安不得不這麼認為。偶然在路上瞧見的鄉下男人要外出，還特地派出族人子弟和護院跟隨，可見一斑。

王安背後冒著冷汗，保持著夠遠的距離，悄悄跟蹤他們三人。

那三人彎過皇城側道的轉角。

王安知道走過轉角後會是哪裡，就繞到另一條路上，躲藏在樹叢裡，正好看到那三人搭上馬車。

那是一輛沒有任何裝飾的四人座馬車。兩人放下木梯，扶著足弱的手讓他上車後，也跟著坐進去收起木梯，馬車旋即出發。

王安直到馬車走遠也仍舊不動聲色。

過不了多久，就見到兩輛雙人座馬車跟著前一輛馬車離去。

（讓族人子弟和護院等在路旁，馬車停在不惹眼的小巷，還有兩輛馬車保護……）

王安隔著衣服摸了摸泛起雞皮疙瘩的手臂，緩緩站起。

（圈禁足兄的人，或許是大夫或上卿之位。）

儘管對方很寵愛也很喜歡足弱，但不過是稍微外出就派出這樣的陣仗，也周全過了頭。

（他們想必也調查過我家吧……）

萬一足弱逃走，只要寵愛沒有消失，他們第一個派人找的地方就是他家吧。

王安雖然告訴足弱，假如有需要就來他家等他，但倘若那狀況真的發生，他應該得把足弱移往其他地方藏起才是。

（沒有做好相當的準備，他立刻就會被抓回去。）

足弱究竟是哪裡值得那位士族付出那麼大的心力呢？

王安怎麼想也是想不通，一臉不解地踏上歸途。

＊

「對方躲在樹叢裡，目送兩輛護衛馬車離去後才返家。」

總管稟告完，雙臂搭在羅漢椅椅背上的今世王，勾唇一笑。

「這個男人的確夠機靈。」

「對方似乎還不知道皇兄殿下就是雷風殿下。」

「不過他已經看出哥哥是被位高權重的男人圈養。」

「而且對此很憂心。」

「哥哥的朋友不錯……腦子也很好。」

今世王冷笑著說完，看向書案上的紙張。那是王安為了博得一官半職，上書朝廷的文章。

（倘若你今後需要援助，哪怕我力有未逮，也樂意出手相救……嗎？）

灰色狼暗衛隱身在王安宅子的隔壁。兩間房子的屋頂相連，相鄰的內室牆壁很薄，四周安靜時能夠聽見屋內的對話。

今世王也曾經在遠處觀察那位在市集裡喊住足弱並與他說話的王安——身高比足弱矮，但儀態端正，腦筋動得快又機靈，似乎是個人才。

兄長才沒過多久就拿著那個蜜豆沙說要去王安家拜訪，於是今世王對灰色狼族長下令要知道那間宅子裡的一切動靜。

屋裡發生的一切都不准漏聽，每字每句對話都要稟報——今世王還交待，假如王安欲對兄長出手，必須立刻衝進去。

官員的休沐是每十天一次，因此今世王前一晚就把足弱弄到床上，仔仔細細地在他的脖頸烙下記號。

對異母弟弟的心態一無所知的足弱，只是承受著對方的愛撫。今世王把他壓進睡榻時，心中只想著——哥哥明天就要去別的男人家裡。

他們是上京旅途中偶然認識的關係——今世王已經很清楚。兩人偶然重逢，去對方家裡拜訪——這種事在一般老百姓之間也很普遍。而那也是今世王不熟悉的世界。

知道午後氣溫會升高，今世王故意在足弱的脖子圈上領巾，目送他出門；他知道怕熱的足弱一抵達朋友家，必然才坐下就會解開領巾擦拭冒出的大量汗水。他一定會嫌熱。

今世王這麼做是為了警告王安——足弱已經名草有主。

第八章　皇族病

那天，灰色狼族長，也是皇族人的住居「綠園殿」的總管詢問足弱，小屋即將完成，要不要從庫房挑選小屋的家具物品。

足弱想不出拒絕的理由，於是那天傍晚他沒有去禿山下的小屋，而是在內侍的領路下，前往宮殿後側。

小屋變得比想像中更舒適。

總管從皇家庫房拿出許多他覺得適合放在小屋的什物，但那些一件件全都精美高雅，足弱看了之後直搖頭。

燭臺、收納文房四寶的盒子、書案、文鎮、衣箱和置物盒等，待在放著那些東西的房間裡，他無法安睡，他會擔心哪天不小心弄壞。他把心中的擔憂與恐懼告訴領他來看東西的總管，也告訴後來過來會合的今世王，可是他們兩人只是頻頻安撫足弱，要他不要介意。

足弱不喜歡這樣，於是脫口說出小屋的家具他全都要自己做，說完便轉身離去。

今世王快步追上留下兩人在庫房就離開的足弱，握住他的手。

「哥哥，把那些東西放在你身旁反而會讓你心驚膽跳，而我也不能讓你為了保護那些俗物而受傷，既然如此，你自己動手做也好。不過，你要不要考慮出宮去買？找木匠訂製不也很常見嗎？」

今世王在長廊上配合著足弱的速度前進，硬是要與足弱十指相扣。

「雷霰，我，沒錢。」

「我的東西就是哥哥的東西，你需要多少錢我都可以替你準備。」

足弱很想收回自己的手，手指卻被今世王的手指牢牢纏住，甩都甩不掉。

「哥哥，你認為錢很可怕嗎？那也是老頭子的教誨嗎？你給灰色狼的慰勞品，不也是用錢買的嗎？為什麼為了別人用錢就可以，買自己小屋的物品就不行？」

「雷霰，你不要再這樣了。」

「什麼叫『這樣』？」

今世王的藍眼睛寫滿不解。

也是，這個男人打出生就在這座皇宮裡長大，他沒辦法理解。

「我沒有想要的東西。為什麼你要強迫我用錢呢？為什麼要求我用那些華麗到瞠目的物品裝飾小屋呢？衣服也是，我只需要一件短褐或睡覺穿的那件白袍，這樣就夠了。雷霰，我，不需要其他物品。」

已經穿著皇族服飾中最樸素的衣袍，足弱還是覺得那身衣服的裝飾過多，對自己來說只是多餘、不適合。

「哥哥直到三歲之前，都跟在母親身邊生活，卻在上京途中失蹤。從那時起到找到你之前，我們什麼也沒辦法為你做，沒辦法給你身為皇族的生活。」

今世王凝視足弱的黑眸，另一手疊上兩人相扣的手。

關好庫房匆匆趕來的總管、內侍和灰衣衛們，見兩人停在迴廊途中，皆站在一段距離外守著。

「雷霰……」

「哥哥，那個庫房裡的東西，不是我們搜刮民脂民膏或搶奪他國得來的，而是我族應允這個國家百姓的願望，擔起這個天下的君王職責，所得到的報酬，是等價交換而來，不是可恥又骯髒的東西，那些都是正正當當的財產。」

「那些都屬於身為今世王的你。」

「只有我一人無法成為今世王。我能夠對外施政，也是因為綠園殿內有我的血親在，因為我有接納我的族人、我有能夠回去的地方。那些財物是所有族人的遺產，而現在，是我們兩人的東西。」

結果最後還是與血脈有關。

（我真的是皇族人嗎？）

足弱別開視線。

「哥哥……我愛你。」

自己的臉頰被對方的雙手捧住，足弱一抬頭，嘴唇就被今世王緘封。

流著瘋狂血液的皇族，能夠愛上的人，唯有自己的血親。

「雷霰……」

他被今世王牽著手走進寢房。

半夜裡，原本已經入睡的足弱聽到某種聲音醒來。

進了寢房後，他就在今世王的房裡睡著。

（這個、是、音、樂……吧？）

那是大自然裡不曾聽過的聲音。

有某種感覺一陣又一陣地湧上聽者的心。

龍床上只剩足弱一人。原本應該在錦被底下抱著自己睡的今世王此刻不見蹤影。

（雷霰，是你在彈奏嗎？）

那悲傷的曲調，叫人聽著揪心。

＊

今世王命人在兄長熟睡的寢房一段距離外的房間裡，替他準備弦樂器「瑟」。幾根長燭在樂器四周點亮。

看了許久未進入的庫房後，有關那些什物的回憶紛紛湧上心頭。

己身的孤寂因異母兄長的體溫和存在，而得到慰藉，此刻則是悄然回想起昔日與族人共度的歲月。

（大家以前經常一起彈奏呢……）

族人各自拿出擅長的樂器，即興在欄杆或湖上扁舟演奏，祝福其他族人生子或成親。今世王也曾經觀賞過族中高手們在綠流城廣場盛大演出的場面。只要有族人死去，大家也會一起演奏離別曲。

錚錚……

那是振動空氣的聲音。

樂聲從指尖翩然舞上空中，蔓延到天花板和窗外，飛昇遠去。

他獨自一人在寂靜的宮殿裡彈奏。

白皙臉龐伏低，金髮在頰上輕撫，今世王彈到忘我，幾乎與瑟合為一體。他無須看譜，只在專注彈奏。

倏然之間他察覺到有人，停下撥弦的手指抬頭。

瞧見通往室內的房門半開，穿著白色寢衣的足弱拄拐杖站在那兒。

「哥哥，我吵醒你了？」

此刻離黎明還很遠。

「聽了你彈的曲子，我覺得很難過……」

直到今世王在這座綠園殿裡彈奏瑟之前，足弱不曾接觸過音樂，但他會專注聆聽演奏的曲子，儘管不懂，卻也情感豐富地投入其中。

屈起膝蓋坐在瑟前彈奏的今世王起身，把躲在門後的兄長拉進來，和他一塊兒在羅漢椅坐下。

幾個時辰前，他們才緊貼彼此汗水淋漓的肌膚，互相交換甘甜灼熱的吐息與津液。今世王把足弱摟近自己，臉頰靠在他肩上。

「這是離別曲。族人之中有人死去時，就會演奏這首曲子，不捨道別。而今日是……」

今世王的頭靠著足弱，靜靜閉上眼睛，感受著懷抱中的軀體。

「我想起死去的族人……大家活著時經常一起演奏。剩下我一人之後，會演奏樂器的只剩我一個……我沮喪到無法再彈琴。一想到所有人都是在這首曲子中惜別，我卻沒有替他們彈奏……如今我終於能夠送走他們。」

溫熱的手掌在背上輕撫，接著移動到輕靠肩膀的頭頂，撫摸著今世王的頭髮。

「雷霰，你為什麼能夠活下來？」

今世王眨了幾次眼睛，彷彿在喚醒十二年前的記憶。

在皇族間肆虐的三次瘟疫。

——唯有皇族會死的神祕疾病。

一般稱之為「皇族病」。

初期症狀類似輕微感冒，接著身上某處就會出現紅斑，因此又稱為「紅斑病」。等到全身有三分之一都佈滿紅斑時，皇族人就會臥床不起，無法站立，持續發著高燒，陷入意識不清的狀態，最後衰弱死去。

儘管皇族人天生體質強韌，一旦罹患這種病，最久也只能堅持半年就力竭而亡。

在雷氏王朝長達千年的歷史中，這種病曾經在皇族人之間肆虐過三次。

第一次發生在建朝第二百年時，那次有半數的皇族人病死。

因此也促使以守護藍血族為己任的灰色狼之中，有不少人開始學醫。

第二次皇族病爆發在王朝延續到七百多年時。

剩下一半的皇族人在五百年之間雖然稍微增加了一些族人，但也不是一口氣遽增，結果第二次皇族病又造成半數族人喪命。

即使灰色狼族中有不少醫者，即使找來全國的大夫治病、即使祈禱，也起不了作用。皇族人一一病倒，病倒的人再也沒有站起，宮殿裡不斷傳出別離曲的樂聲。

「皇族病」被認為是只會發生在皇族人身上的傳染病，在第二次流行爆發之後，族人之中只要有人身體不適，就會立刻送往其他場所隔離。

浴殿內侍奉命要隨時檢查皇族人白潔裸體上是否出現紅斑。皇族人自己也會留意。

他們以為用這種方式能夠使自己遠離皇族病，而近百年來也真的不再有人罹患「皇族病」。

直到第三次大爆發來襲。

那次是在距今十二年前。

也就是雷霰十四歲的時候。

「全族只有我一個人不在皇城。當時流經聖中郡的河川正在進行橋樑建設工程，我是繼任今世王的候選人之一，所以正好離京去監督工程建設。除了我以外，還有其他人也有候選資格，只不過他們不曉得該說幸運或不幸，都待在京城裡，每位候選人接受資格測試的時期也各不相同。那次真的是很碰巧我人在外地。後來我接到八百里加急，命令我暫時不准踏入鑭城，於是我在外地待了很長一段時間……」

他吵著說要回宮，心懷愧疚地打倒那些想要保護他的灰衣衛之後策馬返回京城。

可是城門卻牢牢緊閉，灰衣衛與藍綠色羽林軍構成十層、二十層的人牆擋下他，雷霰只有一個人，他見不到任何一位族人，只能仰望京城高牆，掙扎懊悔憤怒，流淚，呻吟，吶喊，放聲大叫。

灰色狼族替這位待在城外不肯離開的皇族人架起帳篷。

皇族人體魄強韌，行動敏捷，能夠同時打倒三個號稱南原最強的灰衣衛，卻無法突破大量禁軍的重重包圍。

當時他展現出的異能只有一點點，而且也完全沒有半點徵兆顯露他後來可以用異能把人禁錮和療傷。

雷霰那時還是少年，比起動武，他更擅長彈奏樂器。他從小就被看出資質優秀，六歲就成為下任今世王的繼承人選之一，與族內獲選的其他子弟們一同學習。

他不顧一切地想要跨越城門，進入宮殿。

每天都能從灰色狼族口中得知消息，卻始終沒有傳來能使他一展愁眉的好消息。

他凝視著京城一角升起的煙霧，不曾轉開視線。

「鑭城」不僅是京城，也是貿易中心，所以即使是為了保護皇族，也沒有完全緊閉所有城門，在門衛嚴格的戒備下，京城百姓和商人仍然可以從雷霰帳篷所在地對面的另一處城門進出鑭城。

雷霰在那天的晚膳時爆發累積的不滿，躲進棉被裡縮成一團，也不回應內侍，把怒火撒在他們身上，把他們趕出帳篷，接著就換上事先準備好的短褐，等待黑夜降臨。

他選在這天這個時刻叫來好幾輛載著五十個酒桶的載貨馬車，正好遇上被假軍令調虎離山、發現上當後折返的軍隊撞在一塊兒，而且正好全都堵在羽林軍的軍營附近，情況愈演愈烈。

雷霰趁著這場騷動離開帳篷。他無法遮掩眼睛顏色，只得放棄走城門，改走只有少年皇族才知道的密道進城。他以頭巾包住頭髮，壓低斗笠，穿著簑衣駝著背移動。

鑭城的華麗氣氛變了，不只是因為此刻是三更半夜的緣故，就連原本有月下寶石之稱的皇城也不再璀璨。

（父親、母親、哥哥、姊姊、雷鍬、雷鉱、雷鍶！）

他在心中呼喚父母兄弟姊妹、親戚、所有族人的名字，趕往綠園殿。他也早就料到綠園殿門禁森嚴，所以一開始就想好要用其他方式進入。

宮殿和御花園是他出生長大的地方，他知道這裡所有破綻和密道。

「然後，我看到了……在綠園殿後方設了火葬場，是那兒在不停地升起煙霧。族人們的遺體經過梳妝打扮後，裝進棺木裡等待燒毀……那些棺木一個個都裝飾得很漂亮，而且慎重仔細地整齊排列著。我知道自己必須為他們彈奏別離曲，可是……」

「雷霰……」

「哥哥，我沒出息，我感覺自己的手腳、五臟六腑全都被人緊緊揪住，等我察覺時，我已經失去意識……」

「雷霰。」

今世王的頭被兄長抱著，他雙手環上兄長的背後抱住。

他把臉埋進白色寢衣的胸前，嗅著足弱隱約散發的安樂翠香氣。那是只在進行恩愛行為時包圍皇族的香氣。

（啊啊……）

這個懷抱中真真切切的觸感，比什麼都更能夠把今世王拉離寂寥，喚回他的活力。

「這種病，到現在還是不清楚原因嗎？」

「對，一般百姓之間流行的風邪和其他疾病也有類似的症狀，但沒出現過殺傷力那麼強、足以使一整族人滅絕的絕症。這種病也沒有治療方法和藥物，唯一的辦法就是避免染病。」

將近親成婚的皇族人視為污穢骯髒而提出彈劾的那派人，包括養育足弱的方倪在內，都認為「皇族病」就是皇族人自食惡果。血緣相近，所以全族人對於這種病沒有抵抗力，也沒有人可以倖存。就是自作自受。

「等到我醒來，人已經在綠流城的其中一個房間裡。宰相懇求我即位就任今世王。我能說什麼呢？只剩下我一個人了。」

「你……不想當嗎？」

已經成為今世王的年輕皇族從兄長的胸前坐直，仰望他惹人憐愛的黑眸。

「我不曾有過即位的念頭。擔任今世王是我族的義務，也是我族與這個國家百姓的約定，因此必須有人去當。更何況我從小就以繼承人身分受過各式各樣的教育……皇族大量死去後，灰色狼族也要求殉死，但我不准。我說——只要我身為皇族，你們和你們的族人就有義務守護我到最後。這是我族與眾狼的約定。我即位成為末代今世王，身負結束這個王朝的使命。我告訴他們，等我死了之後，他們就自由了。」

今世王看到眼前的黑眸顫動，伸手捧住足弱的臉頰。

「之前始終都沒能夠找到哥哥，換個角度來想，也可以說幸好沒找到，否則你也許會死於十二年前那場大爆發。假如你當年也死了，現在的我就真的是形單影隻，應該再過不久就會履行所有約定，結束一切。」

雷氏王朝滅亡，末代帝王的骨灰葬入皇族的皇陵。

一路忠誠隨侍至今的灰色狼族，在完成任務，不再有人下令阻止後，恐怕有超過半數人會實現自己的心願殉葬。

「我是為了完成最後約定，才即位成為今世王，卻再也沒有族人可以給我批評指教、告訴我是否盡責了。」

身為庶子的雷風，在身高、單薄寬闊的肩膀等體型與肌肉生長方式方面，皆與同父異母的弟弟雷霰十分相似。鼻樑挺直的鼻子是遺傳自父親，因此也與異母弟弟很像。除了這些之外，他們沒有任何雷同的地方。

皇族人天生麗質，不管身上穿著多麼金碧輝煌的龍袍，都敵不過他們的美麗。然而，與天生俊美的弟弟不同，哥哥是跟一般老百姓一樣的黑髮黑眸，除了鼻子之外的五官都平凡至極。

今世王無比眷戀地凝視著那張臉。

一看到他的脣就想吻上去，就想觸碰他的臉頰，想拉住他的胳膊拉進懷中抱著，想貼上他的下身，順勢脫光他。

今世王在十四歲之前也有戀慕的族人，但不曾有人如此強烈挑起他的情慾。

「皇族應允的約定和遺產全都由我繼承。可是哥哥，一個人背負這些，太沉重了……」

說完，他把臉湊近，足弱的手就輕輕環上他的背，雙手抱住今世王的頭，期待已久般張口疊上他的脣，邀請他的舌頭進來。

「嗯……」

這個吻逐漸加深。今世王偷偷凝視著側著頭閉著眼的足弱，大膽張開嘴，喘著氣，貪婪糾纏他的舌。

「嗯嗯……呼……」

足弱原本抱著今世王腦袋的手漸漸往下滑，順著他的頸子來到他的雙肩上。

今世王把兄長抵在羅漢椅的椅背前，伸手探進層層疊疊的外袍下，以掌心享受著沒有褻衣遮擋的肌膚觸感。

他鬆開嘴脣，以舌頭舔去脣上唾液拉出的銀絲。

泛著水潤光澤的雙脣顫了一下，今世王於是又忍不住咬上對方的下脣。

「啊啊……雷霰……」

足弱吐出灼熱的氣息。

今世王快手解開寢衣的綁繩，袒露出足弱光裸的胸膛，再把脣落在暴露的乳蕾上。

「嗯！」

兄長突然肩膀一縮，手臂緊貼著上身扭動身子。今世王繼續舔上乳首，他就屈膝像要逃離那種觸感般，以膝蓋隔開自己與今世王。

今世王立刻伸手攀上他連腿根都暴露在寢衣外的腿。膚色在燭光照耀下看起來柔軟滑順。在羅漢椅上，足弱身上的白色寢衣只剩下內側的繩子還綁著，鬆垮垮地掛在他兩側手肘上。

「雷……啊……！」

今世王抬起他的一條腿扛在肩上，把足弱推倒在羅漢椅上。

「雷霰……」

那對黑眸在顫動。

幾個時辰前，他們才在寢房裡翻雲覆雨。當時今世王把兄長的雙腿架在肩上，雙手擺在他臉的兩側，從正面貫穿他。今世王低頭看到的是兄長泛著情潮的臉頻頻搖頭，汗水順勢從髮尾飛濺；他的眉頭緊鎖，隨著今世王每次挺進揚聲高叫。

稍早容納過堅挺的肉穴此刻就在眼前。

「哥哥，可以嗎……」

事到如今才問這個問題，今世王在心裡暗笑自己的虛偽，一面掀開自己的寢衣下襬露出雙腿。他察覺到足弱看到那處露出的陽具後，架在肩上的那條腿瞬間緊繃。

「這裡剛才已經弄軟了，現在只要潤滑過就行了吧。」

今世王的腰往前一推，深深折起足弱的腿，當著他的面把手指放進嘴裡沾濕。

「潤、潤滑……那、那樣就夠、嗎？」

「你擔心只用唾液不夠嗎？那我直接替你舔濕吧？」

「你說舔……」

等到足弱反應過來今世王想做什麼，他嚇得睜大雙眼，原本以腳跟踩地的那條腿突然抬高緊貼著大腿，扭動身子拒絕。

「不要那樣！你要潤滑就用平常的東西就好吧？」

「悉聽尊便。——拿來。」

今世王朝門口這麼說完後，就看到今世王的隨侍從有紅黑精緻彩飾的門外走進來，在今世王伸出的手上恭恭敬敬擺上一只玻璃瓶，並且在羅漢椅附近的地上留下另外五瓶後，就離開房間。

內侍走動擾動的空氣晃動了燭火，但很快又恢復原狀。

今世王拿著瓶子低頭看著身下的足弱，只見他漲紅著臉。

「哥哥，雙腿打開。」

「我……不、要。」

「哥哥？」

足弱一手握拳抵在嘴上，臉轉向一旁。連耳朵和脖子都紅了。

「不要不要不要！」

「怎麼了？」

「我們在做什麼……都被人看到了不是！」

「不是一直都這樣嗎？」

「可是！」

「啊啊……平常我推倒哥哥後，他們就會自動躲起來的緣故吧。但你也曉得他們一直都在旁邊，不是嗎？」

足弱以拳頭遮臉，想了一會兒就點點頭。

「對吧？不管我們在哪裡，他們也一定會在，就算被看見被聽見，也用不著在意的。」

今世王抓住抵抗的膝蓋，往左右用力掰開。

「雷霰，我不喜歡，我現在覺得好難為情……」

平常在這樣的前戲之後，足弱就會沉溺在只有兩人的世界中。但是像剛才那樣看到有第三個人在場，他的內心似乎大受打擊，承受不了被人注視的煎熬。

這樣的反應看在今世王眼裡，又是另外一番風情。

（太、太惹人憐愛了……）

他吞了吞唾沫。

今世王擰眉在想，自己現在這樣激昂，想必一插入就會射了。不過接下來就可以好好品嚐穴內滋味了。

今世王於是沉默，不讓足弱有空發表意見，就把他的雙腿粗魯往前推，讓他的臀部朝上露出來，接著把拿掉蓋子的瓶口插入菊穴，待瓶子裡的芳香油倒光，就往地上一丟。玻璃瓶發出鏘地一聲在地板滾動。

琥珀色的濃稠芳香油從穴口溢出來，他就用手指塞回去，接著冷不防就插入兩根指頭。一開始有感覺到阻力，接下來就長驅直入，毫不費力地吞進兩根手指。穴內充滿濕黏灼熱的液體。

（好軟……）

離開倉庫在長廊上拉著兄長的手帶往寢房後，今世王仔細替他擴張，將腸道的肉壁撐開到極限，聚精會神地搗弄著狹窄的穴內。

（這樣應該立刻就能插入。）

他的臉上不自覺露出猥褻的笑容。

「喂……剛才已經做很多次了……」

兄長的抗議也當作耳邊風。

「對不住了哥哥。」

他二話不說就坦然道歉，同時手指不忘辛勤耕耘，趁著氣息凌亂的足弱稍微喘息時，他拿起地上的玻璃瓶，再度推高足弱的雙腿，露出整個後穴。

「雷霰……你當真還要……」

「沒錯，就快好了。」

「雷霰、我、剛才做完……腳就有點痛……」

聽到足弱小心翼翼小聲說，今世王停下動作。

稍早今世王從正面貫穿他之後，又讓足弱轉為趴跪在床上的姿勢，從他身後插入。是因為那樣吧——他頻頻拉高對方不斷要趴倒的腰臀，甚至膝蓋都離床了，腳趾也搔抓著床面要把床單洞穿——就是這個原因吧。

總之足弱現在應該是覺得右腿很痛。這麼說來，他剛走進這個房間時，也是撐著拐杖，走路的姿勢也比平常更不穩。就是因為他腿很痛。

「哥哥，幸虧你有告訴我，那……」

「就不要做了嗎？」

「嗯，不要用這個體位做。」

足弱原本仰躺著，雙腿被強迫折壓到下顎。說完後，今世王放開他，脫去他身上的寢衣，接著今世王坐在羅漢椅上，讓足弱背對跨坐在自己身前把他當椅子。

「雷霰……？」

今世王對回過頭來的兄長投以一笑。

「用這個姿勢，我的體重就不會造成哥哥的負擔了。我要舉起你的腰了。」

「唔、哇啊！」

今世王說完也就這麼做了，嚇得足弱驚呼。

足弱雙手抓著今世王的手臂，離地的雙腳亂踢。

「不……唔！」

異物竄入肉穴，足弱瞬間屏息，上半身緊繃。這個姿勢就算他再用力，也阻止不了臀部落在滾燙的肉柱上。

「呼……啊啊……」

今世王張開雙腿踏穩，雙臂用力支撐著足弱的身體，不斷地貫穿足弱體內。進行到一半時，足弱大概是放棄抵抗了，逐漸放鬆身體的力量，使今世王的硬挺逐漸入得更深。

「啊啊啊……」

「啊啊……真棒……」

足弱灼熱甜美的身體使今世王逸出嘆息。

快感一陣又一陣不斷地衝上腦門，今世王渾身直打哆嗦。他就快要控制不住自己的貪婪，只想把身上的人頂弄得亂七八糟。

「嘶……啊……！」

他的臉頰貼著足弱汗濕的背，伸舌輕舔，雙手環抱他的腰將他用力抱緊，上下移動他的身軀。

當下身的硬挺全數沒入熱燙的縫隙瞬間，他的腦子都熱到發麻了。

他以背後抱的姿勢，手指捏住足弱胸前的乳首一扭。

「噫……嘶、啊……啊……嗯住手……」

試圖躲開手指攻擊的足弱，上半身向前倒並扭動肩膀，而他的大腿也隨著這個動作往後一退，張得更開，後穴被人從下方頻頻往上頂。

「啊！啊啊！」

「很舒服吧，哥哥。」

今世王再度以手指擰著乳尖，一下又一下擠壓摳弄。足弱以雙手壓著今世王的手。

「不、不要再摸了……」

「哥哥……」

今世王伸長脖子，親吻低著頭的兄長的頸窩和肩膀。

被按住的手指仍舊不停止，變本加厲地擰扭乳頭。

其實今世王更想讓足弱轉過身來，以舌頭啃咬他的乳尖。儘管完事後會被罵，可他就愛看兄長被自己吮到胸部腫痛、慘叫著喊住手的樣子。那副模樣令他上癮，幾乎要失去理智。

但是他現在只能耐著性子以手指執拗地逗弄。他感覺穴內突然一陣緊縮，坐在腿上的身體一顫一顫地抽搐。

「啊、啊、啊、放手、不要……啊啊……」

無力垂下腦袋的足弱發出啜泣聲。

「哥哥、哥哥，怎麼了？」

「雷霰你……你……」

「我怎麼了？」

「你……我明明說了不要，你卻不肯聽我說……」

今世王臉上是困惑又愉悅的表情，他抱緊難過垂著頭的足弱。

「哥哥，對不住，偏偏這要求我不能聽你的。」

「為……為什麼……」

「因為，那裡很顯然是能夠讓哥哥開心的地方。」

「我、我、一點也不開心……」

「你的腦袋因為我弄那裡的刺痛，而痛到有快感，對吧？你看……」
今世王一隻手繞到足弱身前，握住他先一步射精而濡濕硬挺的陰莖，使得足弱倒抽一口氣。
今世王的手指圈起那處，開始上下套弄。
坐在腿上的足弱扭動身子，身下的人知道到他正屏住呼吸在感受。
「哥哥，我心悅於你，愛慕著你，我愛你。」
今世王有時逗弄足弱胸前那兩顆乳豆，手上更加激烈地套弄，同時也狠狠頂弄著足弱射精後微顫的身子，最後在芳香油的香氣、汗水與兄長的白濁氣味中射精。

等到兩人的呼吸都平復了，今世王抬高腿上的足弱，讓插入他體內的性器頹軟滑出，把解除合體狀態的足弱上半身抱在胸前扶著。射入深處的白濁隨著琥珀色芳香油，一股股從他象牙白的臀縫間沿著大腿滑落到地上。
今世王著迷般凝視著眼前的景象。
——不曉得為什麼，看著兄長被我用手弄到射精，被我這個弟弟侵犯後，射入體內的白濁液體流出的模樣，就有一種強烈感覺，感覺他屬於我。
足弱的緊繃僵硬逐漸瓦解後，自己的陰莖在他體內被肉壁絞緊時，也有種難以言喻的快感，但像這樣完事後，看著接納完弟弟後筋疲力盡、站不起來又弄得一身髒的足弱，又是另外一種快感。或許就是這樣，他才無法挪開視線。
足弱虛脫無力的下肢沾著污物微微發抖。
今世王抱住赤裸裸的足弱，輕撫他汗濕的手臂、肩膀和背部，親吻並輕咬他的耳廓。他感覺到懷中的軀體顫了顫。

他抱緊自己唯一想要的人，還沉浸在性愛後的餘韻中，內侍們就走進房裡。

他以雙手抱起這個濕黏、髒兮兮又潮紅發熱的軀體，往浴殿走去。

＊

去庫房看過要放在小屋的家具家飾那天，錯過了晚膳時間，直到雲收雨散，才終於吃了點好消化的食物，接著足弱很快就不敵睡意睡去。

他半夜裡聽到樂聲醒來，拄著拐杖拖著還有些麻的腿走到那個房間偷看。

足弱看到今世王演奏著悲傷的曲子，好一陣子站在原地，甚至忘了腳痛。

聽他提起十二年前皇族病死的慘況，故事的結局是新任今世王登基，開啟了他的孤寂。

——皇族應允的約定和遺產全都由我繼承。可是哥哥，一個人背負這些，太沉重了……

說這話的今世王太堅強、太令人同情，於是自己能夠做的，就是接受他。

相隔不過幾個時辰的第二次交合，這次是他坐在上面，由著今世王從背後抱住他往上頂弄到深處。再加上被激烈插入時，他沒有東西可抓握，因此心裡有些不安，擔心自己會被撞飛出去。

他隱約還記得自己黏膩的身子被人攔腰抱起。

等他醒來時，已經睡在寢房裡，透過窗子可看見反射陽光的御花園湖泊閃閃發亮。

興許是他的體力與精力半點也不剩，他的腦袋一片荒蕪。

（那個傢伙……也很寂寞吧。）

這個想法突如其來浮現在他的腦海中。

他們兩人的身分原本就是天差地別。對足弱來說，今世王是很遙遠的人。而如今卻近在身邊。

（我一說要延長待在這裡的時間，他就那麼開心呢……）

被子底下的足弱雖然閉著眼，卻不自覺漾起微笑。

他很想回到山裡，倒也有點想要在這裡多待一陣子。

對，既然自己要在這裡再待上一陣子，就不能凡事都麻煩別人，自己也必須多少盡點力，做自己能做的。

足弱眨眨眼，想要讓自己混沌的腦袋清明些。

自己懂的、自己能夠做到的事。

他的眼前浮現家鄉深山的風景。造林作業最初只是為了打發無聊而開始，但是現在有了不一樣的意義。

夏季的炎熱已經過了高峰期，陽光也逐漸轉弱。

足弱還有些貪懶，仍是吃光了遲來的午膳。他想著是不是要去小屋。但是就算去了，禿山的草木該怎麼處理？縱使他的腦子裡有那片風景，他卻不知道自己該如何下手。他為此很煩惱。

正當他直起腰準備離席時，一身金黃的今世王在門口現身。他的金髮像光的集合體般奢華燦爛，白皙肌膚變得更加光彩奪目，藍眼充滿溫柔目光凝視著足弱。

「哥哥，你醒了。午膳如何？」

「嗯，很好吃。」

「那就好。」

說完，他拉著足弱的手離開膳案，走過花廳，來到能夠俯瞰湖泊景色的外廊欄杆前。陰涼處並排放著兩把藤椅。

「哥哥，昨晚真棒。你覺得呢？」

今世王讓足弱在藤椅裡坐下後，湊近他耳語。

足弱垂著發燙的臉頰，囁嚅道：

「雷霰，你真的很壞心眼……」

聞言，今世王莞爾。

「這意思是我還不夠努力嗎？今後我會更加賣力，請拭目以待。」

「雷霰！」

聽到他這番曲解，足弱抓著今世王的手瞪他。今世王愉悅地回以微笑，足弱立刻別開臉閃避他的燦爛笑容，望著水面說：

「我有事要拜託你。」

「儘管說。」

「對於禿山要種的植物，我想了很久，腦子裡只有模糊的想法，無法具體構思。我想看看有詳盡記載植物分佈……或是植物生長相關的書，或是向懂植物的人請教。」

「原來如此……我明白了。我會想辦法處理。」

聽到這句話，足弱看向隔壁。

本來以為今世王會捉弄他，沒想到他卻二話不說就接受了自己的請求。足弱還不習慣身旁有人可以商量，儘管如此，心頭仍是湧上一股暖意。

「雷霰……如果，你跟著我回山裡去，你不會後悔嗎？」

「為什麼會？」

「你不是跟百姓們有約定嗎？」

今世王勾脣淡笑。

「你是在擔心我吧。謝謝你，哥哥。」

足弱感覺到自己的手被對方的蔥白玉手牢牢握住。

「有約定沒錯。約定能夠堅持到最後固然好，但我無法在沒有哥哥的皇城裡理智地處理政務，既然如此，我就應該退位下臺。如果哥哥說願意為我留在京城，我也願意遵守約定擔任統治者，直到生命結束。」

風徐徐吹過，吹皺了池水。

厭惡皇族骯髒污穢的老頭子，不曉得是否知道皇族只是想要遵守遠古以來的約定呢？

「我想要……看看你御門聽政的樣子……如果不打擾的話。」

老頭子如果跟自己一樣，有機會看看這位年輕帝王處理政務的話，或許想法也會有若干改變。至少自己這個不肖養子很想瞧瞧。

「當然歡迎。」

說著，今世王笑瞇了眼。

第九章　侍寢

幾日後，綠園殿總管來到小屋向足弱稟報，兼任大司農府與長信少府長史的士大夫，將會親自過來傳授他草木學。

「他叫霍上洲，沒有資格進入綠園殿，因此殿下必須到綠流城去另外闢室接見。」

足弱先是一臉驚喜，立刻又變得很緊張。

「我、我該帶什麼前往才好？還有，在我想對方請教時，應該採取什麼樣的態度才不會失禮呢？我不是文人書生卻佔用對方的寶貴時間，實在過意不去。」

總管的小麥色臉上露出微笑。

「需要攜帶的物品、服裝等，交給我處理即可。霍長史表示能夠指導殿下是他的榮幸。他也知曉殿下不是書生，所以殿下，您只要記得問到您想知道的事情就好。」

足弱點點頭，除此之外他也不曉得自己能夠做什麼。

又過了幾日，足弱換上新衣裳，從後宮前往前廷「綠流城」。

這天他身上穿戴的全是內侍們的建議。足弱不想因自己的固執而失禮於對方，所以不管內侍建議什麼他全都採納。

這是他的短黑髮第二次戴冠。他穿著黑底水藍色繡花深衣，花瓣繡著明黃色；冠上沒有冕板，不過有流蘇，左右有銀製小鳥銜著珍珠。

（這、這是怎樣……）

要去上課卻戴這麼豪華的冠，到底是……

足弱心裡是這麼想，但這裡是京城，而且又是皇城裡，他對相關禮儀一無所知，只得相信內侍的判斷並接受。光是冠就如此華麗，不難推想其他服飾的豪奢程度。

＊

霍上洲是個子矮小的老人。額前白髮稀薄，冠下是稀疏鶴髮。他身穿黑色官袍等著面見今世王傳說中的庶兄。

見到那位庶兄在灰衣衛的簇擁下現身，他立刻起身，待庶兄由內侍攙扶坐上皇座後，他跪地叩首行禮。

「平身，允許抬頭回話。」

隨侍今世王異母兄長的灰衣內侍說完，霍上洲小心翼翼地抬起緊繃的臉孔。

第一次近距離看到的皇族服飾令他驚嘆，還有諸多明黃配色也是。

明黃色是君王和皇族才可使用的顏色。庶兄穿著皇族的寬鬆綢緞外袍，長度及地的外袍上描繪著金色流水漩渦流過青色大地，流向遠方逐漸變綠的景緻。

全身上下最引人矚目的就是他的冠，從裝飾也可窺知他的身分——唯有今世王的皇冠和皇族人的冠才會鑲滿寶石。

庶兄一走動，冠上的青花與銀鳥就跟著搖曳閃耀。

他的脖子上戴著大顆珍珠串成的瓔珞，膚色是象牙白色，頭髮和眼睛也如傳說中是帶著健康光澤的黑色。

「我是……雷風。」

開口第一句話是自報姓名。

霍上洲再度叩首行禮。

他的聲音不是陛下那種充滿威嚴魅力的強大低沉嗓音，可以說很普通，有點不自在。

「霍長史，很感謝您今日為了我撥冗。您這個姿勢很難說話，起身坐著就好。」

霍上洲事後都想要稱讚自己居然能夠忍住、沒有跳起來發出怪叫——他沒料到對方會用這般誠懇的態度面對自己。他雙眼含淚，矮小身子坐在椅子上。

對方的身形類似今世王，個子高眺，與霍上洲的視線一對上，就立刻低下頭。冠上的裝飾也隨他的動作搖晃閃爍。

「微臣霍上洲，很榮幸能夠替殿下講課。請殿下儘管發問，老夫會盡力為殿下解惑。」

「謝謝。我的問題或許會讓霍長史覺得索然無味和驚訝，但還望霍長史不吝替蒙昧的我解答。」

兩人在這場合同樣緊張。

房內有四名灰衣衛監視著身上沒帶任何武器的霍上洲，還有三名內侍隨侍在旁。房外的迴廊上也有灰衣衛淨空，哪管是皇城的下人或士族，任何人都不准靠近。

內侍送上最近庶兄愛喝的蜂蜜花茶款待。或許是乾涸的口腔終於獲得滋潤，兩人原本文不對題的對話總算進入正題。

霍上洲得知足弱的打算後，眨了眨眼，不曉得什麼時候已經上半身往前傾，顯得躍躍欲試。這兩人熱烈交談著，坐在皇座上的殿下也上身前傾頻頻點頭，把冠上的裝飾晃得閃閃發亮。霍上洲說完，足弱就又提出另外一個問題，兩人再度討論起來。

「殿下，時間差不多了。」

聽到老內侍長這麼說，足弱和霍上洲都驚訝睜大眼，看向內侍，然後互看彼此。

「哎，沒想到已經到了午膳的時間……怪不得肚子覺得餓。」

「老夫一不小心就熱衷過了頭，耽誤了殿下用膳，實在抱歉。」

「沒那回事，我才是耽誤了霍長史的時間……」

兩人沉默之後，再度看向對方——那眼神是認同彼此為值得交談的對象。

接下來的三天，今世王的異母兄長都會來到皇城的一處房間，接受深諳草木的霍長史指導。再之後是每六天聽一次課；足弱聽完霍長史授課後，總是去找對方討論。

與霍上洲討論完，足弱回到綠園殿的房間，就會用備妥的筆墨在紙上記下聽來的內容與自己的想法。

足弱的讀寫是跟老頭子學的，不過以前他是拿樹枝在地上寫字，使用筆墨紙硯還需要練習。在禿山蓋小屋時，他也是把字寫在地上或刻在木板上學設計。

他的字跡雖然既不行雲流水也不漂亮，但姑且還是能夠看懂，能夠在紙上留下紀錄。

他使用的文字是原本只在皇族間使用的表意文字，後來傳給百姓使用，稱為王朝文字、雷朝文字，之後更進一步在雷氏王朝所在大陸南半部的南原各國也廣為使用，稱為南原文字。

足弱只要是坐在書案前，就會請內侍幫忙卸去所有外袍、冠、鞋子，只穿著一件寢衣，以免身上沾到墨汁。他無法跪坐地上，只能坐在椅子上，因此書案特別改良過，方便伸直腿。他坐在桌案前以筆墨快速書寫，寫錯就丟掉。

足弱十分亢奮，緊挨在書案前把腦子裡的計畫全寫在紙上，也閱讀霍上洲推薦的書，腦海中充滿各種想法。

原本獨居山裡時，就熱衷於讀書與思考的足弱，找到了自己最熟悉的事物並沉溺其中。

他待在小屋，上禿山巡視，在內侍幫助下丈量並記錄在紙上，整理過後，在與霍上洲見面的日子帶去與他討論。

生活在山裡時，用眼睛看過的事物，全都因為霍上洲的指導而轉變成文字，經過大腦整理，儲存在記憶裡，於是他懂的東西愈來愈多。

（原來如此，原來是這樣，原來是這麼一回事。）

只要翌日是要與霍上洲見面的日子，足弱就會從小屋返回宮殿，去浴殿沐浴淨身，並拒絕今世王晚上的求歡。睡醒後，他就會在今世王的注視下，穿上內侍們歡歡喜喜替他準備的華服。

「哥哥，你真好看。」

「你是指衣服吧。」

「衣服，也好看。」

「如果穿這身衣服才不會失禮的話，我願意穿。」

「哥哥對霍上洲真熱情。我吃醋了。」

坐著讓人替他戴冠的足弱，眼睛一橫，看向今世王。

「雷霰，你為什麼得吃醋？」

「因為哥哥你不曾對我如此熱情。」

「我與霍長史只是在聊植物。」

「我知道。可是我還是希望你們談話時不要太過親密。」

「親密？」

「聽說你讓人準備了几案，與他對視而坐。」

「我要拿書或寫下的內容給他過目，總要有地方放吧？」

「你們還隔著几案伸長脖子一起看著同一張紙。」

「我只是請他幫我看看我想出的設計，想聽聽他的意見，不想漏聽任何一句話而已。」

「哥哥。」

「怎樣？」

「我今晚會去你房裡。」

「雷霰——」

今晚我要忙著把霍長史說的內容整理在紙上——足弱還來不及把話說完，今世王已經明黃色衣襬一掀，轉身走出房間。

足弱半起身要攔下今世王，就與命的視線對上。

「還望殿下今晚務必與陛下共度。」

「可是我……」

「殿下已經二十五日不曾與陛下行房了。」

足弱張口結舌。

（有這麼久了？）

不知內侍長是否聽見了足弱心底的話，他點點頭。

「卑職聽說陛下是見殿下十分投入，只好選擇隱忍。但是看了陛下今天早上的反應，恕卑職惶恐，陛下也差不多忍到極限了。」

足弱伸手按著頭上沒歪的冠，在椅子上坐下。

他不確定自己和今世王行房的頻率有多高，不過在他印象中，的確不曾超過十天以上。

足弱輕輕咬唇，垂下難為情的臉，心想——唉，好吧。

＊

命跟隨足弱前往綠流城的路上，不忘謹慎留意四周。

皇城的眾人已經知道灰衣衛團團圍住的人物，正是今世王的異母兄長。

好奇的目光也有，不懂禮數想要靠近一瞧的人也有，更有人期盼自己運氣好，能夠入得了殿下的眼。這些人全都被灰衣衛的銅牆鐵壁擋了下來。

昨晚在灰衣狼族的高層會議上，隨侍今世王的內侍長一進——他的容貌仍舊年輕，但眼睛四周滿是疲憊——看著命。

「陛下這陣子變得很焦慮，原因諸位都知道。陛下喝酒的次數變多了，經常看著殿下房間徹夜未熄的燭光嘆息，情緒低落。卑職也曾建議陛下乾脆夜襲，陛下卻說非到逼不得已，他不會那麼做。見他強迫自己忍耐。卑職深感同情。」

一進對總管這樣報告完，再次看向命。

「他們兩位已經幾天沒有一起過夜了？」

「到今天是二十四天。」

一進立刻回答。在座人士議論紛紛。

總管嘆道：

「殿下能夠找到熱衷的事物，實在可喜可賀。」

「可是——抱歉，請恕卑職直言——可是殿下只注意到自己，甚至沒發現自己忽略了陛下，卑職實在看不下去。陛下對於一開始傷害了殿下一事萬分後悔，他還交待卑職和其他內侍、灰衣衛說：『如果朕貌似將再度做出那種行徑，哪管是毆打或拿東西刺，也務必要擋下朕。』陛下沒有一天不關心殿下，只要一得空，總是去找殿下。相反地，殿下卻幾乎不曾主動來找陛下……」

許是相當為自己服侍的今世王抱屈吧，一進眼中含著淚、咬著脣，終於住口。

「陛下的內侍長這麼說，殿下的內侍長，你怎麼看呢？」

在眾人的注視下，命的表情沒有改變半分，開口說：

「殿下似乎本來就熱愛學習，最近會一邊仰望禿山一邊對我等訴說自己的各種打算，如魚得水充滿活力。他第一次摸到紙張、毛筆和硯臺時很驚訝，學會毛筆字之後，他就像在彌補過去沒能寫的份，把所有知道的字都在紙上試寫了一遍，而且每天都對此很感動。即使殿下一時忽略了陛下，也請諸位諒解，勿因此而怪罪他。畢竟雷風殿下固然身為皇族，是文化推手，他卻是生長在脫離文化的遙遠山林中。」

雙方的內侍長表達完各自的意見後，各衛所指揮使也紛紛提出報告與意見，最後總管環視在場眾人，說：

「殿下的內侍長，只要一有機會，就算是越權，也還是提醒殿下回應一下陛下吧。太久沒有行房，即使陛下的自制力再強，也是有可能失控。又假如殿下三天內還是不肯理會陛下的求歡，陛下的內侍長就再次建議陛下夜襲吧。我不希望體貼卻演變成互相傷害。明白了嗎？」

「是！」

命想起昨夜集議的結論，於是今早替足弱更衣時，不經意地出言提醒……

（接下來殿下會怎麼做呢？）

命很慶幸自己能夠跟隨這位忠厚老實、不習慣有人服侍、猶如在溪谷深處找到的寶玉般的皇族。

他之前服侍過兩位皇族，一位壽終正寢，另外一位死於十二年前那場「皇族病」。唯一僅存的那位躲過致命疾病活下來的皇族，不需要太多灰色狼族服侍，所以他原本以為自己再也沒有機會像過去那樣，待在皇族人身邊。沒想到——

「命伯說對了，殿下很喜歡這個花茶。」

旁邊的溫小聲說。

這花茶的味道對於皇族人來說太過單調，但命認為應該正好符合舌頭無法接受過度複雜滋味的足弱喜好。

每到植物學授課的日子，溫就會在房內精心準備這套茶。他把茶呈給隔著一張几案面對面談笑

颪生的足弱與霍上洲，兩人就會立刻喝下，拿著茶杯繼續談話。

隨侍足弱的內侍們看到他從頭到腳一身皇族服飾，全都喜不自勝。

＊

命領著殿下的內侍們，在皇配專屬住居「皇配房」裡待命。陛下的內侍們也走進來。雙方人馬互使眼色。

今世王的兄長聽完今天早上的提醒，似乎已經反省過一番，於是在早上的授課結束後，他沒有直視命，吞吞吐吐地說：

「那、那個……幫我告訴雷、雷霰，我今晚會等他。」

「卑職領命。」

內侍長立刻遣人去通知。

足弱讓人幫忙脫下華麗的皇族服裝，只穿著不怕沾到墨汁的寢衣，就坐在書案前埋首寫字。叫他用膳也遲遲不動，所以命與御廚商量後，決定準備不會弄髒手、單手也能吃的吃食擺在書案上。這樣子足弱不知不覺間就會吃光。

他就這樣整個下午都待在書案前寫字。

晚膳也送來簡單的膳食——足弱原本就只吃天然純粹的食物——他也不自覺吃光，沒有意識到自己在吃東西。今世王來到房裡時，他仍然背對著門口，聚精會神在寫字。

今世王抬手制止命上前提醒足弱。他態度決絕地凝視著足弱的背影，或許是打定主意今晚絕對要與足弱纏綿吧。

今世王就這樣走近足弱，雙手穿過他的腋下拉起他，讓他站起，接著從錯愕回頭的兄長手中拿手毛筆，放在書案上。今世王抱起足弱，沒有說半句話就往寢房走去。

「雷、雷霰，慢著，讓我好好……」

足弱還想說什麼，床上就響起物體拋落的聲響。內侍們替今世王褪下衣袍後，消失在皇族的視線範圍內，接下來就沒再聽到說話的聲音。

隨侍陛下的內侍抱著大量安樂翠芳香油快步走進寢房。命看著對方的背影。

足弱被異母弟弟今世王求愛一事，包括命在內的灰色狼族都沒有覺得不對，也沒有有任何批評意見，眾人甚至很贊成他們關係親密，和平共處。

「多謝你出言提醒。」

一進一改集議時那凶神惡煞欲咬人的態度，眼帶笑意對命行禮後小聲說。

「用不著謝。殿下也沒有埋怨陛下的樣子。如果他能懂得陛下的心就更好了，畢竟他們是同族人……」

在他小聲回應時，亦能聽見一片漆黑的寢房裡傳來聲音。或許是間隔太久，今世王的愛撫顯得很急切，足弱也失去冷靜。

「雷霰、雷、雷霰……唔、啊、啊！」

「皇兄……」

聽到錦被摩擦、衣服摩擦的聲響。足弱被挑逗，被引出快感，跟不上這麼快的節奏。芳香油的香氣也擴散到這兒來。

「住……住手、啊！雷霰、好痛、啊、啊！」

「雷風，我的雷風。」

「嗯嗯唔、啊、啊……嗯、嗯、啊！」

「嗯——哥、哥……」

「噫……啊……啊、啊、不、要！」

「讓我再……」

「不……啊啊！啊！啊！雷霰……啊啊！」

「哥哥，沒事的，別怕。」

窸窸窣窣的動靜持續了一會兒之後停止，過不了多久四根床柱的綁繩穗子開始拍打床柱，床幔也跟著微幅晃盪。

喘不過氣，不成調的聲音振動空氣。

似乎是原本蟄伏在黑暗中的那物露出了本性，開始動起來。

「啊……唔……」

「呼、呼……」

「啊啊、啊、別……啊！啊啊啊！」

床上的軀體彈起，響起被壓抑的聲響，牢固的架子床也發出陣陣吱嘎聲。

在宛如哭喊又宛如吟泣般的放聲嘶吼後，是令聽到的人酥麻的、低吟般的性感呢喃。

「噫、噫、啊……不行、我吃不下了……唔！」

「哥哥，不行喔——」

「雷霰、啊啊、不行啊啊啊！」

「你說不行……唔……唔！」

「雷霰、雷霰！」

「嗯、雷風，我愛你。」

「不、不要、啊啊、還來……住、手！」

「愛你好愛好愛你！」

「啊、啊！啊、啊、啊！」

激烈的聲響掩蓋過兩人的低吼，最後在黑暗中恢復安靜，只剩下喘息聲迴盪。

＊

命等人把床幔撩起，綁到床柱上，就看到兩位皇族交疊著深陷在床榻上。

在只點著燭火的微暗之中，他們看到足弱仰躺著，右腿屈起踩在床上，以及今世王的背影；今世王覆在足弱身上，擠進他兩腿之間壓著他的大腿敞開他的胯間。

兩人的肩膀仍在微微起伏，大口喘著氣。

「雷、雷霰，好重……」

今世王支起手臂起身，接著像是想到什麼，兩手從上方分別壓著兄長的兩邊手腕，臉一偏，把脣湊近胸前泛著水光的乳尖又舔又吸。

「你……啊、啊啊！放、放開我！」

「哥哥，你坐到我的腿上來。如果不照辦，我就不停下來。」

「別、別邊咬邊說話！」

內侍們立刻放下剛剛才綁起的床幔，架子床裡再度回到只有兩位皇族的世界。正要退下的內侍們身後，傳來足弱的哭腔。

「我……我使不上力氣……起不來……」

命不自覺就想要上前幫忙，正要停下腳步，立刻又改變主意走向耳房。

「陛下真纏人……」

年輕內侍小鳥眨著大眼睛，抬起有些動情的臉。

「扛著衣衫襤褸的男人衝進綠園殿那副模樣，也很驚人——」

一進小聲回應小鳥後，看向寢房。

「哥哥，我來幫你……腳打開……」

「啊——啊啊！雷霰……啊啊！」

窸窸窣窣的聲響連續不斷。

「已、已經打開、了……」

「不夠……再張開些……」

「明明就……已經張開了……雷霰你……」

「我怎麼了？」

「你、你……你來動不就好了嗎？」

命在心中說：

（殿下——陛下是想要讓您高潮啊。如果覺得難受，就順從陛下的意思高潮吧，這樣您也會比較輕鬆，完事後就可以好好睡一覺了。）

彷彿聽見命的忠告，在床上承受今世王的愛撫，就要被快感弄得失去理智的足弱，自暴自棄地一吼：

「已、已經夠了！啊、啊啊啊、快……快點、放、進來！」

床幔搖曳，叫聲連連。

架子床的劇烈吱嘎搖晃與連續不斷的吟哦聲持續了一會兒之後，一切回歸平靜。

內侍們等了一陣子才互使眼色問：「可以過去了嗎？」就看到床幔之間伸出一條長腿。

內侍們輕手輕腳上前，將床幔撩開綁起。

赤身裸體的今世王仍在調勻氣息。他雙腳踩地坐在床上，撥開因汗水而沾在臉上的金髮，散發出驚人的性感魅力。

「水。」

「陛下。」

內侍奉上預先準備好的茶杯。今世王接過後一口氣喝光。

他把茶杯交還給內侍，大口吐氣後轉頭看去。

只看到獨自留在床上的足弱正大字形仰躺在床中央。

呼吸恢復平穩的今世王以溫柔嗓音喊著：

「哥哥——雷風……」

今世王上半身向前探，把足弱輕輕拉近自己，把他已經失去意識的腦袋放在自己的腿上。

他撥開足弱濕漉漉的黑短髮，撫摸他的額頭，舉手投足充滿愛意。

「雷風，要不要喝水？雷風？」

他在足弱的耳邊問著，抱起他的肩膀讓他坐起，捧起他的腦袋讓他靠在自己的頸側，把他的雙肩拉高到自己胸前。順著這個動作，足弱的腰腿也跟著移動，其中一條無力的腿從床上垂落到地上。

有東西在他的腳拇趾尖滴滴答答落下。

命不用凝神細看也曉得那是什麼。

有金色睫毛環繞的藍眼睛，也看著命看到的東西。

今世王總是不厭其煩地替足弱清理那些他射出的白濁，每次都抱著足弱前往浴殿，又抱著他返回寢房，輕輕放回床上讓他安睡。

有時今世王也會在足弱身旁躺下，陪他一起睡；有時會俯視著足弱的臉，整晚不眠。

如果足弱不是庶兄，而是純血的皇族兄長，今世王就不會只到這種程度就停手了吧——這是隨侍的眾人一致的意見。

足弱不是以雷風的身分被養大，到了這種年紀還沒有碰過女人，以皇族的標準來看是難以置信的晚熟。

一方是性技高超一族的弟弟，一方是極度缺乏性經驗的哥哥。擁有強悍體魄的弟弟遇上只繼承一半血統的哥哥，怎麼看都是弟弟必須克制。

他面對的雖然是性技拙劣的對象，今世王對此卻也沒有任何不滿，反而很享受逐步開發的樂趣。偶而也會無法按捺，直想大喊哥哥太可愛。

然，夜明明還長得很，兩人卻沒有互換上下體位，沒有戲弄也沒有相互挑釁，今世王只是用最普通的方式與足弱纏綿，沒有糾纏不休。儘管足弱恐怕不會認同這說法，不過以皇族人的習性來看，這種程度的性愛不過是前菜罷了。

隨侍今世王的內侍對此再了解不過，因此認為歡愛過程沒有以往濃烈炙熱也無妨，但至少要增加行房的次數！所以房事空窗期太久，他們就很緊張。

隨侍皇兄的內侍則是很想說──雷風殿下有好好盡到承歡的義務！

畢竟他原本甚至以為自己會懷孕，也對於兩個男人交合的行為感到十分痛苦，可是他卻包容接納同父異母弟弟的心情，同意與他行房。隨侍皇兄的內侍很想說──你們不應該再對這樣的皇兄殿下有太多的苛求。

今世王的想法也跟皇兄的內侍們一樣，所以他默認盡力滿足弟弟後、筋疲力竭的哥哥，憐愛地看著他的睡臉。

既然把這個對性愛一無所知的身體從深處玷污的人是今世王，負責清理乾淨並讓他安睡的人，也該是今世王。

他不停地訴說著眷戀、訴說著愛，傳達他苦澀的戀慕之心。

第十章　陪病

安撫完今世王無謂的嫉妒，狠狠歡愛一場醒來，吃完讓人送到床上的午膳後，足弱總算恢復精神。

在他昏昏欲睡時，似乎有人使壞，一個勁兒地表白與貫穿，那些行徑都帶著又苦又甜的曖昧。足弱可以確定的只有指尖的麻痺。

接下來又過了六天，他奮起外出，收穫了滿滿植物知識回來後，卻遭逢意想不到的難題。

「你說三位妃嬪想要見我？」

足弱看向內侍們的臉，想問問他們的意見。

「殿下不必勉強見她們。」

「這樣不會太失禮嗎？」

「妃嬪們與殿下您的身分不同。」

霍上洲已經告辭，足弱也想著自己差不多該回綠園殿了，內侍卻說今世王的妃嬪們想見足弱。

（對喔，我是野人，那些妃嬪是大臣的女兒，不管怎麼說身分總是不同……）

他這麼一想，低下頭。

「只要皇族不願意，就沒有接見任何人的義務。卑職已經在綠園殿備好午膳，殿下，回宮吧？」

年輕內侍溫說完微笑。看到他笑，足弱的嘴角也跟著揚起微笑，但是一想到自己的身分，他還是感到很困擾。

這個國家的君主愛著他，喊他哥哥，也就表示他是皇族，假設他姑且接納雷霰所說的好了，但他原本就對皇族沒有好感，到現在也無法認同自己是皇族。

足弱往前走了幾步又站定。

「她們是為了什麼事要見我？」

看到足弱一臉好奇的樣子，內侍們面面相覷，躬身行禮。

半刻之後，足弱來到等在偏殿的三名妃嬪面前。

足弱這天正好要聽霍上洲講課，所以打扮是身為皇族的他原本該有的樣子，看到平常的他實在無法想像。

他戴著綴滿寶石的奢華頭冠，加上使用大量明黃配色的華麗外袍、串著珍珠的帶扣，象牙白肌膚還散發著稀有的安樂翠香氣。

在寬敞的偏殿高臺上擺著皇座，高臺前有三張奢華的椅子。妃嬪們在椅子前面跪地叩首迎接足弱。

「平身，允許抬頭回話。」

內侍長說完，三名妃嬪同時抬臉，又立刻低下頭。

「諸位請坐。」

足弱說著，心裡為她們的美麗感到驚嘆。妃嬪們優雅起身落坐。

這些女子穿著交領上衣與長度曳地的襦裙，腰上有紐繩狀腰帶固定，雙臂繞著稱為「披帛」的細長紗羅；黑髮綰成高聳複雜的髮髻，插著髮簪。

年紀大約是二八年華。三人的身材同樣纖細，皮膚也白，水盈盈的黑眸漾著光輝。

「我是……雷風，讓各位久等了。聽說妳們有事情找我談？」

不曾見過打扮如此亮麗的年輕姑娘，足弱有些手足無措，腦子有一部分都發麻了。他緊抓著皇座的扶手。

「臨時求見實在失禮，承蒙殿下願意接見，妾身惶恐。」

率先開口的是坐在中央、有一雙黑眸鳳眼的豔麗姑娘。

「我們三人都是陛下的妃嬪，已經獲准休離。」

——休離？啊，是返回娘家嗎？意思是……

足弱感到不解，視線正好與中央的姑娘對上。

「既然陛下尋回了殿下，陛下的心靈有了慰藉，也就不需要妾身們的存在了。」

她們三人以極度炯炯有神的目光盯著足弱。

（她們……恨我？）

足弱的臉色蒼白了幾分，不過沒有開口。這時右邊的姑娘接著說：

「家姊正好是前一批的妃嬪之一。當時家姊沒能夠獲得陛下的雨露，與其他妃嬪同樣在宮裡待了十年後休離出宮。妾身們則是入宮服侍了兩年。」

現在是今世王做錯事，自己在以兄長的身分挨罵嗎？——足弱背上冒著冷汗心想。但他也只能保持沉默聽她們說話。

「妾身們入宮之前本來就已做好心理準備，將同樣要關在後宮角落虛擲十年光陰。當然，若有幸獲得陛下雨露，因而懷上龍子的話，不僅有助於提升妾身的名聲，也能夠拯救這個國家。」

左邊的妃嬪是柔弱甜美的嬌小姑娘。

「妾身們仰慕陛下，得以入宮為妃時也很高興。但陛下是藍血族人，絕對不會碰我們，我們根本入不了陛下的眼，他連說句話哄哄都不做，也沒有可能來看看妾身們。」

哎呀，雷霰，你造了什麼孽……！

足弱在心裡哀號。

他在三名妃嬪的強烈注視下，有些抬不起頭來。冠飾搖晃發出輕微聲響；通過太陽穴綁到下顎底下，把冠固定在頭頂的冠纓弄得他很痛。

「因此妾身們有話想對雷風殿下說——」

聽到坐姿端正的妃嬪們再次開口，足弱抬起臉點頭同意。

腰細如柳條的妃嬪們從椅子裡站起，跪地叩首。

「謝謝殿下讓妾身一輩子幸福。」

「謝謝殿下賜予妾身恩惠。」

「謝謝殿下。妾身衷心祈求陛下與殿下平穩安泰。」

足弱張口結舌看著妃嬪們一一開口道謝。

＊

「各大臣府上向休離妃嬪們求親的信件和聘禮，已經塞滿一整個房間。」

回到自己在綠園殿的房間，內侍長一邊替虛脫的足弱更衣，一邊告訴他。

「她們三位都很美……」

「那也是部分原因，不過最主要還是因為她們曾是陛下的妃嬪，而且曾經承蒙聖恩。」

頭上的冠卸下後，足弱一邊伸手摸了摸終於解放的下顎一邊坐下。聽到這話，他抬起頭。

「服侍陛下的妃嬪是每三人一組，她們是第二組。第一組的三位連一次蒙受雨露的機會都沒有，就這樣虛擲了十年，最後休離出宮。即使如此，那些姑娘回到娘家後，還是會有絡繹不絕的人上門求娶。」

「為什麼？」

看到足弱由衷感到不可思議，命和其他內侍們都露出微笑。

「想要與我朝皇族議親的國家多不勝數。但殿下您也知道，皇族人只跟血親成婚；皇族人過去不曾嫁娶血親以外的人，卻仍有許多國家十分想要擁有這些皇族人。朝臣只要有機會，也沒有人不想與他們結親。更別說曾經是皇族妃嬪的女子，即使陛下沒有碰過，也同樣熱門。」

「只因為這樣？」

由此可證明雷氏王朝的皇族是多麼受到眾人渴望與欽慕。

「是的。以往的皇族也幾乎不曾擁有妃嬪或孌童，這也使得休離的妃嬪十分稀有。」

「她們為什麼要向我道謝？我不認為自己做過什麼。」

足弱讓內侍脫下他身上沉重的外袍後，動了動雙肩，表情也轉為愉快。

「那是因為——這次的妃嬪們能夠有幸承受陛下雨露，都是多虧殿下的緣故。」

也脫去中衣和鞋子，只穿著白色褻衣的足弱，回頭看向內侍長。

「我？我不記得自己有叫雷霰去找那些女人啊？」

「以結果來說，陛下就是召妃嬪們侍寢了。」

在第一次殘忍暴力侵犯之後，為了避免更進一步傷害同族人，為了不帶給對方更多的傷痛，為了保持冷靜，也為了不勉強對方，今世王臨幸了妃嬪們，分散自己的慾火。

「那是意想不到的好運，是至高無上的光榮。」

足弱微張著嘴，凝視內侍長神情溫和的小麥色臉龐好一會兒。

這位內侍長跟自己很親近，自己也很依賴他，但有時就會這樣——無法理解他的價值觀。穿著灰色袍服的人，不管男女老幼，都是堅持皇族至上主義。每當這種時候，老頭子的教誨就會掠過他的腦海。

在足弱的觀念中，今世王對待妃嬪的態度不應該被允許。他對她們完全不用心，根本就是把她們當成洩慾工具。

就算獻上姑娘的大臣們，以及被獻上的姑娘們也都心知肚明，足弱心裡卻有一絲苦澀。

妃嬪們是用來冷卻今世王對足弱的灼熱慾望，是挺身站在足弱面前，代替他承受野獸獠牙的啃蝕。足弱才是那個應該道謝的人，然她們卻認為自己的遭遇是榮耀。這種價值觀來自於皇族至上主義，只因為今世王屬於擁有異能的一族，於是每個人都認為他很尊貴且無可取代。

＊

其他國家找上雷氏王朝和親，並非最近才有的事。

今世王十二年前即位時，各國也是看他再無其他血親，所以派來大批使節，盼能促成和親。

朝中掌管外交事務的是大鴻臚。

大鴻臚必須與各國使節往來，再視重要程度向陛下提出建言。不管是過去或現在，這個職位的主要工作都是拒絕各國與皇族和親的要求。

儘管滿心不耐煩，大鴻臚仍然必須很有耐性地、謹慎地委婉說明——我朝不接受和親、雷氏王朝的皇族自古以來就拒絕說媒云云。

今世王即位至今，后位始終虛懸，因此鄰近諸國絲毫不肯放棄，頻頻來說媒，就跟聊天氣話題一樣頻繁，然而今年夏天卻有了不同。

今世王失蹤多年的庶兄已被尋回——這件事在雷氏王朝境內有公佈，諸國安插在鑭城的耳目自然也把消息傳回了各國，於是各國這次說媒的對象變成了庶兄。

大鴻臚的立場因此更加艱難，根本不敢把這件事稟報給陛下知道。

才尋回就倍受今世王寵愛的庶兄，怎麼可能去當其他國家的駙馬爺。

可是就算大鴻臚說到嘴痠，不斷地表示：「不管是陛下還是庶兄都不接受議親！」登門說媒的人還是絡繹不絕。

倘若是他國使節找上門來說媒，大鴻臚還可以擋下，但一國之君前來友好訪問，在與今世王會晤時提起這件事的話，臣子們也就巧婦難為無米之炊了。

「要給家兄說媒？」

今世王瞇起眼睛，四周的溫度驟然下降。仰賴雷氏王朝恩惠的豐水國國王那張福態圓臉微笑點頭。

「我強力推薦小女。她的肚量和心性佳，相信一定能夠成為皇兄殿下的良配。」

今世王勉強掛在白皙臉上的淺淺笑意也瞬間消失。

（這些人一個個的，到底都有什麼毛病……）

如果是來給自己說媒，他還可以忍下。

十四歲即位以來，他已經數不清有多少人上門來議親。每次他都是帶著笑容堅定拒絕。從其他國家的立場來看，他們求親的舉動或許是希望更進一步加深兩國的邦誼或鞏固邦交，但雷氏王朝不需要強化那些關係。

（無論如何都想與我朝和親的話，就去找大臣們！）

雷氏王朝的皇族被視為是神的化身，無法跟血親之外的人成親。因此跨不過銅牆鐵壁的求親人士受挫之後，幾乎都轉向改與雷氏王朝的權臣六卿們結親。

然而，當雷氏王朝只剩下最後一位皇族人時，各國突然又都不懂放棄了。那些人想著——只要能把女兒送進宮，懷上今世王的孩子，等今世王駕崩後，這片廣大的豐饒綠土就會落在自己手中——這就是各國再度起心動念，積極派來使節的原因。

要給自己說媒，今世王明白這操作背後的意圖，也不當一回事，但是給皇兄說媒——

不但能夠成為今世王的親戚，也能夠打入皇室；如果與皇兄之間有了孩子，就有機會成為繼承人。即使只是庶兄，也有很高的利用價值。

「朕不舒服，失陪。」

今世王說完，就離開會晤現場，丟下臉色瞬間慘白的豐水國國王，快步離去。

他一來到綠流城的偏殿，矮個兒宰相就追著他身後過來。

「微臣聽聞陛下不舒服？」

「對，再聽下去簡直要污了朕的耳。」

見他絲毫沒有掩飾不悅，老宰相行禮。

「微臣會讓豐水國國王賠罪。」

「告訴他朕很不滿，叫他不准再胡說八道。」

「臣遵旨。」

今世王擺擺手讓他退下，瞇瞇眼的宰相一邊咳嗽一邊起身要離開，今世王眼角看到他這樣，開口說：

「善與，你的咳嗽怎麼老是治不好？不要緊嗎？」

「多謝陛下關心，微臣無礙，請陛下寬心。」

畢竟是老了——宰相眼中帶著笑意，行禮後離開偏殿。

給哥哥說媒。

要把女兒嫁過來也就算了，想要哥哥去他們國家當駙馬、當王的請求也不少。

（要我把哥哥交給其他國家——作夢！）

今世王冷哼了聲。他甚至無法想像哥哥離開這座綠園殿。哥哥決定要去他處時，自己也要退位跟著去——今世王的這種心情，從足弱說要回山裡，他回說「那我退位」之後，就不曾改變。

足弱利用霍上洲指導學到的知識，在禿山上施肥澆水，終於到了選擇種苗的階段。

足弱待在小屋的時間變多了，於是今世王經常去小屋找他。

由於足弱表示對音樂有興趣，今世王就教他吹直笛，包括看譜、音階到吹奏的基本技巧等。

足弱以雙手接下從綢緞布袋拿出的名匠打造直笛，輕輕湊到嘴邊擺出吹奏姿勢。

今世王坐在他面前對著他微笑，同時也以相同姿勢拿起直笛吹奏一小節曲子示範，再以眼神示意足弱跟著吹。

在他確實又細心的指導下，足弱吹響了這個不算太複雜的樂器。他黑白分明的眼中閃爍著感動。

「雷霞，我——」

他的嗓音有些顫抖。

「你想學什麼我都教你。」

「謝謝。」

今世王溫柔地看著足弱以指尖滑過捧在胸前的笛子。

小屋的鋪木地板上擺著睡榻；腳邊的矮屏風，以木框圈出的絲綢上畫著盛開在融雪季節的白色小花——帝儲花。其他家具擺飾也同樣是穩重的色調，不會過度華麗。

（要我把雷風送給其他國家？）

這個想法又回到腦海中。絕對不可能。

他把足弱脫光，讓他躺在自己身下，使他的雙腿環上自己的勁腰，從正面貫穿他。

「呼哈、啊、啊！」

足弱抓住今世王的手臂，在放著庫房找來的家具的小屋裡，揚聲吟哦。

從今世王的角度，看到琥珀色芳香油從兩人交合處溢出足弱的胯間，順著腹部滑落。

（無論是任何地方——任何國家——）

炙熱的穴內又窄又濕，一動起來更是叫人失去理智。

「哥哥……哥哥是、我的……一切。」

捧起他的腰，身子牢牢壓著足弱，加深插入的深度。足弱像在渴求夜晚的空氣般，淌著唾液的嘴不住開闔。

「啊！呼哈！啊啊雷、霰……」

「哥哥、哥哥——」

擺動腰部弄出嘖嘖水聲。

雲雨歇止後，兩人在熄滅了燭光的黑暗中，擠在狹窄小屋的單人睡榻上。在剛蓋好的小屋裡疼愛完哥哥，今世王就用內侍們備妥的熱水清理了兩人，並且替哥哥穿上寢衣，兩人同床共枕。

身旁的足弱很快就發出酣睡聲。背上被哥哥抓過的地方有些刺痛。

今世王在棉被底下愛撫著足弱的腰腹，自己也跟著躺下，在他毫無防備張開的嘴角輕輕烙下一吻。

＊

完成禿山沙地的土質改良後，足弱按照自己的規劃，動手種下一株株的種苗。他不止種下幼樹造林，也在四周種下選好的草苗與種子。

綠園殿總管表示，想要協助造林工作。足弱和之前一樣，一心想著要靠自己的力量完成自己能做的事情，所以聽到這個請求時愣了一下，思索了好一會兒。

「我……不認為種植草木的舉動會受傷。」

足弱坐在小屋外的木椅上這麼說。

「殿下，請聽卑職解釋。我灰色狼族獲賜領地之後，族人在領地上出生長大生活。告老退休，不再服侍皇族的人，就會回到領地上，因此那片領地上有許多年輕族人，以及退休的族人。然而這座綠園殿在這十二年間，只有陛下一位皇族在。族人們儘管滿腔熱血想要侍奉陛下，但陛下只有一個，工作再怎麼細分也不可能讓所有族人都待在這裡服侍。卑職身為總管，身為一族之長，即使再難受愧疚，除非必要，也絕對不會把族人找來。」

這天是晴朗舒適的秋日。各地紛紛傳來作物收成的消息，聽到的都是豐收。

「我灰色狼族從遠古時代建國之初就追隨皇族。皇族正是我族活在世上的意義。領地上有許多族人都引領企盼著輪到自己效力。所以，就算是短期的也好，殿下的造林工作，能否考慮允許我族人給殿下搭把手呢？」

聳立在眼前的禿山不是很高，只能算是沙堆。足弱仰望著那座假山，不知道該說什麼。

「我不認為……跪在地上，弄髒雙手，持續彎著腰……是愉快的工作。」

「殿下無須顧慮那些，族人只是想幫忙殿下完成您想完成的目標而已。」

足弱想破頭還是想不出拒絕的理由，只好腦袋彷彿有千斤重般點頭應允。

＊

灰色狼的領地位在國土西南的郡，從那兒來了一群尚未及笄的少年少女，以及比總管年紀更大的老翁老嫗。所有人都穿著灰色短褐、頭戴草帽，一大清早就集合在禿山的山腳下。

在小屋用完早膳的足弱看到那群人，先是停下拄拐杖的腳步，旋即再度邁步往前。足弱一從小屋現身，那群男女老幼全都跪地恭迎。

其中一位男人上前來。

他白髮蒼蒼的臉上滿是皺紋，卻不改精悍氣勢，小麥色肌膚底下也全是結實肌肉，黑眸裡閃耀著蓬勃生氣。

「早。各位可都是今日起要來幫忙造林的人？」

「啟稟殿下，卑職是這群人的首領朝霧。別看在場全是些孩子和老人，他們的腰腿都很有力，殿下有什麼需要就請儘管吩咐。」

足弱點點頭，看向跪在地上抬起頭來的眾人，朝霧、內侍長、灰衣衛們也在其中。他開始說起今天早上的工作內容。

足弱需要的種苗已經用牛車從皇城植物園載過來，造林工作需要的工具也一應俱全。那些東西按照人數分配後，足弱與他們確認流程。足弱負責監督他們按照規劃種下種苗與幼樹，自己也動手拿著鋤頭掘地。

他拄著拐杖走上禿山斜坡，坐下以鋤頭鑿洞，把少女拿來的種苗直挺挺插在洞裡，覆土蓋住根部，再拿少年取來的水淋在埋好的土堆上。

原本乾巴巴的沙地經過翻土改良，已經變成濕潤的黑土。山坡上到處都是灰色狼族人彎著腰的灰色背影，他們面帶笑容做著搬運種苗、鋤地挖土、澆水等工作。看到他們的笑容，足弱的唇角也彎起一抹微笑，慢慢感受著太陽高掛天邊的灼熱，再度挺腰站起。

他的右邊是朝霧，左邊是穿著平常那身內侍制服的年輕人星，他們扶著足弱在斜坡上移動。

「抱歉，接下來要去那邊。」

如果是在真正的山上，就有可供他支撐身子的稱手樹木、岩石、藤蔓等，但是這座禿山上什麼也沒有。

星扶著手拿樹苗的足弱前進。

這處是禿山上最陡峭的地方。足弱選擇在這裡栽種根系扎得深的喬穀科植物。霍上洲建議足弱選擇與鑭城原生植物較接近的植栽，在適當的位置栽種不同種類的植物，把禿山變成森林。

他扶著喬穀科植物光滑的白色樹幹，割斷裹著麻布的帶土根團外面的繩子，稍微鬆了鬆富含濕潤養分的土壤，彎下腰把樹苗根團放進洞裡。

星渾身肌肉，結實健壯，與內侍當中體型中等的內侍長、體型纖瘦的溫都不同，不過還是足弱的身高比較高。

「殿下，小心點。」

星從身後伸出雙手抓住足弱的腰說。

「星，你的手稍微鬆開些，你抓得那麼緊，我看不清楚。」

聽到向前彎下腰的足弱以含糊不清的聲音這麼說，星猶豫了一會兒，仍舊放緩了力量。

在場的朝霧與力氣很大的老人們走到足弱下方的位置。

喬穀科的幼樹正確安置在洞裡後，足弱心滿意足直起上半身，四處張望了一下，準備喊人來覆土。

「哇……」

他腳下一滑就快要仆倒在斜坡上，有人從身後把他的身子往後一旋抱住。

在他旋身時，看到星那張戴冠的年輕臉孔上浮現駭然。

揚起的沙土滾落斜坡，足弱的身子被好幾條胳膊牢牢抓著。

「去把土埋好。」

朝霧指示完其餘夥伴，與另外兩人扛起差點滑落陡坡的足弱，順著斜坡下山。回到平地上，足弱才從手臂上被放下站妥，接著三人立刻在足弱面前跪下行禮。

「草民沒等殿下下令，就擅自將殿下帶離山上，請殿下恕罪。」

「沒關係，幸好有你們救了我。謝謝各位。」

足弱讓他們三人抬起頭來後，仰望著陡坡。斜坡上的灰衣人們通力合作，互相幫忙，快速進行著造林工作。

他垂下頭，正好與跪在地上的朝霧對上眼。

「斜坡上的工作，似乎還是交給各位比較妥當……」

足弱拍去手臂和衣服上的塵土，這樣說。

「殿下，假如這不是您的真心話，就沒有必要放棄，草民隨時可以陪著殿下上斜坡工作，草民們就是來幫忙的。殿下若是在斜坡上無法站穩，草民會扶著您。如您所見，草民們的年事雖高，但仍然很有力氣，而且人數也夠多。」

看到朝霧露齒微笑，足弱也忍不住跟著笑出來。

「那，我要上斜坡工作時，再麻煩諸位了……」

說著，足弱領著內侍和朝霧等人去巡視禿山。

＊

今世王過了正午仍舊待在床上，一張張仔細過目要內侍去拿來的樂譜，並且在腦子裡把樂譜上的音階轉換成音樂。

（這些對哥哥來說應該不難吧。）

足弱除了直笛之外，也考慮學其他樂器，也包括今世王擅長的弦樂器「瑟」。他的目標是將來能夠與今世王合奏。

「陛下，就先到此為止吧，您該休息了。」

「嗯，可是朕不覺得身體有哪裡難受……」

今世王每天早上醒來都讓太醫令卷雲把脈。

這位正值壯年的太醫令有著凜然的眉毛與充滿智慧光芒的黑眼珠。

「陛下，您覺得身體如何？」

「無恙。」

今世王並無自覺症狀，甚至不解太醫令為何有此疑問。

但是內侍長說他的臉色發紅，太醫令也建議他今天最好靜養，甚至連綠園殿總管也現身把他壓回寢房。

綠園殿通知綠流城，說今世王今日不上朝處理政務。

到了正午，他比自己以為的更缺乏食慾，終於連樂譜也被下人收走，也不准他去瞧瞧足弱的造林進度。今世王不滿地噘著嘴，金髮腦袋躺在枕頭上。

歡慶豐年的雷氏王朝主政者今世王，在那個秋夜，開始發燒沉睡。

今世王動了動身子，微微睜開眼睛。

朝床幔沒有放下的那處看去，只見足弱坐在扶手椅上，側臉對著自己。

他穿著皇族服飾中最樸素的袍衫，視線落在手邊，似乎正在看書。

寢房裡一片昏暗，但足弱另一側的窗子有陽光射進來。

今世王沒讓足弱知道自己醒來，躺在床上凝視著足弱的側臉。

高挺漂亮的鼻子。

濃黑眉毛底下的眼皮半闔，有時會眨動。

嘴脣不薄也不厚，被今世王用力吸吮就會紅腫。

他要求內侍隨時修剪、禁止留長的黑髮下露出後頸的髮際線。

光潔修長的頸子，惹得今世王很想伸手觸摸，覆脣親吻。

今世王想看到足弱看起來美味的脖頸，也因為足弱十分適合短髮，所以讓他的髮長維持在隱約碰到耳朵的長度。

朝臣與百姓的頭髮都是留長束髮戴冠，或用布包成髮髻，但是以往皇族也喜歡蓄短髮。今世王的頭髮就沒有太長，頂多到肩膀，而且幾乎不束髮。

他定睛注視的足弱輕輕吐出一口氣，看向今世王，察覺到病人睜著眼，便輕聲開口問：

「雷霰，你的身體還好嗎？」

「我沒事。」

許是久未開口說話吧，今世王的嗓子有些啞。

足弱探出上半身看向床上，抬手覆在今世王的額頭。

「還是很燙……你不想喝水嗎？」

「想。」

今世王這樣說完，足弱身旁就出現捧著茶杯的內侍。

足弱輕輕拿起裝了水的茶碗，朝龍床彎下腰。

「雷霰，喝水。」

今世王咳了幾聲，假裝喉嚨卡痰。

「哥哥，用嘴餵我。」

他渾身無力，頭靠著枕頭，側躺抬眼看著足弱，就看到足弱替他撥開臉上的頭髮，先把茶碗交給內侍，自己爬上龍床靠近他。

接著再度接過茶碗，含住一大口水，把茶碗還給內侍，將自己的嘴唇牢牢貼在今世王微張的雙唇上，小心翼翼不讓水漏掉，雙手捧住今世王的雙頰，把水渡給他。

今世王彷彿在啜飲甘露般嚥下半涼的水之後，不自覺微笑。看到他的笑容，足弱也跟著笑。

「哥哥，我還要。」

「好。」

第一次、第二次都乖乖讓足弱餵水的今世王，到了第三次時，雙手圈上足弱的脖子，追上他準備離開的雙唇，吮住他的舌，偏著頭貪婪地親吻他。

「嗯！……呼……嗯嗯！」

被乘虛而入的足弱差點倒進今世王懷裡，他在千鈞一髮之際伸手一撐，避免壓在今世王身上。就這樣順著脖子被勾住的姿勢，承受今世王從下方吸吮他的唇。

「雷霞……不行。」

濕潤的雙唇沿著脖子吻到喉嚨。足弱維持懸在對方上方的姿態，支撐身子的手臂都顫抖了。

「哥哥……你放鬆力氣……」

真的開始想要推倒哥哥的今世王，伸手環住足弱，對於足弱遲遲不肯倒進自己懷裡感到焦慮。

若是平常，他很輕易就能夠縮短足弱伸手抵著自己胸口的距離，把足弱反制在身下，快速脫去他的衣物。

「雷霞，你還在發燒……聽話。」

抱著足弱的手臂總算被拉開，塞進棉被底下。

「哥哥，你陪我睡。」

今世王想要阻止足弱離開龍床，以帶著水霧的雙眼可憐兮兮地說。看到轉過頭來的足弱嘴唇紅腫，今世王儘管病著，下身仍舊立刻有了反應。

「雷霰……你昨天夜裡發高燒，最好還是好好休息。」

今世王把棉被蓋到鼻子，因發燒而濕潤的藍眼睛露在棉被外，沉默的眼裡裝滿了懇求。足弱露出無奈困擾的神情，在今世王的注視下撇開臉。

「雷霰……我會在旁邊陪你，現在不可以……」

說完這些，足弱便離開床幔，換太醫和內侍們進來。今世王掃興又頹然地再度閉上雙眼。

＊

半夜裡，睡在小屋的足弱接獲通知，說今世王發燒，而且燒得很高。

「有紅斑嗎？」

「沒有。」

足弱與來報信的內侍們同樣鬆了一口氣，接著他穿著寢衣坐上馬車，前往今世王的寢房。

寢房裡有總管和太醫等人候著。在一群太醫之中，專責醫治帝王的壯年太醫令出面說明情況。太醫令穿著灰袍。不只這位太醫如此，在場所有人也都穿著灰衣。

「微臣卷雲，參見殿下。」

聽了他的名字，足弱這才明白連太醫都是灰色狼一族。他們是選了最能夠接近皇族的職業吧，然後當然是歷經重重考驗，不斷修煉，最後成為太醫之首的太醫令。

「雷霰的情況如何？」

「目前只有出汗、發冷等高燒症狀，陛下沒說有咳嗽、流鼻水、關節痛等情況。當然也沒有發現紅斑……」

太醫令瞥了總管一眼。

「殿下如果同意，請將照顧陛下的工作交由灰色狼來做。」

足弱不明白總管想要表達什麼。他此刻就想上前去看看今世王的睡臉。

「照顧當然可以交由你們。可是——」

「還有，如果可以，卑職希望殿下不要進入陛下的寢房。」

足弱看向總管滿是皺紋的小麥色臉——那張平時總是柔和，但必要時也毫不留情，屬於灰色狼族長的臉。

「不是沒有出現紅斑嗎？」

他看向太醫令，太醫令點頭。

「一般來說，出現風邪症狀，就會出現紅斑。」

「你的意思是……只是尚未出現？」

「不排除這種可能。」

「可他只是發燒吧？也不是風邪的症狀吧？」

「正是如此，卑職才會通知殿下，但仍舊不可掉以輕心。等到出現紅斑才隔離就太遲了。」

足弱推開總管胸口，穿過太醫之間，走進寢房。沒有人想要阻止他。

他的太陽穴一抽一抽跳動著。

龍床四周圍著好幾根長蠟燭。

足弱撩開床幔，看向床內。

脖子圍著領巾，臉上泛紅的今世王闔眼仰躺，喘著氣沉睡，連足弱來了也沒發現。

他的額頭上墊了一塊布放著水袋，棉被確實蓋到了頸根。

足弱原本想喊他的名，卻還是沒有開口。

他來到床幔外，太醫令卷雲上前。總管則是站在寢房門口。

「雷霰染上『皇族病』的可能性有多高？」

他注視跪在地上那人的眼睛。

「倘若接下來都只是像這樣發燒的話，那麼可能性就非常低，危險就是一半以下，甚至更低。」

足弱鬆了一口氣，差點腳軟跌地。

「我想待在雷霰身邊。」

「如總管所云，為了以防萬一，殿下在陛下完全恢復之前，還是待在禿山小屋比較妥當。卑職等人真心希望如此。」

足弱目光堅定看著卷雲，搖搖頭。

卷雲低頭行禮說：

「殿下若是要陪在陛下身邊，請允許卑職等替陛下看診時，也替殿下把脈。另外，當卑職要求殿下必須離開時，還望殿下務必要聽卑職的話。」

「雷霰染上的不是『皇族病』。」

「卑職也希望如此。」

足弱披上內侍拿來的外袍，在寢房的椅子坐下。

＊

發高燒那夜的次日早晨，今世王神清氣爽睜開眼。

內侍立刻就注意到並上前。今世王開口問：

「哥哥呢？」

「殿下正睡在隔壁房間的長榻上。」

今世王眉頭一擰。

「為什麼不勸他去床上睡？」

「殿下堅持要待在陛下身邊，也拒絕去長榻以外的地方睡。」

今世王坐起上半身靠著堆高的枕頭，接過內侍遞來的水喝下潤喉。

床幔都已打開綁在床柱上，他看到太醫們走進寢房來。他們上前檢查今世王的臉之後，躬身行禮說：

「陛下的臉色頗佳。您感覺身體如何？」

「很好。」

接下來把脈過程中，他一句話也沒說。太醫們也檢查了他身上是否出現紅斑。確定沒有半點紅斑。

「應該是疲勞過度引發的高熱。」

每年秋季都有不少活動，再加上之後還有天子巡幸，面對堆積如山的政務，就算是對體力有自信的今世王，也不敵累積已久的疲勞。

「幸好只是單純的發燒。朕昨日一定是發燒燒壞了腦子了，居然因為哥哥留下來陪我而欣喜……」

他還讓足弱以嘴餵水……如果真是「皇族病」，兩人就都死定了。

今世王對自己無比氣惱，臉色冷到甚至讓人感覺寢房下降了好幾度。他看向跪地的太醫令。

「你為什麼把哥哥帶進寢房來？」

卷雲伏地磕頭，領受責罵。

「你就那麼有自信不是『皇族病』嗎？可能性有多少？」

「極低……」

「灰色狼眾聽命！下次若再有這種情況，不管可能性有多低，都不准讓哥哥靠近朕，不管哥哥拚命懇求或要脅你們都不准！記住了？」

在場所有灰色狼全數跪地叩首表示明白。

今世王展現出皇族人的強悍，到了第二天晚上，太醫令就表示他的病差不多痊癒了。不過他還是以「養病」為藉口，休沐三天未上朝，活蹦亂跳地喜孜孜接受足弱的照顧。

看到今世王退燒坐在龍床上，足弱笑容滿面。今世王讓足弱待在自己身邊，懶洋洋地躺著用膳，也教足弱吹笛。待太醫把完脈，換他看著足弱讓太醫把脈。

檢查身上的紅斑時，他的眼神比任何人都要熱切。檢查結束後，他抱緊足弱穿著寢衣的身體。

他開口求歡過好幾次，但足弱每次都說：「你不是還病著嗎？」「你不是剛痊癒嗎？」拒絕。

足弱認為剛病癒就應該靜養，所以儘管他注意到今世王已經很有精神，也沒有懷疑弟弟是在裝病騙他，總是待在手能搆到的範圍內，照料著今世王的需求。

他暫時先擱置了禿山造林的工作，只要今世王說想下棋，他就作陪。他們一起看書、午睡，讓內侍把漂亮的畫搬來床邊欣賞。

朝廷希冀「生病靜養中」的陛下盡快痊癒，群臣百姓的擔憂之聲更是絡繹不絕，但今世王都權充沒聽見，只顧著整天跟哥哥待在一起，過得心滿意足。

內侍們也都微笑守護著這兩位皇族，只要今世王臨時又有什麼想法，他們就四處奔走張羅，實現他的要求。

到了晚上，足弱也如他所願陪他入睡。到了第三天，今世王終於決定不再假裝「病人」。他因為充分靜養的緣故，體力和精力都十分飽滿。

足弱進浴殿泡完熱呼呼的澡之後，穿著白色寢衣走進寢房來。

他對精神很好的今世王一笑，正要鑽進他身旁躺下，今世王就扯掉了自己的病人面具，壓上足弱的身子。

今世王輕柔地吸吮他的唇，快動作解開寢衣的綁繩。剛沐浴過的濕潤肌膚不斷地勾引著他的情慾。他的手插進半乾的黑短髮裡。

「啊——你、怎……」

跟不上這狀況的足弱語帶不解。

「哥哥……」

「雷霰，你的病才剛好，不可以的。」

今世王接連幾日都被這句話拒絕，但今晚不同了。今世王跨坐在足弱身上，放開手，把掙扎要起身的足弱剝個精光，再一邊推倒他一邊大聲說：

「卷雲，朕的身體已經痊癒了對吧？」

「啟稟陛下，是的。」

回答聲來自寢房的後側。

「朕要與皇兄翻雲覆雨也沒問題了吧？」

「啟稟陛下，無礙是無礙，只是……切勿縱慾過度。」

「你退下。」

等到卷雲走遠，今世王朝足弱一哂，說：

「用不著擔心了，哥哥。」

偷懶休養後徹底煥然一新的今世王，就像在替自己的偷閒日子結尾般，貪婪渴求著他生命與活力源頭的足弱。他用力吸吮足弱的脖頸留下吻痕，不停地愛撫，讓兩人的陽物同樣激昂。體溫促使安樂翠芳香油釋放香氣，潤滑肌膚，兩人身上熱氣蒸騰。

「啊……啊！雷霰、啊啊！」

今世王將足弱的雙腿從大腿處往上一推，把自己的粗大硬挺埋入被迫大大敞開的腿間。

「啊、啊！」

足弱不斷地淺淺呼吸，甩動汗水淋漓的腦袋，死命抓著床單。

「呼……唔……」

今世王咬牙挺腰，讓分身朝著深處侵逼，抬高足弱的腰擺盪抽插。

「啊、啊……好深、太深了！」

被巨物撐得滿滿的足弱，仰起動情的臉哭叫著。

「哥哥。」

今世王貼上足弱汗濕的前胸，把脣湊近他皺著眉的眼角。

「啊、啊、啊！」

像這樣與深愛的哥哥合而為一，今世王就會感覺到一股無限力量湧現。

（啊啊——好、舒服……）

他吐出灼熱氣息，閉眼品嚐絕妙觸感，重重插入又抽出到幾乎要離開穴口。

「噫、噫、不……啊！」

足弱難耐地大叫。

今世王雙臂用力，撞擊他的下身，發出肉與肉碰撞的聲響。

身子逃不開今世王的箝制，足弱放聲哭喊。

聽到哭喊，今世王仍舊沒有停手，反而加快挺進的速度。

他咬牙低吼，將體液灌注到足弱灼熱窄穴的深處後，趴倒在足弱身上粗喘。

雙脣被今世王狠狠吻到紅腫的足弱，同樣氣喘吁吁，胸口激烈起伏著。

足弱抬起虛軟無力的手，握拳以手背擦拭眼皮後，拳頭抵在脣上睜開雙眼。今世王在他濕漉漉的黑眸中看見自己的身影。

「哥哥……在出發巡幸之前，有個活動需要在京城百姓前露個臉。你要不要跟我一起？」

仍停留在足弱體內的今世王，伸手捧著他的後腦杓面對他，只見足弱汗濕潮紅的臉上浮現茫然表情。

「那天是我的生辰，我想跟哥哥在一起過。」

「生……辰……」

「到那天我就滿二十六歲了。」

濡濕的眼皮眨了眨，足弱抬眼望向今世王。他上下滾動的喉嚨上留著清晰的紅痕。

「我希望能夠與哥哥一起過的二十六歲生辰那天，是特別的日子。」

足弱露出大惑不解的表情，手放在今世王的肩上。

他濕熱的手掌一陣陣溫暖了今世王的心。今世王笑著對他說：

「你就當作是替我慶祝生辰，答應我吧。當然，這雖然是例行的慶祝活動，但哥哥如果不在，我也不會快樂。對了，或許應該選晚上在京城百姓前露臉比較好。」

「生辰的生，意思是雷霰在那天出生嗎？」

今世王的藍眼睛驟然圓睜。

「那還用得著問嗎？」

足弱把頭靠在床上，臉上充滿由衷感動的表情。

「原來當上君王，就可以知道出生的日子呢。」

今世王的心一突，聲音有些顫抖。

「哥哥……難道你，不知道自己的生辰嗎？」

也對，他怎麼可能知道。

「嗯？」

記得自己生辰的三歲稚子才稀奇吧。而且就算他原本知道，但遭逢意外後，他被老頭子撿去養，過著與世隔絕的生活，就算忘了自己的生辰也正常。

「哥哥，你是在春天出生……明年哥哥生辰時，我們就盛大慶祝吧。」

「我的？」

看到足弱真心感到不解的表情，今世王湧上一股憐愛，忍不住吻上他紅腫的唇。

他再度把足弱緩緩抱緊，一手握住足弱軟下的那話兒。足弱顫了一下，下體一縮，緊緊勒住今世王還在他體內的陽具。

今世王吐出熱氣，不斷地親吻足弱的唇、臉頰、下巴、脖子、胸口，同時愛撫著手中那物。

足弱抱住今世王，貌似難以承受地把額頭抵上他的肩，下身一抽一抽抖動著。今世王也沒有退出埋在熱窄甬道內的陰莖；每當足弱敏感一動，他的肉棒就會被蠕動的肉壁牢牢包覆。

「哥哥……舒服嗎？這樣子弄如何？」

濕潤的手指往反方向套弄，像要折彎陰莖似地摩挲著。

足弱發出尖銳的吸氣聲，滿臉通紅扭動身子。

「啊——雷、霰！」

感受到席捲而來的快感，足弱因深埋體內的肉莖再度硬挺而嚇一跳，他不安蹭動著大腿，搖搖頭彷彿在說怎麼又來了。

足弱顫抖的脣吐出一口氣。

「呼、呼哈、哈啊、雷霰、好難受……」

望著那副表情，今世王開口說出漲滿胸口的情意：

「我愛你。」

這一夜，今世王緊摟著不曾慶生、孤單活到三十六歲的足弱，不斷地不斷地傾訴愛意。

幸好他沒有染上皇族病死去。

（到了春天——要盛大慶祝……）

他要給足弱一個永生難忘的慶生活動，讓他清楚記住自己人生第一個生辰日。

看不出才剛病癒的今世王以熱烈的行動讓足弱高潮後，自己也在這位他唯一深愛的兄長體內再度解放。

＊

在今世王病癒後首度承歡，足弱拒絕讓今世王像往常一樣抱他去沐浴。

「怎麼了？」

坐在床上的今世王湊近看著躺平的足弱。

「雷霰，你的病才剛好不是？今晚不要緊，我可以走。」

足弱靠著手臂的力量挪動到床邊。

「哥哥，我已經沒事了，你不用擔心。讓我抱你過去。」

「雷霰，我說了不用。」

今世王把手伸到足弱的腋下將他抱起，但伸到膝蓋後側的手卻被他拍掉。

「至少在你生病時，不用做這些。」

「哥哥，我真的沒事，抱你去浴殿只是小事，讓我做吧。」

「不可以。我請人在這裡幫我清理乾淨就好……」

足弱從床上緩慢放下雙腿。

今晚沒有平時那麼累，甚至因為許久沒做，所以反而神清氣爽。他有自信能夠自己走。

赤身裸體的足弱站起，藉由燭光在黑暗中扶著一旁的桌案往前走了幾步。大腿十分濕滑，惹得他一陣顫慄。

「哥哥，算我求你——」

他身後傳來今世王焦急的聲音。

「你去休息，我很快就回來。」

「哥哥。」

「來人，拿我的寢衣和拐杖——」

「來人！送熱水進來。」

今世王打斷足弱的話，一把抱起扶著桌案的足弱，把他送回床上。

「雷霰，今晚我可以自己走。」

「我讓他們進來這裡伺候我們兩人洗浴，就這麼辦吧，哥哥。」

今世王以雙臂扣著足弱，在他耳邊不斷地勸說。

不一會兒，內侍們扛著幾個大浴桶走進寢房來，也增加了更多燭火。足弱被今世王抱起放進裝熱水的浴桶坐著，今世王就蹲在浴桶外，只有手伸進熱水中。

「哥哥，你把兩條腿抬到桶緣。」

內侍全都背對著他們，所以足弱就在蒸騰熱氣中，泡在及腰的熱水裡抬高雙腿。

「嗯！」

今世王扶著他的裸背，在龍床上被擴張過那處承受著今世王的手指探入。

浴桶裡的熱水搖曳出水聲，足弱咬唇。

「嘶、嘶、唔！」

「哥哥，別用力咬……」

今世王溫熱的舌舔過他緊咬的脣上。手指一抽離後穴，舌頭很自然就探入足弱張開的嘴裡。嘖嘖幾聲後，今世王放開他的嘴脣，命人換水，將足弱安置在新換上的熱水裡，自己也把身體交給內侍們清理。

趁著兩位皇族利用浴桶淨身時，龍床上的被褥已經快速換新。

多位穿著灰衣的人快動作完成自己的任務後，立刻退下。

足弱穿著白色寢衣，坐在椅子上喝熱茶緩一口氣。同樣穿著白色寢衣的今世王坐在他對面的位子上。

今世王看他把茶喝完，就撈起正要起身的足弱帶到龍床上。兩人躺在一塊兒蓋著錦被時，浴桶和熱水早已撤下，在房內燃起新的薰香。

第十一章　御前草

在今世王發燒、足弱陪病那段期間，朝霧天天率領造林團成員去禿山替種好的種苗澆水。

直到今天早上，足弱返回小屋，今世王前往綠流城處理政務的消息在綠園殿裡傳開，所有人才終於眉開眼笑。

換上短褐的足弱一現身在山腳下，造林團的成員立刻跪地迎接，並恭賀今世王的康復。

足弱也脫下草帽，因陽光刺眼而瞇起眼睛，面帶微笑道謝說：

「又要繼續麻煩各位了。」

「這是草民等人的榮幸。」

朝霧代表眾人回完話，所有人就開始工作。

要做的事與暫時擱置前一樣，不外乎就是搬運種苗和樹苗、拿鋤頭挖洞、定植、覆土、澆水。

足弱拄著拐杖緩緩走上沒有東西可抓的禿山緩坡，他的腳步讓其他人看得膽顫心驚。

足弱沒有理會周遭憂心的目光，讓星拉著手、朝霧扶著腰，四處查看樹苗的狀況。他跪在地上檢查土壤，從懷中拿出筆記本和小楷毛筆，想到什麼就用大大的字跡寫下；這些是他想要與霍上洲商量或報告的內容。

收起文房四寶後，他再度起身到處查看。

「殿下，陛下沒事真是太好了。」

精壯結實的老婦似乎終於忍不住了，開口對在自己旁邊定植種苗的足弱說。

「是的，他今天早上有把平常的早膳吃光，卷雲大人也掛保證他很健康。」

足弱停下沾著土的手，對小麥色臉上露出安心表情的老婦微笑。

老婦看到足弱的笑容，不自覺濕了眼眶。

（雷霰很受到百姓敬愛呢。）

足弱這麼想。

身為僅存的皇族，這十二年來，灰色狼族僅對他一人效忠，他坐在龍椅上努力實現遠古之前的約定。灰色狼族對於這樣一位年輕皇族既景仰又畏懼，用心伺候，這點從自己的造林計畫能夠招來這麼多幫手，也可窺知一二。

午膳按照足弱的想法，造林團所有人都在山腳下享用。

內侍只替足弱準備了桌椅，其他人都坐在地上。御膳房除了準備足弱吃的野菜和水果之外，還按照人數做了清蒸菜包肉、肉燥雜糧飯、香甜的豬肉味噌湯、辣味紅燒魚等。

眾人圍著樹蔭下的足弱而坐，愉快用膳。

＊

足弱覺得腳痛，請人拿來藥布，並喝下止痛湯藥。

連續好幾天，他從早到晚都在進行造林作業，右腳於是以悶痛抗議最近的不間斷勞動。

有人扶他上下山，反而使足弱變本加厲，在該休息的時候不休息，依然四處走動，這得意忘形的結果，導致右腳比獨居在天寶村深山時痛得更頻繁了。

星注意到他時不時蹙眉忍痛，回到小屋後，就找來太醫替他診治。

止痛湯藥從很久以前就起不了作用。

（沒有御前草果然還是不行——）

用完晚膳，讓內侍鋪好床後，足弱拖著右腿躺下，在熄了燭火的小屋裡靜靜忍痛。

腳痛讓他睡不著，他在黑漆漆的小屋裡睜眼躺了一整夜，思念原本種在家鄉深山裡的藥草。

再沒有哪一種藥草能夠像那樣解決足弱的病痛。

只要有御前草，一定有辦法消除眼前的腳痛。

足弱在疼痛間睡睡醒醒，直到黎明到來。

＊

命等到足弱說要起床的時辰，才敲敲小屋的門，問候一聲進入屋內。

他在仍然昏暗的小屋內點亮燭火。跟著進門的內侍們想要準備熱食，讓足弱在逐漸轉冷的天氣裡暖暖身子，於是給灶添柴生火。小屋裡沒有鋪設木板的地方，設有用來做飯的灶臺。

「殿下？」

縱使屋內昏暗，還是看得出足弱的臉色很糟。

木頭地板上鋪著由好幾層綢緞、羽毛、棉布、毯子構成的鬆軟睡榻。足弱從睡榻裡醒來，靠手臂的力量坐起，挪動臀部移動到火盆前鋪好的毛皮毯子上坐好。

見他屈身向前靠，大概是覺得冷吧，命立刻替他披上厚重的鋪棉外袍，但足弱只是無精打采地垂著頭。

考慮到今世王才發過燒，內侍長立刻說了聲「恕卑職逾禮」，就把手放在足弱的額頭上。

「沒有發熱……殿下，您哪兒不舒服嗎？」

送熱湯來的星抬起頭。

「殿下的腳痛，還沒有緩解嗎？」

三名內侍都看向足弱的右腿。

藥布外綁上繃帶的右腿直挺挺跨在毛皮毯子上。

「用早膳之前，先處理腳痛吧？」

內侍長二話不說就喚人去傳太醫。

其中一位每天要向今世王報告足弱健康狀況的太醫，旋即乘著馬車飛奔趕來。

他解開繃帶，拿掉藥布，蹙起眉頭。

之前只要敷上藥布睡一晚，就能夠退去右腿的灼熱，可現在不管是用手摸或用眼睛看，都看得出來右腿仍然紅腫發熱。

太醫在檢查右腿時，足弱也只是垂著頭不發一語。

「殿下，您今日仍要繼續造林工作嗎？微臣認為正午之前還是讓您的腿腳歇歇，比較妥當。畢竟貼上更多藥布後，無論走哪條路，您都很難用這條腿上山。」

太醫在內侍的協助下，將抹好消炎止痛膏藥的藥布，仔細貼滿足弱的右腿，再以繃帶固定。足弱連屈膝都沒辦法。

「卑職換了湯藥的藥材種類，所以會偏苦且有些難聞，請殿下要忍耐。」

太醫在開給足弱的藥草裡偷偷添加了助眠草，並差人去煎藥。足弱喝下一口煎好的湯藥，嗆咳了一下，接著就乖乖把藥喝完，沒有半句怨言。

足弱尚未換下寢衣，所以內侍就直接把他送回睡榻裡，他也沒說半句話也沒有抗拒，只在躺下後深深嘆了一口氣，抬眼仰望內侍長。

「正午一到請叫醒我。讓大家等我，我會過意不去。」

這是足弱醒來後開口說的第一句話，嗓音卻有氣無力。內侍長聽了這話，心裡一陣錯愕與感動，表情嚴肅地說：

「殿下，請您好好歇息。那些人是為了協助殿下您，才離開領地來到這裡。若他們得知殿下反而擔心讓他們等，他們會自責。請您務必以自己的身體為重。」

「命伯，請一定要叫醒我。」

說完，足弱就陷入沉睡。

今世王的庶兄在睡榻裡睡著後，只留下一位內侍，其他人便離開小屋。

「露草，殿下的情況如何？」

內侍長交抱雙臂，低頭看著太醫。

太醫讓徒弟拿著藥箱回到馬車上，自己則停下腳步。

「不管是藥布或湯藥，看來都無法像剛開始那樣減輕殿下疼痛。最近殿下連日上下山時一定都在忍痛。」

說完，他用力拍拍右腿。

「卷雲大人應該也說過，不可讓殿下太勉強。你這個內侍長太失職了！」

內侍長微慍抿脣。

「無法替殿下止痛，你這個太醫才失職吧！殿下在這座綠園殿裡可以隨心所欲做任何事，我等沒有資格妨礙殿下的行動。」

兩人互瞪好一會兒，才默然扭頭離開。

＊

足弱在老頭子死後，一直都是自己一個人面對大小事情，所以蓋小屋時，有名叫堅實的工匠一起幫忙，對他來說很新鮮。

接受霍上洲的指導，也讓他覺得很像老頭子還在的時候，有種莫名的懷念。

這次有一大群人來幫忙，足弱很雀躍也很疲累。儘管他早已規劃好，但現在卻必須對這些臨時冒出來的幫手下指示，告訴他們接下來要做什麼。

那些老人小孩特地從領地過來只是為了幫自己，足弱也不是不歡迎，但內心更受到那些近距離看到的純真目光所震撼。

朝霧發揮領導力，將那群人分成小隊照看著，不使足弱費心。而且他還會顧慮到所有人的身體狀況，時不時就要成員停工下山休息。他在退休之前一定是某種領導人物。

＊

帶領造林團的朝霧，接到上午暫停工作的通知，於是命眾人去打掃御花園。他則是理了理身上的服裝，獨自走向綠園殿一處房間。

總管正在房裡。他一看到朝霧就微微一笑。

「我早料到你會來。」

「我也早猜到你會料到。」

朝霧以雙手握住這位年紀比自己輕的男人的手。

朝霧在總管面前坐下。窗外吹來略帶涼意的空氣。

這房裡有一整片牆都是書架。一大張的書案收拾得整整齊齊，放著裝著白紙的盒子、硯臺和毛筆。腳下擺著火盆。

「殿下暫停了早上的造林工作，聽說是身體不舒服？」

「下午或許也得休息了。」

「是病了嗎？」

他聯想到前幾天今世王才病過一場。總管只是對著朝霧指了指右膝。

「如果殿下允許，我願意背他上山。」

朝霧嘆氣這樣說。

「殿下或許寧可放棄造林，也不願讓你背他。」

「我們就是皇族人的手腳，為什麼不讓我背他？」

就他接觸過的皇族人，只要身體違和就會直接開口說，不舒服卻仍然得視事時也會主動求助。

「因為殿下他，雖然有皇族血統卻不是皇族人。」

「他只是還不適應吧。」

「現在已經比之前習慣許多了。一開始殿下他害怕我們提供給他的一切，包括衣服、洗浴、內侍和灰衣衛。」

朝霧呻吟：

「殿下不信任我們嗎……」

「也不是。是因為他不懂自己為什麼需要被人服侍。這也沒辦法，都怪我們讓殿下流落在外這麼多年，沒能及早找回，殿下才必須承受這樣的苦。」

「害他流落在外的責任在我。」

朝霧說出自己聽聞雷風尋獲之後內心的感觸。

「不，你有多堅持要找到殿下，我再清楚不過。儘管你那般執著，卻還是沒能夠找到殿下，代表這是天意，是老天爺等到我朝面臨危機時，才讓殿下現身。」

「我是當時的禁衛軍將軍，也是灰衣衛統帥，雖說是意外，但未能救回雷風殿下卻也讓我始終懊悔不已。」

「我知道。」

「灰色狼，我想成為殿下的力量。」

「有人比你更想。」

兩人看向窗外，看著晨霧散去後巍巍的皇城。

＊

六卿之下的大夫、上士等朝臣入殿，恭賀今世王病癒。

「朕已經痊癒，讓眾卿擔心了。眼下正值收成時節，眾卿務必兢兢業業，莫要荒廢政務。」

群臣看到今世王臉色如常，金髮也恢復亮麗，穿著明黃色龍袍坐在龍椅上的模樣明顯很健康，全都鬆了一口氣。

宰相再次恭賀陛下的康復，今世王就在群臣的跪拜恭送下，退朝回到御書房。

他在處理政務時，聽了幾個報告及審議結果，在幾份奏摺蓋上國璽。國璽是玉刻的印章，自古就是用來代替今世王的落款，也是國寶之一。

靜養過後恢復清明的腦袋，一一處理掉堆積的奏摺，今世王快速對那些上奏做出裁示，接著離席站在窗邊伸直雙手。

趁著小歇片刻時，他開口問內侍每天都要問的問題：

「哥哥情況如何？今天早上還是去山上造林嗎？」

想著足弱應該是在一大群人的簇擁下做著造林工作吧，今世王不禁微笑。

「這個問題請由卑職回答。」

聽到背後的聲音，今世王轉頭看去，就看到綠園殿總管從灰衣衛站崗的門口走進來。

「哥哥出事了？」

「殿下昨夜起右腿疼痛，直到今天早晨仍未能消除，太醫已經再度施以治療，所以殿下在正午之前都在休息。太醫說，過去的止痛方式已經失效。今早他已經改開其他的方子。」

今世王雙手交握身後，在寬敞的御書房裡走來走去。

「失效的意思是，疼痛加劇，或者是藥材不適合哥哥使用嗎？」

「是的。」

今世王把一隻手抬高到眼前看著。那次強行侵犯足弱之後，他曾經為了治好哥哥身上的傷而施展異能，當時渾身湧現力量，連指尖都因力量過強而陣陣發麻。然此刻指尖卻感覺不到那股力量。

「哥哥的腳痛，是意外後沒能獲救留下的後遺症。」

意外受傷當時若即刻獲救，他就能夠得到適當的治療。也就是因為當時沒有治療，只是放著不管，才會造成今天的結果。

「卑職明白。卑職會讓卷雲大人與其他太醫、藥師討論如何用藥。只要能夠治好殿下的腳痛，不管要做什麼，卑職等都會去做。」

「嗯，朕也是……」

說著，今世王再度在御書房裡走來走去兜圈子。

他來到總管面前停下腳步，說出自己想到的問題。

「哥哥住在山裡，腳痛時是怎麼處理？山裡沒有大夫，他應該是自己想辦法止痛。叫卷雲參考哥哥的方法。」

「是。」

總管跪地行禮完，立刻離開御書房。

「『御前草』嗎……」

＊

正午時分，內侍還是叫醒了足弱。他的疼痛已經減輕許多，所以他爬出了被窩，卻在右腿繃帶被拆掉之前，再度被送回被窩裡。

「我會讓領地來的那群人先去做其他工作。殿下今日就休息一天吧。」

內侍長這樣勸說，足弱一臉欲言又止的表情，卻還是躺回枕頭上，彷彿抗拒不了睡意般再度沉睡。

到了傍晚，灰色狼總管、太醫令卷雲、以及太醫露草來到自然醒來的足弱面前。

「對，那是老頭子取的名字。我查過在京裡買的草木辭典，書中沒有那個藥草的紀錄，或許只長在那座深山裡。」

足弱早膳只喝了一點點熱湯，午膳什麼都沒吃就睡著，現在他面前的膳桌上擺著熱騰騰的野菜湯。

足弱起身坐在睡榻上，內侍替他披上鋪棉厚外袍。

「我不記得自己那時候多大，總之是在我很小的時候，有一次摔下山崖陡坡，雖然活了下來，身上卻有多處碰撞受傷，痛到動不了。當時天空烏雲密佈，眼看著就要下雨，我於是勉強爬到像屋頂一樣突出的岩石底下。我記得自己在那兒待了一天一夜，老頭子也沒來找我。我因為又餓又痛，暈過去好幾次，等我聽見雨聲醒來，就看到那種草。我爬進岩石下時沒看到，那草就像剛長出來一樣鮮綠。大概是肚子餓吧，我也記不得了，總之一看到那個水嫩草葉，我就扯下來放進嘴裡咬，重複了幾次之後，身上漸漸不再覺得痛。咬完那個葉子後，我也就失去意識。等到我再次睜眼醒來，那個草又再度長出來，我就繼續咀嚼那個草葉止痛。過了很久，老頭子出來找我，我就手裡抓著那個草，被他背回小屋去。」

說到這裡，足弱喘了一口氣，喝下碗裡的湯。

面對幾位比自己年長的男人，他很自然就會用更恭敬的態度說話。

那次滾下斜坡也是因為跟老頭子頂嘴，哭著走在山裡，結果腳下踩空的緣故，因此他沒料到老頭子會出來找他。那是他少數幾次被老頭子背在寬背上的記憶。

「老頭子聽了我的描述，檢查我抓在手裡的草，說這草他沒見過，又叫我把帶根的草種在田裡試試。第二天之後，我就把那草種在田裡，草愈長愈多，後來我就一直種著，不曾間斷。那草對老頭子的病痛也有療效，對於治療我的痛，不只是腳痛，其他疼痛也都有效。那個草是我在那座山裡最重要的財產。老頭子看了我和那個藥草，說『那是專屬於你的草』，所以叫它『御前草』，意思就是『你的草』。這件事只有我和老頭子知道。」

回想起過去，足弱的脣邊帶著淺笑，不自覺就把手伸進棉被底下摸摸右大腿。

總管朝足弱上前一步。

「殿下，卑職打算派人去採御前草。請殿下告知如何前往您曾經生活的那座山，以及那草的特徵。」

正沉溺在回憶裡的足弱愣了一下抬起頭。

「你是說真的嗎？」

「那正是我們需要的藥草。」

事實上足弱也十分想念御前草，於是他點點頭，讓內侍拿來紙筆，畫下通往山中小屋的路，以及關於御前草的細節。

「天寶村有一對農戶夫婦，我稱洪大哥和靜惠嫂，他們對我很好。洪大哥曾經去過我在山裡的小屋，你們請他帶路，應該比較容易找到地方。」

說到這裡，足弱突然想到了什麼，抬起頭環顧四周，找尋內侍長。

命看到他的視線，上前一步。

「殿下，有事嗎？」

「我放在綠園殿房裡的行囊中，有買給洪大哥和靜惠嫂的土儀。如果你們要派人去天寶村的話，那個……」

「就幫您把土儀帶去給他們，是嗎？這就交給卑職處理。」

總管接口說完足弱的話，朝內侍長點頭示意，收好畫著地圖和藥草外型的紙。

「我想寫封信給洪大哥他們，你們方便晚一點再派人出發嗎？」

「殿下，卑職打算今日就派人。那封信就請您盡速寫完。」

聽到這意想不到的話，足弱張口結舌。

「這麼快？」

「是的。因為那就是您需要的東西。那麼，殿下，您信寫好之後交給內侍。卑職先去安排出發的準備。卑職告退。」

總管一轉身，灰色衣袂翻飛，他獨自離開小屋而去，留下太醫等人。

＊

「那正是我夢寐以求的任務。」

「我就知道你會這麼說，朝霧。可是你必須帶領造林團。」

總管的面前坐著禁衛軍將軍，他們原本正在討論要派誰去採御前草。一位黑眸炯炯的男人就闖進總管與將軍集議的書房裡。總管對於門口那名男子會出現，絲毫不感到意外。

「帶領造林團的工作可以交由其他人擔任，不必非得是我，交給夕立就行了。」

說完，朝霧看向坐在總管面前的男人。

男人年近不惑，手長腳長，個子很高，寬肩窄腰，長相俊逸，眼神難以捉摸，態度泰然自若；一頭微捲及肩黑髮似乎很難束髮戴冠，所以也就隨意散著。

「朝霧大人！」

男人從椅子跳起，正想用力抱住站在門口的朝霧，卻被對方一手擋開。

「朝……朝霧……」

擋開的同時，還被對方強壓在門口柱子上。男人掙扎著。

「你不准說話！」

「這、這怎麼行？我現在是——」

「沒錯，現在的將軍是你。那麼，將軍大人，請閉上嘴把任務交給我，多安排幾匹快馬。我還需要擅長走山路的人及手腳俐落的幫手。」

灰色狼總管看到兩人的互動覺得很懷念，忍不住笑出聲。同樣在書房裡的總管長史們也以衣袖掩嘴竊笑。

「朝霧大人，你已經告老還鄉了……！」

原本無法出言反駁的男人，掙脫朝霧的手臂，這才開口。

「嗯，採藥草這種任務，正好適合年老體衰的我。」

「年、年老體衰的人，有可以單手壓制我嗎！」

「我說你啊，是不是變弱了？」

朝霧一句話就成功讓禁衛軍將軍傻愣在原地。他來到總管面前的座位坐下，看著足弱畫的地圖，好一會兒過後視線仍然停留在地圖上，開口說：

「許久沒見到你了，青嵐，沒想到你變得如此有男子氣概了。」

原本跪在地上、失落垮下肩膀的將軍瞬間抬起頭來，臉上恢復光芒。

官拜禁衛軍將軍時期的朝霧，是傳說中的男人。

他的身高不是很高但行動敏捷，劍術馬術超群，更重要的是膽大心細，能夠完全掌握士兵們的心。他年輕時就是貼身保護皇族的灰衣衛，後來升上小隊長、中隊長、大隊長，二十幾歲就當上了將軍。

在他悠長的軍旅生活中，經常負責保護皇族。

為人一向豪爽磊落的他卻有個弱點，就是皇族演奏的音樂。哪管他正在酒樓喝個爛醉，只要聽說皇族正在演奏音樂，他立刻就會拋下女人和棉被趕回綠園殿。

金髮藍眼的俊男美女演奏音樂的姿態，以及奏出的樂聲，朝霧打從心底陶醉嚮往。

青嵐也是年紀輕輕，才華就受到認同的士兵。

他十幾歲就跟在將軍身邊當小廝，一面打理將軍的生活，一面向將軍學習保護皇族、領兵佈署、搭弓使劍、甚至穿戴鎧甲的方法。

在青嵐的記憶中，他只看過一次禁衛軍將軍朝霧臉色蒼白、面露絕望的模樣，就是——朝霧奉命前往南郡接今世王的妃嬪和庶子上京，馬車和隨扈人員卻因豪雨造成的地盤崩落，從山崖跌落河裡，他接獲搜尋不到庶子雷風的通報之時。

將軍自己率先站出來指揮禁衛軍擴大搜索範圍，仍然找不到。在先皇下令收兵之後，他依舊每年帶著少數幾個人，持續前往當時落河的地點與下游一帶仔細搜尋。

青嵐長大後也曾經參與搜索，當時是庶子失蹤已超過十年之時了。

儘管朝霧那張臉喜怒不形於色，但他私下仍會因為皇族是在自己擔任將軍時失蹤而喟然嘆息。

朝霧很早就解甲還鄉，把位子讓給青嵐。當時青嵐就看出朝霧是打算自己一人繼續尋找那位庶子。一看到朝霧帶著堅定信念的黑眸，青嵐也無法開口阻止，只能隨他照自己的想法去做。

因此當尋到並帶回雷風的好消息，傳至灰色狼族領地時，青嵐早就知道朝霧不可能不進京。

他果然來了。板著一張臉，以造林團成員的身分出現。

他寸步不離地跟著投入造林工作的皇兄殿下，近距離看著殿下把自己弄得一身土，以雙手支撐他跛腳的身體，什麼也沒說，只是靜靜跟在身邊，注視著活生生四處走動的雷風。

當他得知自己惦記多年的皇族，因當年沒能尋回而跛了右腿、腳痛到無法繼續造林，必須有人去帶回止痛藥草時——

（啊啊啊！他怎麼可能坐視不管嘛！）

青嵐嘴裡叨唸——慘了、真傷腦筋，一邊回到與綠園殿一牆之隔的綠葉殿裡，回到自己分配到的將軍官舍，叫來自己的副將有事要交待。焰一看到青嵐，驚呼：

「哇！將軍，你的表情是怎麼回事？」

似乎是自己臉上的表情太過猥瑣。

（沒——錯，那個人不可能坐視不管！）

止不住獰笑的青嵐，連忙選好馬匹與人員，其他準備也如同前任將軍教過的那般迅速確實地完成。

足弱寫好要給故鄉友人夫婦的信，送到總管手裡沒多久，也不管天還沒亮，半夜裡奉命去連根帶回藥草的特使們就踏上旅程。

在一群年輕士兵中，混入了一位老人。見他俐落上馬，出來送行、年近四十歲的禁衛軍將軍忍不住要吹口哨，幸好及時打住。

「動作要快，但路上小心，千萬別出事。」

「是，將軍。」

簡潔回答完，特使代表朝其他人打手勢，往馬腹一踢的同時說了句：

「你的口哨吹得很爛，剛才沒吹出來是對的。」

聽到這句話，腦袋暈了一下的將軍，在對方縱馬遠去之後，重重嘆了一口氣。

比將軍年長的副將，手放到他肩上說：

「能夠再見面，太好了，將軍。」

「嗯。」

就像朝霧不顧一切地嚮往著皇族的演奏，青嵐從小到大崇拜的對象也只有一人，而且他喜歡對方喜歡得不得了。

「那個人還是老樣子。」

語氣中帶著喜悅，禁衛軍將軍的視線再度看向馬匹離去的方向。

第十二章 求娶

全國各地的收成消息送到了京城，今年也是大豐收。載著貢品欲向今世王表達感謝之意的馬車牛車絡繹不絕駛向皇城，排成長長隊伍。

——只要今世王在世，雷氏王朝的國土就會綠意盎然。

雷氏王朝的綠土是因為皇族存在。

象徵陽光的金髮，代表藍天的眼睛。

賽雪的肌膚，紅潤的雙脣。

這個太陽之子嬉鬧的雷氏王朝，是神明眷顧的土地。

城門一開，不只是京城居民，來自地方郡縣的百姓也蜂擁而入；洶湧的人潮活絡了市集，客棧全都住滿，有更多人在城牆外搭著帳篷露宿。

詩人們賦詩寫詞，戲子們載歌載舞。

除了境內的百姓之外，雷氏王朝的友邦、有派駐使節的各國，也送了載滿寶物的馬車前往京城。

原本就裝得滿滿的雷氏王朝糧倉，今年更是誇張。

年輕的今世王不只是收成拿來庫藏，糧倉裝不下的也會分給周邊的游牧民族。

那些游牧民族粗魯又血氣方剛，一旦缺糧，就會襲擊富庶雷氏王朝的邊境村落，掠奪食糧和家畜，再退回草原上。

掠奪的次數太多，今世王終於派兵前往，但也只是展現軍力。他派出使節表示，既然人民在挨餓，本國願意贈送糧食，只要對方別再騷擾本國百姓。萬一對方不接受這項條件，駐守的大軍當然就會立刻大舉進攻。

最後原是馬賊的游牧民族族長，接受了這項和談條件。

＊

百姓把綠土給予的豐收米糧獻給今世王。

今世王穿著龍袍，獨自一人站在堆在太廟那些來自各地的收成前拈香，看著細細的煙霧升上飛簷，並以古雷族語朗誦出只傳給王位繼承者的吟詠祭文；那是對遠古血親起源的祝禱。

他們原本住在樂園裡。

最終還是離開了。

沒有帶走任何東西，赤身裸體。

他們在樂園外遭到獵捕，人數銳減。

碩果僅存的他們只相信自己的同伴，他們彼此照應，相親相愛，最後血親成婚，誕生出一個個擁有異能的孩子。

成為異能一族的他們只是四處漂泊。

他們在無人的土地上豐收，在清流裡洗滌，躲避爭執，歌唱嬉戲，四處漂泊。

他們走過的土地最終成為綠土，可是一旦他們離去，綠土就會恢復原本的貧瘠。

皮膚白皙、金髮藍眼的他們，隨心所欲漂泊了好久好久，最後聚在一塊兒孕育出愛。

他們的眼裡只有彼此，他們愛著自己的血親，有人死去就會吟唱輓歌。

一代又一代堆疊下來的愛，日積月累逐漸加深，更進一步強化了他們的異能，使他們的壽命比一般人更長。最後，某邊境貧瘠之地上瀕死的人們向他們苦苦哀求。

請把我們的土地變成綠土——這是他們的願望。

把他們的土地變成綠土——這是異能一族與他們的約定。

＊

在御前草特使出發後，太醫們仍持續對足弱施以止痛藥草，好不容易才緩解了他的腳痛。期間，朝霧從造林團裡消失，改由名叫夕立的老人出來指揮。

足弱在總管、內侍長、夕立等人的建議下，退居負責監督造林工作，減少上下山的奔波。山腳下擺著書案，書案上放著紙和筆記本，足弱在這裡聽取指示和報告。他的側臉帶著些許落寞，乖巧地坐在椅子上，望著禿山上細軟綠樹苗生長的模樣發呆。

他偶而會去皇城與霍上洲見面。他把造林進度告訴對方，小個子霍上洲忍不住搖了搖戴冠的白頭，說：「老夫真想親眼瞧瞧。」足弱表示自己也很想帶著他親自去一趟，可是無法取得讓霍上洲進入綠園殿的許可。

「希望有朝一日能夠與霍長史一同去宮外的山裡走走。」

「殿下，莫要折煞老夫了，不過若能成真，將是老夫這輩子最大的榮幸。」

舉行祈求國泰民安，感謝五穀豐收的「新嘗祭」那天，正好也要慶祝今世王的生辰。

今世王將站在皇城的上方，允許城下百姓瞻仰。

這項活動以往都是在太陽升到最高點的時辰進行，但這次因為傳說中的庶兄也將伴駕登場，因此照著今世王的意思，改成晚上舉辦。

今世王頭戴金銀珠寶打造的冠，穿著鑲滿珍珠的明黃色龍袍，腰掛佩劍；淺藍色的腰帶象徵河川，有成群白天鵝悠遊；帶扣是特殊造型的象牙雕刻。

在燈火通明的皇城偏殿裡，今世王的姿態宛如一幅畫，是夕陽西沉的大地上唯一的太陽。

在灰衣衛、內侍、宰相為首的六卿等待下，姍姍來遲的足弱也走進偏殿。

「哥哥——」

今世王離開窗邊，起身迎接現身門口的足弱。

「抱歉，我來晚了……」

「沒關係，反正少了哥哥也不會開始。」

足弱被白皙玉手握著手，拄著拐杖慢吞吞走進來。

他頭戴鑲有紅綠寶石的冠，身穿皇族服飾，衣服的圖案是結著紅色果實、長在黃土上滿是綠葉的樹。服裝使用大量的黃色，腰帶是一條銀色綁繩，帶扣是珍珠與貝殼構成。兩人都穿著長外袍，長到拖曳在地上。

拖著這種衣襬走路就必須小心翼翼，足弱走得很彆扭。今世王拉著右手持拐杖的足弱的左手，走出偏殿。

「哥哥，你穿這一身真好看。」

「大家只會注意到耀眼的寶石，不會有人留意到我的。」

「不管哥哥身上有多少珍珠美玉，我最愛的還是什麼都不穿的哥哥。」

「那、那是……」

「沒錯吧，只有我吧。」

今世王與足弱十指交扣。

「否則我就慘了。要是有其他人也留意到哥哥，我該怎麼辦？」

走在迴廊上的今世王一行人面前，大門朝左右敞開。

可聽見竊竊私語聲。

「假如情敵是其他血親，我會堂堂正正與對方決鬥。不是血親的人就沒有必要放在眼裡，直接除掉了事。」

今世王面向正面這樣說完，牽起足弱的手走過那道門。

竊竊私語聲立刻變成較大的騷動聲，今世王一現身在點著大量篝火的城牆上，群眾立刻群起歡呼。

頭頂是滿天星斗。

在這片星空底下，這座讓人以為是繁星聚集的金碧輝煌建築，就是這片綠土的皇城。

在篝火照耀下看起來更加不真實的今世王，站在皇城上展露威儀。

群聚在此的京城居民與國內百姓之中，也只有站在最前頭的人勉強看得到今世王的玉容。若是白天，就能夠看得更清楚，夜晚只能看到他佇立在篝火旁的金光閃耀姿態。

嘩嘩——

地鳴般的歡呼聲一層又一層向外擴展。

今世王身旁站了一個人，而且王牽著那人的手。

雖然看得不是很清楚，不過可以確定那人的頭髮是黑色，輪廓長相就無法看清了。他站在今世王身旁，而且穿著黃色衣服。

（是皇族！）

（是那位庶兄。）

（原來如此，那位就是——）

（太好了！）

（陛下萬歲！）

（殿下千歲！）

嘩嘩——

歡呼聲再度四起蔓延。

今世王舉起一隻手。

皇城立刻響起撞鐘聲。

「今世王陛下——萬歲萬歲萬萬歲！」

百姓們連呼萬歲——現場摩肩接踵，根本沒人能夠跪地磕頭，只好口頭上祝賀天子壽誕，讚頌他的偉大。

今世王跟百姓之間有段距離，因此他沒有說話，只是揮揮手，在城牆上移動，讓圍繞皇城四周的百姓都能夠看見他。

入夜後起了風，火炬也頻頻搖曳，火星四濺，隨風飛遠。冠飾時不時地發出碰撞聲響。

「哥哥，你不冷嗎？」

「不冷，我穿很多。我反而擔心底下的百姓會冷。」

「待會兒會開倉發酒，再說他們擠成那樣，應該不會冷吧。」

今世王笑著說。

「哥哥，你過來這邊。」

手被牽著的足弱只好跟著過去，那是他們一開始站的地方。

「你看，很美吧？」

地上也亮起許多星星，不輸給天上的星辰。

「真的呢……」

「山上固然好，不過京城也不差吧，哥哥……」

足弱在令人耳鳴的歡呼聲中，一邊豎起耳朵仔細聽今世王說話，一邊俯瞰城郊，接著靜靜點頭。

「嗯。」

「哥哥，要不要和我成親呢？」

今世王這語氣彷彿在說月亮很漂亮似的，害得足弱差點就順口應好，幸虧他及時把話咬住。

足弱眨了眨眼，看著金髮在夜風中搖曳的今世王。

「我愛你，我希望哥哥能正式成為我的另一半。就算出現新的血親，就算我們有孩子，我的愛也只屬於哥哥你。我不會去愛其他人，我的心也不會改變。哥哥，我愛你。」

足弱不知道該說什麼，只是看著今世王。於是這位百姓稱為太陽化身的尊貴天人靠向足弱，摟住他的肩膀送上一吻。

底下立刻歡聲雷動。

足弱獨自離開皇城，回到綠園殿更衣。

今世王必須留在皇城向各國來訪的使節致意，並出席宴會接待上卿們。

足弱走進自己在宮殿的房間而不是小屋，坐在長榻上。他知道自己整張臉都紅了。

（他、他、他說成親……）

他擰眉，欲哭無淚。

足弱的倫常道德觀在叫囂著：

（不能接受！不可以！於禮不合！）

足弱的心情上十分驚慌失措：

（他現在是要我怎樣？）

（拜託別再添亂了……我已經、極限了……）

今世王的愛情，足弱以自己的方式接納，交付了身子，接受他的慾望，允許他的求歡。足弱想要回到山裡去的小小心願，也因為今世王「不想一個人」的要求而暫且作罷。

他認為自己已經盡力接納適應這種，在他成長環境中不曾想過的生活，然而……

（在、在我心裡深處，我仍然懷疑自己並非皇族……）

年紀比自己小的年輕男子，而且是這個國家的帝王，向自己求親……

足弱幾乎就要暈過去，甚至有了這種念頭：

（不要！夠了！別再逼我！）

「雷霰今晚會回來綠園殿嗎？」

足弱壓抑並藏起自己的情緒，問內侍長。命原本正微笑凝視著足弱在露天瞻仰上戴的冠，順勢就帶著笑看向足弱。

「陛下恐怕很晚才會回來，不過應該會過來。」

「我有一點事情想跟他說。」

「陛下應該會過來殿下的房裡。」

「是麼……」

反正今晚不行也還有明天。足弱這麼一想，就前往浴殿沐浴，換上寢衣上床就寢。

到了深夜不曉得是什麼時辰。

足弱察覺到口腔裡有濕熱的軟物入侵。

「呼……嗯、呼……」

他想移動身子，卻有一條手臂強勢地環住他的背。某人的灼熱肌膚與他的肌膚相貼。

「嗯？嗯嗯唔……呼、雷……雷霰？」

「我回來了，哥哥。」

黑暗中，全裸的今世王脫去沉睡中的足弱身上的寢衣，壓著他的身子。入侵口腔的舌頭順著脖子舔到耳後，吸吮留下吻痕。

「哥哥……哥哥……」

「啊、我、我……雷霰……唔！」

他想起自己在睡前原本有話要說，今世王卻只顧著愛撫他的身軀。

「雷霰，慢著。」

「啊啊——哥哥……我想要這樣想很久了……」

「啊！……不、不行、不……啊、啊！」

被挑逗被舔弄，足弱縮起身子雙臂交抱在胸前，想要背對今世王。今世王從身後抱住他，手指鑽進他交抱的雙臂，想要觸摸他遮掩的乳尖。

「住、手！」

「哥哥，我好愛你。」

「既、既然多了一歲，你就應該要、乖一點……！」

「請哥哥讓我乖。」

足弱的大腿被拉開，手滑入腿間。

「我想要快點……快點進入哥哥的裡面。」

「雷霰、啊啊……雷霰！」

「哥哥，把腿張開保持不動。」

足弱趴著張開雙腿，臉埋進枕頭裡。

芳香油的香氣四溢，他感覺到溫熱黏膩的液體在腿間蔓開。潤滑過的手指探進穴口。

「唔……！」

「放鬆。」

聞言，足弱呼呼吐著氣，腰卻自動扭了起來。

「哥哥，別動。」

足弱咬住枕頭，塞住嘴巴，避免自己哭喊出聲。

「嗯！嗯嗯！」

濕滑的手指握住足弱閒置在一旁下垂的分身，上下套弄。

「嗯嗯！嗯！……嗯、呼、啊啊！」

他捲起腳趾承受著從下身衝上腦門的快感，渾身抖個不停，沾滿芳香油的手掌帶來的刺激令他渾然忘我。

「啊！啊！啊！」

腦子就快要一片空白。

「嗯——噫、啊——啊……不要、啊！快停手啊啊啊！」

足弱的命根子被人緊緊握住，已經擴張好的菊穴同時吞沒了今世王的硬挺。

「不要、住手、停！不要、我……先！」

足弱整個人從背後被貫穿，激昂到快要噴發的那話兒在對方手裡。他放聲大叫。

「哥哥，啊啊！」

「雷霰、為、什唔！」

「啊啊……好、棒……唔！」

「雷霰、放手、啊、啊、放手、啊！」

後庭被大力進出著，足弱無法繼續抱怨，就這樣被人晃著腰撐開到深處。

「啊啊果然、好棒……嗯……」

灼人的液體噴灑在體內深處，足弱的手臂泛起雞皮疙瘩，一邊咳嗽一邊粗喘著。

呼吸同樣紊亂的今世王抱緊足弱潮紅的身軀，射精後在體內換個方向。

「唔唔——」

足弱在蹙眉隱忍他也不發現，明明才剛射精，今世王又讓對方汗濕的肌膚緊貼著自己，直起上半身盤腿而坐。

「啊啊！」

身子跟著被帶著坐起、被插入更深處的足弱跳起身想要逃離，今世王的手臂卻如銅牆鐵壁，更加禁錮著他。

「放、手……！」

「為、什麼？哥哥，你聽。」

交合處發出咕啾摩擦聲，足弱被往下壓坐得更深。

「噫啊、啊啊啊啊！」

足弱以坐姿被貫穿，本來快要噴發又被阻止的那話兒立刻射出精液。

「啊啊，哥哥，我原本是不打算今晚太縱慾的。」

身子和腦袋灘成一汪水的足弱，沒聽進今世王的話。

「哥哥……」

從背後環抱上來的手臂上有健美的肌肉，因汗水而閃耀水光。在耳邊傾訴的嗓音如珠玉般清脆低沉，炙熱甘甜，讓聽者無不醉心其中。

「今晚……我就不讓你睡了……好嗎？」

充滿情慾的嗓音敲打著足弱的耳朵。

一如今世王所言，足弱被他吃了又吃，直到天亮，因此第二天睡到正午過後才醒來。

（唔、我的手……）

他想爬到床邊，卻發現自己的手臂使不上力。

（啊啊啊，我還以為自己要死了。）

昨晚今世王的攻勢比平時更凶猛，足弱只有逆來順受的份，最後還哭了出來。

許是落淚的足弱反而更動人吧，今世王把足弱的雙腿張得更開，再次將慾根擠進腿間，對著足弱虛軟無力的身體訴說著愛語，熱烈又貪婪地求歡。

大概是注意到床上的人醒了，內侍溫掀開床幔探頭進來。

「殿下，您醒了嗎？」

見足弱點頭，他露出微笑，卻見足弱沒有半點下床的意思，表情從微笑轉為錯愕。

足弱從被子底下伸出手。

「請、扶我一把……」

他以低沉沙啞的嗓音說。或許是明白了原因，除了溫之外，星也跟著現身，兩人合力扶起足弱。

「您還是再躺一會兒吧。」

聽到內侍這麼說，足弱點點頭，手擺在肚子上。

「肚子……」

「要去淨房嗎？」

他點頭。

「要用膳嗎？」

他又點頭。

原本趴在星的背上讓他背著走的足弱，就這樣再度睡去。

第十三章　天子出巡

在新嘗祭那晚狠狠翻雲覆雨一番之後，足弱第二天一整天都直不起腰，又過了一天，他就前往正在造林的禿山巡視。

造林作業差不多已經完成，從領地調來那群人也帶著笑容離開。在他們離開之前，足弱把事前訂購的蜜豆沙發給他們，慰勞他們的辛勞。「哦哦！這是！」來自領地的灰色狼們因此非常激動。剩下的澆水工作，就由負責維護御花園的灰色狼們幫忙。

接下來要外出巡幸，這段期間無法觀察這座山的變化，實在可惜。他本想為了即將到來的冬天做好保護樹苗的準備，但他也不知道何時才會結束巡幸回來，因此這些事情也只好交給灰色狼們去辦。

（說我不想去巡幸——他應該不會准吧……不然跟他打個商量，讓我晚一點再跟上？）

足弱在筆記本裡東寫西寫，心裡同時在想著這些。

今世王的腿上擺著直笛；太陽下山後，他們兩人就會拿起樂器演奏。

足弱不曾想過自己能夠演奏出音樂，但今世王把樂器遞給他，熱切地指導他吹奏方式。當足弱對著笛子吹氣發出聲響時，他雀躍驚喜得差點落淚。

每當今世王教他樂器，他都會因為難以置信而感動。

（我、也能夠、奏出音、樂……）

自己上京之前，原本都不曉得有音樂的存在。

——人類居然能夠創造出如此美好的事物。

指導告一段落時，足弱把早上想到的事情告訴今世王。

「你可以先出發去巡幸，我晚一點再追上……」

此行還要順便去祭拜母親的墳墓，所以他又想了想，沒有一起走好像也不行。

今世王背對著窗外的篝火，朝足弱微笑說：

「哥哥，你就暫且擱下禿山的造林工作吧。剩下的人會自己看著辦的。」

感覺到他的笑容裡有著不容忤逆的堅決，足弱只好點頭。

看到兄長沉默點頭，沒有反駁，今世王龍心大悅，從窗邊的椅子站起，改坐到足弱坐的羅漢椅上，手疊在他拿直笛的手上，把臉湊近。

「明日就要出發……能夠有你同行，我很高興，哥哥。」

「我，什麼都，沒準備。」

「內侍已經備妥了，哥哥只要人來就好，只要這個身體來就好……」

說完，今世王吻上足弱的臉頰，摟住他的肩膀。

「雷霰，之前那件事的回答……」

雙唇吻遍足弱的脖頸，足弱覺得癢所以縮起脖子。

「之前哪件事？」

「就是、成親……」

話還沒說完，今世王的嘴脣放開足弱的脖子，重新端正坐好，與足弱面對面。

在藍眼睛直勾勾的注視下，足弱嚥了嚥口水。

「成親……恕我拒絕……」

「因為我們都是男人嗎？」

「雷霞……」

「你討厭我嗎？」

足弱搖頭。今世王伸出雙手抱緊足弱。

「或許是我太早提成親……我心悅於你，我愛著你。成親一事就先暫緩，以後再說吧，就當作是對未來的期待……」

看來拒婚沒有讓今世王不愉快。足弱暗自鬆了一口氣。

接下來他的嘴脣被吻住，對方的舌頭鑽過齒縫鑽進口腔，足弱的舌頭被挑逗著，衣服也被掀亂，身上也被逗弄。足弱推開今世王的手。

「雷霞、那個……上次的、那個……那次、做到天亮、太過分了。」

他一手抓住凌亂的衣襟，看著今世王。

嘴脣泛紅濕潤的今世王緩緩以舌尖舔過對方的脣，接著像是現在才反應過來，看向足弱，露出不解的表情。

「嗯……哥哥是在說我生辰那晚的事情嗎？那晚……哥哥好棒。我想要讓哥哥比平常陪我更久一點，所以盡可能讓哥哥忍著、不讓哥哥解放，不然你的身體會很難受。」

或許是想起那一夜，今世王的眼角摻著情慾，對足弱魅笑。

足弱也注意到自己的臉頰瞬間發燙。

正想挪開身子，膝蓋就被抓住。

「哥哥的身體真的是……把我整個吞沒，硬是不肯放開呢，還記得嗎？」

「你、在說什麼……那是你……」

足弱躲開伸過來的胳膊，按住要解開他帶扣的手。

「我怎麼了？」

「你、你、一直、在、在我裡面……」

「原來如此……真的嗎？哥哥是要我的那個進入你的那兒……」

今世王一邊這麼說一邊前傾上半身，舔過足弱的下顎，在臉頰落下親吻。

「進到深處……不要拔出來、嗎？」

鬆開足弱胳膊的手，鑽進外袍底下，滑進腿間，手指隔著褻衣劃過臀縫。

「雷、雷霰……！」

足弱被推倒在羅漢椅上，想要從分開他雙腿壓上來的身軀底下逃開。

「你要、在這裡、做那麼過分的事？」

足弱奮力掙扎。

從他的下身竄上來一陣類似寒意般的酥麻。

足弱感覺眼前的景物逐漸扭曲，彷彿自己已經被那根滾燙粗長強行插入。他抓著今世王的衣服。

「是這裡吧，哥哥……」

「你、你明明、知道、還問我……唔！」

今世王低聲笑了笑，把灼熱氣息吐在他的脖子上，接著紅潤雙脣就覆上足弱的脣。

＊

今世王在吹奏樂器時把足弱推倒，接著抱進寢房。內侍們也跟上。其他內侍目送他們離開後，開始收拾樂器，放進巡幸的行李中。

今世王的服飾用品等行李，老早就整理好。足弱的服裝是他進宮後今世王下令縫製，以及從皇族遺物中挑選的。

足弱的體型與皇族相同，選項也很多。負責衣物的內侍們無比興奮地前往庫房，打著燭火挑選討論到三更半夜。

他們也選了足弱喜歡的配色與圖案簡素的衣服；只是熱愛華服的皇族持有的衣物中，很少有足弱喜愛的風格。

「寢衣和寢具就按照新婚規格準備。」

「知道。已經準備很多了。穿過的衣物可以洗過再穿，不會不夠。」

「還有安樂翠呢？那個更重要。」

「已經準備了兩箱。」

「那樣夠用嗎？」

有人發出呻吟。

「可能不夠用……」

「明日清晨就要出發，陛下卻把殿下帶進寢房……」

「顯然陛下很疼寵殿下。」

「安樂翠的庫存呢？」

「那，準備三箱吧。要是不夠，反正巡幸正好會去南郡，就在當地調貨，總會有辦法的。」

「別忘了還有回程啊！」

內侍們有好多事情得擔心。

＊

第二天一早的黎明時刻，巨大的鑾駕在前後左右有灰色鎧甲騎兵與步兵的隨扈下，從皇城大門出發。

伴隨鑾駕出巡的馬車與行李馬車就有四百輛。

象徵今世王存在的黃龍旗翻飛著。

那面四方形黃龍旗的上半部是青色，下半部是綠色，中央是金黃色太陽，太陽外側有十個小太陽。

一般旗幟中央的太陽是白色，也沒有外側的十個小太陽。

黃龍旗四邊有帶來喜訊的報吉鳥的銀白色羽毛圈著。

今世王的天子儀仗從京城出發，京城百姓全都趴在地上叩首夾道恭送。

鑭城的主人外出旅行了。

這次巡幸距離上一次的天子出巡，已經時隔有四十年。

＊

出發前一夜被今世王蹂躪的足弱，早晨出發時十分不好受。沒能夠睡飽，所以腳站不起來；他努力讓自己睜開眼睛，身體卻覺得愈來愈不舒服。這些都讓足弱覺得自己很可悲。

在打磨光亮的青銅鏡前看到自己的身影，他還在想，這個人是誰。他比平常更認不出鏡子裡的人影。眼睛看向一旁，只感受到綢緞衣袍穿起來很不舒服的觸感。

「殿下，該出發了。」

聽到內侍長這麼說，他點頭，抓住對方遞來的拐杖。

「殿下，只要上了鑾駕，您就能躺下了，不需要宣讀出發詔令等等。」

聽到這番話，足弱的心情轉好了幾分。然儘管如此，他還是垂著腦袋，有些駝背，拄著拐杖站起，在內侍長的攙扶下走出房間，來到迴廊上。

早晨的冷空氣迎面撲來，他的身體不適因為那股清爽空氣好了一些。足弱抬起頭，冠飾發出碰撞聲。朱紅色飛簷、紅柱白牆……這一切靜靜佇立在晨間的霧靄之中。

他想起禿山，嘆了一口氣。明明是那麼放不下……他這麼想著，卻也沒有解決方法。

內侍們在左右兩側扶著足弱搖搖晃晃的雙臂，從迴廊走過橋樑，穿過宮門，來到皇城，繼續在長廊上往前走。

足弱湧上一股吐意。想睡卻無法睡覺的人似乎就是會想吐。他隱忍不住，倒在左側的星身上。冠飾發出喀啦喀啦的聲響。

「殿下？」

「我……不行了……」

他還來不及說「留下我，你們自己去吧」，拐杖就從手中掉落，落在地上碰出聲響。足弱靠著星閉上雙眼。

有人在他身後從他的兩邊腋下架起他，其他幾個人伸手抓住他，避免他撞地。

「好想睡……對不起，我撐不住了……」

閉上雙眼的足弱勉強開口道歉後，就失去意識。

＊

青嵐以雙手抱起足弱。

足弱是成年男人，而且身高算很高，所以體重絕對不輕。

（這位就是……雷風殿下嗎？）

帶著緊張與興奮的心情抱起足弱的雙臂泛起一陣顫慄。

（如果告訴朝霧大人我抱過殿下，朝霧大人會有什麼反應呢？）

他這麼想著，在心裡賊笑。

想必會很後悔吧？可能會揍我吧？

沉甸甸的重量落在他粗壯的雙臂上。他曾經多次見過今世王抱起足弱，但事實上絕對沒有看起來那麼輕鬆。儘管如此，在旁人眼裡看來，青嵐抱著足弱的樣子也很輕而易舉。

青嵐把灰衣衛將軍別有紅長穗的頭盔交給屬下拿著。他全身穿著將軍專屬的灰色鎧甲，背後是灰色披風，腳踩軍靴，腰上掛著佩劍，以這種打扮攔腰抱著足弱。

第一眼看到足弱時，青嵐就覺得對方的臉色很差。內侍長有告訴他原因，不過在足弱雙眼一閉陷入沉睡的此刻，他的臉色還是很難看。

青嵐聽到靠在自己肩膀上那顆腦袋發出寶石與銀飾碰撞的聲響。來到皇城的晴天廣場之後，那頂冠上的寶石反射晨光，更讓青嵐覺得刺眼。

擁有豐盈長捲黑髮的青嵐，皺著眉頭往前走。

已經可以看到巨大到勉強能夠通過城門的鑾駕。

那座有兩層樓高又有平臺蓋頂的鑾駕，是皇族巡幸期間的住所。由二十二匹馬拉車，而且那些不是普通的馬，是從名馬產地東佛郡特別挑選送來的馬匹，才能夠只要二十二匹就拉得動巨型馬車。

鑾駕的車輿也不只是木造，有考慮到輕量，而且車輿壁全都上了黑漆，每個角落還以細緻的黃金妝點。

巡幸鑾駕前面，可看到那位金髮帝王的身影。

他看到將軍和他懷中的人兒，沒有流露半點訝異，只朝青嵐點了點頭，就以眼神示意青嵐把人送進開著門的鑾駕裡。

青嵐就這樣走上又短又陡的梯子，來到二樓的寢房。天花板看起來很矮的鑾駕裡面竟是想不到的寬敞豪華。他讓足弱躺進錦被裡，跟在他身後的內侍們立刻摘下足弱頭上的冠，鬆開衣領，替他脫鞋。

（反正都要睡，剛才就應該讓他直接穿著寢衣來……）

要把人帶到皇城來，就算清場，還是會有其他人看到，所以——不行，今世王不願兄長穿著寢衣的模樣讓別人瞧見。

青嵐離開鑾駕，在今世王跟前跪下。

「哥哥如何了？」

「已經入睡。」

「有勞將軍了。」

「不會，能抱著殿下尊貴的身子上車，是卑職的榮幸。」

一大早，他離開陛下跟前時，得到的命令是——看著殿下平安搭上鑾駕。

「朕很想親自抱他上車，但是還得跟群臣寒暄問候，不便離開。哥哥應該沒辦法自己走到鑾駕，只能託付給將軍了。」

「卑職領命。」

事實上他反而很高興有機會靠近足弱。

灰衣衛與內侍不同，任務是負責保護皇族，所以沒機會與皇族人說話，也無法接觸他們。當然有時會為了保護他們而抓住他們的手或胳膊，不過犧牲性命的場合還是比較多。

今世王具備皇族人典型的金髮藍眼特徵，足弱與他不同，足弱跟一般百姓一樣是黑髮黑眸，但他仍是毋庸置疑的皇族人。

是灰色狼全族一直以來追隨的、唯二的皇族其中一位。

也是那位朝霧苦苦尋找多年的皇族人。

青嵐將他攔腰抱起，聞到他的肌膚散發芳香。

那香氣瞬間騷動鼻腔，充滿胸口。

那是皇族成員行房時使用的芳香油香味，也是芳香油原料安樂翠的花香味。

安樂翠的花本身也具有消毒效果，而芳香油裡充滿這種花。

那股香氣很濃郁，看樣子昨夜大概用了不少。散發香味的脖子上有明顯的瘀青吻痕，嘴唇也仍然有點紅腫。

至於長相，這麼說很失禮，總之就是很平凡。

他沒有純血皇族人那種瞬間吸引目光的美貌，也沒有彷彿蒙上水霧般的藍眼睛，更沒有讓人想要一親芳澤的紅唇。

他的容貌就跟一般老百姓差不多，平凡到混入人群也認不出來。

但是，普天下能夠得到今世王寵愛的成年男人，也就只有正在青嵐懷中沉睡這位了。

「陛下，差不多該上路了。」

「好。旅途中就有勞你了。」

「是。」

目送今世王搭上鑾駕後，灰衣衛將軍也戴上紅長穗的頭盔翻身上馬，舉起一隻手發號施令。

「啟程！」

＊

足弱感覺到溫暖的手，意識逐漸清醒。

他知道自己翻向右邊睡著。他感覺到綢緞光滑的觸感。

（我在龍床上嗎？）

足弱眨了眨眼睛後睜眼，就看到白色床單。

「哥哥，你醒了嗎？」

原本撫摸他頭髮的手伸向他的臉頰，在他耳邊說話。

「身體覺得如何？」

「好像還在不舒服……搖搖晃晃的。」

就聽到一陣輕笑聲。

「那很好。搖晃很正常，這裡是鑾駕上。」

足弱翻身仰躺，抬眼看向今世王的藍眼睛，接著坐起身，發現自己在陌生房間裡。

「鑾駕……」

「我們已經啟程上路了。今晚會在京城近郊的郡城過夜。」

今世王坐在床上，摟著足弱的肩膀。足弱盯著他的臉看，摸了摸自己的胸口，發現自己只穿著一件褻衣。

今天早上的事情全是一場夢嗎？

「我、本來、穿著華服……」

「你看起來睡得很痛苦，內侍就替你脫掉了。」

所以，那個在清晨霧靄中的宮殿、長廊，還有身體不舒服，都是實際發生過的事情。

「我、也跟著一起出發了？」

「當然，我怎麼可能留下哥哥離開。」

「雷霰……」

足弱舔了舔嘴唇，吐出一口氣，輕喚他的名字。

明知道今天一大早就要啟程，為什麼昨晚要那樣折騰我？求歡時，為什麼不能多體貼一點我的狀態？

「哥哥，對不住，全都是我不好。」

足弱心想，沒錯，是你的錯，卻因為對方先開口道歉了，也不好再多說什麼。

昨晚他被帶進寢房、放在龍床上之後，身子被迫敞開，在差點被芳香油香氣嗆到的狀態下，被狠狠貫穿，被迫射精。

他下體流著芳香油和今世王的白濁，暫且逃離後，又立刻被抓回龍床上，再度被肏幹到呻吟。

只要他好好熟睡一場，幾乎都能夠消除疲憊無力，但他卻一直覺得被插入的地方怪怪的。

足弱回想起昨晚的事，面紅耳赤低下頭。

「我、我想看看外面。」

「好啊。但是我不允許你只穿著褻衣。」

說完，足弱從今世王手中交到內侍手上。

內侍替他淨面更衣後，足弱半彎著腰移動，擔心撞到車輿頂，來到窗邊的羅漢椅坐下後轉身，將原本關上的車窗輕輕往旁邊拉開。

他開了一條縫，以一隻眼睛偷窺著外頭。

首先看到的是灰色騎兵隊伍。騎兵前側是跟隨馬車步行的內侍們。騎兵的鎧甲、長槍、旗幟那頭，是平原和連綿的遠山。

逐漸下沉的那個是夕陽。

又紅又大的太陽。

「已、已經是傍晚了嗎……」

足弱轉回頭，就看到今世王臉上帶著歉意說：

「哥哥，別失望，巡幸路途還很長。昨晚在宮裡那樣不節制，也是因為我想到自己暫時無法抱你，就想說先多做一點存著，一不留神就……呃，下、下次我會節制些。」

「雷霰！」

他大聲怒吼，窗外的騎兵們齊唰唰地仰頭望向這邊。足弱連忙把車窗關上。

他走到忍不住站起來的今世王旁邊，抓住他在胸前慌亂擺動的手搖晃。

「你、你要把我當成女人抱，就應該負起責任，多為我著想，不是嗎？」

「說、說得沒錯，我真是失格的丈夫。」

「沒錯！你沒有多注意的話，我該怎麼辦？你、你要抱我可以，可是，應該要稍微為我設想……」

今世王的話中摻入陌生的詞彙，足弱也沒多注意，只顧著抱怨。

「對不起，哥哥，我會很珍惜很珍惜你。」

「我、我知道你很珍惜我，可是，那是……」

「是的，對不住。」

「你或許很擅長床笫之歡，但我……」

「哥哥也很棒。」

「我、什麼都不懂……」

「別擔心，你很厲害，真的做得很好。」

足弱不曉得什麼時候已經被今世王抱進懷裡。今世王親吻他低下頭的太陽穴。原本在對今世王抗議的足弱，因為性愛技巧得到稱讚，不禁覺得自己的努力值得了。

「那，就算了……我口渴，肚子也餓了。」

「那麼我們下樓吧。晚一點會在郡城用晚膳，先吃點小東西墊墊肚子。」

鑾駕上通往一樓的梯子，斜度幾乎是垂直的。

「哥哥，我先下去，你慢慢來就好。」

足弱先坐在樓梯口，抓著扶手，放下腳，一階一階挪動臀部坐在階梯上往下走。外袍的衣襬也不得不拖在地上。

足弱到了最後一階，等在一旁的今世王將他攔腰抱起放在椅子上。

（上樓時該怎麼辦呢？）

在椅子裡坐定後，足弱望著階梯，心裡這樣想。

進入嘉郡時儘管已經天黑，官道兩旁卻擠滿了人，跪地叩首恭迎黃龍旗飄揚的巡幸鑾駕通過。鑾駕過去後，群眾仍跪在地上目送隊伍走遠。

隊伍通過夾道歡迎的百姓時，有人情不自禁地大喊：「今世王陛下萬歲萬萬歲！」

愈靠近郡守住的郡城附近，群眾人數愈多。鑾駕來到郡守與夫人等候的城門前面暫時停下，讓郡守與夫人上車進城帶路。

郡城的城門高度按照規定必須能夠容納巡幸鑾駕通過，因此這輛巨型馬車勉勉強強過了城門，進入城內。

灰衣衛以外的閒雜人等全都被趕得遠遠之後，足弱才被今世王牽著步下鑾駕。他快速看了一眼頭頂上太陽西沉後的夜空，走在成排篝火與灰衣衛中間，走進號稱全朝最固若金湯的郡城。今世王坐在郡守平常坐的椅子上，足弱的座位則安排在他的右後方。

足弱坐下後，有人在他面前放上一座布簾矮屏風。這布簾的織法可讓足弱看見簾外的景物，但簾外的人無法看見足弱。

足弱伸手滑過布簾，一臉不可思議的表情。

「這是陛下的意思。」

內侍長回話。

「考量到殿下外出方便，陛下認為最好別讓其他人看到您的模樣。」

足弱完全沒有料到是這樣，接著嘴角揚起微笑，對於今世王的體貼感到開心。

聽內侍說，新嘗祭的露天瞻仰往年都是在白天舉行，今年特地挪後到晚上才辦，一方面是今世王想讓足弱看看鑭城美麗的夜景，再方面也是為了保住足弱外出的自由。

他責怪今世王夜晚在床上不知節制，今世王卻是這樣替他著想。

他喝著內侍端來的熱飲，觀察著布簾外面。

他聽到郡守、輔佐行政的郡尉、監督官吏的郡監，以及與一郡治理有關的官員們行禮並報告。接著是郡裡的村長與鄉紳代表行禮並報告。官員與村長、鄉紳們近距離看到平常除非上京前往綠流城，否則無緣覲見的聖顏，反應也比平常更激動。

「承蒙陛下與殿下蒞臨，下官準備了小小宴席，不曉得陛下與殿下是否賞光？」

「皇兄已經累了，所以只有朕會出席。」

「是！陛下願意賞臉，實在是下官的榮幸。」

在一連串的行禮與報告結束後，足弱與退席的今世王一同前往郡守事前得知今世王一行人要留宿而準備的廂房。

「哇，好漂亮的房間……」

「嗯，還可以。」

看慣漂亮東西的今世王沒有太多感嘆，他看到房內的擺飾品想到的只有：「這是和某地進行貿易得到的吧？」方向完全不同。

「哥哥，你就在這裡用膳。你樂意陪我一起赴宴也很好，不過我並不打算久待，所以你就安心待在這裡吧。先去休息也無妨。」

「雷霰，你好辛苦。」

「這不算什麼。我一想到回來能看到哥哥，就會很有精神。」

說完，他把其他事情交給隨侍皇兄的內侍，就帶著隨扈和侍從走出房間。

今世王離開後，足弱嘆了一口氣，突然感覺冠變得很沉重，於是伸手去扶。

「卑職替您拿下來吧，殿下。」

「有勞你了……我可以在用晚膳前先更衣嗎？」

「好的。」

讓人脫下皇族服飾後，他穿著藍色深衣繫上腰帶，套上無袖棉襖。天氣愈來愈冷，他的腳上穿著毛皮製的革履。

這個房間的地上鋪著獸皮，放著保暖用的火爐。

送上的晚膳是這個郡的特產；一方面是這裡跟京城相距不遠，再加上烹調的仍是皇室御廚們，所以沒有出現令人驚豔的膳食。不過膳案上沒出現一堆他不能吃的菜色，反而使足弱鬆了一口氣。

晚膳是口味十分清淡的蔬菜湯、結實纍纍的秋季樹果、深紫色的美麗葡萄。侍膳內侍幫忙把樹果去殼後放入盤中。

「秋天的剋雷實真的很好吃，對吧？」

足弱愉快地說，在場的內侍、侍膳內侍、灰衣衛們也回以微笑。

侍膳內侍和內侍等人同時想到的是——代表秋季風味的剋雷實可是比不上今晚的宴席——瞬間覺得同情，但看到眼前的足弱，光是有可吃的食物就開心的模樣，眾人也打消了出言反駁的念頭。

晚膳後，足弱被人領著前往郡署的浴堂。這兒的水不是綠園殿那種白色溫泉水，聽說是一桶桶加熱成熱水後倒入浴堂使用。

浴堂也比宮裡的浴殿狹窄許多，浴池也只有一個，無法一邊泡澡一邊欣賞外頭風景。

迴廊上、門口、浴堂外都有灰衣衛守著。足弱看到平時在綠園殿浴殿的人。

「你也奉命一起來嗎？」

看到熟悉的臉孔，足弱不自覺這樣問，就看到浴殿灰色狼下跪行禮。

「是，卑職在天子巡幸期間也負責替殿下沐浴。」

「一直以來有勞你了……這麼說來，在這裡出入的人好像都是熟面孔。」

「是的，平常照料殿下起居的人幾乎都來了。」

足弱頓時說不出話來，由著對方幫忙沐浴。

足弱在嘉郡郡城的廂房裡休息，就有一具熱呼呼的身體上床來。

「雷霰？」

「讓你久等了。」

「你回來了。」

仰躺著的足弱，雙脣被今世王吻住。他嚐到了些許酒味。

「用過晚膳了嗎？」

「嗯，剋雷實太好吃了，我吃了很多。」

「那就好。沐浴了嗎？」

「嗯，看到浴堂都是宮裡的人，我嚇了一跳。」

才說完，他就感覺自己的太陽穴被吻了一下。

今世王鑽進錦被裡抱住足弱。

「因為能夠看到、觸摸到哥哥身體的，除了我以外就只有灰色狼……他們了……」

今世王很快就發出酣睡聲。

睡到傍晚才醒來的足弱，此刻睜著炯炯有神的眼睛，手環在今世王背後輕撫。他好一會兒都很清醒，遲遲不想睡，於是打消睡覺念頭，離開今世王的懷抱下床。

他藉著小小的燭光起身，穿上疊在椅子上的棉襖，套上革履，拿著燭臺離開寢房。

「殿下，您要去淨房嗎？」

「哇！」

突然有人出聲，足弱嚇一大跳，就看到是溫拿著燭臺進房來。

「抱歉嚇到您了。」

「沒關係，我以為大家都睡了……」

「怎麼了嗎？」

「我睡不著，想起來走走。」

「這樣啊。那麼卑職去燒火爐、拿毯子過來。」

結果還是讓別人替他忙這忙那，足弱自己只能坐在花廳的羅漢椅上。溫替他備妥了毯子和火爐，以及熱飲。足弱看了一會兒書，與溫說說話打發時間。

「溫，你多大年紀？」

「二十三歲。」

「啊！我本來就覺得你應該很年輕，沒想到真的那麼年輕。」

「卑職要學的地方還很多。」

「我在上京之前不曉得自己的歲數。假如真如他們說的三十六歲，那我比你大上許多呢。你跟雷霰的年紀比較接近。」

兩人就這樣漫無邊際地閒聊著，直到足弱打起呵欠。

「殿下，您差不多該回床上就寢了。」

「好……等我先去淨房。」

「卑職帶路。」

拿著燭火的內侍領頭，列隊守在房門口的灰衣衛其中兩人跟在足弱身後，一行人前往位在迴廊盡頭的淨房。

雖說是與今世王同行的緣故，不過這個隨扈陣仗，比在綠園殿時多了一倍。

足弱獨自進了淨房，忍不住嘆氣。

淨房的小窗能夠看到明亮清晰的月亮。

他沒想過自己居然不是在故鄉的山中小屋，而是在嘉郡這個聽都沒聽過的地方一個房間裡仰望月亮。

（我，為什麼會在這種地方呢……）

因為身旁有個身分是帝王的男人在，自己受到的待遇也十分禮遇，太過禮遇。

（我本來只是個野人啊。）

他原本的生活是同一套衣服連續穿好幾天。

在老頭子離世後，他就放任頭髮亂長，鬍子也多半不會剃，除非要下山。

離開淨房後，他沿著來時路往回走，讓溫送回寢房。

「有勞了，晚安。」

「殿下晚安。」

足弱把燭臺擺在桌上，脫掉外袍和革履，鑽進床上。

或許是冷空氣跟著進來的緣故，今世王動了動。

足弱背對著今世王，盡量不動聲色地躺下。下一秒就有一雙手穿過他的腰與手臂，把他抱緊。

原本冰涼的身體逐漸暖和，連腳趾都發麻。

「哥哥……你好冰……」

今世王以含糊不清的聲音說完，額頭貼著足弱的背磨蹭幾下後，再度墜入夢鄉。

（你好暖啊……）

足弱在心裡回應後，也跟著閉上眼睛。

第二天一早，今世王的巡幸隊伍在郡守、官員、鄉里代表、郡民們的目送中啟程。一般來說，天子巡幸都是在當地待一晚或兩晚，有時也會在鑾駕上過夜。

「陛下如果留宿在郡城，灰衣衛、內侍、下人的所有費用，就全都由該郡支付。」

「不是皇室付錢？」

「陛下願意接受郡的接待、在郡城留宿一晚，已是聖恩浩蕩。地方郡縣平常鮮少有這種機會。這趟南郡巡幸的消息一出，各地郡守紛紛爭先恐後進京上書，希望陛下造訪自己治理的郡。」

足弱騎著馬與灰衣衛將軍並肩說話。

他騎的是黑馬阿爾。馬鞍配合足弱右腿的跛足特別打造成能夠減振。

巡幸順利進行著，轉眼已經過了十天，進入第十二天。足弱對於移動時只能待在鑾駕裡感到無聊，他也去過鑾駕蓋頂的平臺上，但他更想活動身子，於是問今世王自己能否下去走路。

「哥哥如果很想要走走，那倒是無妨，不過比起走路，你要不要考慮騎馬？他們也有把阿爾帶來。」

因為這句話，足弱決定騎馬。

下人們趁著巡幸隊伍暫時停下來用膳的時候，把馬匹牽出來準備好。足弱換上方便騎馬的窄袖衣袍，省得衣袂翻飛，也讓人備了上馬用的凳子，就在今世王的注視下坐上馬鞍，手持轡繩。足弱頭上戴的不是草帽也不是冠，而是有帽檐的馬帽；據說是怕他摔下馬撞破腦袋。

（到、到底是有多愛操心。）

足弱心裡這樣想，但看到以今世王為首的所有人，目光都不像在開玩笑，他只好默默戴上。今世王還叫來灰衣衛將軍騎馬跟著足弱。足弱一聽到，就在馬背上出聲抗議。

「雷霰，將軍不是應該負責巡幸隊伍的安危嗎？怎麼可以讓他陪我騎馬？我不過是要在附近跑跑馬而已。」

「哥哥，我不知道還有誰的馬術比將軍好，有他跟著我才敢讓你騎馬離開隊伍。隊伍可以由我負責。你如果再有意見，我就要跟著你一起去了，到時候巡幸隊伍的半數灰衣衛也會跟著一起去。」

在灰衣衛將軍也開口緩頰下，足弱才肯答應。

跟著足弱的不是只有將軍一人，而是一整支小隊。那一小隊灰衣衛圍著他，奔向巡幸隊伍一段距離外的草原。

那兒沒有半個人，足弱看著秋天紅葉染紅的森林看到失神。

「隨著我們一路南下，南方的葉子也會逐漸轉紅。一整片看起來很漂亮。」

「啊，真好，好舒暢。」

在太陽下流著薄汗的足弱，享受著登高望遠的景緻，以及馬兒的躍動。

「阿爾，妳真乖。」

每次停下馬，足弱就會拍拍馬脖子獎勵牠。

隨扈的灰衣衛們注意著四周，同時也因有機會跟著足弱外出而高興。

足弱問起他們的名字，他對於皇族替灰色狼們取的名字充滿好奇。

「卑職是誓。」

「卑職是若水。」

「卑職是照葉。」

「卑職是止木。」

「木立。」

「在下是飛沫。」

自報名字時，灰衣衛們都面帶笑容。

有機會與皇族人騎馬遠遊是十二年來第一次。在皇族只剩下今世王一人時，他失去了生命力，不再碰曾經喜愛的騎馬和搭船遊湖，也不再彈奏瑟。

直到找到庶兄並帶進宮之後，他才又重拾十二年前愛做的那些事情。

搭船遊湖、彈瑟、訂購芳香油、拿出原本沉睡在庫房的服飾與遺物、重現以往在御花園處處都會窺見的交歡行為。還有馬。

來。

可以確定足弱的到來，不僅今世王的心重新跳動，連綠園殿原本僵滯不動的空氣也再度流動起

足弱騎著馬，與跟隨巡幸的將軍並肩說話。他們聊到足弱好奇的花費問題。

「雷氏王朝的百姓最尊崇的就是皇族了。今世王留宿過的郡城、坐過的椅子、享用過哪個郡出產的酒或特產，不僅是該郡的驕傲，甚至可以吸引其他郡前來進行商業貿易。那些提供我們的住宿所花掉的錢，很快就會全數賺回來了。」

騎著馬的灰衣衛將軍，飛揚著鬃毛般的黑髮，黑亮眸子裡帶著笑意，對足弱說明。

「巡幸是穩定民心的例行活動，陛下走訪各地也有助於活化當地發展。再說，我們國家如此豐饒，讓各郡付錢也算不上是掠奪百姓財產。不只是皇室和國庫，各郡的糧倉裡也是滿坑滿谷的糧食與財物。」

「有那麼……誇張嗎？」

「大家更擔心的反而是怕那些糧食放到腐壞。殿下，這個國家有皇族人千年來的德治善政，在其他國家眼裡，我朝簡直就是極樂淨土。」

此時一陣風吹過，吹起了轉紅的落葉。

「那，如果皇族不存在了該怎麼辦？」

足弱拉著乖巧母馬的轠繩轉頭看旁邊，只見沒戴頭盔的將軍，目光沉沉地望著群山。

「將會有愈來愈多土地失去皇族力量庇佑，百姓也將無法再像現在這般豐衣足食，或許還會遭受其他國家入侵吧。可是，這也沒辦法，皇族與百姓的約定只限皇族人在世時。問題在於，這片皇土上的老百姓和我們，都無法幫助皇族人避開『致命疾病』。我們是受皇族庇護才得以免除飢荒與

災厄，可是當皇族人面對無解災禍時，我們卻無法幫助他們預防。得知只剩下最後一位皇族時，百姓感到絕望，我則認為這都是我們自作自受。」

「你……很客觀呢。」

「我族的命運跟皇族人綁在一起，我們會盡全力保護皇族、奉獻自己服侍皇族，直到最後一刻——這是真心的願望，也希望能夠做到。因此不管是以灰色狼身分也好，或以個人身分也好，卑職都很感謝殿下您仍然好好活著。更重要的是，卑職真心希望殿下能夠找回陛下的笑容，復甦這片大地。」

一旁的灰衣衛們也紛紛你一言我一語地表示同感。

「你們就只會抄襲我的話。」

將軍這麼一說，引起眾人大笑。

這一小群人外出跑馬沒多久，就折返回到巡幸隊伍中。

陪足弱去騎馬那群人歸隊後，巡幸隊伍繼續緩緩啟程。

「哥哥，你不下馬嗎？」

「嗯，我還想要混在隊伍中再騎一會兒。反正這裡沒有外人，沒關係吧？」

「沒有外人是因為巡幸隊伍有優先權，路上都淨空了。」

「咦？所以我們不會遇到一般百姓？」

「除非走到郡城附近。」

足弱騎著馬與巡幸鑾駕並行，一邊跟今世王聊天。今世王打開鑾駕二樓的窗戶，托腮看著下方的足弱。

「天氣真好。」

「是啊，真舒服，我有些出汗了。」

「你不回來鑾駕上嗎？」

「還不想上去。」

鬧脾氣的今世王關上窗戶，不再與足弱說話。

「雷霰？」

足弱絞著手裡的轠繩，猜想他在不高興，可是能夠愉快騎著嚮往已久的馬，他還想要再多騎一會兒。

足弱騎馬走在鑾駕旁，在他四周有徒步的內侍、騎馬的灰衣衛跟隨。有那麼多人在，換上短外袍的今世王卻沒有要鑾駕停下，直接下車。足弱還以為他要用跑的跟上騎馬的自己，就見他一手按住黑馬的馬背，單憑腳力一跳就躍了上來。

「唔哇！」

背後被他扎扎實實撞上，足弱往前仆倒，差點摔下馬背。阿爾也因突如其來的震盪慌得亂了腳步。

「乖、乖、沒事。」

今世王伸手環上足弱的胸前穩住身子，從身後抓住轠繩，巧妙地控馬，讓馬兒冷靜下來。

「雷霰，你別這樣突然嚇人。」

「對不住，但你看，我們兩人共騎呢。」

「太擠了，你下去。」

「哥哥好冷漠。」

「阿爾也會覺得太重。」

「這匹馬是我為哥哥挑選的名馬中的名馬，這種程度的重量對牠來說不算什麼的。哥哥，你就大方靠在我身上吧。」

馬背上兩位皇族人的衣物摩擦出聲。名馬阿爾也沒讓今世王失望，很快就穩定下來繼續往前走。

「雷霰……你趁亂在摸哪裡？」

今世王的手在袖子遮掩下做出不恰當的舉動。

足弱回頭小聲斥責，今世王立刻湊近吻住他的唇。

嚇得睜大雙眼的足弱連忙想要把頭轉回正面，卻被對方從身後抱緊，吻上他馬帽下露出的淨白頸子。

「這種程度還好吧？昨夜你也因為不想在鑾駕上做，把我甩開。」

「因、因為我們在外面，而且四周都是……」

「哪是在外面？我們在鑾駕的房間裡啊。在上一個郡城的寢房裡，你也說不願意，就離開了床不是？」

「那、那是陌生的寢房，而且在那裡四周也有……」

「啊啊，是哥哥的味道。」

「雷霰，我流汗了。」

舌頭滑過自己的頸子，足弱縮起肩膀。

「哥哥……已經、十天以上沒做了……」

感覺到身後的人頂著自己，足弱的臉逐漸燥熱。他一扭動身子，阿爾立刻就噴氣表達不滿，他在馬背上的姿勢也跟著不穩。

「自啟程前一晚以來，我們就沒行房了。我不是有在反省，才沒吵著要做嗎？好不好？哥哥……」

「雷霰……雷霰，旁邊的人會聽到，別說那種話。」

「那種話是哪種話……告訴我，哥哥。」

袖子遮住的手，隔著衣物逗弄足弱的腿間和乳尖。足弱搖頭。

「雷霰……」

他啞著嗓喊完名字，就低下頭。

＊

足弱小小聲想要阻止今世王的舉動，不過就算聲音再小，旁邊其他人還是聽得一清二楚。

秋高氣爽的巡幸路上，馬背上兩位皇族緊密相貼、親密交談的內容，眾人都聽見了。

「陛下居然忍了十二天，真了不起。」

忍過五天左右，隨侍陛下的內侍長一進就開始焦慮不安。

「殿下大概是到了陌生的環境，所以沒有那種心情吧。」

聲援足弱的是隨侍殿下的內侍長命。

內侍們悄悄登上鑾駕，把芳香油一瓶瓶擺在床上枕頭邊，開始準備熱水。

綠園殿總管沒有跟隨巡幸隊伍來。有灰衣衛將軍隨行，兩位皇族出狀況時的裁決權限，也轉移到將軍身上。

灰衣衛將軍青嵐當然也聽到了馬背上兩人的攻防——今世王糾纏不休，足弱則是想讓今世王改變主意。

（哎，最後一定是陛下贏吧。）

跟著隊伍的青嵐一臉平靜地心想。

見騎馬走在他身旁的副將笑得太猥瑣，青嵐抬腳踹向對方的膝蓋。

話說回來，今世王持韁繩的手法——

今世王此前稱讚青嵐的馬術精湛，想必後面還有一句「但還是輸給我」。

（皇族人的體能高超，實在令人咋舌。）

從他俊美秀麗的外貌與纖細的身材，很難想像他的力氣很大，而且說發揮就發揮，跟異能不同。

庶子足弱被皇族中的皇族今世王抱住，怎麼看都覺得他逃不了。

果然不出所料，足弱被今世王拖下馬、抱著來到地面上。黑馬的韁繩由一旁的灰衣衛代為拉住，於此同時內侍快速撿起足弱掉落的馬帽。

今世王輕鬆抱起足弱，直接跳進奔馳中的鑾駕裡。

「哦，這一連串的動作真精彩。」

年紀比將軍大、臉上有疤的副將讚嘆道。

「精彩的還不是只有那樣吧。在意旁人目光的殿下真可憐。灰衣衛們，離開鑾駕遠一點吧——」

灰衣衛將軍搔搔耳廓，下令灰衣衛移動位置。

＊

鑾駕車門一關上，足弱的眼前瞬間一片黑。

等到他的眼睛適應室內，他已經被推上通往二樓的梯子。

他一手抓著扶手，一手按著梯板往上走。一來到二樓，就被心急撲過來的今世王抱住，一邊親著嘴一邊上下其手。

待在搖晃的鑾駕上，而且是嘴脣被掠奪的狀況下，足弱立刻就不穩跌倒。今世王一手扶住他就要倒下的背，一手鬆開足弱的腰帶，剝去外袍，拉扯褻褲。

「雷、嗯、雷、霰、嗯！」

足弱雙眼緊閉，嘴角流出唾液，口腔上顎被人舔著，承受粗魯又急切的愛撫。

直到他跌進床裡睜開雙眼，就看到粗喘著的今世王正快速脫掉衣服。他扭頭甩開貼在臉上的金髮，扔出外袍和衣帶，把褻褲連鞋子一起踢飛。一腳打到了車壁，另一腳鞋子飛出明亮的窗外去。

「雷霰、窗——」

「你說什麼？」

已脫去上下兩件式白色褻衣的今世王，聽到想都沒想到的詞彙，睜開雙眼看著足弱。

「窗戶、開著。」

「嗯，會熱，所以開著。」

「聲、聲音會……！」

「在宮裡做的時候，門窗也經常開著不是嗎？」

「雷霰、可是——」

足弱的腦海中浮現密密麻麻包圍著鑾駕的灰衣衛隊伍。

赤身裸體的今世王壓上穿著褻衣的足弱，很快地就把手伸進褻衣底下到處撫摸。

雙脣落在他裸露的肌膚上，舌頭滑過他汗濕的象牙白肌膚表面。

「啊……啊啊……雷霰、可是……雷霰，求求你……」

今世王停下動作。

足弱抓著今世王的胳膊，以黑眸抬望他俯視的藍眼睛。

「雷霰，拜託你關窗。」

今世王蹙眉，漲紅著臉，深深嘆息後，慢吞吞離開足弱身上。

「是——。哥哥，脫掉褻衣。」

他不看足弱的臉，下床搖搖晃晃走過去，恨恨地把寢房左右側大窗之中，開著的左側窗戶用力關上。

足弱勉強坐起身，從頭上脫去被扯開的褻衣，再以使不上力的手指解開下身的褻褲綁帶，往下褪到大腿上。

室內因外頭的陽光被遮住而變得昏暗。他不自覺抬起頭，就被快如風一般回到床上的今世王順勢壓倒。

「哇啊！」

「哥哥、哥哥、哥哥！」

「雷、雷霰、別心急……啊啊！」

脫到一半的褻褲被剝除，身子被掀翻，改為趴在床上，臀部被抓著抬高。足弱緊抓床單。

他想著，一定要盡量不出聲。

聽到玻璃瓶發出輕微的摩擦聲，一陣氣息吹過被捧高的臀部，足弱一陣顫慄。

「腳，打開。」

足弱聽話打開瑟瑟發抖的雙腿。

「再開一點，哥哥。」

「唔……」

足弱心想，自己為什麼要擺出這麼難看的姿勢，同時把臉壓進床榻裡，顫抖著大腿，好不容易才使力把腳張開。張開的胯間接觸到空氣，感受到一股涼意。

芳香油被倒進臀瓣之間。足弱抖了一下腰。他知道會有更多芳香油倒下來。他的膝蓋一下又一下打著顫。

「哥哥，不用怕，放鬆。」

今世王以乍聽之下很冷靜的嗓音說。

足弱擺在臉兩側的手抓著床單，喘著氣，腳趾緊揪床單到會痛的程度，承受著一根手指插進菊穴。

緊接著第二根手指也伴隨芳香油進入穴口。

溢出穴口的芳香油從大腿和胯間中央順勢滑落。

「嗯嗯、嗯……唔……」

「哥哥，再放鬆一些。我只是要做讓你舒服的事。」

足弱粗喘著氣，吃入增加到三根的手指，身子因甬道的愛撫而扭動，他咬牙忍著不發出聲音。

「呼、呼哈、呼哈……啊……嗯唔……嗯……咕！」

「你、在忍著、不發出聲音吧……真可愛……」

說著，今世王拔出手指，把自己又熱又硬的分身淋上芳香油潤滑後，抵住穴口。

「接下來我要進入哥哥的裡面了，請哥哥好好享受。」

每次被擴張後穴，足弱都會雙手雙腳用力撐著床，一感受到推向自己的衝擊，他背上就泛起雞皮疙瘩，渾身顫慄。

＊

「啊……啊……啊、啊……」

聽到樓上洩漏出的聲音，內侍們抬頭。

足弱被今世王拉進二樓寢房後沒多久，就聽到物體碰撞聲，鑾駕外還有人哇地大叫。接著人在外面的內侍就捧著今世王的一腳鞋子進來。

再來是用力關窗的聲響，以及某種沉重的撞擊聲。

每次出現物品聲響，內侍們就會停下手上動作，直到聽到人發出的聲音，他們終於忍不住抬頭望去。

「啊……啊啊……」

吱嘎聲不斷地響起。

鑾駕與在宮裡不同，夾層地板薄，可以清楚感受到床架的振動。

「要不要先去太醫的馬車那兒，請他們準備止痛藥草呢？」

「不用，直接傳太醫過來比較快。」

「晚膳之前會結束嗎？」

「哎，我怎麼會知道……」

「必須在晚膳之前結束，否則殿下他——」

「這又不是我們能作主的。」

「太可憐了。」

不管是服侍陛下或服侍殿下的內侍，一聽到頭頂傳來的聲音，都暫時失神中。但服侍陛下的年輕內侍小鳥，聽到服侍殿下的內侍所說的話，就有意見了。

「可憐是什麼意思？陛下又沒有粗暴對待殿下，他給予的只有滿滿的愛意不是嗎？」

「話是沒錯，可是殿下與陛下行房過後，幾乎都無法用膳，也是事實不是？我有意見的不是歡愛行為本身，我只是擔心殿下太過勞累。」

比小鳥年長的溫，毫不讓步地反駁。

陛下沒辦法行房，固然忍得辛苦，但殿下每次行房都必須配合陛下需求，用盡體力精力，吃盡苦頭。

其他內侍們不好擁護任何一邊，只能安撫兩名年輕人的衝突。

「啊……啊……啊啊……雷……」

「哥……哥……」

夾層地板的晃動變得更加激烈。

「啊、唔啊啊……啊……不、不行了……住手……」

吱嘎吱嘎、吱嘎吱嘎……

「呼、呼、啊、呼哈、啊、啊……啊啊、啊啊！」

「哥哥……好棒……唔！」

吱嘎吱嘎吱嘎吱嘎吱嘎吱嘎。

斷斷續續的聲音使內侍們完全停下手上動作安靜下來。

樓梯口傳來芳香油的香氣。

他們聽到泣不成聲的呻吟，接著是重物落下的聲響。床架停止搖晃，內侍們也同時鬆了一口氣。

＊

他很想把注意力轉移到四周景物上，卻還是會被身後傳來的動靜吸引。

（看來我的道行還不夠……）

青嵐在心中苦笑，但仍舊豎著耳朵。

他原本沒有打算偷聽，只是有機會再次聽到兩位皇族行房的聲音，饒是灰衣衛將軍也不禁好奇。

巡幸很順利，沒有任何人事物阻擋他們的去路，也沒有敵人來襲。先前已派出幾十名斥候去前面探路，四面八方與儀仗後方也有安排，不讓任何人接近今世王和他的庶兄。

這是相隔幾十年來再辦的巡幸。羨慕皇族存在的鄰國，恐怕萌生野心，想要趁此外出機會綁走最後的皇族。

皇族是雷氏王朝百姓的寶物，也是灰色狼的命根，就算是一根頭髮也不願意交予他國。

如果是皇族自己想要去其他國家，那當然另當別論。

不過，只要有人想把皇族帶往他們不想去的地方，灰色狼就會將其殲滅。這也是他們的使命。

「不啊……要……又……啊、啊……不……」

走在閒適的秋天綠土官道上，聽著皇族逸出的吟哦。

青嵐再度掃視四周。

（像這種漂亮歸漂亮卻沒什麼特色的地方，搞不好會冒出溫泉。）

經常聽說皇族人行房之後，旁邊原本混濁的水泉都會變得清澈等種種傳聞。

今世王第一次在綠園殿抱了足弱那時發生的異象，只要是灰色狼都知道。

換言之，皇族之間的性行為就是異能的根源，能夠激發力量。

（我只能說佩服……）

青嵐愛慕著朝霧，但是說到交合，青嵐辦不到。

（我對他的情感沒有強烈到想要抱他吧。）

灰衣衛將軍手指插入豐盈黑髮間撥了撥，就看到副將躁動難安的反應。

副將一眼又一眼瞥向鑾駕，面紅耳赤。

「焰，你是不是太久沒發洩了？」

副將一臉錯愕，急忙看向四周，看到其他人跟他們有一段距離。

「抵達下一個郡，我准你去找花娘。」

「我、我沒……」

「你是打算頂著那張臉出現在陛下面前嗎？」

「我、我就說我沒……」

「動心起念沒什麼好丟臉的，但面對陛下時態度不自然還無妨，若是讓殿下看到，他會很受傷。」

聞言，副將繃著臉沉默不語，過一會兒總算點頭。

（看來不只是焰，其他人也需要稍微放放風了。）

將軍神情淡漠地騎在馬背上思索。

＊

足弱胸口上下起伏，貪婪吸著空氣，虛脫地癱在床上。今世王從他體內退出，使他終於能夠闔上雙腿。

他的大腿上滿是汗水、芳香油，以及今世王拔出陰莖時順勢帶出的精液。他的腹部和前胸則都是汗水、芳香油，以及自己射出的精液。

呼哈呼哈、呼哈呼哈。

連吞嚥口水都相當吃力，足弱臉頰貼在床單上。他想翻身仰躺，手腳卻使不上力，只好作罷。

今世王抽離後，也躺在同一張床上調整呼吸。

空氣不流通的寢房裡充滿濃郁的香氣和精液的氣味。

足弱閉上雙眼只顧著呼吸，任由無法使力的身體癱軟在床上。突然一股清新空氣流動到足弱面前。

他的臉上感受到和煦的陽光。

似乎是內侍把窗子打開了。

（啊啊——是空氣——）

光是這樣，他就很開心。

床上響起摩擦聲。

「陛下，水。」

「嗯。」

今世王居然已經下床去喝水了。

足弱事到如今才感到錯愕。兩人直到上一秒還在激烈交合，也是同時解放虛軟，為什麼他立刻就能站起來？

「哥哥，你要喝水嗎？」

「嗯……我……要。」

趴在床上，臉轉向側面的足弱勉強開口回話，但他連一根手指頭都不想動。

留意到這點的今世王，拉起足弱的肩膀讓他往後仰，順勢抓住他的胳膊把他拉到自己胸前，上半身躺在他的大腿上，以這個姿勢抱著。

「哥哥，喝水。」

說完，他含了一口水，用嘴餵足弱。

「咕嚕。」

足弱吞下水，喝完又立刻大口喘氣。

「哥哥，你還好嗎？」

「喘不……過、氣……」

「慢慢來，別急。」

今世王以肩膀擔起足弱無力垂下的腦袋，輕撫正在喘氣的他。

直到足弱的氣緩過來之前，今世王都沒動。等到他閉上雙眼，呼吸恢復正常，今世王親了親他的太陽穴，手鑽過膝蓋後側將他攔腰抱起。

「在這裡沒辦法去浴殿，你就用浴桶的熱水將就一下。」

今世王把足弱放入內侍們辛苦送上二樓的浴桶熱水裡。

＊

雷氏王朝位在大陸南原上，從西部內陸發跡。

與羨慕、想要搶奪綠土的國家之間，或軟性或硬性的外交往來之後，領土逐漸擴大；先是併吞了北境諸國，接著綿延到東側臨海的諸多國家也自願奉上城池。高溫多濕、仰賴大自然才有飯吃的南境，是最晚納入雷氏王朝的領土。

這次巡幸的目的地就是南境。

他們選擇從納郡搭船南下。

國土境內規模最大的河川「一星河」，正好斜越過雷氏王朝的南邊。名稱是參考最早出現在這個國家的十位皇族的名字，意思是第一顆太陽。這條河的河水是灰青色。

跨河橋樑只搭建在河川上游河道寬度最窄的地方，因此過河的主要方式是搭乘渡船。

此刻岸邊停泊著一艘大船「龍船」及無數中型船組成的船隊。今世王在郡守的目送下登船後，龍船的船頭升起黃龍旗。

從岸邊延伸到遠處的百姓，以及聚集在對岸的百姓大聲歡呼。搭乘中型船的灰衣衛也舉起長槍高呼：

「今世王陛下萬歲萬萬歲！」

「雷氏王朝國運昌隆！」

今世王聽見歡呼聲揮揮手，就進入船艙。

早早就先上船的足弱，與內侍們待在船上最大最安穩的艙房裡。他坐在窗邊的椅子上望著外面。

對岸有些眼睛好的百姓指著足弱在的窗子，但他們彼此在對方眼裡都只有一顆豆子大，頂多看到模糊人影而已。

足弱對於眼前豐沛的河水感到很恐懼，他不曾看過水量如此多的河川。他不怕在山上洗浴的溪流等；上京途中看到的河川水量也沒有眼前這條河那麼多。

足弱吞下一口唾沫。

再說到這艘龍船，在綠園殿裡搭過的小舟根本不能比。不管是巡幸的鑾駕也好，龍船也好，他們到底要蓋多大才甘心啊？

嗡……一股振動讓足弱愣了一下，轉頭看向四周。

「那是起錨，船要啟航了。」

聽完內侍長的說明，足弱點點頭，再度轉頭看向大河。河水是稱不上漂亮的灰色，但是這條河是有魚米之鄉稱號的南部地區的命脈。

這塊大陸的中央有天寶山脈橫過，分為北原和南原，雷氏王朝就位在南原上；國土北邊的農作物是以小麥、小米、刺粱等為主，南邊則是盛產稻米，使得雷氏王朝全境擁有廣大的糧食作物帶。

愈往南走，沿途的景色跟京城附近愈差愈多。南方濕氣高，草木是濕潤的深綠色，黑色更黑，紅色顯豔，顏色鮮活到可怕。

「哥哥，你暈船嗎？」

穿著明黃色龍袍的今世王領著內侍走進艙房，來到足弱身邊，低頭在他的臉頰湊上一吻。

「雷霰，這條河水好多。」

「嗯，幸好有這條河，南方才方便進行稻作。同樣是河，在北邊的二星河反而自古以來頻頻氾濫，使百姓受苦，不過倒也帶來了豐饒。第一大河一星河、第二大河二星河都是雷氏王朝的命脈。」

「我們非得搭船不可嗎？」

「走水路可以縮短巡幸時間。」

今世王拉著足弱的手臂，把他帶到羅漢椅上，從背後抱著他坐下。今世王把下顎擱在足弱的肩膀上。

「那輛巨大鑾駕怎麼辦？」

「鑾駕走上游過橋，在我們的船抵達對岸時，就會與我們會合。現在應該正在急速奔馳吧。」

出發巡幸第十二天時，今世王終於禁慾到極限，把足弱拖下馬抱進鑾駕寢房折騰一番，自此之後，足弱大約間隔四、五天就會接受今世王的求歡。

足弱認為，與其讓今世王憋太久積怨太多做得太狠，不如像這樣時不時地宣洩一下比較好。

兩人前天晚上才在郡城寢房裡翻雲覆雨，所以現在應該還憋得住。足弱假裝沒注意到今世王緊貼的舉動逐漸變調，強行甩開他的手。

今世王戀戀不捨地以手指纏上離開的那隻手，察覺到足弱不想要，只好放棄強求，接下來直到晚膳之前，兩人都在練習樂器。

＊

行船技術高超的船長和船夫們，都不是灰色狼族。

今世王決定巡幸走水路之後，才從一星河沿岸的郡縣當中，挑選出最優秀的大型船、船長及船夫們。他們都確實沐浴過，並通過派來的灰衣衛嚴格審查。

獲選伴駕的中型船船員不稀奇，入選掛著黃龍旗那艘龍船的船員，才是前所未有的榮耀。

正午過後，先抵達的一行人快速登上停靠岸邊的巡幸龍船。眾人只見到灰衣衛與內侍層層包圍著中央那個人，保護之嚴密，讓人不禁以為是今世王出現了。

那位是今世王的庶兄。

船長與船夫們都在甲板上跪地叩首恭迎。

「有勞諸位了。」

庶兄在船長面前停下腳步開口說話。時隔三十三年才找到的皇族，說話倒是很普通的男人嗓音。

他的個子算高，體型不胖也不過瘦，身上穿著泛金光的青色綢緞皇族衣袍，胸前掛著翡翠玉石瓔珞。

聽聞這位庶子不是金髮藍眼，但他此刻頭戴黑色帷帽，黑紗遮住他的長相，叫人無從窺見。

（怎麼搞的？不能看看尊容嗎？）

（可能因為不是金髮藍眼才遮住吧。）

（這下子讓人更好奇了。）

（實在不懂皇族人的想法。）

（可是啊——）

（他有可能是在端架子吧。）

今世王的庶兄沒注意到船夫們眼中的不滿，走進裝飾美侖美奐的今世王艙房。

對庶兄感到不滿的船夫們在今世王本人登船時，則是從腳底竄上一股顫慄，心口怦怦跳、激動臉紅。

他身上的明黃色綢緞刺繡龍袍處處鑲著寶石珍珠，下襬曳地。皇冠此刻反射天上的陽光，發出刺眼光芒。

今世王的容貌正如他們所期待……不，是遠超乎他們的想像。

那頭不輸給他身上的光輝、宛如太陽般耀眼的金髮，以及鮮明的藍眼睛。

豐潤鮮紅的雙唇，淡淡粉色的雙頰，近乎透明般雪白的肌膚。

他的個子很高，行動敏捷靈活。

「這趟有勞你了。」

「陛下，小人就算拚著這條命不要，也會全力確保航行順利。」

今世王對船長說話的嗓音很低沉，卻沒讓河面吹來的風蓋過，還是聽得一清二楚。

（哦哦哦……太美了……）

（我的眼睛快瞎了，我的眼睛沒瞎嗎？）

（陛下怎麼會如此俊美。）

（不愧是雷氏王朝的君主。）

（果然是全都是俊男美女的皇族所出啊！）

船夫們對於今世王出色的樣貌感到敬畏。

航行在一星河的船夫們，在晚膳前聽到了神奇的樂聲。

船上那個本來是船長艙房的空間，已經改造成更大更舒適的房間，從那兒傳出難以形容的聲響，隨著河風和船破水前進的聲音傳來。

監督船夫們工作的船長，臉上的表情像是意識被奪走般。

同船的灰衣衛將軍抬手擺在船長的古銅色結實肩膀上，讓他回過神來。

「船長，振作點，別分神了。」

「啊……啊啊，將軍，那是……」

即使是人稱忒郡漕運總督的優秀船長，聽到京城，而且是京城中心的皇族演奏的音樂，也不知道該如何反應。

「啊啊……好雅緻……」

太陽再過一會兒才會下山，在這麼悠閒的時刻，境界悠遠的樂聲錚錚然迴盪。

還有疑似直笛的輕飄飄聲音合奏，風把樂聲帶往龍船的後方。

「陛下此刻正在教殿下吹笛。雖然只是在練習，不過也能聽上好一會兒。」

「哦哦，小人真是幸運。本來光是得到陛下欽點擔任龍船，就已經是祖上積德了。」

接下來只剩下笛聲，不斷地重複同樣的音階，先是一個笛聲升上夕陽西斜的天空，接著又有另外一個笛聲模仿跟上。模仿的那個笛聲逐漸拉長，像沒氣般半途中斷後，另一個笛聲就幫著接上。直笛演奏在船上持續到晚膳為止。

船夫們沉溺在皇族的演奏聲中，直到挨船長罵，才回神工作。

（嚇死人……沒想到居然有機會聽到演奏。）

（再也不可能有這般好運氣了。）

（我覺得自己可以多活幾年了。）

（我也覺得。）

（我也是。）

（我偷聽到將軍的話，聽說那是陛下在教庶兄殿下吹笛。）

（那位黑色帷帽的皇兄殿下嗎？）

（手把手指導嗎……）

巡幸龍船與隨行的船隊徹夜都在河面上航行前進。

＊

六卿的位階有上下之分。

首席是中軍將軍，負責擔任宰相。中軍副將為副宰相。宰相辭官後，自然由副手往上升一位，也就是由副宰相繼任宰相。

現任的宰相、這個豐衣足食雷氏王朝的舵手，就是小個子小眼睛的善與。他系出名門，家徽是纖細強韌的植物「竹勢」，為人個性沉穩，由他擔任六卿之首，其餘五卿無人表示不滿。

善與的年歲已經超過雷氏王朝一般百姓的平均壽命七十歲，卻仍高居宰相之位。他若是辭官，他空出來的六卿大位，自然是由兒子繼承，不過宰相一職則是由副手，也就是家徽為二十四瓣「籠尾花」的安夜接任。

中年的安夜在六卿之中算年輕，性情與其說是敦厚，更像是優柔寡斷；要說他走中庸之道，其實他只是討厭做決定而已。

今後的雷氏王朝政局勢必要朝向沒有今世王的方向規劃，卻是由這樣的人才領航，令人十分憂心。

善與希望盡可能在宰相位子上待久一點的原因也是如此。另一個令他擔憂的，就是安夜的繼承人——安弄華。

安弄華這個人，一言以蔽之就是聲名狼藉。

他出生在家徽為二十四瓣籠尾花的名門望族家裡，性情卻猜疑又殘暴，讓人懷疑這種個性到底是從哪兒學來的。他自幼就很暴虐，虐待無法反抗的下人毫不客氣，還拿弓箭射動物，並大笑看著動物死去。

「下任宰相是安夜，但只要那位紈褲子弟擁有繼承權，宰相位子總有一天會輪到他。」

「哎，那樣可就慘了。安夜的下一個順位是夏牧。夏牧更適合擔任宰相。」

大臣們每次逮到機會就會壓低聲音，以衣袖掩口，額頭貼著額頭討論宰相繼位人選。

上品士族口中的夏牧，是肥胖、膚白、臉腫得像饅頭的中年男子。他是家徽為開在田野間、有圓形花瓣的「夢秋鈴花」的高門望族家主。

宰相之位過去都是禪讓給次席的六卿擔任，這個常習不曾打破，因為最後還是得靠時任今世王的雙眼辨分明。陛下不會允許宰相提出敗壞朝綱的決議，在必須出手的時候可以罷免宰相。

身為宰相的善與始終很猶豫。

今世王即位以來勤政愛民，卻逐漸失去活力，直到找到庶兄，才重拾昔日皇族人的精力——所以現在應該是自己辭官的好時機吧。

宰相位子讓給下一個順位的六卿安夜之後，即使政局有一陣子會很混亂，但今世王總有一天會罷免掉安夜吧，到時候宰相之子的安弄華，行為舉止將會更加暴虐失控，屆時刑部或許有機會逮到他。

（也是，我這把老骨頭總算要離開朝廷了……等陛下結束巡幸回來，就立刻奏請辭官……）

在宰相府書房裡端坐沉思的善與，輕輕咳了幾聲。

天就快要亮了。

他平常都是在黎明時上朝。

而且不管到了幾歲，不管見過多少次，他每次都還是會為了今世王的容姿怦然不已。

每日早晨覲見陛下，成了他最期待的事。

可是，這樣的日子不久之後即將結束。

善與再度咳了咳。

這個咳嗽老是治不好。

「老爺，您一直在咳嗽，不要緊嗎？」

出聲的是比妻子服侍他更久的管事。管事隔著窗子開口問。

「沒——」

善與正想回答自己沒事，卻咳得更厲害。

「老爺！」

管事奔進書房看到的是雷氏王朝宰相趴倒在書案上的樣子。

＊

登船第三天，今世王在天還未亮時醒來。他沒有睜開眼，只是感覺著四周。

水聲一如往常就在旁邊。

風起時揚帆，無風時，船夫們就會搖櫓。

感受到肩膀上的溫度，仰躺的今世王閉眼微笑。

若問他巡幸最開心的是哪一點，答案就是——像這樣，無論去哪個房間、哪個寢房、哪張床上，都有足弱相伴。他慶幸自己事先下令只準備一個房間就好；有時即使兩位皇族已成親，也還是會準備兩個房間、兩輛鑾駕。但這次今世王要求全都一個就好，所以啟程後，不管去哪裡，都是像這樣兩人同寢。

手一伸就能夠碰到哥哥。

他眼睛睜開一條縫，看向旁邊。足弱側躺靠著今世王的肩膀熟睡。

他看著足弱低伏的黑色睫毛尖端發呆。

隱約嗅到了安樂翠的花香。今世王像是受到蠱惑般，把身子一挪，變成與足弱面對面側躺的姿勢。

兩人距離近到呼吸都吹在臉上。

（哥哥……）

或許是因為足弱會騎馬，所以搭船沒有暈船。儘管如此，搭這麼大的船渡那麼大的河還是第一次，所以他始終很不安；有時才看到他貼近窗邊，他旋即又害怕往後退。用膳時也心不在焉。在船上，只要內侍送來熱飲、熱湯，或是擦洗身子的熱水，足弱就會不解是如何生火的。

他就在這種狀況下度過第一天。上船後求歡立刻遭拒的今世王也沒有強迫，只跟足弱同床共枕。

到了第二天，足弱比較沒有那麼不安了，所以他戴著遮擋船夫視線的黑色帷帽跟著今世王一起上甲板，或練習吹笛，或找灰衣衛將軍一塊兒喝茶。

今世王輕輕伸手環上足弱的腰，滑過光滑的布料，以掌心感受著足弱的體溫。

他隔著寢衣撫摸足弱的腰和大腿，摸著摸著就愈來愈想直接觸摸肌膚，於是他以手指挑開衣襬。

衣服被他褪到腿根處時，足弱動了動身子換了睡姿，手伸到枕頭底下翻身背對今世王。今世王縮回手，等到足弱的酣聲恢復平穩，看準位置再度伸出手，解開他寢衣的綁繩，再伸手解開內側的綁繩。

被子底下飄出安樂翠的花香與足弱體味混雜成的氣味。

今世王吞了吞口水，打開床頭的小箱子，拿出裡面備妥的小玻璃瓶。

拿出玻璃瓶，他才意識到自己的打算。

他本來只是想要摸摸對方的肌膚，但身體的反應卻很誠實。

（怎麼辦呢……）

巡幸第一天在鑾駕裡，哥哥訓斥過要替他著想。

（明後天都一樣在搭船。這麼一來，哥哥在船艙裡睡一整天也無妨。）

河水拍打船體的水聲聽來也像在贊成他的想法。

（嗯嗯我懂，畢竟時隔四十年了。）

足弱需要既長且深的睡眠才能夠消除疲勞，今世王認為自己可以給他。

（嗯，這樣就沒問題了。）

做出這個結論後，今世王起身行動。

＊

足弱在莫名其妙的情況下被人強制取精。

「唔……？什……什麼……」

原本側睡的足弱，身上的寢衣被推高到胸口，下半身也是空蕩蕩，被人從背後抱緊。

不僅如此，從背後環抱過來的雙手還沾滿了芳香油，握住他的那話兒。

「搞什麼、啊……啊……欸？」

在濕滑掌心的包覆下，在足弱的意識也不是很清楚的狀況下，下身強烈顫抖，泛起一陣顫慄，他扭動身子。

「啊！怎、啊啊啊！嗯唔！」

他想要拉開握住他分身的雙手，反而被握得更用力，給早晨本來就會很有精神的陰莖帶來難以承受的刺激。

「住、住手……！啊、不要！」

在他挺胸仰頭大叫的同時，那物已經一股一股吐出白濁。

「啊、啊、啊……咕……唔！」

他的視線滑過昏暗室內的地板和天花板，轉頭向後，就看到昨夜一同入睡的今世王的臉。

「雷……霰！」

「早啊，哥哥，這麼早就把你吵醒，對不住。」

說完毫無歉意的一番話，他的雙脣就落在足弱的嘴角。

喘著氣的足弱一時間沒能夠開口責備，只是一臉不安地抬眼看著今世王。今世王低頭看著那張臉，支起手臂直起上半身讓足弱仰躺，拿開被子，挪身到足弱剛才射精的位置，抬高足弱的右大腿。

足弱身上的寢衣硬是被推到胸上，其餘在背後和腰部的部分都被弄得皺巴巴。足弱裸著身子仰躺在今世王身下。

今世王拉過自己的枕頭墊在足弱臀部底下，動動拇指扭開芳香油小玻璃瓶的瓶蓋。

他在其中一手的掌心倒下大量芳香油，把足弱的左腿扛到肩上，一臉理所當然的伸出沾滿油的手。

「雷……雷霰……！」

足弱的臉上登時一熱，儘管全身倦怠，仍然急著想從今世王的肩上放下左腿。結果今世王握住他左腳小腿前側，把他的右腿往上一抬屈膝折起。

「哇啊！」

他的左右兩腿被今世王一手抓住彎起推到胸前。足弱張開雙手抓著床單在床上滑動上半身想要調整姿勢，還沒做好心理準備，一根濕潤指頭就探入後穴，很快地又加入一根。

「住手、住手！雷霰！」

已經進行到這裡的今世王怎麼可能住手？他白玉般修長的手指擴張完穴口，漸漸往深處進攻，整根手指一下子就沒入穴內。

「啊、啊！……為什麼唔……要這樣……」

手指滑過肉壁皺摺，一邊擴張一邊送入芳香油。

「呼哈……唔啊……雷……你……」

「哥哥……」

聽到帶著情慾的嗓音低喚，足弱抬起一邊手臂遮住臉，轉向一旁。

「你、太、太突然了、啦！」

「哥哥，我好想要你——」

聽到這句話，足弱的下身一陣緊縮，吸住在體內擴張的手指緊到痛的程度。酥麻的快感一口氣湧上來，讓他喘不過氣。

足弱好不容易吸到空氣的同時，後穴的手指增加到三根；補上的芳香油在穴裡發出不同於河水聲的咕啾聲響。

左腿再度來到今世王肩膀上，右腳則彎起踩在今世王腰側的床上。

今世王的雙手勾著足弱兩腿膝蓋後側，張開胯間捧高。

「呼……啊啊……」

足弱的視線四處游移，想看又不想看，一手的手背擺在雙眼上，閉上眼別開臉。

「嗯唔……！」

即使做好準備，他還是因刺激而呻吟出聲。

他的雙腿被張得更開，今世王的雙手滑到大腿腿根上，手指用力抓住他的臀肉，他的皮膚和肌肉被扯開，火熱昂揚的硬物進入。

「啊、唔……啊、痛、好痛！」

「呼……唔……！」

「不……不要、雷霰、太大了……！」

通過窄緊的甬道，裡面瞬間被撐開，重量與壓迫感逼得足弱痛苦呻吟。

對方更進一步猛力滑動，讓他的上半身抖得如秋風落葉。

「啊——！啊、哈、哈啊、呼、啊啊！」

強烈的觸感使足弱大叫，不斷淺淺喘息。

「好……舒服……啊啊……」

今世王的眉間緊鎖，雙頰潮紅，待足弱的雙腿纏上自己的窄腰後，抓住他的身子。

「哥哥的裡面……好棒……」

「不……不要、太深了、住手、住手……」

「別怕、沒什麼、好怕的。」

「我已經、已經……」

「還不行，再堅持一下……」

「啊、啊……雷、霰……！」

被外物推擠擴張到不可能的深度，足弱表情猙獰猛搖頭，黑短髮摩擦著床單。

「不要緊、沒事的……唔……」

一路挺進的碩大停止入侵，足弱就抓著今世王的手臂仰頭呼吸。每次呼吸都能夠感受到硬挺性器在體內的顫動。

「唔……」

足弱以顫抖的雙脣呼呼吐氣。

今世王甩了甩汗濕的金髮，往前一趴。

「啊啊！」

他開始緩慢抽插。不管是抽或插，足弱都會叫出聲，在香氣環繞下，意識逐漸迷離。

＊

灰衣衛將軍立刻就從淺眠醒來。

不管是任何情況他都能夠休息，也立刻就能行動。

（那是什麼聲音……？）

他第一時間看向眼前的圓窗，但窗外只看得見薄薄的霧靄，一片昏暗，無法感受到外頭有光亮。太陽應該已經升起了，卻還看不到。

青嵐沒有穿上鎧甲和披風，單手抄起套著劍鞘的劍，走出窄小的艙房。儘管房間很窄，但總比沒有好；船上除了今世王和庶兄之外，其他人差不多都是打地鋪。

除了水浪聲和微風揚帆的聲響外，走廊上隱約還可聽到另外一種聲音。

在今世王與兄長休息的房間前，有灰衣衛背對門站哨。穿灰衣的內侍們正從門縫窺視房內；他們拿著浴桶、白色寢衣，更後面的內侍還抱著床單被子。

青嵐眨了眨眼。

（一大清早就這麼有精神啊。）

還是該說就是因為早，才會「精」力充沛？

青嵐的手插入髮間，撥了撥睡到亂翹的黑髮。

（再去睡回籠覺好了……）

灰衣衛看到將軍現身立刻行禮。青嵐也回禮，這個舉動讓內侍們這才注意到青嵐也在走廊上。

「將軍早。」

「各位早……」

「吵醒您了嗎？」

「我以為是可疑的聲響。」

內侍長命點點頭表示能理解。

「啊啊——啊啊、哈啊、啊……啊、啊！」

走廊上隱約可聽見房內動靜，足弱的吟哦隨著花香味傳出來。

「哥、哥……」

今世王的低沉嗓音滿是情慾，聽者也會不自覺被撩撥得渾身酥麻。

青嵐的表情沒有半分改變，朝內侍們行禮後，走上通往甲板的階梯。

（幸好我已經去找花娘宣洩過了。）

每到一個郡，他就會讓屬下輪流放風。青嵐自己也會去青樓放鬆；儘管水準比不上京城，不過地方鄉鎮的青樓也別有一番風味。

青嵐在京城鐲城也是相當出名的美男子，所以郡城裡的青樓一聽說黑長髮的灰衣衛將軍上門，立刻引起大騷動。當晚青嵐以一敵二，力戰兩名花娘。

（我連陛下的腳趾都比不上，說起來應該也沒有誰的性能力比得上皇族人吧……所以皇族人才會只愛血親。）

青嵐想著這些，推開艙門，來到晨霧瀰漫的甲板上。

雖然有風，但霧靄遲遲沒有散去。

空氣很溫暖，不會冷，天上此刻仍然看得到星星。四周不見人影，不過船首應該有人負責監控航道，互相提醒避免船隻碰撞。

青嵐朝船尾走去，就看到有人靠著船緣而立，似乎正在竊笑。

「船長、副船長早。」

「將……將軍大人，您起得真早。」

跟他們站在一塊兒，青嵐才聽到從正下方艙房傳來的聲音。

他知道身旁的船長動了動。

「那個、小人、並不是故意要偷聽、呃——」

「只要你們在皇兄殿下面前不會出現怪異臉色就好。」

「是、欸、謝謝大人……所以、皇族人真的是……？」

青嵐感覺額頭一陣暖意，抬起視線看去，就看到東方天空逐漸發白。船正在往那個方向駛去。

「你想說什麼？」

「不是、那個、陛下他……不、沒事。」

船長吞吞吐吐說不出口，一旁的副船長就以下流的語氣說：

「那個發出淫聲浪語的是男人吧？哎喲喂呀，我聽說皇族不管異性同性都可以，沒想到是真的！而且那位俊美陛下的對象，就是那位庶子殿下嗎？陛下跟找到的哥哥聽說年歲相差很多，陛下已經把美女們休離送出宮，如今只能找這種對象排解慾望，也真是無奈啊。」

灰衣衛將軍拔劍。

晨霧終於逐漸散去，發出鏘啷聲響出鞘的鐵製兇器，反射升起的陽光燦然一閃。將軍沒說半句話就把劍往下一揮。

「噫——！」

「啊、啊啊……」

霧靄從甲板和船尾散去後，就看到站在船長旁的男人身上的短褐被人從正面一刀劃開，腰帶與短袴也跟著落在地上，坦出的胸膛和凸肚上沒有半點傷痕，肚子下方那塊遮擋重點部位的兜襠布在搖晃。

「大膽賤民，膽敢在守護皇族的青嵐大將軍面前口出穢言褻瀆皇族。拿命來償還你的罪吧！」

那雙黑白分明、帶著泰然自若與威嚴的雙眼瞬間變得狠戾，跟昨日的他判若兩人。

那頭豐盈黑髮憤怒直豎，持劍的右手臂肌肉高高隆起。兩人面對這樣的氣勢，嚇得立刻下跪磕頭求饒。

「原、原諒小人！小人只是說笑，請饒恕小人！」

「將軍大人，請饒過這傢伙，他只是胡說八道！」

青嵐的怒火毫不掩飾，他握著出鞘的劍開口說：

「有膽在灰色狼面前侮辱皇族，還敢說只是說笑！該死的賤民！」

「大人有大量，請、請原諒小人！求求你別殺小人……」

「大人請三思！別讓賤人的鮮血污了陛下的龍船。這傢伙就交由身為他上司的小人來懲處吧！」

船長代替露出光溜溜屁股伏地的副船長，跪地膝行到將軍跟前拚命求饒。

「不行！站起來，賤種，快站起來，否則本將軍就讓你人頭落地。」

「噫噫噫噫！」

副船長因太害怕而抬頭，渾身打顫站起身。

身形高大、寬肩窄腰的灰衣衛將軍，單手持劍背對晨光，眼中盛滿怒火，表情顛狂，脣瓣掀起，彷彿要以狼牙咬破男人的喉嚨般。

一臉慘白的副船長擠出不成調的嗚咽，牙齒喀喀發抖。船長也同樣臉色慘白，不輸副船長；他只能跪在地上無能為力，以雙手伏地的姿勢睜大眼睛看著情況發展。

盛怒中的青嵐眼角瞥見日出方向有東西飛來，原本側臉面對船首的他，瞇起眼睛面向太陽，換手持劍，以右手遮擋陽光，凝神細看。

不一會兒物體猛然飛近，他看到那東西是成群結隊而來。

（什麼東西——來了！）

灰衣衛將軍立刻就地趴下。

他看到急速迫近的物體是一大群鳥。

鳥群伸直尖銳的黃色鳥喙筆直飛來。鳥羽純白——後來才發現其實是銀白色。

振翅聲與鳥鳴聲一時間干擾了他的視覺和聽覺，接著鳥群就與來時一樣，一眨眼又飛遠。

留下的只有大量羽毛，以及船隊敲響的警鐘聲。

原本還在睡覺的船員們奔上甲板看到一地羽毛，發出驚呼。船隻之間也紛紛傳來討論的說話聲。

從跪地姿勢緩緩站起的灰衣衛將軍，看到的不是晨光不是船帆也不是羽毛，而是一星河原本混濁的灰青色河水，奇蹟似地變成了清澈的湛藍色。

＊

今世王命人在巡幸龍船甲板上準備長榻，他躺在長榻上聆聽報告。

太陽已經過了頭頂，內侍們舉著大羽扇遮擋陽光。

船已經下錨，船隊也暫時停止前進。

「你是說，那個人就這樣憑空消失了？」

「鳥群飛來時，副船長正站著，也不清楚是遭鳥群猛烈撞擊跌進河裡，或是就這樣被鳥群帶往他處……其他在旁邊看熱鬧的人都沒有受傷，船隊的船帆也沒有半點損壞，實在不可思議。」

「後方的船隻目前尚未前來回報搜尋結果。」

「是的，他們還沒有找到人。挑了那樣的船夫，是負責人員審查的灰衣衛之長——卑職青嵐的失職。請陛下降罪。」

原本單膝跪地垂著頭的將軍，解下腰上佩劍，改以雙膝跪地、額頭貼地的姿勢請罪。

今世王單手把玩著鳥群留下的禮物——淺紅色羽柄的銀白色羽毛——沉默不語。

天還沒亮時，他對原本正在睡覺的足弱出手，壓制對方掙扎的身子巧妙地擴張，進入到自己想要的深處。

等到陽光射入時，他就察覺到甲板上有動靜，但是他正纏著足弱汗濕仰高的脖子，聚精會神在榨乾身下這副軀體，以及把自己的熱液灌注到這具身軀裡，所以不認為有必要停下交歡行為。而鳥群飛來引起騷動時，他以雙手掩住足弱的兩耳，用眼神示意探頭的內侍退下，直到自己饜足為止都沒有停止。

哪管窗外的河水變色，哪管上方飄落綿絮般的羽毛，對他來說最重要的還是與足弱的床笫之歡。

最後雙方都瀕臨極限，發出野獸般的嘶吼，互相擁抱深吻。

持續到早膳過後才結束的行為，讓足弱徹底暈睡過去；即使內侍們捧來浴桶和熱水、今世王幫忙清理、內侍們替他沐浴並換上寢衣，他都不曾醒來。

睡在散過氣味的艙房內新換上的床榻裡，足弱連午膳都沒吃，此刻也仍深深沉睡著。

「若是哥哥聽到那人說的話，必定會相當憤慨，或許還會覺得羞恥，要求回山裡去。居然說朕抱哥哥是出自無奈……為什麼會有那種想法？真想割下他的腦袋剖開來看看。」

「是卑職無能。」

從巡幸船隊上空降下、象徵吉兆的報吉鳥羽毛，已經由各船隻收集之後好好保管。

「就用這些羽毛給哥哥做件披風？或是別在冠上？等他答應朕的求親，就讓他穿上用這些銀白羽毛縫製的嫁衣好了，將軍，這個主意可好？」

「卑職也認為這些羽毛很適合喜慶之事。」

今世王的指尖把玩著羽毛，腦海中描繪著未來的藍圖，露出陶醉微笑。

幫忙遮陽的內侍、在小几上備茶的內侍、整理外袍長襬的內侍、捧著腰上佩劍的內侍，全都跟著躺在長榻上的今世王。

船夫們都不敢大聲呼吸，跪在一段距離外。一整排的灰衣衛站在一旁負責看守他們。

船長始終慘白著臉，在灰衣衛將軍的身後伏地叩首，不敢起身。

「將軍，看到這條河的河水變色，你有什麼想法？」

「紀錄顯示，四十年前那趟巡幸途中渡過一星河時，河水也曾經變成耀眼青色。當時的紀錄也提到皇族曾在船上行房。想來這次的情況亦是如此——」

「朕也是這麼認為。一星河是我朝的命脈，朕怎麼可能不對這條河降福就離開？這次除了河水變色，還有報吉鳥飛來。報吉鳥或許是在歡迎失而復得的孩子返回故里。那群鳥只要一有事就會飛來，過去也曾多次為我族錦上添花。」

今世王把手裡的羽毛插在耳上頭髮裡當作髮飾。

「那人的處置，報吉鳥已經替我們處理了。這樣也比較乾淨俐落，幸好沒讓船上被血弄髒。不過，將軍，你代替朕怒懲惡徒，朕很滿意。」

「卑職不值得陛下稱讚。」

「將軍，這個給你。」

今世王抽出插在腰帶上的摺扇。

青嵐惶恐抬頭，隨即再度必恭必敬地低下頭。內侍把香木製作的精緻摺扇重新包上方絹後交給他。

「還望將軍繼續保持。退下吧。」

「謝陛下隆恩。」

青嵐把方絹收進懷中，一手拿起解下的劍，膝行退下。

今世王捧起內侍用端盤送來、裝著青茶的小茶杯潤喉。

剛與足弱完事時，他感覺虛脫無力、全身軟若無骨，但隨著呼吸逐漸平穩下來，他的體內深處湧上一股爽快與充實，甚至覺得連指尖都因愛而水嫩。

他帶著些許慵懶用完早膳，小睡片刻消除疲勞後，醒來看著足弱的睡臉用午膳，替足弱把被子拉到他的下顎，就來到甲板上面對等候處置的兩人。

內侍開口說。

「金船長，陛下允許你抬頭回話。」

船長僅微微抬起那張太陽曬得黝黑的臉，從額頭流下一顆顆汗珠。

「金船長。朕在巡幸途中搭個船過河，怎麼就必須處理這一樁又一樁的糟心事呢？」

「陛下請、見、諒……屬下的過失是上司的責任，驚擾到陛下，小人罪該萬死。請陛下降罪！」

船長額頭貼著甲板磕頭。船夫們聽到他這番話，互換擔心的眼神。

「朕與家兄行房，對爾等來說，是那麼難以理解嗎？」

「沒、沒有的事。」

船長縮起臃腫身軀，再度額頭貼著甲板。

「朕不認為爾等能夠明白家兄真正的價值，但不管任何身分的人，只要聽到自家人受辱，都會感到不快，不是嗎？」

「陛、陛下說得沒錯！」

「將軍當時如果不在場，家兄在那之後，也會繼續遭爾等出言侮辱吧？他出生成為朕的兄長卻流落在外三十三年，好不容易才回到皇族該待的地方，爾等卻這樣對他？」

「陛、陛下饒命！」

「一星河已經閃耀青色光芒，朕也沒必要待在河上了。待會兒朕就下船改搭小舟上岸。」

「陛、陛下……」

「朕聽說副船長是你從小拉拔照顧到大，這次也是你帶他加入巡幸龍船行列。他就這樣失蹤，你也很同情吧。」

金船長吞了吞口水，聽著今世王不知是安慰或諷刺的一番話，腦袋已經轉不過來，滿腦子只想著：

（完了完了完了！我的人生結束了！）

巡幸船隊渡河使得一星河變色、引發吉兆奇蹟的同時，龍船上發生的壞事也會一件不漏地傳出去，到時候這位惹火灰衣衛將軍、使今世王憤而中途換船的船長，肯定再也無法行船了。

問題是還有比這些更嚴重、更叫人背脊發寒的。

一想到那個可能，金船長甩了甩一片空白的腦袋，膝行來到離開長榻準備走開的長衣襬前伸出一隻手，急得喘不過氣來，說：

「陛、陛下！懇請您打消下船的打算，否則身敗名裂的將不只是小人，小人的家鄉也會跟著遭殃。懇請陛下可憐可憐您愚昧的百姓，請陛下三思！」

「請陛下三思！」

「請原諒小人對殿下的不敬。」

「請原諒小人等的不敬。」

今世王回頭看去，看到不只是金船長，連其他船夫也紛紛磕頭請求原諒。

＊

（好餓……）

肚子太餓了，他不得不醒來。

就算和今世王行房很舒服——不舒服的時候也有——但完事後，他總會因筋疲力盡而昏睡過去；無法一邊睡覺一邊用膳，是最大的缺點。

他餓著肚子看向四周，看到住了好幾天的艙房搖曳著燭光。

內侍長命從床邊探頭看著他。

「殿下，您醒了嗎？」

「肚子……」

乾巴巴的嘴裡勉強擠出兩個字。

「膳食已經準備好了。我扶您起來吧。」

枕頭動了動，命伸手幫他坐起上半身，撐著他的身子。

足弱喝下遞來的花茶，忍著不讓眼皮再度闔上，吃著腿上膳臺裡寶來瓜的柔軟果肉，仰望天花板。

「這是……什麼聲音？而且、唔哇！窗外，已經完全暗下來了？」

「因為秋季的白晝時間比較短。現在仍是傍晚時分，天色就已經是這樣了。聲音是船隊的船長和船夫們正在甲板上苦苦哀求陛下。」

「苦苦哀求？」

寶來瓜是朱紅色的果實，很甜，足弱進宮之前不曾吃過。他把第三塊切成小塊的果肉放進嘴裡。

「陛下因龍船掌舵的船長言行不敬，決定下船改走陸路。船長、船夫和船隊的船員們一聽到這消息，正在請求陛下打消下船念頭。」

「船長言行不敬……是做了雷霆無法原諒的事嗎？」

「他碰觸到陛下的逆鱗了。」

「雷霰也有逆鱗啊……是什麼？」

命只是溫和微笑搖頭。

「不過，陛下不是會失去冷靜的人。南境這裡距離京城太遠，很多人對於皇室都失去了敬畏之心，所以陛下現在正在重新教育他們。殿下無須擔心，請用膳吧。陛下過一會兒就會回來了。」

足弱眨了眨眼，吃著命要他吃的水果。這些食物都很新鮮，讓人忘了他們正在搭船旅行。陶盤裡的寶來瓜吃到剩下兩塊，足弱就拿布巾擦拭抓果肉的手，嘆了一口氣。

「您已經吃不下了嗎？」

「這個水果很好吃，可是味道很濃，該怎麼說呢？我吃這樣就飽了。」

說完，足弱拿擦手巾擦拭嘴角，看向天花板。

喧鬧聲與歡呼聲傳來，許多人的腳步聲在四處響起。他的食慾有一半都讓甲板上的動靜給奪走了。

「殿下，御廚還準備了其他水果與野菜。您若不多吃一點，身體會撐不住的。」

說完，內侍長撤下寶來瓜的盤子，從侍膳內侍端來的端盤上拿出另一盤食物。足弱伸手抓起小盤子裡的種子。種子表面有一層油，愈嚼愈香。

「這是茶本子對吧？我在山裡時常吃。」

這是御膳房的人為了讓嚴重偏食的足弱吃東西，煞費苦心去了一趟足弱住過的深山附近的天寶村，研究當地農村菜和食材得到的成果。

簡單來說就是，沒有任何東西比足弱生活山地的食物更合他的胃口。想要引起他的食慾，就必須改用他懷念熟悉的味道。

為此，御廚在御膳房裡頻頻仰天長嘯，副廚流淚，幫忙打下手的下人們也忙得團團轉。

艙房的門一開，今世王就以宛如一幅畫的姿態現身。他的右耳金髮上別著銀白色羽毛。

「哥哥，你在用膳？多吃一點，你早膳和午膳都錯過了，肚子應該很餓吧。」

說完，他在內侍拿來的椅子坐下，陪著坐在床上的足弱。

足弱看向天花板。

「那邊的事情已經解決了嗎？聽說他們在苦苦哀求？」

腿上膳臺裡的盤子相互碰撞，發出清脆聲響。

足弱感覺到一股緩慢的振動。

「你原諒他們了吧……」

「其實命令他們自我了斷比較容易；如果可能的話，我也很想那樣做，真的。」

今世王以雙手握住足弱放在被子上的一隻手。

「可是，這片綠土目前仍需要維持一陣子。若問我維持綠土是為了誰，我會說是因為我希望百姓能夠像我們皇族人一樣，活得愉快自在。只要國家富庶和平，百姓就能夠做很多事。」

今世王看著兩人交握的手說話，足弱沒有開口。這種事恐怕只有皇族才懂。

「必須讓百姓學會崇敬君王。遠古時代，這片土地的百姓要求我族成為這塊土地的統治者，所以我必須擔任統治者，而他們必須被統治，這樣才能夠成就綠土——因此他們向我屈服，而我原諒他們。」

「君王與百姓這個遠古契約的束縛力，比想像中更大呢。」

「有那份原始契約，皇族的異能才能夠發揮作用。異能不只對大地有用，也能夠對人心起作用。」

「不只是失去皇族，這個國家的百姓如果對君王、對皇室失去崇敬之心，綠土也會消失嗎？」

「哥哥，這兩件事是一樣的，『眼睛看不到皇族』與『心裡沒有皇族』，意思是一樣的。」

「這麼豐饒的國家……卻會因為人的一顆心而消失……」

「反言之，這麼豐饒的國家，只要人的一顆心就能夠維持。」

今世王打開足弱的掌心，嘴脣湊上去親吻。

「有甜甜的味道。」

「我剛才在吃寶來瓜。」

「哥哥身上每處都很甜，或許就是因為你老是在吃水果吧。」

面紅耳赤的足弱抽出被今世王雙手握住的那隻手。

今世王一哂。

之後，今世王看著足弱用晚膳，讓他聽話盡量多吃一些，吃完後讓他再度睡下。接下來今世王才命人送上自己的晚膳。

兩天後，巡幸船隊靠岸抵達目的地，今世王與戴著黑色帷帽遮臉的足弱，一起接受在岸邊引領期盼的百姓與郡守歡迎，並坐上早已備妥的馬車。

眼見一星河的河水變清澈，郡民的欣喜之情也達到最高點。

載今世王渡河的船夫們就地跪下，恭恭敬敬地叩首施禮。

遺憾的是巨大的鑾駕尚未抵達，他們只好乘著郡守平常使用的馬車前往郡城。馬車的前後左右都被跟馬匹一同下船的灰衣衛團團圍著。

灰衣衛將軍騎著白馬跟在馬車旁，跪地夾道恭迎的南方百姓們穿著露出手腳的短衣短袴，指著他大聲說：

「快看那邊！」

「那是青嵐大人！青嵐大人！」

喊聲或年輕或年幼或年長，總之全都帶著欣喜。

「瞧著玉樹臨風，好俊的人。」

「你知道那件事嗎？」

「陛下龍船上的事？」

「聽說他聽到侮辱就毫不猶豫拔劍……」

今世王與足弱搭乘的馬車車輿四面都有木板遮蔽，從外面看不到車內。而且車窗還掛著厚布。

灰衣衛的騎兵隊走在馬車與百姓之間，防止有人靠近。

愈往國土南邊走，郡城愈堅固。為了配合當地夏季高溫多濕的氣候，家家戶戶都使用通風透氣的建材。或許也因為如此，這裡與京城、皇城的風格大不相同。

官道兩旁是稻穗採收過後的痕跡，田地十分遼闊。通知今世王抵達的望樓上可看到傳令兵在揮舞令旗。

「陛下萬歲萬萬歲！」

「雷氏王朝國運昌隆！」

「皇室福德綿長！」

老百姓的高呼聲在馬車和灰衣衛騎兵隊通過之後，仍然持續了很久很久。

＊

足弱的生母名叫「河拉」，據說是因為她的家鄉這裡叫「河拉哈蘭郡」。

河拉是鄉里小康人家的女兒，透過郡守的介紹，才有機會上京擔任綠園殿的灑掃丫鬟。據說她當時十七歲。

她原本就不是細如柳條的身材，有結實豐腴的腰、粗壯的手臂，在家鄉時經常幫忙稻作；豐胸翹臀，象牙白肌膚，頭髮和眼睛都是黑色，長相不是特別美，可以說相當平凡，而她也沒有因自己進了綠園殿，就萌生不切實際的期待。

能夠近距離看到皇族們——也就是接觸到文化起源地，讓這位鄉下姑娘滿心雀躍不已。

河拉突然回鄉是在十八歲之後。

爹娘眼看著女兒沒有半句解釋，只得苦著臉向幫忙牽線的郡守道歉，但這一切在灰色狼追來後，情況為之一變。

河拉特別被安排在郡城裡一處院子待產。

順利生下的孩子是黑髮黑眼珠的男嬰。後來京城派使者來說，孩子取名為「雷風」。

河拉接受宮裡給兒子的名字，卻拒絕接受綠園殿帶走兒子的要求。

受孕誕下皇族孩子的河拉受封為貴妃，獲賜大量黃金，還有灰色狼隨扈。

河拉認為這樣就足夠。她始終拒絕搬進綠園殿一角生活，因為她清楚一旦進了宮，將會被迫與身為皇族的兒子分開。再者她也不喜歡兒子的親爹——今世王那疏離的態度。

庶子雷風吸引到的不只是郡民，當然還有全國百姓、名門望族、其他國家的關注，但宮裡不僅從京城鑭城派人，也從國土西南境方華陵郡方領圃的灰色狼族領地，派人來保護河拉和她的兒子，於是他們平安無事過了三年。

直到雷風三歲那一年。

京城鑭城送了今世王的書簡、給兒子的明黃配色小衣裳，以及迎接的馬車，來到河拉生活的河拉哈蘭郡。

看過今世王寫來的書簡後，河拉終於下定決心讓兒子穿上皇族童裝，並且在灰衣騎兵的包圍下，離鄉上京。

由於幾天之前這裡才下過一場豪雨，他們判斷從一星河走水路北上太危險，於是載著河拉與雷風的馬車與騎兵一行人，選了照理說相對安全的陸路。

失去兒子後，河拉沒有上京，只是待在河拉哈蘭郡的郡城院子裡，拚命尋找自己的孩子。

她退回貴妃封號後，哪裡知道找她說媒的人反而蜂擁而來。曾經替今世王產下一子的河拉，成了旁人眼裡最想得到的搶手人選。

河拉想要留在家鄉，所以從一群求娶對象之中，選了過去引介她進綠園殿工作那位郡守的兒子。

幸好賢明的郡守兒子察舉考試合格，繼承父親衣帛成為新任郡守，並與妻子生了三個孩子。不過河拉還是沒有忘記自己的第一個孩子，只要一得空，她就會搭馬車或乘船在附近村里走動。在她尋人途中，也經常遇到灰衣衛將軍朝霧。

十二年前，「皇族病」在京城肆虐，奪走雷風的父親今世王時，河拉以衣袖拭淚。

「陛下太可憐了……」

她喃喃說著，又對身邊的人說：

「假如雷風在鑭城，那孩子現在也會跟其他皇族一塊兒病倒吧？還是說他是我生的，所以能夠平安熬過『皇族病』呢？」

她想像自己失蹤孩子長大的模樣，再度垂淚。

河拉耳聞唯一活下來的皇族繼任今世王之後，又過了幾年，就靜靜地在四十五歲那一年英年早逝。

從此以後，在河拉哈蘭郡以外的地方，再沒有人提起那位曾經生下皇子的河拉。

＊

足弱站在母親的墳前。

這裡是郡郊的墓園。背景是紅葉尚少的樹林，墳頭就在草原上。

百姓的墳墓通常只有土堆，不會擺設其他物品，但皇室特別下旨，河拉的墓有皇室御賜的圓形墓碑，上面的圖案是搭船女子頭上飛著一隻長尾鳥。

墓碑前面擺滿一柱清香與鮮花素果。白煙裊裊升起。

聽到腳步聲，足弱的一隻手被握住。不用看，只聞到安樂翠的香氣，也知道來者是誰。

足弱從乾燥的嘴裡勉強嘆出一口氣。

「哥哥——」

「她……如、如果再活久一點，我們就能見面了……」

「是啊。」

「聽說她一直在找孩子……」

「河拉夫人始終沒有放棄哥哥。」

足弱感覺自己的胸口破了一個洞。他無法繼續看著墳墓，只好仰望升上空中的白煙。秋天的天空格外清澈高遠。

回到郡城，足弱與母族的外祖父母、同母異父的弟妹們見面。河拉再婚後生下兩個女兒、一個兒子，所以他有三個弟妹。

足弱拿掉遮臉的帷帽，也沒有擺設布簾屏風。別說父族那邊的親人，足弱之前也不曾想過自己有母族親人存在，所以他很緊張。

可是面前的人是母親的爹娘，以及自己的弟弟妹妹。

今世王也在場。在這個能夠一眼望盡郡郊風光的廳堂裡，在內侍與灰衣衛的包圍下，眾人跪拜後被賜坐，面對著那位本來被認為已死的失蹤長子。

而且那個人是先皇的庶子，皇族有讓他認祖歸宗，且在時隔三十三年找到帶回後，受到現任今世王的寵愛，不是他們能夠當成普通孫子、同母異父兄長隨意對待的對象。

妹妹們都已經嫁人有孩子，住在別的郡。

弟弟在河拉哈蘭郡是優秀的官員，輔佐郡守父親。

「我、我是雷風。你們、好……」

足弱率先開口打破尷尬氣氛。

母族的五位親人也紛紛自我介紹，恭恭敬敬地對足弱的平安無事稱慶，害怕以正眼看他，並預祝巡幸順利，還說很高興他去看過河拉的墓……再來就無話可說了。

「河拉她也——」

「娘也——」

——倘若能夠見到殿下，不知道會有多麼開心呢。

五人只齊聲說了這句話。

＊

在今世王的陪伴下，足弱十分不自在地繼續和親人閒話家常。氣氛僵硬的原因之一，就是今世王沒退場。他十分好奇地觀察著足弱的母族親人。

（果然長得很像。）

小妹的眼睛、嘴脣跟足弱十分相似，臉型則是與弟弟相像，不過體型就截然不同。弟弟粗腰矮個兒且骨架子大。妹妹們也是豐腴的體型。

至於祖父母則是年紀太大了，無從分辨。

「殿下與河拉長得很像，真的幾乎一樣。」

他們只是不斷反覆著同樣的話，讓足弱倍感困擾。

看外表可知足弱的長相是由幾個五官組成，然後再混入皇族的血統，構成現在的足弱。

（差不多了……）

今世王舉起一隻手。

足弱的母族親人、與今世王沒有半點關係的家族，立刻閉上嘴。

「朕相信各位還有許多話想說，不過皇兄這一路折騰也累了，就先到此為止吧。」聽到今世王的提議，五人立刻跪地叩首行禮。

背對今世王坐在椅子上的足弱，回頭看向他。

「哥哥，你還想再聊一會兒嗎？」

足弱搖頭。外祖父母和弟弟妹妹們顯然對於總算可以離開這處廳堂鬆了一口氣，帶著尷尬的笑容離開。目送他們到廳堂門口的足弱，拄著拐杖，踏著沉重步伐回到坐著的今世王身旁。

那五人都獲得皇家的賞賜。

「如何？有沒有想搬到河拉哈蘭郡住了？這裡有你的外祖父母和弟弟妹妹。」

今世王伸手握住足弱其中一隻手說。足弱卻沒有回話。

「哥哥，怎麼了？」

「我也不是很清楚……」

大概是一時間無法消化那麼多事情吧。

儘管如此，這些事情還是比自己是皇族，而且是今世王的床伴這項事實，更容易接受。

假如足弱沒有搭馬車出意外，那些弟弟妹妹就不會出現在世上。許多人的命運都因為那場意外改變了。

今世王也會像現在這樣，跟相差十歲的同父異母哥哥翻雲覆雨嗎？不知道。假設會，也有可能兩人早死於「皇族病」了。

這些都已經過去，而且都只是假設。

現在今世王面前只有足弱一人。

他渴望這個男人渴望得不得了。

「晚上的宴席推辭掉，我們和郡守一起用個膳就好。」

河拉哈蘭郡的郡守是足弱生母再嫁的男人。他在妻子早一步離世後就沒有再娶，只收了侍妾，年過五十歲，已經打算退休。

＊

回到暫時準備的房間，等時辰一到，足弱就讓今世王牽著一隻手走過迴廊，前往用膳的廳堂。

夕陽下山後，城裡點亮了燈火，不禁勾起鄉愁。

（這裡是娘親生活的郡城……土地……家鄉……是我誕生的地方……）

他怎麼樣都覺得很不真實。

腦海中浮現的是在天寶村深山裡跟老頭子共度的日子，那才是足弱真正的家鄉。

但是那位他唯一可稱娘親的女子，在這裡產下並養育他，在意外之後仍用盡各種方法尋找兒子——這個事實感動了足弱。

自己有爹娘，而且娘很疼愛自己，直到最後都相信自己仍然活著——一想到這裡，原本像是破了洞的胸口深處一陣刺痛。

（真希望能見面……真希望能夠親自告訴妳我還活著。）

他有一種感覺，這個想法今後將會隨著時間變得愈大、愈沉重、愈深遠。

在內侍和灰衣衛的環繞下，足弱被今世王牽著手，走進開著門的廳堂。

大長桌上擺了許多菜盤，散發出挑逗鼻腔的香氣，也充滿著刺激食慾的熱氣。

皇族的膳食均是由隨行御廚利用自己帶來的食材，搭配在地食材烹煮而成。郡城廚師做的菜已經試過毒，有好幾道菜都有資格端上桌給皇族品嚐。

膳案上最醒目的就是有著紅色外殼的一星蝦。

這種一星蝦棲息在一星河下游出海處的河口附近，是人稱山珍海味的大個頭甲殼類。牠擁有五對附肢與一對觸角，汆燙後外殼就會變成鮮紅色，肉質結實有彈性，無論任何場合端上桌都會受到讚賞。

為了歡迎今世王，郡裡派出許多漁船去捕撈大量新鮮的一星蝦，並且毫不吝惜地汆燙後送上桌，在大盤子裡裝飾得美侖美奐，冒著一陣陣白色熱氣。

廳堂裡瀰漫著一星蝦令人垂涎的香味。

足弱先是感覺臉很痛。

他吸了一口氣之後，疼痛竄過口腔與喉嚨深處。

他忍不住抬起沒被今世王牽住的那隻手遮嘴，拐杖從他手上掉落。那隻手也開始發疼，雙頰升起難以忍受的熱度，身子微微顫抖。

「哥哥？」

他從今世王手裡抽回手，惹得今世王發出疑問。

足弱忍著竄過手臂和脖子的疼痛，視線逐漸變窄，呼吸也變得困難。嘶、嘶——呼吸愈來愈淺。

他感覺全身又癢又痛，無法站直，於是彎下腰、腳步蹣跚地往後跑開。

「哥哥！」

今世王的聲音響起。

「殿下！」

「怎麼了？」

「殿下！」

他彎著身在僅能看到內侍灰色外袍與鞋子的情況下向前衝，以衣袖遮著熱燙的臉頰往前跑，然後撞上某個人。

「啊！」

「殿下見諒。殿下，您怎麼了？」

在他變窄的視線範圍內看到的是灰色鎧甲、掛在腰上的佩劍。對方強壯的手臂扶起他的上半身，足弱仍然屈身以顫抖的嗓音說：

「外、面……請、帶我、去、外面……」

說到這裡已經用光他的力氣。他的氣管變窄，只能發出細微的咻咻聲。

灰衣衛的動作很快。

「殿下要求去外面！快讓路！快傳太醫！」

搖搖晃晃走出廳堂門口來到迴廊上的足弱，被灰衣衛抬著送到迴廊盡頭的欄杆處。

跟在那位灰衣衛後面的，是許多人急促的腳步聲。

「殿下！」

「殿下！」

足弱離開廳堂來到室外的夕陽天空下，讓灰衣衛放下他。他癱坐在石板地上，以兩邊衣袖掩面垂頭。

「殿下，您怎麼了？」

聽聲音，他知道那是命伯。

「太醫！太醫還沒來嗎？」

他知道那是溫的聲音。他的腰被人抓住，靠在某個人的胸前。

「哥哥，你怎麼了？讓我看看你的臉。」

足弱能做的只有拚命咻咻呼吸。他的眼睛已經睜不開。今世王拉開足弱的手臂湊近看去，嚇得咋舌。

「卷雲還沒來嗎？」

「來了！」

以太醫令為首的太醫們趕到，立刻將足弱送往其他房間。

＊

足弱的皮膚症狀緩解下來，是在四天之後。

他在第一時間連氣管都腫脹，導致呼吸困難，幸好經過迅速治療後，已經能夠好好呼吸，接著他喝下解毒湯藥，在光裸的全身上下貼滿藥布，治療搔癢發紅。

太醫診斷後確定他性命無虞，但出現這般嚴重的症狀，使今世王與太醫們交頭接耳討論。

「陛下，原因恐怕是一星蝦的熱氣。過去也有人發生過對於某些特殊食材出現強烈反應的例子。」

「你是說——哥哥差點被蝦子殺死嗎？」

「不一定是所有蝦子都會這樣，不過殿下今後的膳食裡絕對不可有一星蝦。臣等無法判斷是否是大量水蒸氣才造成如此嚴重的反應，只碰一隻蝦或許不要緊。但是，會產生如此嚴重排斥反應的食材，一個弄不好，改日也許就是氣管堵住導致窒息而死了。」

聽了卷雲的話，人在足弱沉睡的寢房隔壁房內的今世王臉色蒼白。

雷風到三歲為止都與娘親生活在河拉哈蘭郡，卻沒有留下小時候的膳食紀錄。

京裡派了灰色狼過來，主要是為了維護安全，再者河拉也沒有把照顧孩子的事情交給內侍們，因為她害怕兒子被他們帶回鑭城，所以總是放在身邊。

也許他小時候就出現過過敏反應，只是這些都因為河拉的死，永遠也無從得知。

「哥哥在宮裡只吃水果和野菜，所以才會一直沒出事吧。」

「微臣也是這麼認為。」

「哥哥與朕一同用膳時，朕的膳食裡是否出現過蝦子……快去查！」

今世王對著內侍長下令。

「乾脆這樣好了，以後不只哥哥，朕的膳食裡也不准出現包括一星蝦在內的所有蝦子，更不准任何蝦子進入綠園殿大門。這趟巡幸的膳食也比照辦理。」

今世王咬牙切齒說完，其他內侍立即跪地領命。

（不然乾脆全面禁止捕蝦好了……）

他不允許區區的水中生物，奪走現任天子深愛的人。

在河拉哈蘭郡停留到了第六天，足弱身上和臉上的紅腫全都消退了，只剩下右臉還貼著藥布。他躺在枕頭上靜靜聽完今世王的話。

「雷霰，拿一星蝦和其他蝦子給我。」

今世王目瞪口呆看著足弱。

「我們就來搞清楚我不能碰的是哪種蝦子。皇室禁止所有蝦子的消息一旦傳出去，你要漁夫們怎麼活？」

「哥哥，你別拿自己的身體開玩笑。依你現在的狀態如果再度引起反應的話，你會變得更虛弱啊！」

「雷霰，我在你的膳食裡看過類似一星蝦的蝦子，所以我不是對所有蝦子都過敏。那股味道是第一次聞到，所以我想應該只有一星蝦吧。」

「現在……正在調查這點。可是哥哥，我一點兒也不想你以身試險。」

足弱抬起左手看了看。現在象牙白肌膚已經恢復光滑。

「雷霰，我過敏時很噁心吧。」

「沒有那種事。」

「你是不是失去抱我的慾望了？」

「你這麼認為嗎？」

說完，今世王離開椅子，在足弱的額頭上吻了吻。

「等你恢復之後，我會好好地疼愛你。」

足弱的臉頰隱約泛紅。

「我不能碰一星蝦這件事，能不能替我保密？」

「為什麼？這件事必須昭告天下，否則說不定會有人故意帶著一星蝦靠近哥哥。」

「昭告天下的話，那些靠捕撈一星蝦維生的百姓……會活不成吧？我反正不愛吃蝦……只要我不主動去碰就好了。」

「哥哥，這樣太危險。」

「不過就是蝦子。」

「差點因為那個蝦子死掉的人是誰？」

「你太誇張了。」

足弱面向今世王，今世王臉上是苦惱的表情。

今世王比誰都清楚，仰賴皇室的雷氏王朝百姓一旦得知皇兄不能吃一星蝦，一星蝦就會變成人人避之唯恐不及的東西。

漁夫們的生計會因此中斷；一星蝦本來是高價食材，這麼一來整個郡也會蒙受極大的損失。對，不過就因為區區一個人無法吃蝦。

「別告訴任何人，雷霰。」

「我再也不吃一星蝦了，也決定以後除了和哥哥一起用膳時沒出過狀況的海鮮之外，全都禁止端上桌。我會按照你說的，不公開昭告天下，但我和灰色狼族在的時候，絕對不會讓你碰蝦。哥哥自己也請小心，絕對不准有『想要試一試』的念頭。」

「我為什麼要折磨自己？」

今世王嘆氣，從椅子站起。

「河拉哈蘭郡的郡守和郡城廚師已經一臉快死的表情等待數日，我差不多該去見見他們、原諒他們了。」

今世王轉身背對足弱，再度嘆了一口氣，說：

「看到哥哥差點死掉，我覺得自己就快要死掉……」

沮喪的今世王依依不捨地說完，就離開寢房。

足弱反芻著自己在治療期間意識不清時想到的事情。

（對了，雷霰雖然說，走水路到河拉哈蘭郡能夠縮短巡幸時間，但搭馬車走陸路也可以吧，畢竟三十三年前娘親帶我上京時就是走陸路。又沒有人說巡幸要趕時間……）

足弱想著今世王的舉動——儘管他沒有多說，但他其實是想避開改變足弱命運那條路——一邊凝視著今世王的背影消失的門口。

拿掉所有藥布的足弱，終於可以下床。

河拉哈蘭郡的郡守前來拜見康復的足弱，看上去像是突然老了許多，言談之間只顧著為一星蝦的事道歉，聽聞沒有昭告天下，他也只是叩首行禮，沒有再提到河拉的事。

「我娘——是什麼樣的人呢？」

在足弱的安慰下，逐漸冷靜下來的白髮蒼蒼郡守開口：

「殿下的娘親，是性情乖巧的人。蒙受過一次今世王的雨露，應該是值得大肆宣揚的事，她卻盡可能不願靠近京城。她的個性認真，擅長彈琵琶，擁有女性的柔軟體態，很健康，連生病都不曾有過，最後卻一病不起。我到如今仍然很驚訝——人明明前一天還好好的，怎麼突然就走了。河拉直到死前始終放不下的都是殿下的行蹤。她相信您還活著，堅持一定要找到您，她認為您一定在某處等著她去找您。現在我才明白河拉說得沒錯。」

接著郡守把河拉的遺物琵琶交給足弱。

「我本來打算死後把這把琵琶留給兒子或女兒，但我發現這應該是屬於殿下您的。這是河拉常在彈的琵琶。我聽說是殿下的父親——前任今世王所贈之物。」

香木雕刻的琵琶正面繪有色彩鮮豔的紅色天空與青色森林，那是一把是四條弦的樂器。假甲和河拉常用的樂譜也一應俱全。把琴頭部分都算上的話，長度約有二尺三寸（約七十公分）。

足弱從面對郡守的椅子站起，湊近看向漆盒裡以綢緞包著的琵琶。

「給我好嗎？」

「您願意收下等於是幫卑職一個大忙。河拉替這把琵琶取名為『林葉間灑落的陽光』。」

足弱無法回話，只低頭看著那把以自己的名字命名的樂器。

＊

他們在河拉哈蘭郡滯留的時間比預定更久，終於也要出發了。

這裡是足弱誕生的家鄉，所以巡幸滯留特別久，郡民也沒有感到奇怪。

在等待足弱康復期間，今世王前去視察駐守南邊國境上的軍隊，也見過將軍。

之前繞路走一星河上游橋樑的巡幸鑾駕，後來也抵達河拉哈蘭郡。這輛鑾駕此刻正在駛往某處。

「在返回京城之前，有個地方我想要和哥哥一塊兒去。」

巡幸儀仗來到了國土的最南端。

打開二樓寢房窗戶，足弱注意到摻著紅葉的綠意逐漸減少。

這塊寸草不生之地叫作「葉都沒」。

幾年前開始草地乾枯、樹木傾倒，接著就再也長不出任何東西。

土壤看似沒有問題，但是不管播種幾次、植苗幾次，種子都不發芽，樹苗也會枯死。

這樣嘗試了好幾次之後，百姓們也不明白原因，就這樣放著這片黃土束手無策。這塊黃土地的大小足以容納一整個村落。

負責安全的灰衣衛騎兵隊率先止步，鑾駕也跟著停住後，足弱下樓來。今世王伸手攙扶他，順勢帶著他來到鑾駕外，踏上這片烏雲密佈天空下的不毛之地。

灰衣衛和內侍沒有跟過來。

他們等在鑾駕停車的地方，眼睛沒有離開皇族。

騎兵隊有半數人下馬，灰衣衛將軍則是騎著馬站在最前方，戴著頭盔以目光追隨兩人的身影。

自從在京城被今世王扛進綠園殿以來，這是足弱第一次離開灰色狼這麼遠。

足弱瞥了一眼駐足等待的灰色狼之後，跟上牽著他手的今世王走去。

灰色狼的身影愈來愈小，幾乎看不見了。踩在一整片只有土的大地上，今世王停下腳步，放開足弱的手，回身說：

「要不要跟我一起唱誦？」

「唱誦？」

「就像這樣。」

說完，今世王彎下腰，以白皙手指捧起腳邊一握沙土。

「抓起土，唱誦。」

他握拳的手往前一伸，鬆開手指，讓沙土撒落。他的姿態和飛散的沙土在地上留下淺淺的倒影。

紅潤豐脣以堅定低沉的嗓音說：

「成為綠土。」

聽到這句話的瞬間，足弱感覺腦子一陣麻。

身穿明黃色龍袍的年輕今世王，站在不毛之地中央，環顧四周，瞇起藍眼睛，再度開口唱誦：

「成為綠土——這塊土地就此成為綠土。」

「雷霰……」

「皇族的力量有時無法顧及到國土的邊陲地帶。這種時候我們就會前往各地，像這樣對土地下令。哥哥，要不要和我一起唱誦呢？」

掌心裡的沙土撒盡後，今世王放下手，看向足弱。原本只是看著君王命令大地的足弱，吞了吞口水，緩緩搖頭。

「為什麼？」

「我沒有像你一樣的力量。」

「你為什麼能夠斷定沒有呢？」

「我的身旁不曾發生過奇蹟。」

「哥哥，你來了之後，我接到許多奇蹟發生的奏摺。一星河的河水也變色了。」

「那是你的力量。我自己一個人的時候，從來不曾出現稱得上是異能的力量。」

「或許只是你沒注意到。而且，哥哥來了之後發生的奇蹟，也不能斷言就是我獨自一人造成的。哥哥，假使你沒有異能也無妨，我們可以一起祈求。」

說完，今世王再度彎腰，以雙手捧起一抔土，再分給足弱一握的量。

足弱拒絕不了，以雙手接下土，重新握在一手掌心裡，與今世王並肩而立。

「成為綠土。」

兩人齊聲說。

天上淺灰色的烏雲延伸到地平線那頭。

大地上沒有植物的蹤影，也看不到有生物活動，有的只是潮濕的空氣。

這是一片毫無生氣的大地——

兩人伸手撒下這片大地的黃土。

「成為綠土。」

足弱跟著今世王唱誦，想像眼前的大地變成綠土的景象。

土地恢復生氣，植物萌芽，林木茂盛，昆蟲飛舞，鳥兒啼叫，水泉湧出，人們到來，收穫恩惠。

這片土地，這雙腳穩穩站著的大地，將會誕生那一切。

足弱睜開瞇起的雙眼，灌注力量說：

「這塊土地就此——成為綠土。」

第十四章　春雷

待他們回到巨大鑾駕上，就轉向北方出發。

後來他們繼續繞行了幾處南方的郡城，時節就來到深秋。一行人再度從一星河走水路北上，這次的龍船交由新的船長掌舵——靠岸後，等到巨大鑾駕趕來會合，節令就進入了冬天。

接獲北郡已經降雪的報告時，宰相善與病倒並已康復的消息，也傳到今世王的耳裡。

他們回程走與去程不同的路線，進入另一個郡；每次靠近郡城都有百姓夾道歡迎。最後終於回到京城。

抵達京城鑭城的綠園殿時，所有人都已換上冬衣，門也變成兩層，火爐增加了，毯子和毛皮也備妥了。

足弱回到綠園殿的第二天一早就前往禿山。

京城尚未下雪，不過禿山需要提早做好過冬準備。他再度讓阿爾拉著馬車往禿山去。

「啊……」

秋初造林種下的幼樹，在悉心照料下，已經在山上順利長大。播過種的地面為了防止雪害鋪上稻草，還綁上稻草編的粗繩避免被風吹走。

等在山腳下負責打理皇家御花園的園藝師、工人們叩首迎接足弱到來。

「真了不起，你們幫我做了這麼多……」

「草民向指導的霍上洲大人請教過後，做了能做的事。希望沒有偏離殿下的規劃。」

「說什麼偏離……我還得謝謝你們幫忙呢。」

足弱慰勞眾人，把這群人的代表——寄道招進小屋。

寄道負責管理御花園的植物，修剪太長的樹枝雜草，種植皇族喜愛的花卉，把池塘裡的花調整成恰到好處的數量等。

他是身材中等、有個大肚腩的中年男人。來到足弱面前就拿下平常戴的頭巾，低下頭髮稀疏的腦袋行禮。

足弱從這位寄道口中聽聞他不在期間的情況，並仔細寫在筆記本裡。

接著他端坐鞠躬，說：

「我不在這段期間，有勞諸位了。今後或許仍有許多事情需要大家，到時再麻煩你們了。」

中年的寄道跪在木頭地板上一臉錯愕，接著立刻退到木頭地板外的沙地上磕頭。

「草民……草民承受不起。有事儘管吩咐草民便是。」

足弱花了好一番功夫才說服惶恐的寄道再度回到木頭地板上來。

還有一件事情讓足弱很開心。

綠園殿總管把裝在三色花盆裡的藥草送來他的小屋。

他一看就知道——

「是御前草！」

足弱穿著與工匠一起蓋小屋時的短褐，披著厚外袍，湊近擺在案上的花盆。

「這個確定是殿下的『御前草』沒錯嗎？」

「對、對、沒錯，就是這種草。你真的幫我採來了。」

總管滿是皺紋的小麥色臉上一哂，點點頭。

「御前草」的草高不滿一尺（約三十．三公分），屬於多年生草本植物，在春天到夏末期間開花，會長出大量淺綠色穗狀小花；葉片是寬橢圓形，每株會長五片葉子。足弱過去多半是把它的葉子和種子曬乾後煎成藥湯喝。

「使者帶回藥草時，為了方便種植，所以全都連根帶回。除了這三盆之外還有，晚一點會送過來。聽說他們還留下一些在深山小屋的藥草田裡。」

「我想問問深山的情況，可以幫我請那位特使過來嗎？」

手摸著花盆的足弱抬起臉。自己不得已離開深山小屋已經好一段時日。他想打聽老家、深山和那對農戶夫婦的近況。

「我讓他等在門外了。朝霧。」

聽到那個名字，足弱嚇了一跳。

進來小屋的朝霧，打扮是灰衣衛的模樣，黝黑臉上露出雪白牙齒。

「久違了，殿下。」

「你是、率領造林團眾人那位朝霧伯，沒錯吧？」

朝霧單膝跪在沙地上，露齒微笑。

「殿下，您真的一個人住在那樣的深山裡嗎？那小屋位在峽谷上的斷崖絕壁旁，不小心腳一滑就會喪命……那兒居然能住人……」

足弱一賜座，朝霧就大大方方來到木頭地板上。

「你見到洪大哥夫婦了嗎？」

「有的。有洪兄領路真的幫了大忙，不然我都要以為自己去的是未曾有人去過的荒山野嶺了。」

聽到朝霧這麼坦白，足弱微赧。

他很想辯解自己以前住的小屋的確是在很陡峭的地方，但還是有路可通，而且自己走慣了就知道該怎麼走。

「呃，可是，我之前就住在那裡……」

「也是。看到小屋後，我就鬆了一口氣。卑職很失禮地看過了小屋的內部。雖然不見鼠輩橫行，不過存放的糧食中已經腐壞的，我就處理掉了。未先請示殿下就擅自動手，實在抱歉。」

足弱搖頭。

「殿下有把門窗關好。」

「我一直很擔心這件事，謝謝你告訴我。」

「藥草有殿下的仔細說明，所以一看就找到了。我們背著竹籠去，把藥草連根帶土一起挖起放進竹籠裡，只採了背得走的分量帶回來。」

「你們還專程跑去那麼遠的地方，有勞你們了。」

「區區小事不足掛齒。殿下能夠從那樣偏遠的深山裡來到京城，這樣意想不到的好運與巧合，才讓我們無比驚嘆。」

不只是朝霧，就連總管也定睛注視足弱，他於是含糊笑了笑，說：

「我……會來到這裡，是朝霧伯你見過的洪大哥夫婦鼓吹的……」

足弱才說完，兩位老人家一臉錯愕。朝霧更是一拍大腿，說：

「原來是這麼一回事！早知如此，除了殿下交待的土儀和金幣之外，卑職應該要給帶他們更多賞賜才是。」

「洪大哥夫婦有沒有問起我的事？」

朝霧笑著點頭。

「卑職把殿下寫的信交給他們，可是他們說不識字，我只好唸給他們聽。殿下在信上寫到——我在京城與失散多年的弟弟偶然重逢，於是在他們家住下。弟弟無論如何不讓我走，所以我還無法回去。什麼時候能夠回去我也不清楚。這些帶信過去的人，對我種植的藥草有興趣，說想要，如果方便的話，洪大哥，請幫他們指路，帶他們去我山裡的家。弟弟待我很好，我也過得很好，希望洪大哥與靜惠嫂也過得好。由於我不知道自己幾時能回去，我就把要給兩位的土儀託付這些人帶過去——大概是這樣。卑職把信的內容唸給他們聽，夫妻倆都很激動。他們很喜歡你送他們的菸管和髮飾。當卑職把陛下賜的金幣交給他們時，他們嚇得腿都軟了，還說足老弟的弟弟居然這麼有錢。我只能含糊打馬虎帶過。」

朝霧臉上的笑容愈來愈深，足弱的臉色反而轉紅，還對夫婦倆的反應噗哧一笑。

「我沒有揭露殿下的身分。」

「嗯……謝謝你。」

想到久違的兩人，足弱的心頭頓時湧上鄉愁。

如果可以，如果可以的話，我想回山裡看看——足弱替老頭子造的墓也在那個家鄉，自己過往的一切也全部都在那裡。

「哥哥，你冬天也打算待在小屋裡嗎？」

「怎麼了？」

回京後，今世王去探望過宰相的病、慰問幾句之後，一直忙著處理那些堆積如山的政務。這天他來到小屋接足弱回綠園殿，打算跟哥哥兩人悠閒度過這一晚。

在宮裡用完晚膳後，足弱隨意坐在花廳鋪著的毛皮上，學習生母留下那把琵琶的基本知識。小歇時，他喝著茶，聽到今世王的問題抬起頭。

「我本來以為穿上簑衣就足以禦寒。難道鑭城的冬天很冷嗎？」

「沒有冷到北方那種程度，不過小屋畢竟是小屋，跟宮殿無法比。再說，哥哥，你打算讓服侍你的內侍和保護安全的灰衣衛，在小屋外頭忍受寒風嗎？」

待在房間角落的內侍們聽到這話抬起頭，卻什麼也沒說。

足弱抖著手，把原本裝茶的茶杯放在案上，眨了眨泛起水光的雙眼垂下頭。

（我都只有想到我自己。）

他想在禿山造林，為了方便作業，於是蓋了小屋，也理所當然想要跟住在家鄉深山時一樣，待在小屋裡過冬。可是來到京城後，他不是獨自一人生活，他的身邊隨時都有替他處理各種大小事的人在，也經常有保護他遠離危險的人在。

「我……」

足弱低著頭說不出話來，今世王抱住他的肩膀。

「我不是禁止你待在小屋。如果你擔心禿山的狀況，可以偶而去看看。不過冬天就和我一起待在宮殿裡吧，哥哥，好嗎？」

看到足弱點頭，今世王在他的髮上留下一吻。

＊

雷氏王朝風靡萬千女子的灰衣衛將軍，在比鄰綠園殿的宮殿裡那處屬於自己的官舍裡，迎來剛剛才覆命完的猖狂特使。這位囂張又無視別人的老特使，斜倚在房裡寬大的長榻上，一手拿著杯子喝酒。

「這酒，你喜歡嗎？」

青嵐喜孜孜拿出事先準備好的酒，倒進自己的酒杯裡。

「不錯，火酒就是要喝星三馬的。」

「朝霧大人，你以前很愛喝這個牌子吧。」

「你還記得，我很欣慰。」

青嵐低著頭無聲輕笑。

（你忘了以前叫我去跑腿買過幾次啊？）

不過，他也知道朝霧喜歡這個滋味。

「所以……殿下以前生活的小屋，有那麼糟？」

「嗯，什麼都沒有，蕭條孤寂。不過替我們帶路的男人說，以前去的時候，小屋附近的環境更乾淨整潔，田裡的作物也長得很好。所以大概是殿下不在這段時間荒廢了吧……」

他們兩人的家鄉都在灰色狼的領地，小時候就在國土西南方的華陵郡方領圃生活，所以有過種稻、種田的經驗，也是一路看著那些長大。

「畢竟殿下已經離開兩個季節……」

「不是動物破壞的？」

「不是那種荒廢，是草木作物就地枯死了。我檢查過，沒有啃咬的痕跡。」

朝霧坐起身，把杯子放在案上，以拇指擦了擦沾濕的下顎。他的下顎有隨意亂長的白鬍子。

「哎，就算田裡曾經豐收，我再重申一次，那地方還是什麼都沒有。小屋往下走有一處清澈的小溪，那兒砌了石階，方便從小溪汲水，但仍然是生活不方便的地方。」

更別提殿下有一腿瘸了、行動不便——這句話他吞下去沒說。

蓋在山腰平地上的小屋，屋內很窄，沒有鋪上木板、全是沙地，還有石頭堆成的灶。少了注水口的茶壺、磨鈍的菜刀和砧板、陶鍋和飯碗交疊擺在角落。牆壁和天花板掛著陰乾的野菜，也掛著木工用具、耕作工具。

大概是為了睡覺，草蓆擺在曬不到太陽的地方，所以很潮濕。腳下有兩只藤編箱籠，一只的裡面放著破破爛爛的、就算不是朝霧，任何人看到一定會立刻丟棄或扔進火裡燒掉的破布。另一只箱籠裡是一本幾乎要解體的書冊。

仔細看過那些物品後，朝霧和同行灰衣衛們發出低沉苦澀的呻吟。

一想起那個情況，回京的朝霧一臉苦澀地面向青嵐。

「那些、對灰色狼來說是不忍卒睹……皇族，獨自一人，住在那個狹窄小屋裡，一切都要自己來……想到他過著那種生活……換、換穿的衣服只有一件、而、而且……」

朝霧嚥了嚥唾沫，垂著頭沒再開口，突然又粗魯抓起杯子往前一伸。青嵐也沒有作聲，靜靜替他倒火酒。

朝霧大口灌下杯中的火酒。

不曉得是否多心，他瞪著杯子的眼睛似乎紅了。

「殿下來到這裡，不願意穿皇族的衣服也是理所當然啊！每次內侍們想要替他做些什麼，他就會受到驚嚇，也是理所當然啊！始終站在別人叫他躺上去的床前不敢動，也是理所當然啊！覺得浴殿的白色溫泉很可怕、不識男女事，這些都是理所當然啊！」

話畢，他把杯子拍在案上。

「朝霧大人……」

聽到青嵐喊他，朝霧垂著腦袋搖頭，小麥色脖頸也一片通紅。

「殿下現在穿著皇族服飾，接受我們的保護和服侍，在架子床上睡覺，在御花園小屋裡也是鋪著最好的睡榻，也願意在浴殿沐浴，與陛下行房也愈來愈順利。他逐漸習慣自己本來就應該待的地方，不管過去三十三年來他經歷過什麼，現在是像這樣在我們的手中好好護著。」

「嗯，是啊……」

朝霧擠出聲音說：

「可是……知道歸知道……本來、皇族人就不、不應該、過那種日子……應該要在血親的環繞下，由我們替他們做好生活所需的瑣事……他應該要誕生在文化與愛之中，一輩子平安無事地活著……」

在老洪領路下，一行人在山裡待了兩天。下山時，他們背著裝滿藥草的竹籠，一路上都很沉默。

老洪看到他們意志消沈，嚇得不知如何是好。

那一行的三人之中，一位是頭髮花白又滿是皺紋但精力充沛、儀表堂堂的威嚴男人，一位是行動身輕如燕的男子，另外一位是眼神銳利的年輕男子。他們三人身上都帶著劍，或許是為了旅途安全。

「你、你們怎麼了？採藥草時出什麼事了嗎？」

下山途中露宿野外時，老洪看到圍著火的男人們各各情緒低落的模樣，忍不住開口問。

「沒什麼……洪兄莫擔心。」

「可、可是、你們看了足老弟的家之後，臉色都變得好難看。」

三人組的代表，勉強點點頭，開口說：

「洪兄，生活在山裡……都是那個樣子嗎？」

年過四十的農夫老洪，拿著小樹枝戳火堆，說：

「這個嘛，也不見得都是那樣。足老弟本來就會摘採好藥草下山賣，我也希望他更常到村子裡走走，這樣他才能夠賺到更多錢，在村子裡買間房子。可是足老弟他啊，似乎更喜歡像那樣住在山裡。每次他下山時，我叫他留下來過夜他都不肯。我告訴過他，已經跟村長提過，村長也允許他在村子裡住下，他也搖頭拒絕。」

老洪把小樹枝扔進火堆裡燒，拿起掛在腰際的菸草袋，拿出菸管。足弱送他的菸管擺在家裡，他此刻填入菸葉的是使用多年、握柄都變色的菸管。

「你的意思是，足公子對於在這裡的生活，很滿意嗎……」

「我也有想過大概是因為他只知道山裡的生活吧……足老弟在京城弟弟家裡，能住得慣嗎？」

老洪吐煙看向三個男人，男人們重重點頭。

「那就好。那位弟弟願意給咱們家那麼多金幣，想必家境富裕吧。信上提到失散？那位弟弟跟足老弟失散之後，是怎麼變成有錢人的？」

「那個——足公子的弟弟，是被十分富有的大財主收養……」

既然足弱在信裡提到失散的弟弟，而自己也老實唸出來了，就必須想辦法圓謊。

「原來是這麼回事！沒想到他們能夠在京城重逢，而且還能夠認出彼此。」

被沒有絲毫懷疑的黑眼睛看著，三名灰衣衛的表情也沒有半分改變。

「那位弟弟也是希望能夠再見到哥哥，經過一番苦尋，所以一眼就認出來了。畢竟流著同樣的血脈，有同樣血脈的親人，就會互相吸引。」

「呵呵，那真是了不起，跟陛下尋找皇兄一樣。足老弟是因為陛下找皇兄的詔令上京的，就這麼巧跟親生弟弟重逢，實在值得高興。而這也要感謝陛下，是陛下同情一個人孤零零的足老弟，幫他找到失散多年的弟弟吧。沒錯，今世王陛下帶給咱們恩惠與和平，也替足老弟找到弟弟。」

老洪稱讚足弱與弟弟重逢是今世王的聖恩浩蕩。聽到這裡，灰衣衛們沒有說話，只是各自吃著溫熱食物喝著酒。

朝霧憶起在找尋庶子的路上多次相遇的河拉。

河拉噙著淚注視著幫忙找尋自己孩子多年的灰衣衛將軍，兩人一起吃過好幾次飯，聊過好幾次。

河拉後來嫁給河拉哈蘭郡的郡守為妻，生下三個孩子後稍微發福，但那張臉仍舊帶著稚氣。

聽說河拉過世時，朝霧更加深切感受到自己的使命。

（就算是代替已逝的河拉夫人，我也必須找回雷風殿下。）

後來找人的只剩下他自己。雖然只剩下自己，也能夠找到失蹤的庶子——他這麼想，便辭去灰衣衛將軍之職。

保護碩果僅存的皇族固然重要，但反正有其他優秀屬下在。他必須去做只有自己能做的事情，必須找到庶子，讓庶子的母親安息。他想要到河拉的墳前告訴她——妳失散的孩子正如妳所堅信的，仍然活著。

雷風失蹤的河川是一星河的支流，因此朝霧和河拉都是忍受濕氣，頂著酷暑也要搜尋支流沿岸與主流河畔各地，不放過任何角落。

得知哪兒有年齡符合的孤兒，不管有多遠他都會過去看看，一旦覺得是可能人選，他就會私下安排皇族見面——黑髮黑眼的孩子，只有皇族才能夠判斷是否為皇族人。

不讓河拉協助確認，是因為他想要比所有人都早一步找到對的那位，另一方面也是不希望生母每次都要為此又喜又悲。

每次皇族人搖頭，朝霧就很失望。

皇族們安慰這位前灰衣衛將軍，不厭其煩地幫他判斷，但失蹤孩子的下落依舊渺茫。

正如青嵐所云，雷風被找到後，現在已經完全以皇族身分，在綾羅綢緞、黃金珠寶、忠誠的侍從、與滴水不漏的護衛環繞下，過著被血親擁抱，被灌注深刻愛情的生活。

在這場秋季巡幸中，雷風去了生母河拉的墳前。

這件事帶給朝霧很大的安慰。儘管他無法同行，但比起自己到墳前去報告，失散找回的孩子親自站到墓前，應該更有價值吧。

當年沒有把人救回，所以無法及時獲得治療的腿痛，也可以靠帶回藥草緩和——一聽聞這件事時，他立刻自告奮勇擔任帶回藥草的特使。

可是，窺見雷風三十三年來的生活痕跡，朝霧大受打擊。

他現在已經適應皇族生活、去過墓前等等安慰，都說服不了他。長年離群索居、過著不可能發生在皇族身上的生活，那場景撕裂了朝霧的心。

他知道直到十二年前仍有許多族人存在的皇族是如何生活的，所以更加同情足弱，也更是無法原諒自己。

青嵐望著喝到滿臉通紅的朝霧咬牙抬臉灌下一口酒，他沒有說話，只是深深坐進椅子裡，跟著喝酒。

不管青嵐說什麼、如何勸慰，都無法阻止朝霧自責弄丟雷風又多年來未能找回的失職——除非親眼看到雷風今後過得幸福，否則誰也安慰不了他。

＊

足弱把御前草盆栽擺在自己在綠園殿的房間窗邊。

藥草過了冬天就會愈長愈茂盛。他打算春天時要打造一塊藥草田。

（幸好御前草不是非得在那座山上才能生長。）

他只擔心這點。

冬天時，只要天氣不是那麼冷，他幾乎每天都會去看看造林完成的禿山。有時也會穿戴正式去皇城與霍上洲見面，或是把隨手記在筆記本的內容整理到另一張紙上，或看看書。除了笛子之外，他也很熱衷於練習琵琶。

今世王在琵琶上也有很高的造詣，所以他為足弱說明弦上方類似蜻蜓翅膀的橫木使用方式，以及琵琶這種樂器的特徵等，也會講解五弦五柱高低的意思。

他還說，按柱與柱之間的弦時，力道強弱不同，可以使音高產生微妙變化，並讓第一柱發出泛音；那是清脆嘹亮、令人印象深刻的聲音。

足弱娘親留下的「林葉間灑落的陽光」是五柱琵琶，才有這種特徵。他說，若是六柱琵琶，壓弦就要按在柱上，因此音高都是固定的。

白天時若有興致，足弱也會把琵琶的半圓琴身擺在大腿上，拿撥子撥弦，發出如玉盤走珠的脆聲。

今世王總算把積累的政務忙完後，夜晚便勤快地去足弱房裡。

即使求歡被拒，他也會藉口夜晚和早晨天冷，要求與足弱同寢。有時他什麼事也不做，只是抱著足弱睡覺；有時也會使出所有手段迫使對方答應行房。

雲過雨歇之後，抱著足弱去浴殿時，以往都是寸縷未著，但現在今世王怕去浴殿這段路上足弱會冷，所以用寢衣、外袍或毯子把他包住才騰空抱起。

「雷霰、你最好也、穿點衣服……」

足弱睡眼惺忪看著正打算光溜溜抱自己去浴殿的今世王，以沙啞的嗓音提醒。

「既然哥哥這樣說……」

今世王披上內侍送上的外袍。

京城也下雪了。

「御前草」來到身邊後，足弱除了與今世王共枕時，沒有再做劇烈運動，所以右腿也不再疼痛，只有非常偶而才需要煎藥草喝，而且喝的量大致上就是一個飯碗那麼多。

足弱正在觀賞臺上的舞妓跳舞，舞臺後頭是皇城積雪的廣場。他與今世王正並肩坐在高臺上，六卿坐在高臺下，欣賞戴面具的舞妓們甩著水袖跳舞。

「這就是呼喚春天之舞……」

今世王悄悄在足弱耳邊說。

那個面具上有大眼睛、大嘴巴、大鼻子，還長著兩隻角。

「哥哥……到了春天，我們舉辦慶生會，慶祝你的生辰吧……」

「哈啊……啊、哈啊、哈啊、啊……」

足弱無法回應。

他的雙手本來圈著今世王的脖子，卻逐漸失去力氣，現在只剩一隻手勉強掛在脖子上。

下身被進入，足弱仰頭。

「呼、啊！」

金髮腦袋動了動，吮吻脖子，舌頭滑過頸窩，同時拇指輕觸足弱胸前的乳尖。

「嗯！嗯嗯、雷霰……！」

「我……想到、一件、事……」

綠園殿的朱紅色飛簷上靜靜堆了許多白雪。

這是寧靜又漫長的冬夜。

兩人的肌膚滾燙，互吐熱氣，像是不讓寒氣靠近寢房的床上。

「哥哥……唔……」

被人一頂，足弱無計可施只能往後仰。

「啊啊！」

仰頭承受今世王進入雙腿之間的足弱，黑短髮摩擦著床單，髮尾的汗水飛濺。

「雷……啊、啊啊啊！」

今世王再次進入已經灌注熱液的地方插抽、鑽探，還有猝不及防的用力一頂。

床幔裡香氣瀰漫，熱氣蒸騰。

（……好、好熱……好熱……好熱……）

足弱喘著氣，吞了吞口水，心裡想著——能不能把放下的床幔打開一條縫，讓空氣進來呢？

他瞥了床幔一眼，手卻搆不到。

「雷、雷霰……太熱了……」

足弱的雙手擺在捧高他的雙腿、再度壓上來的今世王肩上，在痛苦的體位下開口。

「我、也是……」

「我的……意思是……」

想要停一下，打開床幔，喝點冷飲。

一想到冷飲，足弱的喉嚨不自覺就滾了滾。

「哥哥……」

足弱彎著脖子喘氣，用寫滿請求的視線，在今世王身下抬眼望著他。

「雷、霰……」

俯瞰足弱的今世王也動了動喉嚨。

（看，你也口渴了……）

足弱這樣一想，滿佈情潮與汗水的臉上突然一笑。

今世王的下身卻突然往後退開，很快又狠狠頂入。

「啊——唔……！」

眼前一陣白光閃過。

接著今世王的腰又往後退——

「慢、慢……」

他還沒來得及開口阻止，又是狠狠一撞。

「嗯唔！呼、哈啊、啊、啊！」

一下又一下使他深深沉淪，足弱最後把冷飲忘得一乾二淨。

也不曉得做了多久，粗喘著氣的足弱總算喝到一口溫水。

床幔被撩起綁在床柱上，緩和了床幔內的熱氣。足弱的下半身被毯子裹著，整個人坐在床上的今世王腿上。

他一手撐著足弱的背，足弱才能夠補充水分。

「真是的……哥哥滾動喉嚨渴望著我，我都不知道該怎麼辦了。如果做得太激烈，身體明天一定會很慘，我只好苦苦克制。哥哥，我很為你著想吧？」

足弱一時間沒聽懂他在說什麼，滿臉不解地偏著脖子想了一圈，才想到是「那時候」，於是含糊點頭。

「對吧！對吧！」

今世王的白皙臉上閃耀光芒，汗濕的金色瀏海貼在額頭上，以潮紅的臉頰磨蹭足弱。

足弱伸出手指，替他撥開貼在額頭的瀏海，臉頰上就被親了兩下。

（唉，算了……）

想喝水的念頭似乎沒能靠著心電感應傳達給對方，不過足弱對於今世王有替自己的身體著想、沒有縱慾過度，感到開心。

等到呼吸平穩後，他對想要攔腰抱起自己的今世王說聲稍待，就轉向內侍，請他們給他一杯冰水。

＊

曆法上迎來新的一年，同時也迎來春天的降臨。

皇城裡，文武百官行跪禮向今世王賀年。沒有新嘗祭那樣華麗的活動，也沒有讓一般老百姓瞻仰今世王聖顏。皇城外儘管仍舊寒冷，但百姓已經拿出色彩鮮豔的春裝，圍成一圈觀賞跳舞或雜耍並高聲歡呼。

今世王在綠園殿一處廂房裡彈瑟。

這天在朝堂上，欽天監發現雲的走向詭異，預測雷雨將至。

他彈了一小段，把那些音律寫在紙上，在腦子裡再彈一遍，覺得奇怪的地方就動手修改。

他不是在琴房裡彈奏，而是在距離足弱所在的田地最遠的廂房裡。

他偷偷躲在這裡，將慣用的瑟放在琴案上，屈起一條腿坐下專注譜曲。

皇室玉牒上記錄的不是只有皇族人的名字，還包括生卒年月日時、配偶與子女姓氏，以及簡單的備註。今世王差人查過後，知道了足弱的生辰。

他的生辰是從立春那天起算的第二十日。為了那天，今世王偷偷在準備著。灰色狼當然也是幫手；他們沒有默默忍受今世王想到的那些鬼主意，反而進一步提出其他點子或改進之處，十分熱衷參與。

今世王白玉般的手指拿著毛筆，洋洋灑灑寫完音律。

他深深嘆息，露出會心微笑。

（哥哥，希望你會喜歡……）

他想到的是足弱。

他想到的是與留在綠園殿過冬的足弱之間暖洋洋的日子。一想起那些，他就忍不住微笑。

一邊喊冷，一邊緊緊摟著對方睡，嗅著對方肌膚上不斷散發出安樂翠的香氣，在那身象牙白肌膚抹上芳香油，抹進祕處——這些都已經是重複好幾次的行為。

儘管如此有時在身子仍然有些僵硬時進入，足弱會喊痛，但他知道足弱那疼痛的表情不是被弄傷了，所以只是道歉或裝作沒聽見，並繼續進到深處。

今世王回想著與足弱共度的每個冬夜。

其他皇族死去後，今世王每年都很討厭冬天。

白雪層層堆積，御花園失去色彩，宛如他心中的景色。

他可以忍受沒有愛人，可是在寒冷冬夜裡沒有互相取暖的對象，這令他無法忍受。即使他知道宮殿角落有妃嬪們在，但是就算她們可以用來暖床，也無法使他動心。

（今年的冬天好溫暖。）

他離開躲著譜曲的廂房，負手身後，走在迴廊上。

「哥哥還在田裡嗎？」

「是的。殿下希望在預備種植御前草的田裡也種點菜。」

室外空氣開始回暖，雪也不再下之後，為了定植冬天養在盆子裡的藥草，足弱與寄道討論後，決定在小屋附近闢田地。

這項任務當然同樣有很多人站出來幫忙，足弱對於這種情況已經見怪不怪，於是什麼也沒說就拿著鋤頭和鏟子不停在挖土。

「哥哥果然還是習慣自己三十三年來生活的環境吧。」

「想來應該是如此。」

今世王的內侍長一進低著頭恭敬回答。其他內侍則拉著龍袍的長衣襬跟在後頭走。

「森林裡的帳篷、小屋、禿山、接著是藥草田和菜圃。」

今世王並非是厭棄那些。

在京城鑭城皇族起居的綠園殿御花園裡，足弱想要做什麼都可以隨心所欲。他搗鼓這些想要讓自己待得更舒適，今世王反而高興；因為這正是足弱願意留下來的最大證明。

也是足弱願意停留在今世王身邊的證明。

願意停留，換言之就是願意接受今世王的愛的證明。

雖然足弱沒有同意嫁給他，但今世王不急。

這與政治關係，只是今世王與足弱兩人間的私事。更進一步地說，這樁婚事若成了，得到滿足的或許只是今世王的私心罷了。

他想在外人無法窺探的皇族玉牒中，備註上「雷霰的配偶雷風」、「雷風的配偶雷霰」——他只是想要看到這個。

今世王帶笑看向內侍長。

「那麼，在大雨降下來之前，我們去接只在乎田圃的哥哥回宮吧。」

＊

詭譎的雲相在過午之後轉為烏雲，就像幾條巨蟒交纏扭動，也隱約起了風。

「殿下，眼看就要下雷雨，差不多該進屋了。」

內侍長勸著身穿短褐的足弱，他正手臂靠著鋤頭長柄，以袖子擦去額間汗水。

足弱與在場幫忙田圃工作的幫手們抬頭看去。

「也好。」

藥草已經定植完畢。他原本擔心從山裡移植來的御前草養不活，事實證明他只是杞人憂天。那些藥草順順利利在田裡扎根，足弱也因此鬆了一口氣，心想這種草真是堅強。

兩釐（約十三平方公尺）大小的小小田地，在幫手們的協助下已經翻好土，剩下的只要拌入肥料、挑去石子和雜草，隨時都可以播種。

覆蓋禿山的稻草仍然繼續蓋著。要等稻草表面的積雪完全融化後，再燒掉那些稻草。

「那麼，諸位，今日就到此為止吧。」

足弱說完，寄道挑選來幫忙的工人們就快動作接過足弱手上的鋤頭，收好其他工具，離開田圃。

足弱緩步走在翻鬆不穩的土壤上。他不覺得冷，反而渾身發熱出汗，吹吹風感覺很舒服。

他再度以袖子擦臉，後來才注意到內侍遞了布巾給他。

「啊，我又來了，抱歉。」

「不打緊，殿下請別介懷。」

雖然已經用衣服擦過，足弱還是拿布巾再次擦拭汗水。

他總是不自覺就用衣袖擦汗擦嘴。

他不曾想過要用專用布巾擦拭，每次總是用袖子或衣服的一部分解決。

短褐的後腰處明明掛著用來擦汗的布巾——那是開始作業前，內侍替他掛上的——但是他始終沒養成使用的習慣。

不過，內侍們對於這樣的足弱不曾有過半句責怪，反而很有耐性地朝他不自覺要抬手擦汗的手裡，遞上布巾。

轟隆隆——

工人們把工具都收進小屋屋簷下的箱子裡，蓋上遮雨布，朝足弱行禮後，快步離去。

轟隆隆——

雷聲愈來愈靠近。

（那是春雷吧。這場春雨過去後，天氣就會更暖和了。）

足弱一邊想，一邊想要加快腳步。大顆雨滴已經打在臉頰上。

「殿下。」

「是。」

想要加快腳步的足弱被內侍們抓著手臂。灰衣衛小隊也並肩一起跑。

雨水像是要洞穿地面般又重又急地落下。

躲近小屋裡避雨的足弱，看著外頭瞬間變得比稍早更黑的天色。

「告訴灰衣衛盡量讓所有人都進來躲雨。」

足弱對命這樣說完，命就把準備熱水的工作交給其他內侍，手扶著門口，接著回過頭對足弱笑著說：

「殿下，陛下派人來了。」

「什麼？」

天上轟隆隆的聲響，掩蓋過命的聲音，足弱沒聽到他說的話。

「馬車來了，陛下似乎派人來接殿下。」

命又說了一次，就看到一臉蒼白的灰衣文官奔進小屋來。那位碰巧是在灰色狼總官身邊見過的年輕人。

一看到那位年輕人在足弱跟前跪下，四周的內侍們立刻臉色一變，集合在門口的灰衣衛們也表情緊繃。

「卑職是綠園殿總管的長史——冠雪。卑職奉旨請殿下即刻離開綠園殿。」

足弱低頭看向那位長史的臉。

「為什麼？」

轟隆！突如其來的巨大雷聲，嚇得差點足弱跳起來。雨勢也瞬間變得更猛烈。風聲颯颯從門口吹進來，吹得內侍的衣袂翻飛。

「殿下，請冷靜聽卑職說。稍早在綠園殿，陛下原本正打算過來找殿下您，卻突然感覺一陣冷，在寢房讓太醫令卷雲看過之後，發現右側腹上出現了紅斑。」

烏雲遮天，四周變得更加幽暗。

足弱還沒有反應過來就聽見轟隆一聲，接著是劈哩啪啦的聲響。

雷似乎打到東西，發出驚人的響聲。小屋裡的眾人也感受到那股震撼。

足弱踏前一步。

「進宮去，我要去照顧雷霰。」

跪在他跟前的冠雪仍然雙膝跪地，卻張開雙臂阻擋他的去路。他年輕削瘦的臉上有著決絕。

「陛下的旨意是要殿下離開綠園殿。」

足弱搖頭，想要強行闖過冠雪的阻攔。

「請恕卑職失禮。」

說完，冠雪伸出雙手從背後抱住個子比自己高的足弱，阻止他。

在場所有人對於長史的舉動瞠目結舌。

「你們還在等什麼？殿下都濕了，快把殿下送進小屋外的馬車裡！內侍們盡快收拾殿下在外需要用到的物品，速速離宮。宮外已經派了一支兩百人的灰衣衛在等著。快把殿下送到高砦郡的郡城去！」

冠雪以不輸給雷雨聲的音量大聲吼完，內侍們立刻散開。其中一名灰衣衛跑到小屋外，其他灰衣衛抓住足弱掙扎著要擺脫冠雪的手臂。

雙臂被人抓住的足弱瞪著兩人。

「礦石、道，我必須去雷霰身邊。」

被叫到名字的兩位灰衣衛，臉色蒼白搖著頭。

「雷霰之前對於我的照料那麼開心，現在叫我離宮，肯定是有哪裡搞錯了。」

聽到足弱這番話，沒人能夠回應。

大雨正式沙沙降下。從小屋內可以看到馬車的車輿。內侍拿毯子把雙臂被胳膊粗壯的灰衣衛拘著的足弱從頭頂罩下。

「好了，動作快！」

足弱被好幾隻手連同毯子抓著離開小屋，被抬高身子送進連梯子都沒放下的馬車上。

馬車車輿的後半部是木板打造，前半部掛著防水布。

為了避開風雨，先一步被獨自送上車的足弱，等身後的手鬆開，立刻就要從車輿的另一側下車。他的手才伸出，就再度被毯子裹住身體。有人伸手抱住他的腰，把他順勢拉回馬車上。

「放開我！發現紅斑是騙人的吧！」

他被一名灰衣衛和三名內侍壓制著，導致馬車大幅晃動。

大顆雨滴啪噠啪噠打在木板和防水布車頂上，強風晃動車身。

「進宮去，我不去高砦郡！」

光是比力氣的話，足弱的力氣大到不輸給灰衣衛。看到本來強勢壓制對方的灰衣衛手臂被推開，礦石感到驚愕。

「殿下，請不要抵抗。」

「卑職不想傷害殿下。」

「殿下，您不能留在宮裡！」

足弱搖頭，拚命揮舞手臂，朝馬車的車門伸手。他不顧自身安危執意如此，在場的灰色狼們也只得置生死於度外。

「實在抱歉。」

「請殿下諒解。」

說完，內侍們撲到足弱背上，用毯子把他捲起放倒，最後將毯子綁住，讓他靠坐在位子上。足弱難以置信地睜大眼看著內侍們。內侍們臉上是一臉瀕死的慘白表情。

看到他們的表情，足弱這才察覺到自己做了很自私任性的舉動。

在雷聲隆隆中，在快讓他吐出來的劇烈搖晃下，足弱被至今負責服侍自己的內侍和灰衣衛綁著送出宮外。

足弱的雙手沒辦法抓握，腳卻能夠自由活動，也可以咬人。但是他怎麼捨得踢咬這些內侍和灰衣衛呢？

（紅斑……風邪的症狀……）

（皇族人才會得的病……）

（因為太特殊，故稱為「皇族病」）

腦海中掠過之前聽過的這些話，足弱感覺背脊發涼。

「出宮門了！」

在風雨中趕車的馬車伕大聲說。

見足弱的身子抖了一下，內侍們更加用力壓住他。

「殿下、殿下，請您務必忍忍。最痛苦的人是陛下啊！」

內侍長的聲音幾乎要被雷雨聲蓋過，他在足弱的耳邊懇切請求。

「已經與灰衣衛中隊會合了！接下來將一路馬不停蹄，直接前往高砦郡！」

馬車伕再度宣佈。

足弱閉上雙眼垂下腦袋，任由雙臂被人拘著。

「殿下，請見諒。」

「事後您要怎麼懲罰都沒關係。」

「卑職很抱歉做了這等事……」

足弱聽著內侍們愧疚的聲音，乘著劇烈晃動的馬車，被送到綠園殿外，離開了京城鐲城。

番外　一直在身邊

命是在三更半夜被找去。他急急忙忙整裝妥當，就離開皇城灰色狼們歇息的綠葉殿，前往族長灰色狼的房間。

綠園殿沉浸在夜晚的寂靜無聲中，空氣中卻殘留些許騷動。傳喚命過去的總管長史冠雪，也雙眼閃閃發亮，所以即使命不清楚情況，不過看起來不是壞事。

「這麼晚找你過來，實在抱歉。」

「不要緊，怎麼回事？」

總管臉上有著平常沒有的欣喜，也不曉得為什麼，就站在今世王皇配專用的浴殿外迴廊上。走近的命屈膝躬身行禮。

迴廊上的總管、總管長史、隨侍今世王的內常侍，以及隨扈的灰衣衛，都在躁動期待。

「今日陛下親自帶人入宮。」

總管招手讓命靠近，在他耳邊小聲說。命愣了一下抬起頭。

命過去曾經近身服侍過兩位皇族。

他的第一位皇族是壽終正寢，第二位皇族則是十二年前他流著遺憾的淚水、眼睜睜看著對方死於皇族病。儘管都是隨侍到一半，但有資格服侍兩位皇族，以內侍來說經驗相當豐富。

能夠在激烈競爭中突圍而出，成為皇族隨侍，而且還有過兩次機會，表示命的能力無與倫比。
也正因為他這般出色，才會留在綠園殿栽培後進。
儘管他已經退居幕後，離開了現在唯一需要隨侍的皇族，但他也聽說過今世王最近的情況。
——聽說在覲見那天接見的庶民之中，出現了使他多看兩眼的對象。
這項消息在非今世王隨扈的灰色狼之間口耳相傳，引起眾人隱隱興奮期待。
「莫不是……你覺得有沒有可能是……？」
命的同輩——羽音等人在綠葉殿的膳堂，難以克制興奮地問坐在隔壁的命。
「這個……我希望是……」
「我也覺得可能性很高，但也有可能只是我太過期待才會產生錯覺。」
羽音苦笑。
假如那位使今世王動心的人就是庶兄——怎麼可能有這種奇蹟？怎麼可能有這等好事？
「不管怎麼說，總管尚未宣佈。或許只是空歡喜一場。」
「哎，是啊。」
聞言，命也點頭。羽音與自己一樣是為了栽培後進而留下來。
之前有過這番對話的命，看了看總管和四周其他人，心中不免一驚——難道是真的？
「沒想到陛下會親自過來。」
即使是自己碰過的妃嬪，陛下也不曾讓她們使用綠園殿深處的這處浴殿。這是前所未有的待遇。
總管揚笑說：
「確定是雷風殿下。」

命眨了好幾次眼睛，在迴廊上等距離點亮的燭光照射下，看著年紀多自己幾歲、在艱難時代領導族人的族長。

「確定是殿下？」

不是空歡喜一場。奇蹟發生了。

沒想到——沒想到會是如此！

原本碩果僅存的皇族，找到第二人。

命渾身顫抖，沒發現自己的眼睛比來接自己的冠雪更閃亮。

總管加深笑意。

「命，我指派你擔任皇兄殿下的內侍長。」

在說不出半句話的命開口之前，浴殿傳出聲響，木門開啟。

＊

庶子雷風殿下，現年三十六歲，在三歲那一年失蹤至今已三十三年。

他身上穿著——雖說一般老百姓就是如此穿，但命大概是第一次看到如此破舊的衣物，以最委婉含蓄的說法是——襤褸，黑短髮經歷過一番粗魯對待。

個子很高，身高與今世王相差無幾。以他的年紀來說，外表看起來比年屆不惑的灰衣衛將軍青嵐還老。

來到迴廊上的足弱全身僵硬，四處張望，伸出右手貼著牆壁。仔細一看才發現他腳上穿著露出腳趾的磨破木屐。

而且右腿膝蓋以下變形。

「殿下，卑職是否有什麼失禮之處？」

「請殿下返回浴殿。」

「殿下，讓卑職扶您。」

足弱的背後冒出眾多內侍和浴殿下人。

不管怎麼說，如果總管的話可信，這位就是珍貴的第二位皇族。灰色狼全都自告奮勇想要服侍他也是理所當然。

也不曉得足弱是否有看見或聽見四周情況，他老成的臉上沒有半點表情，只是緊靠著手扶的牆壁。

「諸位，退下。命！」

「在！」

聽到總管發話，命走上前，刻意以安穩溫和的嗓音對足弱說話。

四周一片安靜，只有命平靜的聲音響起。黑髮黑眼的庶兄終於搖搖晃晃站直身子，在不動聲色抓住他的手臂引導下順從移動。

命觀察拖著右腿、彎下脖子垂著頭的殿下，胸口一陣痛。

（三十三年……）

他究竟身在何處？

究竟過著什麼樣的日子？

光憑眼前所見就能夠判斷了不是？他拖著變形的右腿生活，沒有像樣的衣服，也沒人照料他的起居。

命的腦子裡裝滿了要如何服侍這位主子的想法。

＊

在總管的眼神示意下，命領著足弱前往皇配的寢房。

接著好說歹說才讓他同意換下破舊衣裳，穿上白色寢衣，此時低調現身幫忙的是溫。

年輕內侍之中，溫的能力最出色，跟隨侍陛下的內侍長一進不相上下，不管兩人之中的哪一個擔任內侍長都不奇怪。溫機靈又積極，懂得各類學識與禮法，劍術也相當優秀；若不是他的細心程度更適合擔任內侍，以他的身手去當灰衣衛也能夠嶄露頭角。

兩人替足弱換上潔白乾淨的寢衣。當時看到變形的右腿，他心裡覺得難受，但臉上卻不顯情緒。他也在意足弱削瘦的體型與粗糙的肌膚，但這種問題不是短時間就能夠解決。

看看足弱的臉，命知道他現在最需要的是睡眠。必須讓他好好休息。

寢房門邊站著另一位年輕內侍——星。他沒有溫機靈，不過老實又熱心，劍術也不錯，個子比雷氏王朝的平均值更高，而且體格健壯。

命領著足弱來到床幔收攏在四根床柱上的床榻前，告訴他口渴時隨時都可以喝小几上的飲料後，翻開錦被，告訴他在這裡休息。

足弱始終茫然無措。

命判斷不宜繼續試圖說服他，就與溫兩人跪地行禮，暫且離開寢房。

皇配的房間與寢房之間，有內侍用的耳房。房間與房間的分界有左右交織垂掛的布幔代替門扉，這些布幔平常是以綁繩固定在牆邊，方便通行。

命和溫退下後回到耳房，看到總管坐在椅子上。這位一族之長大概也很擔心吧。溫一語不發備妥茶具時，原本在靠寢室那側看著足弱的星，發出細微的聲音。

「啊……」

命立刻回身看向寢房，就看到足弱睡在寢房角落。在星還來不及站起身時，命已經無聲走出去，穿過點著最少燭光的寢房，來到足弱身邊跪下。

胸口一陣又一陣地，再度痛了起來，他不曾體驗過比這更心痛的場面。

「殿下，這裡不是睡覺的地方。」

大概是很想睡吧，足弱勉強睜開眼皮，蜷曲著修長身軀像是在保護自己。不管是這座宮殿唯一的主人，或是服侍那位主子的所有人，全都不會傷害他，但是看來足弱本人不知道這點。

（他怎麼可能知道？）

因此，面對不肯睡床上的足弱，命一點也不怕麻煩。

足弱畏畏縮縮地碰了碰床榻之後，再度退回牆角。

「我，我睡在，這裡，就行了。」

第一次聽到的聲音。結結巴巴擠出來的聲音。命希望拚命搖頭拒絕的足弱好好休息，認為眼下最好先退讓，於是誠心誠意行禮後退下。

足弱在綠園殿度過的第一晚，就是蜷縮在寢房牆角的地板上入睡。

溫和星以眼神詢問：「這樣真的好嗎？」命點點頭。始終看著情況的總管也沒有表示意見，只是離座起身，把回到耳房的命叫去外頭談談。命指示溫和星輪流去休息後，便離開耳房。

「剛才太匆忙，沒能夠確認你的意願。命，你願意成為皇兄殿下的內侍長嗎？」

兩人來到皇配房外的迴廊上，總管轉過身這麼問。命深深一鞠躬。

「但……卑職真的有資格嗎？」

「我對於殿下過往的境遇不夠了解，但是看了殿下那個樣子，我認為不能只根據壽命長短就決定指派年輕內侍給他；找與殿下年齡相仿的內侍似乎也不可行，畢竟要服侍一位不曾接受過皇族教養的皇族人，對我們來說也是第一次。」

好一會兒都閉著眼的總管，三更半夜頭髮還是整齊，態度泰然。最後他睜開眼。

「命，我想借重你的經驗和真誠。」

「卑職會為了皇兄殿下竭盡全力。」

嗯。總管點點頭，在迴廊燭光映照下明暗分明的輪廓，此刻也不再緊繃。

聽說希望把足弱安置在皇配房裡的，正是今世王本人。每位皇族專屬的隨侍都不止一人，今世王和皇配有時都會要求要有更多的貼身內侍。

這對總管來說也是求之不得的情況，所以確定了足弱的內侍長是命之後，接下來他選了內侍長未來接班人的年輕內侍溫，以及體格高大健壯、能夠幫忙扶持跛足皇兄的星，再加派內常侍吟聲和圓。灰衣衛方面也是早早就決定近身護衛的人選。

總管與命先談到這裡，正要各自走開，就聽到衣物摩擦聲，接著有人開口：

「陛下到。不必驚動皇兄殿下。」

迴廊那頭出現手舉燭臺的內侍，以及左右跟著隨扈的今世王。總管和命立刻下跪接駕。

「朕的情緒太激昂了，睡不著啊，狼。」

儘管深夜已經滿身疲憊，聽到今世王說了這麼一句話，命的身體也瞬間像復活般精力充沛。在這麼近的距離聽到今世王的聲音，是過去不曾有的經驗。平日他頂多是從遠處悄悄望著今世王走過迴廊而已。命知道有更多灰色狼連遠觀的資格都沒有。

「這麼晚了，陛下務必保重龍體。」

「你的年紀比朕還大，哪有資格教訓朕。」

「畢竟陛下的龍體最重要。」

「也是。朕的哥哥還活著。朕聽說哥哥沒有泡溫泉水就離開浴殿了？」

據說是隨侍陛下的內常侍回報。

「陛下，這位是奉命隨侍殿下的內侍長——命。」

命原本低下的頭又彎得更低。

「命，抬起頭來。」

命聽令抬頭，今世王彎身湊近看著他。隨侍陛下的內侍把燭火拿近。穿著寢衣披著外袍的金髮君王與傳聞中不同，有著一雙生氣蓬勃的藍眼睛。

「卑職是命。」

「哥哥他的情況如何？」

命吞了吞口水，說：

「殿下過度震驚和混亂，沒有太多表情，看起來相當勞累的樣子。」

「是嗎？」

「卑職今日沒有強迫殿下做任何事，想辦法讓他換上寢衣後，只希望他能盡早休息，所以就順從殿下的意思，讓他睡在地上。」

說到這裡，隱約有些騷動，有人小聲驚呼。

今世王的表情沒變，直起上半身，緩步朝皇配房走去。

「先是熱水再來是床……也對。」

今世王沒有責怪命，只是理解地點點頭，就進入皇配房，朝寢房走去，走過在耳房內跪地低頭的溫和星面前，揮手讓灰衣衛退下，只讓拿著燭臺的內侍跟著他。今世王掃視寢房內，接著毫不猶豫地走向牆角。

命看到今世王在足弱身邊蹲下，輕緩堅定地抱起身高與自己差不多的成年男子。

命和溫也上前，掀開床榻上的錦被，幫忙讓熟睡的足弱睡好。

足弱眉間緊鎖，睡臉看起來很不安穩；象牙白的臉上有日曬痕跡。今世王伸出以男人來說太漂亮的白皙玉指撫平他的眉間，又摸了摸他額頭上的短髮。

手勢很溫柔。命懂；他過去服侍的皇族也曾經以這樣溫柔對待同族的愛人。

「晚安，哥哥。」

今世王重新蓋好足弱身上的錦被，就轉身離開床榻。

＊

命在這夜銜命之後，幾乎一整晚都沒睡。到了清晨，他與星交接，暫時回到自己在綠葉殿房裡，卻不斷地想要替新主子做各種事，最後他秉燭坐在書案前，寫下今後必須準備的事項，理一理腦子。

首先是關於衣飾、膳食、家具。

（身高既然與陛下差不多，庫房裡的衣裳就可以派上用場了。陛下很久不穿的衣服也可以先給殿下穿，趁這段期間再訂製新衣服。）

他冷不防想起替他換上寢衣時，窺見的那條變形右腿。

（鞋……先用庫房裡現成的，不曉得是否來得及？）

變形的腿，與地面接觸的位置想必不同吧？

（更要緊的是，應該先讓太醫瞧瞧。）

接著他想問問殿下這些年是怎麼生活的。

命手上暫歇的毛筆又快速動了起來。

（膳食也是，必須先問問殿下喜歡哪些、不喜歡哪些食物。）

如果他是一出生就在灰色狼守護下長大的皇族，灰色狼能夠掌握他從小到大的喜好和健康狀況。但足弱不是如此，所以不管要做什麼，第一步都是從調查開始。

不過有些事情從昨夜的短暫接觸也能窺知一二。

（必須重新安排椅子的位置。）

庫房裡有為腰腿不好的老皇族們準備的家具，也有喜好坐椅子的皇族們用過的家具。

幾乎沒必要再去買什麼，庫房裡就充滿各式各樣用途的遺物。

命突然發現自己寫在紙上的字跡歪了。庫房的東西能夠及時因應足弱的生活起居，不只是因為雷氏王朝的重心——綠園殿在這裡，更大的原因是多年來文化發展完備的皇族們留下許多遺物。這也代表有那麼多皇族死去。命服侍過的皇族也是被第三次皇族病肆虐奪去了性命。

命大大吐出一口氣，調整呼吸，伸伸懶腰，注意到陽光從遮雨板的縫隙射入。

＊

有點睡眠不足的命，來到綠園殿的皇配房前面。天色昏暗的黎明時分，溫、吟聲、負責管理庫房遺物的尚寢令、提供衣飾建議的尚功局女官，甚至是負責梳頭的下人，全都站在迴廊上。

「早，命伯。」

溫代表開口。

「早。這是怎麼回事？」

聽到命這麼問，除了他掃視到的內侍之外，其他人都露出尷尬的笑容。

「我們想了一些眼下就需要用到的物品……」

對吧？——負責遺物管理的尚寢令對著尚功令微微偏頭尋求同意，尚功令也點頭。

「是嗎。」

命揮揮手催促眾人進入皇配房。命看向溫，他就上前回報星、圓正待在耳房裡。

（原來如此，原來不是只有我會替新皇族設想的人。）

想到這裡，他突然感到好笑。大家都想出一份力，做自己能做的。

「本來是內侍長先下指示，我們再因應。但這樣就來不及準備今天早上需要的物品了，不是？」管理遺物的尚寢令說。

「聽到他這麼說，我也忍不住打聽殿下的外貌，做好了準備。」尚功局女官說。

寬敞房間的牆邊放著一張細長桌案，桌案上擺著四個無蓋的淺漆盒，裡頭裝著從頭到腳的穿戴飾品，根據不同色系分別放。

「佩服。」

寶石裝飾的冠、深色配色的上下兩件式綢緞衣服、帶明黃色的刺繡外袍、裝飾的腰帶、布製和木製的鞋履。

青色系、深藍色系、綠色系、黃色系，四種色系無可挑剔的皇族服裝。

內侍長走進桌案檢視，其他人也圍在一旁。

「考慮到備用的，所以我準備了好幾種，不過必須先知道殿下對顏色的喜好才行。」

「說得也是。」

「如果需要瓔珞，我也可以立刻找出來。」

尚功局女官、內侍、尚寢令一臉認真又雀躍地說著。

「殿下目前的頭髮是散的，必須等他留長，不過最好要先剪齊。」

綠園殿現在有三位負責梳頭的下人每天輪流負責梳頭。其中一人在這裡是在等機會。

「等殿下的頭髮留長、能夠束髮了，再搭配與他的黑髮相稱的冠或髮飾，配上珥璫和瓔珞更好。」

溫這麼說完，天還沒亮就趕來皇配房的各領域專家，忍不住揚起嘴角。

第二天早晨，足弱沒有穿上內侍們準備的冠、衣服和鞋子。

「這、這個就好……」

他說著，揪住白色寢衣的前襟。

看到湊上前想要幫忙更衣的內侍們，足弱不解地往後退，並看向左右似乎想要找尋什麼。大概是在找換上寢衣之前原本穿的襤褸衣衫和木屐吧。那些衣物沒有扔掉，已經清洗收起。但是，命也沒有打算讓足弱再穿上那些，而是準備了適合皇族的衣物。

準備是準備了，可是當事人拒絕換上，命也沒有辦法勉強。

「命伯，殿下還滿意嗎？」

命退下後，年輕內侍們紛紛焦急詢問。他們想要替新主子打扮，想要照料新增加的皇族——命很清楚他們的渴望。

「殿下在這座宮殿中想要怎麼過，是他的自由。但我希望他別再穿上以前的衣服了。最近天氣熱，他穿著寢衣也不會冷。你們可以看情況建議他披上外袍，或是問問他要不要穿草鞋。」

自己的族人在這三十三年之間沒能夠找回足弱，卻打算當那段歲月不存在，逼著足弱立刻要像個皇族，這種要求辦不到。

他想要找到方法接近足弱的內心，讓他慢慢地習慣並接受，才更容易接受這一切。

不只是他麾下的內侍們，命也要求其他過度興奮的人收斂一些。

今世王指示御膳房準備了最精緻的膳食。早膳的分量不多，但足弱不知道是否太緊張所以沒有食慾，他只喝了水、吃了水果，其他菜頂多試試味道，就連碰也不碰。

看到他吃完東西後用衣袖擦嘴，命忍不住與溫四目相對。

之後等到足弱平靜下來，內侍們來到坐在羅漢椅的足弱面前，跪地自我介紹。

「卑職叫『命』，奉命擔任殿下的內侍長，今後將在殿下身邊照料您的起居。請稱呼卑職『命』即可。旁邊這些人也都是殿下的內侍。」

「卑職叫『溫』。無論任何事，請儘管下令讓我去做。」

「卑職是『星』。不管是需要力氣的工作或其他任何事情，只要能派上用場，都是卑職的榮幸。」

三人同時低頭行禮，請足弱多多指教。

他們的額頭還貼在地上，頭頂就傳來困擾的聲音說：

「那、那個……請、把、頭、頭、抬起來。」

他們抬起臉來才發現足弱表情僵硬。

「我、我想，你、你們、大概、搞錯、了。」

足弱這麼說，眼睛四處亂飄。

「殿下只要繼續在這裡生活，必然就會發現自己是陛下的皇兄。」

「您與陛下多多交流，就會明白並理解了。」

溫與星的態度都十分熱誠。

足弱沒有回應半句話，只用力握住椅子的扶手。

接下來也介紹了負責安全的灰衣衛與太醫，順便讓太醫把脈、問問身體狀況，也讓太醫瞧瞧他的腿。太醫檢查完就立刻去向今世王回報。

足弱在陌生房間裡始終坐立不安，於是命問他，要不要去附近散步。

足弱點頭後，命朝他伸出手，足弱一臉不解地回看他。

「殿下，請把手給我。」

「什麼？」

坐在羅漢椅角落的足弱，來回看了看命和命伸出的手之後，不自在地伸出右手。

聽說足弱去綠流城覲見陛下時帶著樹枝拐杖，後來也隨著他一起進到綠園殿。

（是不是應該立刻拿給殿下比較好呢？）

但是命另有打算。

足弱很客氣地從羅漢椅站起，不敢用力靠上命。命扶著他。

少了拐杖，命就有理由像這樣成為足弱的支柱，也有了與他接觸的機會。這樣的想法固然狡詐，但考慮到今後要長久相處，他希望足弱習慣自己和其他內侍的存在。

他們從皇配房來到迴廊。早晨的空氣清爽，遼闊的御花園吸引了足弱的目光，足弱停下腳步。吐著氣的足弱在命的催促下，走下通往御花園的臺階。

下臺階時，星也來到足弱的左側，開口問候之後，執起他的左手想要攙扶他。

「呃、不、不用。」

說是這麼說，但他沒有甩開星的手。一行人來到御花園的石椅，讓他稍坐一下，溫就以雙手捧著草鞋給足弱看看。

「御花園跟房內不同，有些尖銳的石子。」

正如太醫仔細觀察過的，足弱的右腳從膝蓋處就變形，因此右腳底也跟著歪斜，穿上草鞋也不合腳。

溫花了一點時間準備了有布繩鞋帶的草鞋，可以綁在腳踝上，調整合腳角度，也能夠避免草鞋脫落。

「殿下，穿上後覺得如何？能否起來走一走試試？」

「啊、啊啊、好。」

用不著這樣做我也會……足弱斷斷續續小聲喃喃自語，但內侍長和內侍們但笑不語，陪著足弱散步。

足弱看到漂亮的湖泊、精美的石雕、盛開的群花，眼花撩亂到瞠目結舌，最後搖搖晃晃走向林子裡，手撫摸樹幹好幾次，最後突然無預警地就坐在樹下。

「啊！」

「咦？」

星不自覺大叫，足弱也嚇到驚呼。

「沒事，是卑職失禮了。」

星跪下行禮。看到對方的行禮，足弱焦急轉身，等到他發現那是在對自己行禮，他連忙擺動雙手，說不出話來。

「別、別、別這樣，抬起頭。」

「星，把頭抬起，你讓殿下困擾了。殿下，您的下身會不會覺得冷？卑職立刻去拿墊子來。」

「啊、不……」

足弱還沒來得及說話，溫已經快步離開。足弱對著他的背影伸出手，額頭流下一道汗水。

今世王在那天下午露臉。

「早，哥哥，你睡得還好嗎？」

穿著寢衣的足弱，在那張溫和的笑臉面前呆立了一會兒之後，才緩緩以左膝跪地，再吃力彎起右腿。

「哥哥，面對我時不需要那些虛禮。」

今世王單膝跪下握著他的肩膀，阻止準備跪地行禮的足弱。垂下臉的足弱嚇了一跳，擠出聲音開口問：

「陛、陛下，我、我什麼、時候、能夠、回家？」

「直到有證據證明你不是我的哥哥之前，你都必須待在這裡。」

足弱不禁抬起頭來，一臉錯愕。

「我……我不是、你的、哥哥。」

他緩緩搖頭，或許是找不出適合的詞彙，露出可憐兮兮的表情。

「我不認為。」

「我們、長得、不像。」

「你是庶子，所以是像你這樣黑髮黑眸，五官也不同。」

認為足弱就是自己哥哥的今世王，與無精打采的足弱之間的對話，始終都是平行線。

「陛下想要問問送什麼東西給皇兄殿下比較適合？請教隨侍殿下的內侍長，你一定有好主意吧？」

＊

隨侍陛下的內侍長一進問。

命快速想了想，微笑說：

「我想到一個。」

房內身穿灰衣的眾人，全都好奇地看著命。

「我建議送殿下拐杖。正好我與太醫、工匠討論過，已經決定好木材的種類和長度。」

命也不想讓足弱一直沒有拐杖可用。最近他散步頻繁，命擔心會對右腿造成負擔，因此正在準備可確實輔助步行的堅固拐杖，不是砍下樹枝做的劣質品。

「想必陛下聽了也會很高興。那麼，這場集議結束後，請容我去向陛下回報。啊，還有，對於殿下一整天穿著寢衣的事，陛下能理解，也願意給殿下一些時間適應。」

灰色狼各衛所集合舉行耗時的例會，過去一季只舉辦一、兩次，但自從足弱入宮以來，聯絡事項尤其多，因此改為五日集議一次。

聽完陛下內侍長一進那番話，命行禮。

「多謝。」

很多人都想要照料足弱的起居，如：每日的淨臉、剃鬍、沐浴、身體各處的打理等，但不習慣被人服侍的新主子，有時會露出十分困擾又不耐煩的態度。

他的這種態度並非對內侍有不滿意，只是他想獨處。

「還有其他與皇兄殿下有關的事情嗎？」

總管催促道，命開口：

「每天散步的距離變長，殿下看到綠園殿外牆的大門，就會請門衛替他開門。」

「殿下想出去嗎？」

女官長憧憬問。

「眼下……沒辦法立刻答應他。」

總管說。

這種耗時的集議，多半使用綠園殿總管房間隔壁的廳堂，但有時也會用空房間，或在灰色狼起居的綠葉殿進行。

為了配合為首的總管方便，今日也集合在總管房間旁的廳堂議事。這個時候，皇族多半在午歇，因此陛下的內侍長、殿下的內侍長要出來比較方便。命讓溫代班，自己過來參加集議。

「殿下經常對陛下表示想要離開，至於殿下說想開大門出去，應該也是想要回去原本生活的山裡吧。殿下在這裡無法安心過日子，這是身為內侍長的我能力不足。」

命在編織地毯上低頭。

「殿下若是在綠園殿長大，隨時都可以帶著灰衣衛出宮去沒問題，但殿下目前還需要一段時候之後才會獲准出宮。再說，陛下的固執也不輸給殿下。陛下一想到殿下要拋下他外出，就會很難受吧。」

聽到總管這番話，坐在桌子對面的一進點頭。

「關於外出這件事，等殿下不會再說想離開，並得到陛下的許可後再議。」

「是！」

在場眾人同時行禮。

「那麼……再來要講到最大的問題。」

奴婢替所有人重新泡茶後，他們開始討論新議題。眾人想要替庶兄做的事情不勝枚舉，但比其他事情都必須優先處理的，就是膳食。

隨著足弱留在宮裡的時間愈來愈長，照理說他的緊張程度多少應該放鬆，但他的食量卻沒有增加。

在今世王要求下，御廚施展不辱自身名望、雷氏王朝最傑出的廚藝，但這樣用心烹調出的無數佳作，足弱卻連碰都不願意碰。侍膳內侍替他布菜，分裝在小盤子裡那些菜，足弱只用筷尖沾了下，試試味道，然後就不感興趣。

命想起御膳房御廚雪解憔悴的面容，也想起足弱飢腸轆轆的模樣。

（我和其他人對於這件事都必須更加冷靜看待才行。）

但是，畢竟沒食慾的人是皇族，而且是持續了好幾天，必須先擔心的是他是否生病了。御廚也用足弱願意吃的水果和蔬菜做成更精緻講究的料理，希望足弱多吃一點。

或許是個性使然，足弱很木訥，凡事會想太多，性子沉著穩重。儘管他堅持一整天都要穿著寢衣，但命認為，這種固執或許是出自於恐懼。

他從小就與老頭子兩人在一塊兒，最近幾年才開始獨自生活，現在卻突然被丟進一個完全陌生的環境，在一群陌生人的環繞下感到很害怕，所以想要依附一些與過去生活相似的地方。

說話時也是，他張開嘴想要說話，說話卻斷斷續續，好不容易才擠出那些字眼，這種情況命也看過好幾次。他說話那樣結巴，就是因為堅持恪守禮儀。

內侍們每次替他做什麼，他都會道謝。

「殿下，您不需要道謝。這些都是卑職們應當做的，是卑職們希望能盡一份力、成為對殿下有幫助的人才做的。」

命也提醒過對內侍們鞠躬的足弱。可是足弱聽不進那些話，命只好不停地重複。

「若是殿下有看不過眼的事情、討厭的事情，請直接告訴卑職。請儘管將殿下您的想法讓卑職們知道。」

足弱看起來仍舊害怕不安。實在難以判斷上至今世王、下至內侍們與他說的話，他接受了多少。

被迫離開生活超過三十年的土地，不管是流著皇族血的庶子也好，或者只是普通老百姓也好，不管是誰，多少都需要一些時間適應。

這不是足弱的錯。肚子餓卻無法吃東西，也不是足弱的錯。

若要追究是誰的錯，就是從遠古時就誓言服侍皇族、以守護皇族為己任的灰色狼族的錯。弄丟了三歲的雷風殿下，讓他在嚴峻環境中長到現在這個年紀，是我們灰色狼族的錯——命真心怨恨自己的能力不足。

＊

一開始是有人提到了足弱家鄉的食材。情況已經窘迫到這般地步，眾人都因為恐懼而喘不過氣來——因為今世王也跟著沒吃下多少食物的足弱，減少食量了。

他們派人前往自稱「足」的足弱住過的西遼河南郡郡城的郡守府。

「搭馬車去天寶村要花上百日，但如果只是需要天寶縣的作物，聽說正好有馬車載著耐久放的物產上京來。」

聽完使者回來的報告，總管點點頭，對站在他斜後方的長史開口說：

「派人去接那輛馬車。向青嵐將軍借馬借人。」

「是！」

接著就是後來的發生那些事——這些都是命從總管使者那兒聽說。命無法放心離開飢餓的主子，因此始終與溫或星輪流跟著足弱，寸步不離。

足弱不曉得今世王也只吃跟自己一樣的膳食。

「別把這件事告訴哥哥，否則只是造成他更大的壓力。」

今世王如此下令，因此他們沒有告知。

同父異母弟弟的體貼與戀慕、每位灰色狼的忠誠——這些，只要足弱願意，唾手可得。

然而足弱卻沒有那種餘力。沐浴也有人服侍，無法自己一個人洗。被人用白色溫泉水洗過後熱到癱軟、想要去哪裡都有人跟著，可以完全獨處的地方只有淨房裡，即使如此，門外還是有內侍候著。

在花廳或散步時要求那些人退下，他們也只是躲在視線看不見的地方，仍待在一段距離外守著。

「那、那個……陛下。」

今世王免除足弱見他要行跪拜禮的禮節，足弱在膳案前，戰戰兢兢地開口。

「哥哥，我的名字是雷霰。請喊我的名字。」

自稱是他弟弟的人，要求他喊名字，但足弱還是無法立刻就改過來。

「我、想、回山裡，什麼、時候、能夠回去呢？」

足弱腦子裡只有——我想回山裡——這個念頭而已。

「哥哥生長的山，有一天我也想要親眼瞧瞧。假如哥哥回山裡那天到來，我也會跟你一起去。」

今世王以輕快的口吻說著，表情不像在說笑，接著把手邊的菜盤推向足弱。

「啊，好。」

足弱低著頭把盤子拉到面前，拿筷子沾了沾那道菜試了一下味道，就放下筷子。

兩位皇族擺脫餓死危機的轉機，是要到第二天。

＊

足弱如今仍然不喊今世王的名字，也不喊任何隨侍的名字，但他會全力維護內侍們。

「陛下！我、我、是我不好。是、是我說、穿著寢衣、就、就夠了，才會、一直穿著、這身衣服。」

「哥哥，寢衣是晚上睡覺穿的衣服。明知如此，他們卻讓你白天也穿著，這是隨侍在你身邊的他們怠忽職守。沒錯吧，命？」

「啟稟陛下，是卑職失職。」

足弱原本在窗邊看著湖泊水面，午後今世王卻來訪。他在內侍的攙扶下起身，叩叩敲著今世王送他的黑漆拐杖，走了幾步來到花廳門口迎接，今世王一看到他這幾天連日穿著的寢衣，便開口斥責內侍們。

足弱的臉上全然沒了血色，本來怔愣在原地不知所措，立刻介入今世王與下跪的內侍們之間。

「陛下，是我、是我的錯。我穿、衣服，我會穿。」

今世王輕輕抓住慌張激動求饒的足弱雙臂，扶著他。

「那麼，哥哥今後白天時間會穿上其他服飾，是嗎？你會穿上內侍們準備的衣服，是嗎？」

足弱來回看了看在自己身後跪地叩首的內侍們，以及今世王俊美的容顏。

「如、如果可以更樸素就穿。」

察覺到今世王的怒火稍微轉了向，足弱為了避免今世王改變主意，連忙點頭應允。

接下來，直到剛才的斥責彷彿不曾發生似地，今世王龍心大悅，邀近日食量增加，已經願意吃三膳的足弱，晚膳一起用，就離開皇配房。

送走今世王之後，足弱讓人領著走到花廳的椅子坐下，接著以命為首的內侍們紛紛在他跟前跪下。

「殿下，卑職有愧。」

「我……不知道……」

眾人沒有料到這位主子竟會這般挺身而出維護自己。命一說完，抬頭看向足弱，只見足弱靠著椅背，茫然仰望天花板，喃喃說：

「有人會因為我做的事情挨罵……」

內侍們退下，在足弱從打擊中重新站起之前讓他獨處，並著手準備計畫讓他穿上的衣服。

「命大人，殿下他挺身而出為我們說話。」

離開夠遠之後，溫露出感動的神情說。

「嗯，我頓時覺得良心不安。」

說完，兩位年輕內侍也苦笑。這只是一場戲，用意是要挑起足弱的同情。當初本來的計畫是由總管來罵內侍們，但是今世王聽了一進的上報後，也表示自己要參一腳。

「殿下恐怕會因此對陛下心生嫌隙。」

有人這樣勸退，但——

「這座宮殿的主子是朕，由朕出面斥責你們，更能夠動搖哥哥的情緒。拐杖已經送給他了，他也差不多該換上正經服飾了。」

聽到今世王這麼說，命也只好行禮接受。

「殿下他遠比我想像中更單純。」

溫重新摺好藍底黑色刺繡的衣服，輕聲說。

「是啊。為了保護那位主子，有時我們必須利用他的單純。溫，我希望你仔細看好我在這件事的處理方式。」

未來將接任內侍長一職的溫，當場單膝跪地。

「我不是說這種處理方式很完美。本來應該採用的方式是隨從經常和主子溝通、互相理解。但有時也有『無法光靠嘴巴說服』的時候。在此次這件事情上，也有可能演變成內侍被主子解職。就算是這樣，我們不惜粉身碎骨也必須讓皇族過得安康舒適。我們服侍不是為了保住自己的職位。」

溫安靜聽著命說話，命接著又說：

「當你對我的做法無法認同時，你要出言勸諫。」

「那麼，如果認同，小的就會繼續追隨命伯。」

命聽到他的回答，錯愕睜大眼。

長相端正乾淨，內心熱情的溫，目不轉睛仰望著命說。

「總管指派命伯負責時隔三十三年才找回的皇族、擔任殿下的內侍長，其緣由，小的會以這雙眼睛看著。」

「內侍就是要隨時隨侍在身邊。」

「是。」

「我們的一切行動，都是為了殿下的身體健康，以及讓殿下在陛下身邊舒適生活。」

「是。」

命微笑。

後來命和溫因為足弱熱衷蓋小屋引發的安全問題，差點被總管調職，最後還是足弱反對隨侍的兩人調離，才沒有被換掉。

＊

是夜，命拎著酒壺來到總管在綠園殿的配房。事前已經派人來通報，所以命來到廂房門前開口，就聽到裡頭的人說：「進來吧。」便推門入內。

總管偏著摻雜白髮的灰髮腦袋，上前對命說：

「隨便坐。」

「多謝。」

「沒想到你會來找我。」

「也是。今日發生一件特別的事，所以卑職過來報告，順便找總管喝一杯。」

「喔。」

總管離開辦公用的大書案，走到隔著招待客人用小几另外一側的羅漢椅坐下。這個房間位在與長史、內常侍等人共用辦公的書房隔壁，是總管私人的房間。

太陽已經下山，進入晝長夜短的夏季夜晚。

「看樣子似乎有什麼好事發生。」

命借用房間角落的茶杯，在杯中倒酒。酒精的味道瞬間四散。

「是的，今日殿下第一次問了我和其他人的名字。」

總管隔著小几接過遞來的茶杯，抬起臉。

命感慨萬千地微笑皺起滿臉皺紋。

「之前殿下連一次都不曾問過名字嗎？」

「奉命擔任內侍長的第二天早晨，我有到殿下跟前自我介紹，但直到今天，殿下才總算願意將我們視為僕役了。」

「命，你的耐性果然了不起。」

「願意接納輕率的我，殿下才真正是胸懷寬大。」

「祈求殿下健康。」

兩人一口氣喝下酒。

「我想……之前發生了不少事。」

「嗯。」

今世王強行侵犯足弱，為了治療而施展異能，主張退位引起騷動，兩人終於順利交合，今世王對足弱益發寵愛。

「這麼說來，雷鉡殿下生前曾經說過。」

兩人喝著酒聊起的煩惱與擔憂，總管突然這麼說。

「雷鉡殿下他……」

命光是聽到這個名字就感到心底一陣熱。那是爆發第三次皇族病、年紀輕輕就死去的皇族名字，也是命的第二位主子。

「對，雷鉡殿下說——我的內侍有時會耍我，還會為了我私自犯錯、想要離開我身邊。真的是很難搞但很有活力的內侍。」

雷鉡是老饕，而且愛喝酒。皇族也有吃太多、喝太多的傾向，這種時候，命就會根據雷鉡的個性，利用各種方式勸諫。

內侍的工作競爭激烈，眾人爭破頭也想做，沒有人會去做那些給主子留下壞印象的事。

為什麼要自己主動去招惹危險，導致工作不保呢？

如果當個安安分分的內侍，將有多輕鬆呢？只要聽從皇族說的話去做就好。可是這樣就能夠保護皇族嗎？

而且有些時候，主子想做的事情會傷害主子自己時，身為內侍有資格干涉到哪個程度呢？

即使當了幾十年內侍的命也無從判斷。

「是、麼……那位、說了那樣的話啊……呵呵。」

命呵呵笑著，落下眼淚。

「沒有內侍會想要離開主子身邊。」

「嗯。」

總管也同意，仰頭喝下茶杯裡的酒。

「可是……假如我們這條命能夠救活皇族，想必大家死不足惜吧。」

「嗯，你說得對，真是如此。」

看到對方遞來酒瓶，總管伸出喝空的茶杯。

命正在服侍他人生中第三位皇族。

他眼睜睜看著第一位是壽終正寢，無計可施看著第二位死於皇族病。

至於第三位皇族足弱，終於開口問這位專責隨侍自己的內侍長名字，並注意到他總是在身邊。

這是身為主子和隨從兩人——皇族足弱與灰色狼命——關係的起點。

高寶書版集團
gobooks.com.tw

CRS012
成為綠土：黃金王、拐杖與灰色狼
緑土なす 黄金の王と杖と灰色狼

作　　者　宮城千雨子 みやしろちうこ
封面繪圖　user
譯　　者　黃薇嬪
編　　輯　賴芯葳
美術編輯　彭裕芳
排　　版　彭立瑋
企　　劃　方慧娟

發 行 人　朱凱蕾
出　　版　朧月書版股份有限公司
　　　　　Hazy Moon Publishing Co., Ltd.
地　　址　臺北市內湖區洲子街 88 號 3 樓
網　　址　www.gobooks.com.tw
電　　話　(02) 27992788
電　　郵　readers@gobooks.com.tw（讀者服務部）
傳　　真　出版部　(02) 27990909　行銷部 (02) 27993088
郵政劃撥　19394552
戶　　名　英屬維京群島商高寶國際有限公司臺灣分公司
發　　行　英屬維京群島商高寶國際有限公司臺灣分公司
初版日期　2022 年 7 月

Original Cover Design : UCHIKAWADESIGN

國家圖書館出版品預行編目 (CIP) 資料

成為綠土：黃金王、拐杖與灰色狼 / みやしろちうこ作；黃薇嬪譯. -- 初版. -- 臺北市：朧月書版股份有限公司出版：英屬維京群島商高寶國際有限公司台灣分公司發行, 2022.07
　面；　公分. --

譯自：緑土なす：黄金の王と杖と灰色狼

ISBN 978-626-96184-4-6(平裝)

861.57　　　　111008786

GOBOOKS
& SITAK
GROUP©